The Last Seraphin

Di J.P. Oliver

I0617605

Titolo Originale: The Last Seraphin

Prima edizione: 2018
© 2018 by Giorgio Oliveri. Tutti i diritti riservati.

Email: jp.oliver.author@gmail.com
Facebook: L'ultimo Serafino
Instagram: j.p_oliver

Ogni riferimento a persone, luoghi o caratteri è del tutto casuale
Ogni scena nasce dall'immaginazione dell'autore.

A William Salice.
Grazie per aver sempre creduto in me.

Prologo

A volte guardavo il cielo per ricordare quel magnifico luogo, quel antico ed eterno regno dove nacqui. Ricordo i palazzi, alti fino a perdita d'occhio, con quel colore bianco avorio, che ricordava spesso le nuvole di una serena giornata estiva. I suoi parchi, con le alberate color oro ramato, che a volte in base alle stagioni cambiavano, passando da uno scintillante argento, in Inverno, a un rosso quasi pallido in primavera. In estate invece tutto si tingeva di "oro", dalle felci ai prati, l'intero paesaggio era di questo giallo sgargiante. Arrivato l'autunno, l'oro si mischiava con il rame del terreno, trasformando il tutto in uno spettacolo di tonalità bronzee e scarlatte.

Fin da quando ho memoria, ho vissuto in questa magnifica dimora, sono cresciuto in una casa in periferia, alquanto grande per solo due entità, me ed il mio maestro. La cosa che più solleticava la mia memoria, era il calar della luce, quando mi arrampicavo sul punto più alto della casa per ammirare lo spettacolo della città d'oro. Le sue piazze sempre colme di vita e le sue vie straripanti di aromi, che non potrebbero essere neanche descritti per l'intensità che essi riuscivano a dare ai sensi.

La maggior parte delle strade portavano al palazzo reale, un dogma dal punto di vista architettonico. Possedeva sette torri di guardia, una per ogni angolo del quadrilatero che formava la cinta muraria, e tre poste in forma triangolare all'interno. Secondo la leggenda ogni torre, mattone per mattone, era stata costruita da uno dei sette Arcani, ovvero i sette Celesti originali, coloro che vollero tutto come lo conosciamo oggi. La forma del palazzo, visto da lontano e circondato da tutte le costruzioni, ricordava una collina, che strato dopo strato faceva assomigliare l'intera cittadina ad un'immensa torre di platino e oro.

La mia storia fu leggermente diversa, mi raccontarono che fin dalla mia nascita dimostrai di avere determinate capacità per il combattimento, sia a terra che in volo. Il mio maestro, una figura pittoresca quanto severa, era alto più o meno sui due metri e mezzo, possedeva dei capelli color rame e un portamento solenne, per quanto mettesse in soggezione. Era un Angelo robusto e muscoloso, con due possenti ali color paglia, ed un'espressione altalenante, spesso marcata da lineamenti dolci e gentili, quanto ben più duri e severi. Guardava spesso il cielo, cosa che mi ha sempre fatto pensare, forse le nuvole gli facevano ricordare gli anni in cui aveva combattuto in guerra.

Non seppi mai la sua età, nonostante ciò nutrivo il sospetto che avesse superato da tempo i centomila anni.

Una sera, durante i nostri soliti allenamenti, si interruppe bruscamente, scegliendo di raccontarmi del giorno in cui egli mi prese con sé. Disse che mi trovò al sorgere del crepuscolo perduto in mezzo ai campi, emanavo molta luce, più del normale per i neonati di tale luogo. Qualcosa gli strinse il cuore e non appena la luce morente del giorno, divenne la tenebra della sera, mi porto in casa con sé. Vedendo che dopo poco tempo riuscivo a sollevare pesi che andavano ben oltre la portata del "normale", scelse di allenarmi. Divenni a tutti gli effetti il figlio che non aveva mai potuto avere, ma una piccola ombra rimase sempre celata nel suo cuore, quella sulle mie origini.

Passarono ventuno anni da quella fatidica serata, ed in quel lasso di tempo si erano susseguiti giorni intensi e sere piene di allenamenti sempre più complessi, fino a quando il mio maestro non mi disse che ero pronto per un'ultima prova. Essa consisteva nell'usare ogni abilità imparata, ma soprattutto metteva in gioco la capacità delle ali, da usare sia come arma che come mezzo. Dovevo volare con pesi insostenibili agganciati ad ogni ala da aghi metallici, indossare la corazza da combattimento e armarmi con solo due spade in pietra. L'obbiettivo era il monte d'Ivria, alto la bellezza di undicimila metri. Il mio scopo: raccogliere il **"fiore del mezzo sole".**

Il sole stava sorgendo, in lontananza si potevano già scrutare le calde sfumature dai toni pastello, le quali cominciavano a colmare il cielo e a riflettere contro le sgargianti torri color oro ambrato. Quest'ultime riflettevano i bagliori di quelle stelle eterne, le quali avrebbero smesso di brillare solamente, quando il tempo avrebbe raggiunto una fine.
Ormai sveglio, mi preparai come consuetudine per poi specchiarmi, avrei scrutato il mio volto ancora una volta. Apparii come sempre, con i miei due metri d'altezza ed i miei capelli lisci color biondo platino, il mio viso dagli occhi color smeraldo e dalle labbra color carne. Dietro,

ormai sveglie, c'erano le mie ali, quattro per l'esattezza, di un color oro-platino che risplendevano con il tocco dei raggi delle stelle.

Mi recai alla postazione d'uscita della casa, per incontrare il mio maestro, il quale aveva già preparato il tutto per la difficile prova che avrei dovuto affrontare. Cominciai con il caricarmi della corazza, per poi prendere le antiche spade di roccia. Una volta dispiegate le quattro ali, ci attaccai i pesi. Con un ultimo augurio di buona fortuna, il mio maestro mi salutò ed il mio viaggio poté finalmente iniziare.

Il mio obbiettivo, il **"fiore del mezzo sole"**, possedeva tale denominazione poiché era possibile coglierlo, per soli cinque minuti, una volta ogni diecimila anni, ovvero nell'attimo in cui la quinta stella del sistema passava esattamente sullo zenit della vetta d'Ivria. Tale meraviglia della natura avrebbe dato un'immenso potere a chiunque fosse riuscito a portarlo con sé e per molti era stata un'impresa titanica, poiché nessuno negli ultimi trentamila anni era riuscito a coglierlo. Infatti per strane coincidenze ed incidenti, i contendenti avevano perso quella rara opportunità offertagli dalla quinta stella.

Secondo le storie che venivano narrate, l'ultimo ad averlo preso, ben trecento secoli fa, fu Ghimerion, uno dei quattro principi al servizio dello "Spirito Supremo".

Non mi ha mai meravigliato che fosse stato proprio lui a portare a termine l'impresa, dopotutto è l'orgoglio del regno.

Il mio viaggio era cominciato da ormai due ore e già intravedevo con difficoltà, per colpa della foschia, il monte Ivria. La sua rarità stava nel fatto che, arrivati ad una quota di oltre millecinquecento metri dalla superficie terrena, lo stesso monte ti impediva di volare, poiché le fitte foreste formate da rarissime piante soporifere, rilasciavano una tossina che inibiva il controllo sulle proprie ali, era quindi necessario raggiungere la vetta a piedi utilizzando gli strumenti riposti all'interno dei pesi.

Dopo alcune difficoltà, per colpa della nebbia "mattutina", arrivai alla superficie del monte. Mi restavano solamente tredici ore prima che il fiore potesse essere colto.

Liberato dai pesi per il volo, iniziai la camminata tra i boschi che, occupando gran parte della struttura naturale, contenevano i peggiori pericoli. Il restante spazio era composto solamente da deserti di nuda roccia che mettevano a dura prova la resistenza, la superficie infatti era piena di sottili aghi che potevano mettere al tappeto anche il più abile tra le entità Celesti.

Camminare o correre, per meglio dire, in mezzo a questa fitta rete di alberi risultava abbastanza complesso, prima di tutto poiché il colorito di questo bosco poteva confondere i sensi e in secondo luogo riuscire a proseguire con quattro ali che sbattevano contro ogni albero, non era per niente facile.

Erano passate già tre ore dal mio arrivo e trascurando il problema con le ali non avevo trovato grandi difficoltà. Mi trovavo già a quota quattromila metri, ma ovviamente nulla va per il verso giusto in eterno, infatti mentre stavo per raggiungere quota cinquemila il mio sguardo andò a posarsi su una strana formazione rocciosa dal colore cobalto, che incuriosito andai a vedere da vicino. Era tutto tranne che una roccia, mi ritrovai faccia faccia con un mutante di quella stirpe detta "demoniaca", che secondo le leggende, doveva essersi estinta dopo l'ultima grande guerra, ma questo Xirion invece era ancora vivo.

Non avevo mai visto una creatura simile, era alta più o meno un metro e mezzo, con le sembianze di una bestia a quattro zampe, possedeva un pelo color cobalto acido, tre code lunghe sui cinquanta centimetri con delle punte al terminare di esse, due occhi color smeraldo, che ricordavano i miei, su un muso con un'apertura da ben centoventi denti; infine quelle quattro orecchie a punta, che a parer mio erano in grado di udire lo scoccare di una freccia anche a diversi chilometri di distanza.

Per istinto dovetti sguainare le lame di roccia e prendere posizione per una battaglia che sarebbe scoppiata da un momento all'altro. Alla creatura il movimento delle mie spade non piacque affatto, scegliendo di attaccare frontalmente con un salto caricato dalle possenti zampe posteriori. Lo Xirion si stava avvicinando con le fauci aperte e col fine di proteggermi dovetti per forza tentare di trafiggerlo con la spada puntando di attraversare la bocca per trafiggerli il cuore. Risultò più previdente mordendo con una velocità fulminea prima la spada e poi il mio polso sinistro, lasciandomi ferito e con una sola arma.

Non potevo accettare una sconfitta, né tanto meno la morte, non dopo tutto l'allenamento a cui ero stato sottoposto. Mentre la bestia preparava di nuovo le sue zampe al salto, scelsi di saltare anch'io con la spada avvolta da una potente luce. Urlando a squarcia gola, finii all'interno delle sue fauci con la spada tratta, trapassando le sue interiora. Perforai il suo cuore, situato nella zona lombare. Cademmo entrambi a terra, io sfinito per la fatica che mi portavo dietro e lui ormai senza più energia scelse di guardarmi con i suoi ultimi respiri. In quei precisi istanti fui spettatore di come la forza vitale abbandonava i suoi occhi, che si spensero in un bianco opaco quasi accecante; dopodiché il suo corpo, dissolto in milioni di cristalli, semplicemente scomparve. Non capivo per quale motivo mi avesse guardato con quell'espressione, eppure, per quanto assurdo potesse sembrare, pareva che mi avesse detto qualcosa, una sorpresa che avrei capito forse con il tempo.

Avevo perso fin troppo tempo, mancavano ancora tremila metri per terminare la boscaglia, ed altrettanti per arrivare in cima, rimanendomi soltanto otto ore prima dello zenit finale.

Correndo al massimo delle mie capacità mi ci vollero un paio d'ore prima di intravedere la fine della boscaglia, ma prima di raggiungerla mi venne all'udito un lamento, quasi come un pianto che mi distrasse dalla mia corsa fino a fermarmi del tutto. Restai un paio di secondi ad ascoltare ciò che poteva produrre tale suono, e nonostante non avessi tempo da perdere in cose futili come un "lamento nel bosco", scelsi di andare a vedere cosa provocasse tale mugolio. Il suono mi portò fino ad una protuberanza del terreno che ricordava una caverna, sulla cui soglia era presente un cumulo di foglie giallognole, con al suo interno la creatura che emanava il lamento. Un piccolo essere, dal pellame bianco, a quattro zampe, tricodato, quattro orecchie arrotondate che un giorno sarebbero state a punta. Sul tenero musetto un piccolo nasino nero e verso la fine i dentini che ancora si stavano sviluppando; il tutto coronato da due splendidi occhi color rame che luccicavano per le lacrime. Mi venne alla mente l'ultimo sguardo dello Xirion, che ormai privo forze era come se mi avesse chiesto di prendermi cura di questo nuovo essere che aveva colmato il Cosmo con la sua presenza. Era un cucciolo di poche settimane e non potevo lasciarlo in un luogo pericoloso come quello, così lo misi nel fulcro delle mie ali, che chiudendosi potevano formare un ottimo guscio per contenerlo. Dopo questa pausa inattesa era ora di terminare questa missione, di cui ormai ero più che stufo.

Mancavano solo ottocento metri per arrivare alla vetta del monte, con solo un'ora di tempo, si poteva già vedere l'arrivo della quinta stella mentre le rocce diventavano sempre più ripide e aguzze. Il segreto era prendere l'intera roccia senza che la punta ti sfiorasse, poiché come si sapeva, essa provocava potenti allucinazioni che portavano ad un profondo sonno. La fatica sembrava essersi moltiplicata, tanto che iniziò a tentarmi l'idea di essere punto da una di quelle rocce per riposare. Tornai in me al ricordo del mio vero obbiettivo.

Mancavano solo gli ultimi cento metri quando mi parve di vedere un'ombra che oltrepassava i cieli. Mi resi conto che era una cosa del tutto insensata, poiché nessuna entità Celeste era in grado di volare superati i millecinquecento metri d'altezza. Non dando molta attenzione come avrei dovuto a tale episodio, che poteva benissimo essere il frutto della mia immaginazione dovuta alla fatica, mi concentrai sul traguardo e lasciai il tutto alle mie ultime energie.

Con lo sforzo titanico, degno di un principe, arrivai sulla vetta d'Ivria. Non era possibile descrivere quanto fosse magnifico il panorama che si estendeva a perdita d'occhio. Mancavano solo dieci minuti allo Zenit. Si potevano scorgere le sfumature di verde, che solo una volta ogni diecimila anni era possibile vedere, i viola, i rosa, ed i rossi/arancio stavano dando vita ad una alba-tramonto unica nella storia delle meraviglie. Si poteva percepire il calore delle stelle, con il brivido del vento rinfrescante proveniente dal crepuscolo che ormai incombeva oltre quel monte. Quest'ultimo era rimasto l'ultimo confine della quinta stella, che una volta passata avrebbe ricominciato il suo lungo viaggio nelle fredde e siderali "pianure" dello spazio.

Eccolo, finalmente il momento era giunto, diecimila anni di attesa e più di trecento secoli dall'ultimo fiore colto. La "Quinta Stella" si trovava sullo zenit del monte d'Ivria, con i suoi raggi che stavano già per toccare la roccia di cristallo ove sarebbe sbocciato il "Fiore del mezzo sole".

Il raggio arrivò fino ad un piccolo altare vitreo e attraversando il cristallo si poté scorgere un piccolo movimento che appariva all'interno di tale roccia trasparente. L'umile seme vide la luce della vita che lo contaminava e riempiva, portandolo dove le entità viventi camminavano e respiravano. Un minuto bastò affinché potesse nascere e mostrare a tutti gli universi i suoi incandescenti petali color rubino, adornati con una corona secondaria di petali violacei.

Mi avvicinai per cogliere questa meraviglia, provando quasi un senso di colpa nel toglierlo dal suo habitat, ma andava fatto, così mi abbassai a prenderlo ed una volta tra le mie mani, sentii il suo potere che invadeva il mio corpo, che mi restituiva le forze sprecate per raggiungere quel punto.

Tutto sembrava andare per il meglio ed il fiore mi stava rinvigorendo, quando un dolore lancinante mi prese la spalla sinistra, il colpo fu talmente forte che caddi a terra come un corpo morto e con il fiore a soli pochi centimetri dalla mia mano. Ricordo di aver fatto il possibile per recuperarlo, ma questo non era stato sufficiente. Con la poca forza che mi rimaneva, vidi soltanto questa entità, che una volta poteva essere stata Celeste. Le sue possenti ali color avorio che stendeva con orgoglio e superbia, mentre con la sua lucente spada, distruggeva per sempre l'altare sacro del fiore di fuoco. In quel momento vidi solo le tenebre e l'energie mi abbandonarono del tutto, chiusi gli occhi e smisi di soffrire.

Quando tentavo aprire gli occhi vedevo soltanto molta luce, attraverso quattro sagome che stavano tentando medicare le mie ferite.

Quando mi svegliai, mi ritrovai in una stanza colorita interamente di oro e celeste, il luogo era abbastanza grande, con delle mensole semivuote, al lato opposto del mio letto. Un paio di armadi nel lato destro della camera, un tavolo con quattro sedie nel centro ed un comodino ad entrambi i lati.

Il particolare che mi sfuggì, fu la piccola cuccia, posta all'angolo dell'armadio, dove dormiva serena quella piccola bestiolina bianca. Aveva una respirazione molto veloce, e visibilmente non pareva uno Xirion, un demone mutante assetato di sangue, ma soltanto un piccolo cucciolo indifeso che necessitava di qualcuno che si prendesse cura di lui.

Pochi secondi ed una entità Celeste entrò nella camera.

«Ben tornato Gabriel, io sono Arael, Cherubino, come ben saprai siamo specializzati nel guarire i feriti durante le battaglie, ma per questa volta sono stato incaricato personalmente dai miei superiori di prendermi cura di te».

Quell'essere era leggermente più alto di me, possedeva due grandi ali bianche ed altre due di un colore quasi simile a quello della paglia, più piccole poste sotto le principali; indossava una lunga veste color verde acqua decorata con sinuose linee nere e argentate. Il suo sguardo appariva amichevole e dagli occhi color nocciola traspariva sicurezza. Sarà stato qualcosa dovuto alla guarigione, ma i suoi continui sorrisi erano alquanto irritanti.

«Dove mi trovo?» chiesi stordito.

«Questa è una delle stanze di guarigione del palazzo reale, dimora dei quattro principi, o almeno lo era… ed è stata una vera fortuna che ti abbiano trovato sulla cima di quel monte, viste le tue condizioni».

«Ma cosa mi è successo?» chiesi impaziente.

«Sei stato trafitto con un'arma di Ditrigio, le tue membra avrebbero subito un processo di morte accelerato, il tuo sangue si sarebbe avvelenato, la tua fortuna è stata che non ti abbiano colpito né danneggiato nessun punto vitale».

Tentai alzarmi, ma mi sentivo come se fossi caduto da un dirupo su delle spine di roccia.

«Fermo! Non puoi ancora muoverti molto, anche se guariamo velocemente si necessita sempre un piccolo lasso di tempo per recuperarsi appieno, oltretutto sei molto giovane da quello che vedo». tentai ignorare quell'ultima parte.

«Sapete chi mi ha fatto questo e perché?» chiesi al Cherubino, ma la risposta non venne da lui, piuttosto da un'altra figura davanti alla porta della stanza.

«È stato Ghimerion» disse con una voce grave e solenne.

«Ghimerion il principe?» chiesi.

«Temo proprio di sì».

«Ma perché?…»

«Da molti anni stava tramando qualcosa, la città adesso è in pieno subbuglio, molti l'hanno seguito…e temo che presto si arriverà alla guerra civile».

Per un breve istante non risposi, stavo metabolizzando l'ultima affermazione, ma fin dove si sarebbe spinto non potevo minimamente immaginarlo.

«Sarà meglio che ti rimetta in fretta e che tu scelga una fazione» disse in tono severo come specificando a chi avrei dovuto dare la mia lealtà.

«Credo che dopo gli ultimi eventi, sia quasi scontato a chi sarà rivolta la mia lealtà».

«Immagino di si».

«Ovviamente non possiamo passare sopra il fatto che uno dei ruoli di principe è vacante, cosa che non doveva succedere… sarà meglio che ti riveli all'altezza.»

«Che vorrebbe dire questo?»

«Vuol dire che finché non troviamo una soluzione più che valida e dato che il posto di principe non può rimanere "vacante", prenderai il posto di Ghimerion, al popolo non possiamo mostrarci in svantaggio…il tuo allenamento inizierà non appena ti sarai rimesso in forza, vedi di sbrigarti…».

«D'accordo» fu l'unica cosa che uscì dalla mia mente confusa.

«…e per quanto riguarda quella creatura, te ne dovrai prendere cura. Non hai idea di che risorsa potrebbe dimostrarsi in futuro». disse la figura, in ombra, allo stipite della porta prima di uscire e proseguire per la sua strada. Non riuscii mai a capire quale dei tre principi rimasti fosse, l'unica cosa che ricordo erano le sue sei ali che facevano da riflesso quando passava.

«Arael, ma è uno Xirion quello?» chiesi indicando la bestiolina.

«Spero tu stia scherzando, quello è un Alpha Novae, si ritenevano estinti fino a stamattina quando sei arrivato».

«Alpha Novae?»

«Sì, sono delle creature che generano ingenti quantità di energia, sono molto fedeli e si dice che quando crescono in base a come li si ha allevati, possano avere un colore diverso».

«Capito» dissi.

Egli sorridendo mi salutò con un gesto, ma quando uscì dalla porta, rimasi solo con i miei pensieri.

I
L'inizio

Erano passati ormai tre anni, da quando il cielo di Londra aveva visto per l'ultima volta le sue solite nuvole color argento, portatrici di pioggia quasi a ogni ora del giorno. Adesso il mondo sembrava impazzito, "uomini contro uomini" era all'ordine del giorno, e le strade delle principali città europee ed americane erano più pericolose di quanto si potesse ricordare. I cieli erano tempestati da truppe di angeli e demoni, che si scontravano ormai da troppo tempo.

Nessuno ricorda come ebbe inizio e nonostante non sia passato così tanto tempo, molti hanno scelto di astenersi dal ricordare. Si tenta sopravvivere, giorno dopo giorno, da più di quattro anni, da quando quella luminosa stella cadde dove una volta pulsava la fiorente città di Oslo.

Sharon Davis, aveva soltanto sedici anni quando si trasferì a Londra insieme alla sua famiglia. Tutto sembrava come al solito che sarebbe andato per il meglio, poiché stava tornando al suo paese d'origine. Anche dopo quella quindicina d'anni trascorsi nella città di Baltimora, nel Maryland (USA), nessuno si sarebbe mai aspettato una cosa del genere. Sharon era la solita ragazza anglo-americana, un po' stereotipata, bionda dai capelli lisci e lunghi, occhi blu marino, un sorriso aperto e amichevole, alta sul metro e ottanta, e di bel aspetto. La cosa che un po' la caratterizzava, era il suo temperamento, che faceva spesso ricordare un po' la cultura italiana, proprio per i suoi modi, a volte aggressivi, di fare le cose. Non d'accordo con i genitori per il trasferimento, tendeva ad isolarsi, spesso restando sola per diverse ore della giornata, poiché a quell'età, non è mai facile accettare un nuovo trasferimento.

Londra 24 marzo 2020

...Londra oggi era più cupa e solitaria del solito, forse si notarono dei movimenti, solo quando al mercato, che sorge dove una volta si ergeva, superba, la cattedrale di St. Poule, arrivarono i mercanti provenienti dagli Stati Uniti.

Per i londinesi, credo che sia il giorno più "felice", per così dire, da tre mesi a questa parte, infatti questi uomini da oltre il mare portano sempre moltissimi oggetti utili, dalle barre di acciaio e di rame, a quelle di finissimo cioccolato, che una volta provenivano dalla lontana Svizzera. Un mero ricordo, da quando il venticinque aprile dell'anno 2017, avvenne la famosa battaglia di Ginevra, tra le armate della resistenza terrestre e quella della stirpe demoniaca. Si racconta che in quel giorno, per evitare che l'armata umana perdesse le ultime file di resistenza nel confine franco-svizzero, il generale Ernest Silviano, un tempo fisico delle particelle e grande stratega, fece andare in overload, ovvero in sovraccarico, il famoso centro di ricerca del C.E.R.N., facendo saltare in aria con lui, l'esercito demoniaco, ma ad un costo in vite umane incalcolabile. L'intera svizzera e l'estremo sud/est della Francia vennero devastate ed il terreno rimase sterile, per le ingenti radiazioni che si andarono a depositare su tali luoghi. Le fabbriche delle più famose marche di cioccolato, quell'anno, vennero rase al suolo, cancellate dall'esistenza, come se non fossero mai esistite.

In fin dei conti, anche il cioccolato americano non è male, non sarà quello svizzero, o italiano, materia ancora più rara, ma è accettabile, quest'oggi ho dato via una vecchia coperta di lana, per tre barre di cioccolato di una famosa marca a "stelle e strisce". A parte quello, come grande traguardo della giornata, mi sono persa andando a finire dove una volta c'era una vecchia libreria.

L'insegna era piuttosto rovinata, tanto che non sono riuscita a leggerne il nome, era qualcosa del tipo Hotcarth, Hitcard, o forse credo Hatchard, boh, credo che fosse molto famosa al tempo prima della guerra.

Per curiosità decisi di entrare in quella struttura trasandata, rimanendo sorpresa dell'aroma che i libri erano ancora in grado di emanare, un odore caldo e pungente di carta, quasi famigliare.

Continuai per due o tre metri fin quando non intravidi una scala, cavolo voi cosa avreste fatto? Ovvio che l'ho usata.
Una volta scesa, con molta attenzione, la lunga scala a vorticci di legno, rimasi di "pietra" davanti allo spettacolo che avevo dinnanzi: file e file di scaffali pieni di vecchi libri, stracolmi di quella storia e cultura che la guerra aveva spazzato via ormai da tempo.

L'unica cosa che un po' mi spaventava, era il silenzio tombale che invadeva quella sala, quasi fossimo in un vecchio mausoleo di famiglia. Cominciai ad avviarmi tra quelle file di scaffali, lasciando, con il dito, una striscia sulla polvere dei ripiani, abitudine che mi è rimasta fin da bambina. Per caso mi capitò di fermarmi sulla sezione di vecchi fumetti americani, ci vorrebbe proprio un super eroe come Thor o come Superman, almeno quelle creature sopra di noi avrebbero avversari validi. Dopo una decina di minuti, il mio sguardo si fermò sul ripiano dedicato all'antica letteratura inglese, con tutti quei volumi che mi riportano alle aule ed ai corridoi di scuola. Ad un tratto la mia fantasia venne interrotta da una voce stanca e profonda, che diceva:

«Hey tu, cosa stai facendo?!».
Subito mi venne un balzo al cuore, e come un'idiota cominciai a correre per le file di libri e scaffali, fino ad arrivare alla vecchia scala a chiocciola, da cui ero scesa pochi istanti prima.

Uscendo dalle macerie rividi il cielo, di quella che una volta era stata Londra, era già più scuro e ovviamente il freddo e la notte sarebbero scesi presto, così mi imposi di tornare a casa senza più "scorciatoie"...

La casa di questa ragazza era possibile definirla peculiare, ella non possedeva molto, se non una piccola stufa, un bagno, un vecchio divano-letto, e un piccolo frigorifero a pannelli solari, il tutto rinchiuso in quattro umili pareti di una vecchia soffitta londinese. La cosa di cui andava più fiera era la piccola libreria mono-scomparto, dove teneva quei pochi libri di origine incerta. Vicino al letto invece, aveva un piccolo tascabile di "Hansel e Gretel", quale con affetto e amore, proveniva dai primi vagiti della sua infanzia. A volte, prima di chiudere gli occhi, tentava ricordare la dolce voce di sua madre, che per molti anni le aveva letto quella vecchia storia, aveva passato le sue dita accarezzando quelle parole stampate in carta non più così lucida ed aveva lasciato il suo profumo in quelle pagine ormai ingiallite dal tempo.

Quella sera non concluse molto se non la "redazione" della sua giornaliera pagina di diario e dopo aver chiuso gli occhi i sogni la portarono via da quell'inferno dove viveva, o meglio dove tentava sopravvivere giorno dopo giorno.

"Durante la notte le apparvero in sogno immagini di quella libreria dove, finita per sbaglio, aveva incontrato libri che pensava non avrebbe più rivisto in vita sua. Era contenta. Erano passati molti anni da quando aveva sorriso incondizionatamente e dentro questo luogo si sentiva libera come non mai, dopo tutto vi erano i suoi migliori "amici", come Chaucer, Dryden, Wilde e le capitò perfino di vedere Thor con quel suo vecchio ed antico martello. Ad un tratto un'ombra cominciò a fuoriuscire dall'interno dei libri, possedeva le sembianze di un demone di classe Eta, all'apparenza solo "soldati semplici", ma con degli artigli talmente affilati e freddi, da ricordare ghiaccio intagliato per uccidere, e quella bocca dalle labbra azzurre e cristalline dalla quale fuoriusciva solamente nebbia tossica, produceva una paura per cui anche un generale sarebbe fuggito all'occorrenza di un incontro con tale creatura". La scena si interruppe bruscamente quando il rumore di un libro caduto, fece svegliare Sharon di colpo. Aveva la fronte imperlata di sudore e il cuore che batteva a mille, però tentando consolarsi si disse che era stato solo un brutto sogno.

Quella mattina fece le solite cose, come lavarsi il viso, cambiarsi e prepararsi una "colazione" che le sarebbe servita per buona parte della giornata. La particolarità stava nell'utilizzare i pannelli solari come fornelli, il pane che riusciva a tostare e l'acqua (probabilmente per il tè) che riusciva a scaldare facevano parte di quella che si poteva definire una "bio" colazione. Mentre consumava i pochi alimenti che aveva, continuava a rimuginare sul sogno che aveva fatto, proprio non riusciva a toglierselo dalla testa. Dopo ben trenta minuti a ripensare all'episodio onirico, prese la decisione di tornare in quella strana libreria, esisteva qualcosa che voleva la sua presenza in quel determinato e tenebroso luogo. Mentre scendeva le scale si ricordò di una cosa molto importante, "l'arma" che l'aveva protetta fino a quel momento, un vecchio coltellino dell'esercito svizzero, appartenuto al padre durante il suo periodo militare, appunto nelle brigate svizzere. Era un oggetto molto particolare, possedeva come funzione principale quella di coltello allungabile fino a undici centimetri, e oltre a questo un micro accendino integrato, degli aghi con sonnifero e per finire un apriscatole.

Una volta in strada, dovette indossare una vecchia sciarpa per coprire naso e bocca, questo era dovuto al perenne odore di zolfo, terra e macerie, quali conseguenze minori della guerra in corso.
La giornata si era prefissata di apparire come al solito, grigia e nebbiosa, come se dovesse piovere da un momento all'altro, si poteva dire che una delle poche cose rimaste da prima della guerra fosse il brutto tempo londinese. La strada non era nemmeno delle migliori, infatti Conduit St, appariva più deserta

di quanto non lo fosse mai stata, i pochi edifici sopravvissuti tentavano mantenere quell'antico orgoglio, che ormai si manifestava in una finestra non rotta, o a quattro pareti ancora in piedi senza "graffi" gravi. L'aria che si respirava era "triste", le poche persone che si facevano vedere per le strade avevano una costante aura di paura, segnate soprattutto da un viso di perenne orrore e terrore, nonostante non si fossero più verificate tragedie di marcato interesse. L'ultima risaliva a qualche settimana prima, quando due piccole legioni angeliche, accompagnate da un modesto contingente umano, affrontarono, a "campo aperto" una legione di demoni Eta, arrivando a distruggere ben una decina di quelli che una volta potevano essere definiti grattacieli; fu in quel momento che Londra perse la sua famosa attrazione chiamata London Eye, stranamente sopravvissuta fino a quel momento. Le perdite in quel giorno furono alte per il contingente umano, infatti da trecento uomini ne tornarono solo cinquanta, spada contro spada ed ali contro ali, in quello che poteva essere definito un vero e proprio massacro. Il Tamigi possedeva un colore cremisi argenteo, dovuto non solo ai grumi di sangue umano coagulato nei cadaveri galleggianti, ma anche a quello angelico, il cui contingente ebbe solo un conteggio di tre caduti. Dopo tale episodio, su dove sorgeva la superba attrazione, venne messa una grossa lapide vitrea trasparente, ricavata da una vecchia porta di un negozio. Le persone videro un angelo che con una delle sue ali incideva a fuoco degli strani simboli, tali, spiegò poi la creatura, servivano alla benedizione delle anime dei caduti e degli angeli, con la promessa che sarebbero tornati una volta che il tempo fosse giunto al termine, quando le stelle sarebbero state solo corpi morti e spenti, ormai privi di quell'antica scintilla vitale che aveva regalato il dono "dell'essere" a moltissime civiltà.

Regent St., sembrava la desolazione fatta strada, si vedevano solo due persone, in lontananza, che stavano girando verso Picadilly Circus, o quello che ne restava. Sharon camminava lungo questa grande via, alquanto intimorita, nonostante non lo sembrasse, poiché possedeva la capacità, rimasta dall'adolescenza, di non esternare mai le proprie emozioni. Erano presenti macchine abbandonate ferme in mezzo alla strada, sportelli aperti, vetri e cruscotti distrutti, senza contare le vetrine dei negozi che ormai esistevano soltanto nella memoria. "Ma quando finisce questa maledetta strada?" pensò Sharon, mentre continuava a camminare, ormai sempre più veloce, per il timore che qualcuno o qualcosa la stesse seguendo. Dopo cinque minuti e dopo vari rumori alquanto sospetti, come quello delle scarpe che scivolano sull'asfalto, quando si possiede un passo ad alta intensità, Sharon cominciò a correre in maniera disperata, come se uno spirito la assillasse, non accorgendosi che dopo varie deviazioni stradali, era proprio davanti a quella libreria, che tanto l'aveva tormentata.

* * *

Il freddo metallo, scintillava al sole, quando questo riusciva a filtrare attraverso le spoglie finestre dell'edificio. Per fortuna quel mezzogiorno sembrava meno freddo del solito, infatti, grazie alla pallida luce che scintillava sulle onde, si poteva apprezzare una gradevole brezza autunnale, sulla costa di quella che una volta era la riviera ligure. Andrea si trovava proprio sulle rovine dell'antico yacht club di Loano, tentando misurare i dati relativi al tempo meteorologico. Infatti mentre aspettava i suoi soliti trentacinque minuti, si rilassava ammirando le acque del mar ligure emananti colori unici nel loro genere, un azzurro-blu marino, che andava a sfumare quasi sul verde pallido, mentre uno strato d'argento ricopriva la superficie. Quel giorno era riuscito finalmente a pranzare fuori casa, era riuscito a trovare un vecchio cestino per il pranzo stile America 1930, dove aveva depositato il suo cibo preferito: panino al prosciutto crudo con insalata e noci. Erano alimenti rari, se non introvabili, ma grazie ad alcuni favori alle persone giuste, era riuscito a procurarsene quanto bastava per potersi godere quella giornata. Non si poteva desiderare di meglio, una bella giornata, i cieli limpidi e liberi da

angeli e demoni, il proprio panino preferito e soprattutto una
vista mozzafiato con tanto di brezza al sapore e aroma di sale.

Nulla poteva rovinare questa beatitudine, se non il rumore della
sveglia, che, come uno specchio che va in frantumi per causa di
una pietra, fece andare in "mille pezzi" l'immagine del mare
calmo, dei cieli tranquilli, ma soprattutto quella del panino
preferito del giovane ragazzo.

La tragedia quella mattina fu alzarsi dal letto, infatti Andrea
avrebbe distrutto quella sveglia se non gli fosse servita per i suoi
esperimenti da scienziato pazzo. Una volta aperti gli occhi, vide
la sua solita stanza, con quell'armadio che si estendeva da lato a
lato del letto, quei quadri di pessimo gusto, ovviamente non di
sua scelta, e la sedia della scrivania, sul lato destro della stanza,
la quale sosteneva i vestiti che avrebbe indossato quella mattina.

«Quanto odio quei quadri» disse alzandosi, ancora mezzo
addormentato e con la vista in parte annebbiata.

«Prima o poi li dovrò bruciare» continuò, come tutte le mattine,
ma alla fine quei quadri erano lì da più o meno quindici anni e
mai si era deciso a toglierli. Sapeva che la sua stanza sarebbe
rimasta vuota e questo sicuramente non avrebbe migliorato il suo
senso di solitudine.

Come ogni mattina, egli andò a sistemarsi i capelli di fronte
allo specchio dell'armadio, questi erano talmente disordinati da
sembrare un cespuglio di more, dopo un tornado del Kansas. Egli
possedeva questi strani capelli ricci, che andavano a contrastare
con gli occhi verde-grigiastri che si ritrovava. Aveva ereditato
quella caratteristica fisica da sua madre, insieme al suo leggero
colorito ambra, di cui andava fiero. Il fisico era ben formato, ma
la cosa che doveva di più a suo padre era stata l'intelligenza. Il
suo più grande orgoglio era la sua curiosità nell'inventare cose
mai concepite dalla mente umana e per quanto la guerra avesse
messo in difficoltà il mercato dei pezzi di ricambio, egli sapeva
sempre dove trovare quello di cui aveva bisogno per
sopravvivere.

Fuori dalla camera aveva il suo laboratorio, non grandissimo, ma pur sempre abbastanza funzionale, tanto che riusciva a farlo andare avanti contro ogni aspettativa, avendo installato delle micro pale a vento per il rifornimento di energia. Non ne accumulava molta, ma giusto quel che gli serviva per avere una vita abbastanza dignitosa. La stanza era disposta in tre diversi settori, la parte di destra, con due scrivanie in legno di rovere, sopra le quali era riuscito a ricostruire dei computer. La parte di sinistra, detta la parte "tecnica", dov'erano posizionati un paio di tavoli con sopra tutto il necessario alla costruzione e alla riparazione di qualunque cosa meccanica e non. Per concludere la parte centrale, dove possedeva la cucina, fornita di fornelli, modificati affinché andassero ad energia eolica, un paio di frigoriferi e diversi scompartimenti contenenti le più assurde e strambe invenzioni.

Per i generi di prima necessità non trovava particolari problemi, il cibo lo reperiva dai diversi negozi che si occupavano ancora di rifornire i sopravvissuti, mentre l'acqua era piovana oppure riusciva a filtrarla dal mare tramite un vecchio apparecchio che separava il fluido dal sale.

Andrea continuava a lavorare al suo progetto, una machina in grado di uccidere quelle creature demoniache, eppure ogni volta ch'era vicino ad un punto di svolta, il tutto finiva nello stesso modo: con una bella esplosione. La soluzione la cercava un po' ovunque, consultando libri di fisica, fisiologia e filosofia, era arrivato perfino a leggere la bibbia. Una delle tante fortune che aveva, era la vasta libreria contenuta in quella casa, di chi fosse stata non gli interessava, però chiunque fosse, lo ringraziava ogni giorno. L'unica cosa che doveva scoprire, era il funzionamento biologico e metabolico di tali creature, ma come fare a trovare un cadavere di demone?

"La maggior parte di essi venivano o cremati o gettati in una specie di acido dai loro simili, però doveva pur esistere qualcuno che avesse anche solo un residuo biologico di tali creature" pensò. Gli venne in mente il mercato nero, l'unico posto dove realmente si poteva trovare ogni genere di cosa. Tale luogo, sorgeva nei sotterranei di una delle più famose chiese di Loano, posta su uno dei vertici della stella a cinque punte, caratterizzante la piazza centrale della città. Una volta quelle linee, ormai sfocate, viste da una certa altezza davano l'impressione di sembrare un vero e proprio pentagramma, ergo il famoso simbolo necessario per l'evocazione sia di angeli che di demoni. Soprattutto nelle stagioni estive, quando le luci intorno alla piazza, ovviamente circolare, prendevano vita, mettendo ancora più in risalto la magia contenuta in tale luogo.

Dopo gli anni della guerra quella piazza era irriconoscibile. Si racconta che durante il primo mese del conflitto, il luogo fosse tappezzato di corpi ormai senza vita sia di uomini che donne, bambini, angeli e demoni, inoltre si diceva che i cinque punti della stella fossero rimasti illuminati dal sangue delle vittime per giorni, dando alla piazza uno scenario di morte cremisi. Ogni cadavere era passato all'altro mondo con un'espressione terrorizzata sul viso, occhi fuori dalle orbite per la disperazione, mani ad artiglio quasi sperando di aggrapparsi alla vita come fosse l'ultima speranza per sopravvivere, mentre i restanti corpi erano sparsi in pezzi. I corpi degli angeli furono i primi ad "evaporare", generando colonne di accecante luce.

Infine i demoni non generarono nulla, solo un fetore persistente, anche dopo essere stati prelevati e disciolti in chissà quale acido demoniaco.

La stella possedeva il colore scarlatto del sangue, il quale riusciva ancora a scintillare davanti a quei pochi raggi solari che ormai sempre più di rado illuminavano le giornate.

Le strade della cittadella erano vuote e disseminate di macerie, quella poca luce, che riusciva a filtrare nelle piccole strade tra casa e casa, permetteva di ammirare solo l'opera di ciò che una volta era stato grande, in un paese che ormai non esisteva più da molto tempo. A metà strada Andrea si trovò davanti alla torre dell'orologio, dove a volte si poteva ancora sentire il rintocco del mezzogiorno. Per fortuna alcuni negozi erano sopravvissuti, sicuramente era stato per il cemento armato e le rocce che da secoli reggevano quella città. Tra i pochi, esattamente sotto la torre, si trovava un vecchio negozietto di artigianato, Andrea non poté fare a meno di fermarsi per controllare se vendessero qualcosa di nuovo, purtroppo la merce era sempre la stessa, i soliti coltelli con il manico intagliato. Ogni volta che il ragazzo passava, nonostante ci fossero sempre li stessi pezzi, si divertiva a guardare questi delicati oggetti rudimentali, per quanto essi potessero ricordargli il mondo prima della guerra.

La strada non fu molto lunga e dopo aver visto qui e là qualche bancarella con generi di ogni tipo, incrociato due o tre vie, arrivò finalmente alla piazza della stella, la quale non era cambiata molto dall'ultima volta che ci era stato, le pietre color cenere e le incisioni della stella erano ancora presenti, un po' sbiadite ma pur sempre nella realtà. Il comune, che una volta occupava la vista di fronte, continuava ad essere ridotto in macerie, le bandiere che un tempo rappresentavano la nazione italiana e il comune di Loano, con l'asta piantata esattamente nel centro delle rovine del palazzo, risultavano ancora stracciate e svolazzanti grazie a quel poco vento, proveniente dal mare.

Alla destra era sopravvissuto un piccolo bar con una manciata di tavolini ancora fuori ad aspettare qualche cliente, non facevano molto, ma giusto quelle due o tre bevande che ti permettevano di distrarti dallo squallore della vita che la guerra aveva portato con sé.

Per fortuna quel giorno arrivò a destinazione con un discreto anticipo, infatti, se le informazioni non erano errate, il mercato nero "appariva" dalle dieci alle diciotto, per tre giorni alla settimana, e quindi con una buona mezz'ora d'anticipo, Andrea decise di andarsi a bere una tazza di tè.

Entrato nel locale, l'atmosfera continuava ad essere tetra, forse era dovuto al fatto che alcune lampadine lampeggiavano più che illuminare. Non tutti potevano permettersi la corrente elettrica, infatti chi poteva tendeva ad usufruirne solo per una parte limitata della giornata. Il luogo si divideva in due, la parte dedicata ai clienti con tre tavolini all'interno e quella del bancone, fatto ancora di un variopinto e opaco marmo rosa. Verso la fine della stanza si trovava una piccola vetrinetta, non illuminata, dove potevano essere acquistati dei bizzarri ed inquietanti biscotti.

All'entrata una voce chiese:

«Cosa posso servirle signore?»

«Del tè caldo, per favore» rispose il giovane.

«Certo, si accomodi» concluse l'anziano.

Il personaggio che stava servendo Andrea era abbastanza anziano, ma pur sempre sveglio, possedeva una corporatura robusta, accompagnata da delle possenti spalle, che facevano pensare ad un atleta oppure ad un ex militare, forse era più appropriata la seconda a giudicare dal suo viso segnato da una profonda cicatrice, che sicuramente gli aveva provocato, all'epoca, un immenso dolore. Due occhi color cioccolato, facevano distorcere lo sguardo da quello che sembrava uno squarcio a viso aperto, il naso era aquilino e l'espressione era abbastanza severa, quasi come se stesse rivivendo chissà quale ricordo drammatico. Possedeva dei capelli di un bianco spento che andavano a contrastare con la semi oscurità del locale. Una volta giratosi per preparare la bevanda calda, Andrea, nel frattempo seduto davanti al bancone, non poté fare a meno di notare il modo in cui era vestito, sembrava quasi un taglialegna canadese, con la classica camicia di flanella a quadrati rossi e verdi, e i jeans color blu scuro.

Passati dieci minuti, Andrea si ritrovò davanti una tazza di porcellana bianca fumante, dentro alla quale era stata depositata una piccola bustina bucherellata contenente delle erbe, per qualche strana ragione quel sapore l'aveva già provato, non si ricordava esattamente dove ne quando, ma era qualcosa di familiare, di caldo, che lo faceva sentire come a casa.

«Che tipo di tè è questo?» chiese Andrea al signore dietro al bancone.

«Questa è una mia miscela, ma ho tentato farla il più simile possibile a quella che una volta era chiamata Earl Grey» rispose.

«Earl Grey? Credo di averlo bevuto una volta, ma è stato molto tempo fa... ricordo che lo mettevano dentro delle bustine gialle, con un nome inglese, giusto?» continuò il ragazzo.

«Credo di sì, ma sicuramente quelle bustine colorate sono solo un lontano ricordo ragazzo mio, chissà se un giorno torneranno a farle...» mentre tentava di continuare con il discorso entrò un altro cliente, molto diverso dalle persone che di solito frequentavano quel luogo, era più alto del normale "sicuramente avrà come minimo due metri", pensò Andrea. Il forestiero si avvicinò al bancone chiedendo una semplice tazza di caffè, con una voce rauca e profonda quasi come fosse ammalato. Il modo in cui era vestito non necessitava grandi descrizioni, portava un grosso mantello nero con il cappuccio, l'unica cosa che si poteva notare, se si scrutava bene il fianco della persona, era un pugnale bianco argenteo, inserito in una fondina, che ne poteva contenere minimo altri quattro. Per il resto non fu possibile nemmeno vedere il volto dello straniero, poiché non si tolse il cappuccio per tutta la sua permanenza all'interno del locale. Sembrava avesse una gran fretta, rimase giusto il tempo per bere la bevanda nera, poi pagò e se ne andò come se niente fosse, lasciando Andrea ed il barista senza parole. Il tempo stava passando, e intanto, all'interno del bar stavano arrivando delle persone, non molte, ma giusto quei soliti perché possano essere chiamati "clienti abituali". Finalmente lo straziante silenzio della piazza si ruppe sotto le voci di coloro che erano venuti fino a lì solo per bersi una tazza di caffè o tè e per chiacchierare del più e del meno con il barista, quale si notava che era la classica persona con cui si poteva parlare di tutto.

Finita la tazza di tè e dato un rapido sguardo ai vecchi poster promozionali di prodotti dolciari, si accorse che era giunto il momento di uscire e di raggiungere la meta di quel giorno.

«Quanto le devo?» chiese al barista.
«Sono due schede rosse» rispose.

Dopo aver pagato, Andrea si diresse verso il centro della piazza, pensando e tentando ricordare a come l'umanità era arrivata a scambiare beni di consumo con dei tappi di bottiglia, che per qualche ragione a lui sconosciuta venivano chiamati schede:

"Erano passati due anni dallo scoppio dei primi scontri ed il padre di Andrea era appena partito per andare a servire il suo paese in guerra. Non ricordava molto di quando era bambino, se non qualche stralcio, in cui appariva anche sua madre, donna che semplicemente un giorno non tornò più, condannandolo a sopravvivere e allo stare da solo contro il mondo. Per quello che riguardava i tappi di bottiglia, ricordava un vecchio annuncio alla radio in cui dicevano che gli Euro non potevano essere più di alcun valore, dopo che le banche europee ed alcuni paesi dell'Unione erano stati rasi al suolo in meno di sei mesi, si pensò allo scambio, per merci e servizi, in una valuta che potesse essere facile da reperire, optando dunque per i tappi di bottiglia. Un tappo di plastica valeva un'unità, mentre quelli in latta, ovvero presi dalle bottiglie di vetro, avrebbero avuto un valore di cinque unità. Anche se molte persone preferivano il baratto, cosa sicuramente più sensata, esistevano comunque comunità che adottavano i tappi di bottiglia. Non più di una decina di città possedeva questo tipo di valuta, Loano era una di queste. La cosa migliore rimaneva sempre quella di cercarli nei luoghi dove una volta venivano riciclate le bottiglie e soprattutto non c'era limite all'accumulo di essi".

Per assurdo, Andrea negli anni ne aveva accumulati una discreta quantità, viaggiando da Firenze fino al luogo in cui ora risiedeva.

II
I Monaci

Sharon si trovava di fronte alle macerie di quella vecchia libreria che tanto l'aveva fatta pensare durante quelle ultime ore.

Una volta entrata sapeva benissimo dove andare, dritto verso quelle scale di legno umido e marcio, quali apparivano più vecchie di quanto non lo fossero mai state. Stava scendendo accuratamente nel buio, quando a metà del tredicesimo scalino, si sentì un urlo acuto di terrore...La scala era ceduta e la povera Sharon, per miracolo, si era aggrappata ad un pezzo del corrimano, quale sempre in legno umido ed ammuffito, avrebbe resistito ben poco al peso della ragazza. Con tutta la "fortuna" che poteva accompagnarla, quel vecchio pezzo di legno, ormai in putrefazione, si ruppe facendola precipitare nel vuoto e nell'oscurità più totale.

Quando Sharon riaprì gli occhi si trovava su un vecchio divano impolverato, per miracolo quel mobile le aveva attutito la caduta, senza provocarle nessun danno, se non un leggero dolore alle braccia e alla schiena. Si trovava esattamente in una parte della stanza dedicata alla lettura, cosa che peraltro non ricordava d'aver visto durante la sua ultima visita. C'erano dei piccoli divani con altrettante poltrone, che possedevano un colore indistinguibile dagli altri oggetti del mobilio; pezzi di legno e metallo erano sparsi ovunque, ricoprivano l'intera pavimentazione fatta in marmo bianco, o almeno così doveva essere stato. L'unica cosa che appariva quasi nuova era il lunghissimo tavolo che si estendeva fino a perdita d'occhio, immerso in quello che poteva essere definito un universo di libri e scaffali. Decine erano le lampadine da scrivania presenti nei posti della tavolata, scena alquanto ironica, poiché faceva ricordare tutte le persone che una volta potevano venire, da ogni angolo del mondo, per leggere e sedersi in questo luogo. Eternamente silenzioso ed immerso nella calma del ricordo di milioni di individui che passarono l'intera esistenza a scrivere di avventure, di viaggi, di storie, di drammi, e solo Dio sapeva cos'altro poteva esserci in quei polverosi ed eterni volumi.

Sharon cominciò a muoversi lungo il silenzioso spazio, tentando non urlare per la paura, ma ricordò che l'unica uscita, la scala in legno, era crollata e quindi per logica doveva cercare un altro modo per uscire da quel posto oscuro e dimenticato da qualunque divinità potesse esistere. Sharon continuava a vagare tra le pile di libri senza una meta ben precisa, finché non intravide una luce che passava da un corridoio all'altro.

Assomigliava tanto alla figura di un angelo, dalle lunghe ali bianche e dai scintillanti capelli biondi, eppure c'era un dubbio che assillava la ragazza, "cosa diavolo ci faceva un'essere divino sotto terra a vagare in quell'infinità di libri?"

Sharon provò a seguirlo per due degli innumerevoli corridoi, ma ad un certo punto l'angelo sentì un piccolo fruscio, chiaramente provocato dai piedi della ragazza e con uno straziante grido, il quale avrebbe sicuramente "sciolto" il timpano di qualunque essere umano, cominciò ad inseguirla disperatamente come un segugio che ha appena individuato la sua preda. Non bisognava di certo intuire cosa fece la ragazza, si mise a correre come non aveva mai fatto prima. Ancora con quel grido che le tormentava l'anima, sembrava come se il sogno, fatto la notte precedente, si stesse realizzando tra tutte quelle sedie e poltrone contenute nella ormai nota biblioteca. Passati i divani, la corsa continuava nel "labirinto" di libri, dove tutte le vie sembravano uguali, solo file di volumi enciclopedici in ogni direzione. La ragazza, ormai impaurita, si fece prendere dal panico e dalla disperazione non sapendo più che strada prendere. Si trovava esattamente in un bivio a tre direzioni, quale scegliere, se il supposto angelo, come sdoppiato, si stava avvicinando da ognuna di esse e anche da dietro? La creatura avanzava e sembrava che nulla potesse fermarla.

Era finita, lei era in preda all'orrore della paura, e la disperazione le si leggeva in viso, la consapevolezza, espressa in copiose lacrime, che ormai sarebbe morta era costante ed assillante, quasi come un coltello che le trafiggeva il cuore passo dopo passo. L'angelo ormai aveva rivelato la sua vera forma, diversa da qualunque altra avesse mai visto prima, possedeva infatti un aspetto ed un portamento quasi regale ed umano. Il suo viso all'apparenza sembrava di una persona con caratteri simili a quelli della popolazione asiatica, gli stessi occhi a metà tra quel taglio a ricordo di una mandorla e quelli europei, poteva essere definito un viso caucasico o pressapoco. Il suo vestiario era formato da una lunga tunica, che nascondeva buona parte dei vestiti portati al di sotto di essa, completamente nera e decorata magistralmente con gemme cremisi, le quali andavano dal collo fino alle maniche formando una lunga freccia che arrivava fino ai piedi. A differenza della tunica, gli anelli che portava alle mani possedevano delle strane gemme azzurre, come se al loro interno ci fosse qualcosa in movimento, forse a ricordo di ciò che era stato il lusso dei tempi antichi. La cosa che più aveva sorpreso Sharon, era il paio di occhiali pseudo rettangolari che portava, probabilmente fatti del medesimo materiale degli anelli, un blu zaffiro intenso, a ricordo delle acque dei mari più profondi. Infine per "deviare" da tutto ciò che indossava, la sua capigliatura sembrava la cosa più umana che la ragazza avesse visto da tre anni a questa parte, capelli neri con leggere sfumature violacee liscissimi che rivolti in avanti creavano una sorta di frangia che copriva uno degli occhi.

«Ti ho portato dove volevo giovane umana» disse con un tono di voce tranquillo, quasi rilassato nel dire quelle parole.

«Chi sei e…c-cosa vuoi da me?» rispose lei tentando recuperare la calma appena sfumata.

«Chi sono io non è importante, in quanto non lo comprenderesti, solo sappi che la tua anima non sarà altro che un piccolo granello in meno verso la mia eternità» rispose la creatura senza nemmeno tanta attenzione, infatti essa era rivolta per intero allo scaffale di fronte alla ragazza. Egli era alla ricerca di un libro, più vecchio di quella stessa biblioteca e più antico di qualunque altro testo mai scritto al mondo. Pronunciò delle parole incomprensibili, finché un libro non cominciò ad emanare un forte bagliore bianco. Con una leggera presa la creatura afferrò il libro come fosse un qualcosa di intoccabile; il maneggiare quel testo gli stava provocando delle ustioni sulle mani, ma il dolore non sembrava disturbarlo. Dopo qualche secondo, cominciò di nuovo una serie di frasi, quasi come una preghiera, il bagliore del libro stava scomparendo.

«Saga ciaofi qcocasg chistad coraxo» in pochi instanti Sharon era nell'esatto centro di una stella che sembrava ad infinite punte, cosa ancora più particolare fu l'apparizione di catene che le tenevano fermi i polsi, le caviglie ed il bacino, il tutto illuminato da un bagliore viola emanato dalla stessa figura geometricamente perfetta.

La creatura stava avvicinandosi sempre di più con quel suo libro in mano, pronto a pronunciare chissà quale incantesimo o incomprensione sulla sfortunata ragazza.

«Cosa vuoi farmi brutto mostro?» chiese Sharon con tutta la rabbia e la collera che possedeva.

«Mostro io? guarda che potrei anche offendermi ragazzina» replicò con tono ironico.

«I veri mostri non siamo noi, siete voi, insieme alle vostre metropoli ed al vostro infondato orgoglio, pensavate di essere "avanti" con i vostri grattacieli, i vostri aerei e le vostre armi, ma siete solamente delle creature inutili ed ipocrite, e pensa che di mondi e popoli ne ho conosciuti molti durante i secoli» continuò con un tono collerico.

«…ed io cosa si suppone abbia a che fare con tutto questo?» tentò replicare inutilmente.

«Tu? nulla, ma come ti ho detto prima necessito della tua essenza per continuare ad essere immortale, "certo che sei molto attenta". Eseguo questo rituale dapprima che il tuo mondo potesse veder la più misera delle scintille di vita» concluse la creatura.

A quelle parole, la giovane Sharon tacque, non le rimaneva più nulla da dire, le parole erano "morte" in gola.

Non poteva più parlare, dalla sua bocca fuoriuscivano solo urla, strazianti ed assordanti, che potevano solo farti immaginare la sofferenza che in quell'istante la ragazza stava patendo. Le lacrime non smettevano di segnarle il viso, mentre la saliva aveva uno strano retrogusto di fumo. Poco a poco sentiva che si stava "spegnendo". L'energia l'abbandonava, si ritrovò sempre più debole finché non smise di combattere e i suoi occhi si chiusero.

* * *

Il mercato nero era un luogo molto particolare, vi si poteva trovare di tutto: armi da fuoco di ogni portata e calibro; armi bianche come spade, balestre, lance e scudi; qualsiasi tipo di cibo, disponibile per quel preciso periodo dell'anno, ma soprattutto la cosa che più interessava ad Andrea era il vasto assortimento di pezzi di ricambio e ferraglia varia. Esso si trovava esattamente nei sotterranei della città, ai quali era possibile accedervi grazie ad apposite entrate, situate sotto le chiese principali. La piazza di Loano possedeva una chiesa esattamente di fronte al bar, in tale luogo si organizzava il "mercato", dove si potevano acquistare tessuti, bottoni e generi di prima necessità, come batterie, acqua e cibo.

Entrato nella chiesa, non si poteva fare a meno di notare la moltitudine di gente che si affrettava e spingeva per ottenere il miglior pezzo di qualunque cosa, chi per una bistecca, chi per un bottone in rame argentato, chi per una matassa di lana.

«Continua ad essere bello osservare la volta e la cupola decagonale dagli spicchi di oltre cinquanta metri. Pensa che per secoli ha protetto la cittadina, secondo il rito della chiesa Cattolica. La sua fortuna è stata di essere antisismica, essa resistette a tutto, a innumerevoli guerre e all'apocalisse stessa. Infine eccola qui ancora in piedi per custodirci e proteggerci» disse uno strano personaggio che si avvicinò ad Andrea non appena entrò all'interno del luogo.

«L'Apocalisse non è ancora finita» rispose Andrea senza pensarci troppo.

«Sai chi la fece costruire, svariati secoli addietro?» chiese l'uomo, con un'aria quasi superba, come per far capire che la risposta già la conosceva.

«Se non erro furono i Doria, giusto?» continuò Andrea.

«Esatto! Mi chiamo Tony Newman, e sono, o meglio ero un architetto, te invece?» domandò di nuovo l'uomo.

«Piacere, sono Andrea, mi hanno detto di chiedere di te per l'altra entrata…sai che intendo…» concluse il giovane in maniera fredda, indicando il suolo. Finito il discorso Tony fece segno di seguirlo, mentre si dirigeva verso le scale, in direzione dei sotterranei. Era una persona alquanto bizzarra, ma pur sempre simpatica, dalla corporatura delicata, ovvero magra, si poteva chiaramente vedere che un tempo aveva compiuto una scelta, facendo dominare la sua curiosità artistica sullo sviluppo muscolare. L'espressione era amichevole, quasi sempre con uno smagliante sorriso, che andava a pronunciare gli zigomi leggermente spigolosi; le labbra erano sottili e gli occhi di un classico e brillante marrone che facevano da richiamo ai capelli, lisci, sistemati in un'acconciatura poco curata, quasi spettinata, che in un certo senso riuscivano a comunicarti uno stereotipo di chi conosceva, o meglio viveva, l'arte.

Scesa la scala, Andrea si trovò davanti ad un'immagine poco consueta, una stanza piuttosto vasta illuminata dalla luce elettrica "continua".

La sensazione era quella di stare in una lunghissima caverna che una volta percorsa terminava con un punto a quattro direzioni differenti, in ognuna di esse c'era un cartello con su scritto il settore, dedicato ad un preciso genere di oggetti:

"ST-1: CIBI E COMPGNIA ESOTICA"
"ST-2: TECNOLOGIA E MECCANICA"
"ST-3: ARMI DA FUOCO—ARMI BIANCHE"
"ST-4: DROGHERIA MEDICINALE"

Con nervi d'acciaio Andrea continuò verso il settore due, dove lo aspettava il paradiso in terra della tecnologia, oppure il "mondo della ferraglia", come lo definiva Tony. Scelto il cammino ed attraversato il portale di pietra, ancora pochi metri e Andrea sarebbe arrivato a destinazione.

Le prime cose che vide entrando nella stanza furono le scintille di qualche fiamma ossidrica, appartenevano ad un ingegnere che stava saldando delle vecchie tubature di rame in fondo alla sala.

Proseguendo si ritrovò in un vero e proprio mercato di pezzi di ricambio, c'erano bancarelle con ceste di ferraglia che si estendevano per più o meno una ventina di metri. Subito alla sua destra, un piccolo stand, gestito da una donna che pareva molto anziana, sembrava inoltre che fosse cieca, poiché teneva perennemente gli occhi chiusi. Si occupava di vendere attrezzi di diversa natura e fattura, da piccoli cacciaviti per ottici a set da "venticinque" di chiavi inglesi. Vendeva perfino una penna a caldo per fusioni, della misura giusta per saldare piccoli fili nei circuiti elettrici.

Camminando tra le vie del "mercato" di ferraglia, Andrea chiedeva a chiunque avesse una bancarella, a uomini, donne, perfino bambini, se possedevano almeno uno dei pezzi che necessitava, ma purtroppo nessuno sembrava avesse ciò che stava cercando.

«Cerco degli ingranaggi a doppia ruota dentata, sono stati utilizzati fino a quarant'anni fa negli automi e nell'orologeria, ha presente?» chiese ad uno dei commercianti, ma questo si limitò solamente a muovere la testa in segno di negazione.

Andrea era riuscito a dare le indicazioni perfino a Tony per vedere se dividendosi avrebbero ridotto il fattore tempo, ma neanche questo servì a molto. Erano passate ben due ore e Andrea ormai stava perdendo le speranze, quando uno dei tanti commercianti dietro una bancarella, vestito in maniera distinta, quasi come fosse un vecchio inglese della borghesia del diciannovesimo secolo, gli disse ciò che stava aspettando, o quasi.

«Quello che stai cercando dovrebbe esistere ancora. Ho un amico che è riuscito a sopravvivere a Londra, possiede un vecchio negozio di antiquariato, là potrai trovare quello che cerchi e forse anche di più» disse il negoziante.

«Come si chiama questo negozio?» chiese Andrea con molta curiosità.

«Una volta veniva chiamato "The London Silver Vaults", esattamente dove, tempo addietro, si trovava Chancery Ln.» rispose l'uomo.

«Non potrei ordinarlo da qui?» continuò Andrea.

«Purtroppo non è più possibile importare merce da contrabbando da paese a paese, è diventato molto pericoloso, soprattutto dopo l'attacco avvenuto a Parigi un paio di settimane fa. Si dice che l'intera città sia stata rasa al suolo in meno di tre giorni, la resistenza umana e Celeste è crollata dopo un mese di assedio, forse l'unico posto ancora in piedi in quella zona è il sotterraneo, ma ragazzo te lo sconsiglio vivamente di recarti in quel luogo per dei semplici ingranaggi» concluse il vecchio con un viso quasi inorridito al pensiero della povera Francia.

«Devo farlo, lo devo a mio padre, non importa il rischio». Intanto Andrea prendendo il biglietto, ringraziò l'uomo che si era presentato come "Vecchio Charlie". Si diresse incontro a Tony, che nel frattempo era riuscito a trovare uno dei pezzi tanto ambiti.

«Questa è una pazzia!» esclamò Tony dopo aver sentito per intero la storia di Andrea.

«Come farai ad arrivare a Londra? la tua probabilità di sopravvivere non è nemmeno calcolabile» concluse l'architetto, abbastanza incuriosito.

«Come? Non ne ho idea, ma una cosa so, avrò bisogno di armi, la chiave inglese questa volta non credo mi potrà salvare» tentò dire con ironia Andrea.

«…Dovrò attraversare la Francia, o quello che ne resta, poi tenterò trovare una barca per passare il canale della Manica, da lì mi basterà solo raggiungere Londra e poi se sarò sopravvissuto, arriverò a quel negozio» disse il ragazzo con una discreta sicurezza.

«D'accordo, l'itinerario non è male, ma verrò con te, avrai bisogno qualcuno che ti copra le spalle» specificò Tony.

«Cosa ci guadagneresti nel rischiare così la tua vita?» chiese alquanto sospetto Andrea.

«Le cittadine che dovremo passare avranno di sicuro merce interessante, troverò qualcosa che mi stimolerà l'interesse» e dopo quelle parole s'incamminarono verso il settore tre, alla ricerca di chissà quale arma.

Ripassati i corridoi di pietra, tornarono al bivio dove "imboccarono" la terza entrata. Il portale di pietra ed il percorso erano diversi da quello passato precedentemente, questo era molto più lungo, proseguiva per svariati metri, quasi come se fosse interminabile e ne frattempo il silenzio sembrava soffocante quanto le pareti stesse, si poteva udire soltanto il proprio respiro ed il battito cardiaco lungo quella fila infinita di lampadine. "Bum, bum-bum, bum-bum bum" sembrava quasi che il petto gli esplodesse al povero Andrea, all'improvviso la luce saltò, allora quel senso opprimente divenne un misto di curiosità e angoscia.

Proseguirono finché non si trovarono davanti a delle scale leggermente illuminate, queste sembrava che emanassero luce propria, quasi come se fossero fosforescenti. Saliti gli scalini, delimitati da una struttura cilindrica, si ritrovarono esattamente in una stanza semi illuminata, questa aveva diversi stendardi rossi con una coppia di tavoli in legno, i quali andavano a formare il luogo di culto principale, piuttosto vecchi erano inoltre i crocefissi posati sopra di essi, che stavano a rappresentare il potere, non più esercitato, della Chiesa ormai caduta in rovina. Sei file di panche divise in due sezioni, terminavano l'umile mobilio del luogo, dove la cosa più preziosa che si poteva notare era l'affresco dietro all'altare.

«Siamo in chiesa» esclamò Andrea, sicuro della sua risposta.

« È la cappella di un convento. Non vedi l'umile geometria della stanza, oppure lo scarso mobilio?» disse Tony in una maniera quasi arrogante.

«Scusi signor architetto» concluse Andrea con molto sarcasmo.

«Perché siamo in una chiesa, oh SCUSA cappella?» chiese incuriosito il ragazzo.

«Stiamo per andare incontro a dei demoni, oltre a pericoli di ogni genere, ci servono armi consacrate da qualcuno, e questo è il posto migliore dove trovarle» spiegò Tony.

Usciti dalla cappella si trovarono in un piccolo cortile quadrato fatto interamente di ghiaia, il convento costruito intorno possedeva un colorito ocra, come se lo stesso giallo fosse andato in putrefazione, che faceva trasparire quanto fosse antico e poco gestito. Sopra la prima fila di finestre si poteva notare un campanile, evidentemente in disuso, poiché nessuno aveva più sentito l'assordante suono di quei due pesanti oggetti.

I due ragazzi proseguirono sotto i portici del convento, passando poco a poco tutti gli archi e le volte che li componevano. Alla loro sinistra sorpassarono la mensa, una stanza abbastanza grande, contenente solo una serie di tavoli disposti in due file parallele, ed uno a capo, vicino all'uscita, di forma ellittica, per il resto era un luogo freddo e vuoto.

Camminarono fino al muro di entrata per poi svoltare a sinistra, dove incontrarono due file di vecchie scale ripide, queste avrebbero condotto i due giovani fino al piano superiore.

Arrivati al primo piano trovarono un bivio, verso destra in direzione dei dormitori, oppure dritto, dove si potevano intravedere delle persone incappucciate impegnate in un'accesa conversazione.

Tony e Andrea entrarono nella sala, interamente dipinta di bianco, ad eccezione dell'enorme cubo bordeaux, che occupava gran parte del soffitto e del piccolo tavolo dello stesso colore.

L'attenzione di uno dei presenti andò a soffermarsi sui ragazzi. «Come siete entrati? Cosa volete?» chiese quasi allarmato l'uomo «Veniamo dal luogo in cui serve la "benedizione"» disse Tony enfatizzando l'ultima parola, come se ciò servisse per un qualche scopo. Nessuno dei presenti proferì parola, ma l'ultimo di loro, prossimo all'uscita in fondo alla sala, con il suo cappuccio innestato nella tunica color avorio, fece il segno di seguirlo. I ragazzi attraversarono la sala, poi quella dopo ancora identica alla precedente, dove fu possibile vedere solo persone incappucciate, sempre con la sola ed unica tenuta bianca. Arrivarono davanti a una piccola porta di vetro arancione, dove l'uomo, anch'esso coperto, cominciò a cercare un discreto mazzo di chiavi. Da una delle tasche interne uscì un anello contenente solamente tre chiavi, una di queste fu utile per aprire la porta, le altre due, invece, servirono per passare le due entrate metalliche, successive al vetro.

Entrati nella saletta, scarsamente illuminata, notarono solamente una finestrella posta nella parte più alta della parete di sinistra, per il resto era completamente vuota, tanto da emanare un buio inquietante; verso destra c'era un'altra porta, interamente fatta in vetro nero, in cui non sembrava esserci alcun tipo di serratura.

L'incappucciato rimase in silenzio anche dopo le numerose domande fatte da Tony riguardo la strana geometria della stanza, che presentava una bizzarra forma a ettagono. Il silenzio si ruppe quando l'uomo cominciò ad intonare una strana preghiera:

«"Zorge merifri, odo mimoag dorpha bien"» disse con una voce ferma e possente.

Al pronunciare quelle antiche parole la porta sembrò reagire, illuminandosi insieme al cappuccio dell'uomo misterioso. A quel punto la luce cominciò ad innondare la saletta come fosse un'esplosione, la luminosità era talmente intensa che entrambi i ragazzi dovettero chiudere e coprirsi gli occhi per evitare di rimanerne abbagliati, mentre l'incappucciato sembrava inerme davanti allo spettacolo emanato dalla porta. Una volta che l'abbaglio si diradò nell'oscurità della stanza, l'unica luminosità presente proveniva dal luogo, ormai senza porta, che non aspettava altro che i due ragazzi.

La camera era completamente bianca, quasi surreale, ed emanava una strana luminescenza, questa volta sopportabile. In tutte le sue cinque pareti erano state agganciate armi di ogni genere. C'era un settore dove si trovavano solo spade e pugnali, di fianco a quello delle balestre e degli archi, unito ad un altro contenente solo lance, scudi, balestre, alabarde e asce. Al lato opposto vi erano solo armi da fuoco senza caricatore, le quali non sembravano avere nulla di diverso da quelle che potevano essere acquistate normalmente.

«Ecco a voi il nostro arsenale, prendete ciò di cui avete bisogno» disse l'uomo che nel frattempo aveva rimosso il cappuccio.

Il personaggio, indistinguibile se non per la sua altezza, possedeva una corporatura piuttosto robusta, per essere uno dei Monaci dell'Ombra. Insieme ad un'espressione severa e alquanto distaccata, la sua carnagione scura che non si era potuta vedere anche a causa dei guanti in pelle portati sulle mani, non permetteva di capire più di tanto le espressioni che raramente si disegnavano sul suo volto. L'unico particolare che avrebbe potuto tradirlo era nei suoi occhi castani, che ad un certo punto iniziarono a fissare il giovane Tony.

Dopo poco più di qualche secondo i due si misero a ridere, proprio come due vecchi amici che non si vedevano da parecchio tempo.

«Brutto figlio di…non mi far dire cosa, quanto tempo che non ci vediamo.» iniziò il monaco ridendo e scherzando mentre abbracciava l'architetto, anch'esso contento dell'incontro.

«Non c'è male…come hai fatto a finire in un posto come questo, dove devi stare perennemente in silenzio?» chiese incuriosito Tony.

«Ho dovuto fare delle scelte e purtroppo sono finito qui» e dicendo queste parole abbassò lo sguardo, come se stesse ripensando a chissà quale doloroso ricordo.

«Quindi immagino che Beatrice e i ragazzi…» e mentre stava per finire la frase, Tony si sentì piuttosto imbarazzato, tanto che dovette pensare qualcosa per distrarre l'amico, prima che affogasse in "quell'oceano" di dolore.

«Andrea, questo è il mio vecchio amico Bastion e credo stava per spiegarci qualcosa, giusto?» riferendosi alle armi segnate da strani simboli e alla curiosità di Andrea, verso di esse.

«Queste, miei cari, sono armi consacrate. Cos'hanno di diverso da una qualsiasi arma? Beh, queste sono molto più "interessanti"» iniziò con molta enfasi.

«Possono uccidere qualunque cosa, non sono potenti quanto un'arma angelica, però sanno fare la loro figura in battaglia, fidatevi di loro e non vi deluderanno» concluse Bastion mentre aspettava, con un certo orgoglio, le domande che il giovane di fronte a lui era impaziente di fargli.

«Quale possiamo prendere? e perché le armi da fuoco sono "scariche"?» chiese Andrea, con una certa emozione, quasi impossibile da non vedere.

«Quelle sono scariche per varie ragioni, la principale è che devono essere consacrati i proiettili, non solo l'arma e per quello basta solo una piccola incisione di Enochiano sull'impugnatura» disse il monaco mentre mostrava una delle pistole al giovane.

«Per quanto riguarda l'altra domanda, potete prendere due armi ciascuno, scegliete bene» pronunciate queste parole, Andrea e

Tony sembravano bambini all'interno di un negozio di caramelle, ma il dubbio su cosa scegliere cominciò ad assillarli fin da subito.

Tra tutto l'esposto disponibile e le infinite combinazioni per uccidere, la vista di Andrea si andò a posare solo su un'unica arma, una spada, splendente e affilata, che da sola sarebbe stata in grado di illuminare perfino la notte più profonda. Fu quasi un colpo di fulmine che lo attirò direttamente allo scaffale.

«Si chiama "Martirio dello Spirito", ma la chiamiamo spesso "Mastrit", è la più antica che abbiamo. La leggenda racconta che lo spirito di un potente Celeste, dopo la sua ultima battaglia, concentrò tutto il potere che gli rimaneva in questa lama, che prese anche parte del suo spirito» raccontò Bastion vedendo la curiosità del giovane.

«Si dice anche che sia davvero molto pesante, nessuno in numerosi anni è mai riuscito a sollevar...» e prima che finisse la frase, Andrea aveva impugnato Mastrit come fosse una normalissima chiave inglese.

«Ehm...ma come hai...» tentò formulare il monaco, ma questo rimase zitto osservando il ragazzo che fendeva l'aria con la sua nuova arma. Intanto Tony si era attrezzato per bene, equipaggiandosi con una serie di pugnali e come arma principale un arco intagliato in acciaio e una faretra in pelle bianca, contenente una trentina di frecce intagliate in uno strano metallo grigio scuro. In base alle armi scelte il monaco consegnò ai ragazzi anche le fondine in pelle per i pugnali ed il fodero con la cintura allegata per la spada, unendole anche ad una coppia di mantelli con il cappuccio nero. Fatti i convenevoli e ringraziato il monaco, Andrea e Tony andarono verso l'uscita principale, scendendo le scale ed arrivando fino all'enorme portone in legno, che segnava il confine tra la realtà di quel luogo e quella di un mondo distrutto e devastato da anni di guerra ininterrotta. Nonostante alcune comunità tentavano vivere una vita quasi dignitosa, l'immagine che i due ragazzi si trovarono davanti, quella di edifici rasi completamente al suolo o di interi "stormi" di legioni angeliche che volavano sopra le loro teste, diede forza ad entrambi per andare avanti e continuare a vivere.

Coprendo le proprie teste con il cappuccio, cominciarono la loro camminata verso l'obiettivo ultimo: far finire la guerra.

III
Il viaggio

"L'oscurità sembrava l'unica amica di Sharon, ormai catapultata in un mondo a cui non apparteneva più. Improvvisamente la luce sembrò apparire davanti a lei, insieme ad un gruppo di immagini confuse, strani strumenti metallici e bolle d'aria, quasi come se fosse all'interno di chissà quale contenitore d'acqua. Non sentiva più i propri arti, solo una sensazione di freddo e ansia. Vide in seguito una figura che si stava avvicinando, ma prima di capire come essa fosse fatta sentì un lancinante dolore alla testa e al corpo..."

Una volta cosciente, la povera Sharon tentò aprire gli occhi e cercando con gran fatica di mettersi seduta, si accorse di essere sdraiata sul gelido pavimento in marmo di una gigantesca biblioteca. L'ultimo ricordo che aveva, era la sua caduta dalle scale. "Probabilmente ho sbattuto la testa sul pavimento e ho perso conoscenza, ma quanto ho dormito?" pensò mentre tentava rimettersi in piedi. Si sentiva molto debole, come se non avesse mangiato per giorni, e con una disperata sensazione di sete, accompagnata dalle labbra molto secche e screpolate. Non aveva niente con sé, solo il vecchio coltello dell'esercito di suo padre, e purtroppo doveva pensare a qualcosa in fretta, poiché ormai sentiva che le forze la stavano abbandonando nuovamente. Riuscì a fare qualche passo prima di cadere di nuovo sulle ginocchia, sentiva la gola secca come se avesse un deserto in bocca, mentre gli occhi stavano di nuovo per annebbiarsi. Riusciva a scrutare solo libri sedie e ancora libri, finché non vide qualcosa che sembrava avere uno strano luccichio. L'oggetto in questione altro non era che un vecchio distributore di snack in disuso che per sua fortuna non si trovava molto lontano. Con le poche forze rimaste, Sharon strisciò fino a raggiungere la vecchia scatola metallica, ancora contenente alcune bottiglie d'acqua e qualche merendina, sicuramente scaduta. Prendendo il coltello ed inserendolo con tutta la sua forza all'interno della serratura, Sharon riuscì ad aprire il distributore facendo cadere alcune bottiglie al suolo. La prima cosa che fece fu accanirsi sulle bottiglie, arrivando a terminarne alcune con un solo sorso. Per quanto riguardava il cibo, alzandosi raggiunse una vecchia fila di barrette ai cereali, sperando che avessero subìto di meno il passare del tempo. Dopo "l'abbuffata" crollò di nuovo, sfinita, come se avesse finito l'energia in corpo.

Questa volta non sognò nulla, ed il suo sonno non durò che un paio d'ore. Non fu svegliata da chissà quale dolore o allucinazione, ma venne proprio buttata fuori dall'universo del sonno, come se fosse stata buttata giù da un treno in corsa. Aperti gli occhi sentì tutto che tremava, rumori assordanti di grida e armi continuavano a rimbombare sopra di lei con una violenza tale da provocarle l'emicrania. Con molta velocità riuscì a prendere una bottiglietta d'acqua e qualche merendina, prima d'iniziare a correre con chissà quale forza. I corridoi vibravano, mentre gli scaffali, oscillando, facevano cadere i volumi al suolo. Sharon, per evitare che qualche rudere le finisse addosso, si mise direttamente sotto la grandissima tavolata cominciando a gattonare a gran fretta. Continuò finché un enorme scaffale non le tagliò la strada, finendo direttamente sopra il tavolo, arrivando perfino a sfiorarle il naso. "Cosa fare?" pensò alla svelta e mentre ormai aveva perso la speranza, considerando e perfino accettando l'idea della sua morte, notò un piccolo spiraglio di luce nella parete di fronte a lei. "Come diavolo lo raggiungo?!" Si chiese disperata. La risposta venne da sé quando un angelo finì per schiantarsi proprio contro quel minuscolo punto luminoso, ormai trasformato in uno squarcio nell'edificio. Aspettò che l'angelo se ne andasse, prima di poter scalare i ruderi e le macerie, ci volle qualche minuto prima di raggiungere la meta: la strada al di fuori della biblioteca. Lo scenario che si trovò davanti arrivò a turbare considerevolmente Sharon, facendole perdere quel poco di calma che le rimaneva. Londra era in fiamme, gli edifici non esistevano più e tutto ciò che si poteva vedere erano le legioni di Celesti che si scontravano nei cieli e sulle poche strade rimaste della città, il cielo era di un colore rosso-arancio quasi fosse il crepuscolo, sfumato in infinite tonalità di viola, rosa e azzurro.

Restavano poche ore di luce e Sharon desiderava solo trovare ancora casa sua "in piedi". Cominciando a correre, tentò, dov'era possibile, di ripercorrere la strada dell'andata, ma ritornando verso Conduit st, notò che l'asfalto non esisteva più e ciò che ne rimaneva era disseminato di corpi, ormai senza vita, di Celesti, demoni e uomini dalle diverse connotazioni. Dovette prendere la parallela sperando che fosse ancora possibile attraversarla, con sua sorpresa non era stata colpita a livello fisico, ma per il resto anch'essa pullulava di cadaveri, questa volta di donne e bambini. Tentava solo camminare senza che le lacrime le uscissero dagli occhi. L'ultima cosa che ricordò di quella strada, prima di svoltare verso la via che l'avrebbe, forse, riportata a casa, fu di aver visto un bambino, ormai in fin di vita mentre tentava raggiungere, strisciando con la sua piccola manina, il suo orsetto di peluche. Non potrà mai dimenticare il pianto, quasi soffocato, di quella creatura mentre tentava con tutte le sue forze di recuperare il suo amato giocattolo. Sharon come ultimo atto di pietà aveva raccolto e dato l'orsetto al bambino, che non appena lo strinse, chiuse gli occhi, smettendo di vivere, mentre una soffice e cristallina lacrima gli attraversava il viso. Sharon non riuscì a trattenere il pianto, al vedere la scena di una madre che ormai giaceva morta abbracciata al figlio, il quale a sua volta si era spento abbracciando la sua piccola "creatura protetta".

Passate le vie, riuscì a tornare al posto che nell'ultimo periodo l'aveva protetta, ma questo purtroppo era andato a fuoco e ormai, di tutte le cose che possedeva, rimanevano soltanto macerie e ceneri, eccezione fatta per un piccolo zaino intravisto nei resti. Tolti alcuni ferri, quelli possibili da spostare, riuscì per miracolo a tirar fuori lo zainetto, probabilmente ignifugo, che posava esattamente sopra i piccoli rimasugli, ancora in fiamme, di un libro: Hansel e Gretel. Ogni immagine si perse nel fumo, così come ogni ricordo legato ad esse, le lacrime le bagnavano il viso ed un pensiero le balenava in testa: "non ho più nulla".

Le scelte che poteva compiere erano alquanto limitate, dove poteva andare? La Scozia era inondata, l'Europa devastata e chissà quale luogo poteva ancora considerarsi sicuro. Mettendo la bottiglia d'acqua e le barrette, preso in precedenza, nello zaino, cominciò a dirigersi verso sud, con una meta ancora ignota nel cuore.

La notte era calata, il freddo cominciava a farsi sentire e la cosa più saggia era fermarsi a riposare. I luoghi vicini in cui potesse sostare, almeno per la notte, erano pochi, aveva corso molto e la stanchezza non aiutava. In lontananza i rumori dello scontro continuavano a metterle angoscia. Continuò a camminare, ma nei dintorni non si vedeva anima viva, solo strade deserte e case "senza vita". La vista della ragazza vagò finché non vide una finestra "accessibile", ovvero non barricata.

Andandoci vicino e notando che la casa era vuota e senza alcun segno di "luce" prese una pietra e ruppe il vetro, riuscendo ad entrare. All'interno della struttura, sembrava come se coloro che ci abitavano avessero appena abbandonato ogni azione e fossero scappati chissà dove, le tazze erano ancora sul tavolo, alcuni giocattoli sparsi sul pavimento, mentre alcune lettere erano ancora sotto la porta. Ad esclusione di un salotto ammobiliato con una TV, un tavolino ed un divano, disposti parallelamente, la casa non sembrò avere un gran arredamento. Proseguendo verso destra si vedeva una finestra che comunicava con la cucina, con un ripiano in cui erano posate ancora riviste di ogni categoria, da National Geographic a BBC Science. La cucina aveva solo un tavolo rotondo, dello stesso legno dei piani cottura e da lavoro. Verso sinistra, una scala conduceva al piano superiore, mentre dal sottoscala si accedeva al seminterrato; oltre a quello non c'era altro, solo la porta d'uscita di fronte alla ragazza.

La prima cosa che Sharon volle fare, fu di andare a vedere se negli scaffali della cucina c'era un qualunque genere alimentare. Per sua fortuna, quei ripiani erano ben riforniti con ogni tipo di pietanza, da zuppe a frutta sciroppata, tutte sigillate in vecchie latte polverose. Cercando nei cassetti trovò un vecchio set di posate, da cui prese un cucchiaio e una forchetta, disinfettati in seguito con una bottiglia di alcol, trovata sotto il lavello. Fatto tutto il necessario, prese alcune latte di zuppa e le aprì con l'apriscatole del coltellino…non ricordava l'ultima volta ch'era riuscita a sedersi seriamente ad un tavolo e mangiare tranquilla. L'unica cosa che un po' riusciva a rendere la scena tetra, era la mancanza di luce, tutto sembrava avere solo due sfumature di azzurro/grigio e blu, leggermente riconoscibili per i deboli raggi della Luna, che ormai sembrava morta, sospesa come un corpo appena impiccato, nell'immensità del firmamento tenebroso.

Dopo aver divorato tre latte di zuppa alle patate e ceci ed una di ananas sciroppata, volle cercare qualcosa su cui dormire, dirigendosi di conseguenza verso le scale. Saliti i gradini, ricoperti di moquette, si accorse che alla sua destra, filtrava della luce proveniente dall'esterno, e nonostante attribuisse un'aria inquietante ad ogni oggetto, era comunque abbastanza per poter vedere il breve corridoio alla sua sinistra, dove due porte chiuse ed una accostata, la stavano aspettando.

Prima di entrare nella stanza più vicina, Sharon notò un mobile contenente due cassetti, incuriosita andò ad aprirli per vedere se poteva esserci qualcosa di utile al loro interno e con sua meraviglia trovò una piccola torcia con a fianco delle batterie di riserva. Premuto il bottone la casa sembrò molto meno tenebrosa di quello che era, almeno adesso poteva vedere chiaramente dove andare. La ragazza proseguì fino alla stanza con la porta socchiusa, dove vide un vecchio letto matrimoniale.

"Evidentemente questa doveva essere la camera principale" pensò, per il fatto che oltre al letto il mobilio si concludeva con due cassettiere, di fronte a lei, ed un armadio alla sua destra. L'unica cosa positiva erano le tende alle finestre —che per fortuna— bloccavano completamente la visione della strada deserta.

Lasciato lo zaino da parte e tolta la sciarpa dal collo, chiuse lentamente e il più silenziosamente possibile la porta, girata la chiave, l'unica cosa possibile che rimaneva da fare era accovacciarsi nel letto dove sperava finalmente di dormire indisturbata per qualche ora, così prese la coperta e si addormentò.

* * *

Dopo essere usciti dal convento Andrea e Tony si diressero verso le proprie abitazioni, ognuno per rifornirsi di ciò che consideravano necessario per il viaggio. Il giovane fisico doveva fare i bagagli ed installare il pezzo —trovato dall'architetto precedentemente— nel prototipo della macchina che "in teoria" avrebbe fatto finire la guerra.

Arrivato all'appartamento, Andrea, levato il cappuccio, cominciò a riempire uno zaino (da campeggio "militare") con qualunque cosa potesse servirgli. Partì dalle derrate alimentari, che comprendevano ogni tipo di alimento liofilizzato e multi proteico, era stata una fortuna per Andrea trovare una casa dalla dispensa ben fornita. Continuò con gli attrezzi, i fiammiferi e piccoli set tascabili di chiavi inglesi, accompagnate da una decina di cacciaviti, fino a concludere con la stessa Macchina "X", per fortuna leggera. I due ragazzi si erano dati appuntamento la mattina seguente a quella che una volta era la stazione di Loano, Tony aveva raccomandato ad Andrea di non fare tardi, "partire prima, significa arrivare prima", aveva specificato l'architetto.

Non appena Andrea chiuse gli occhi, strane immagini cominciarono a tormentarlo…

"Si sentiva soffocare e morire di freddo, mentre si trovava all'interno di una capsula piena di chissà quale liquido, vedeva moltissime tubature, che andavano dalla sua "prigione" ad altre fino a perdita d'occhio. All'improvviso cominciò a sentire dei passi attutiti, ma quando tentò mettere a fuoco la figura che veniva verso di lui, vide solo "nebbia", mentre un terribile mal di testa cominciò a tormentarlo".

Di colpo Andrea aprì gli occhi terrorizzato e con la fronte imperlata di sudore. Per sua fortuna le prime luci dell'alba stavano cominciando a solcare l'orizzonte e quindi a filtrare dalla sua finestra. Non ci mise neanche tanto a prepararsi, solo il tempo di vestirsi, equipaggiarsi con i "nuovi giocattoli" e fare colazione, mentre il sole poco a poco nasceva al di là del mare.

Sceso in strada, con lo zaino in spalla, venne travolto dalla brezza fresca del mattino, che lo accompagnò per tutta la sua "camminata". Non passò molto tempo prima che vedesse quei vecchi binari pieni di sterpaglia che trasparivano un senso di desolazione, "chissà se un giorno, qualcuno li userà di nuovo" pensò, mentre Tony alzava il braccio per fargli capire che era lì ad aspettarlo, con una vecchia tracolla in cuoio arancione ed uno zaino, ormai scolorito, in vecchio nylon.

«Dormito bene stanotte?» chiese Tony sorridendo ironicamente, mentre il sole brillava sui suoi vecchi occhiali da sole.

«Per niente…incubi su incubi» rispose Andrea mentre si strofinava ancora gli occhi.

«Ho capito, te la stavi facendo sotto per il viaggio» continuò l'architetto ridendo. Andrea non rispose, un po' perché si sentiva assonnato, ed un po' perché non voleva cominciare una discussione.

«Seguimi» disse Tony indicando la strada ad Andrea. Senza dire una parola il giovane seguì l'architetto per svariate vie, fino a giungere in un vecchio garage che aveva tutta l'aria di essere stato abbandonato da molto tempo. L'edificio era ancora in piedi, malgrado gli svariati danni che esso presentava, compresa la vernice ormai scrostata; non era molto grande, con una serie di piccole finestre —sbarrate— al di sopra della serranda. Tony dopo aver tirato fuori una vecchia chiave, si avvicinò alla struttura, la inserì all'interno di una serratura nascosta da rampicanti secchi e facendo scattare il vecchio meccanismo aprì la possente "porta" di metallo.

L'interno del garage era pieno di pezzi di ricambio per auto e moto, ma la cosa che più sorprese Andrea fu il telo, in stile mimetico, che nascondeva qualcosa di misterioso in fondo alla stanza.

Dopo che Tony ebbe tolto la "coperta" plastica, ci che rimase fece meravigliare Andrea, una vecchia coppia di Harley Davidson modello 883 un po' impolverate, ma sempre ben fornite di ogni tipo di accessorio che rendeva i veicoli, ormai unici nel loro genere.

«Dove le hai prese?! ma soprattutto, posso prendere quella nera?» volle sapere curioso Andrea.

«Non se ne parla proprio! Quella nera è mia…le possiedo da diverso tempo, prima ancora che succedesse questo casino in giro per il globo…l'altra era di mio fratello, ci divertivamo spesso a viaggiare per il mondo, senza una meta, senza fermarci, solo noi due sull'asfalto ed inseguendo l'irraggiungibile orizzonte» detto questo, il viso di Tony divenne improvvisamente cupo, come se ripensasse e rivedesse i vecchi tempi.

«Dov'è adesso?» chiese il giovane.

«Chi?» Tony sembrava perso, ma Andrea volle continuare.

«Tuo fratello, dove si trova adesso?»

«Lui è morto un paio di anni fa» rispose l'architetto, volendo concludere al più presto la conversazione.

La giornata stava cominciando, mentre le Harley ruggivano sull'asfalto, con quel vecchio suono rauco che sembrava uscito da chissà quale vecchio film d'azione. Davanti a loro solo chilometri e chilometri di asfalto, o meglio, ciò che ne rimaneva.

Erano già due ore che "divoravano" metri e il paesaggio sembrava non variare, immersi in un mix, quasi perfetto, di montagne, tunnel e boschi, l'unica cosa che poteva coronare il tutto era lo spettacolo del mare, che continuava, indisturbato, a vivere come se niente fosse, restando impassibile ed insensibile davanti alla sofferenza che l'umanità pativa.

Il percorso continuava, mentre qualche piccola nuvola stava già cominciando a formarsi all'orizzonte.

«Come sei messo con la benzina?» chiese Tony.

«Sono ancora a metà serbatoio, sai se è sopravvissuta qualche stazione di servizio qui in giro?» chiese in tono dubbioso Andrea.

«Dovrebbe essercene una ad una trentina di chilometri, ma credo sia abbandonata»

«Tranquillo tanto la benzina non scade…l'ultimo che arriva paga» tagliò corto Andrea mentre tentava superarlo, aumentando la propria velocità.

Il panorama della stazione di servizio appariva desolato quanto macabro. Le pompe sembravano ancora integre. "Neanche i demoni vogliono la benzina" pensò Tony tra sé e sé. La struttura purtroppo era devastata, vetri rotti, porte spalancate, alcune scale erano perfino ridotte in briciole. Il parcheggio era agghiacciante: macchine ferme con ancora quei vecchi passeggeri, nell'inconcluso atto di guidarle immobili con i vetri dove rotti, dove sporchi di sangue e strani fluidi corporei. Mentre Tony faceva rifornimento alle moto, Andrea morente dalla fame di curiosità, volle andare a vedere all'interno del locale. Una volta entrato non poté fare a meno di sentire l'odore di cadavere che invadeva la stanza, per il resto l'immagine non era tanto diversa da ciò che si era immaginato: scaffali semivuoti, se non distrutti, lampadine, quelle poche rimaste, che irradiavano solo luce ad intermittenza, ed un pavimento colmo di qualunque alimento ormai putrefatto. Il giovane continuò a camminare, talmente "inebriato" da ciò che vedeva da non rendersi conto di quello che stava succedendo intorno a lui. Un insieme di tre/quattro "persone" barcollavano nella stanza di fronte, dove una volta c'era la scritta "toilette". Andrea non vide nessuno, finché non venne distratto dal rumore di qualcosa che si frantumava, era il vetro dell'entrata al bagno.

Mastrit cominciò a brillare sotto la pesante tunica nera, quando Andrea si trovò faccia a faccia —solo separati dal bancone— con quegli strani esseri a metà tra uomini e chissà quale tipo di demoni, dallo strano colorito violaceo. Il loro corpo presentava svariate tumefazioni, come formato da innumerevoli ematomi. Essi sembravano assenti nell'atto di fissare il vuoto, senza dar peso al fatto che il ragazzo si trovasse dritto davanti a loro. La peculiarità stava nello stemma sulle loro fronti le quali brillavano insieme alle mani e alla zona tra cervello e colonna vertebrale. Il simbolo sembrava rappresentare un'aquila stilizzata, molto simile a quella che una volta apparteneva al governo americano, al contrario delle mani che possedevano solo due macchie prive di forma.

"Che fare?" si chiese Andrea tentando rimanere calmo; l'unica opzione valida era quella di arretrare il più silenziosamente possibile fino all'uscita.

Andò bene per i primi due metri, finché non calciò una vecchia latina di aranciata che andò a sbattere contro uno scaffale, il rumore fu quasi come tirare un sasso contro uno specchio, attirò immediatamente l'attenzione di quegli strani uomini, mutandone l'espressione. Ciò che poteva essere considerato un viso di confusione e apatia completa, divenne un insieme di espressioni iraconde e furiose, le quali cominciarono a muoversi e a seguire sempre con più velocità il giovane Andrea, ormai scappato dalle porte distrutte.

«Tony metti in moto!» urlò Andrea a squarcia gola mentre correva verso le pompe di benzina.

«Cos…» e prima ancora di poter finire la frase notò il gruppo che stava dando la caccia all'amico. L'architetto non poté fare altro che "mettere in moto" le vetture. Tony si accorse che il suo arco aveva una strana luminescenza, stava cominciando a brillare insieme alla tunica. Qualcosa dentro di lui stava mutando, una nuova concezione che trasformava la paura in pura consapevolezza e controllo prese il sopravvento sulla sua volontà. Sentì un'energia nuova, mentre tutto intorno al giovane si trasformava, come se una stella stesse nascendo proprio dentro di lui. La tunica scompariva per lasciare il posto a due splendide e candide ali composte da energia, ed a un'armatura splendente saldata sul corpo. Il cappuccio da nero divenne completamente bianco, alla luce del giorno più brillante per Tony.

Andrea quasi cadde per lo stupore di vedere l'amico in quelle condizioni, ma dovendo però continuare a correre, poiché gli uomini marchiati stavano ormai per raggiungerlo, rimandò lo shock ad un secondo momento.

Più in là, Tony impugnò l'arco.

«Yor loholo» urlò in tono freddo, prima di scoccare le frecce. Con la precisione chirurgica di un laser, andarono a colpire l'esatta fronte dei marchiati, facendoli prima gemere e bestemmiare, per il dolore, poi dormire per l'eternità, ormai liberi da chissà quale forza avesse mai oppresso le loro anime.

Una volta che il pericolo fu "eliminato", tutto sembrò tornare alla normalità, la luce scomparve insieme a tutto ciò che aveva portato, le ali, l'armatura e perfino il cappuccio, quale ormai tornato nero, non possedeva più alcuno scopo se non quello di coprirgli il capo. Tony non capiva bene quello che era appena accaduto, ma l'esperienza fu talmente intensa che perse i sensi, cadendo sull'asfalto cotto dal sole.

Quella sera Andrea scelse di montare le tende con un minimo di distanza dalla stazione di servizio e, mentre aspettava che il suo amico riprendesse conoscenza, tentava accendere un piccolo focolare, giusto per riscaldarsi. Ormai la notte era calata e intorno ai due ragazzi si potevano udire solamente i rumori di una natura non più normale, una natura stravolta che tentava recuperare il suo sacrosanto equilibrio, nella pazzia di un mondo perduto. Con un respiro profondo, ma affannato, Tony si svegliò, era confuso su quello che realmente era successo, non riuscì però a fare molte domande, e con le uniche forze che aveva in corpo mangiò qualcosa per poi riaddormentarsi, sperando di poter avere un sonno tranquillo. Nel frattempo Andrea non fece molto, si dedicò a guardare le stelle, mentre tentava dare risposte a molti suoi dilemmi interiori, passò anche del tempo a guardare il fuoco, ma questo non fece altro che aumentargli il sonno.

La mattina seguente ripresero il cammino con nuove forze, si erano proposti di arrivare alla città di Reins prima che facesse notte, ma per farlo sarebbero dovuti passare per le rovine di Monaco, quella città che un tempo ospitava il Lusso, in ogni forma conosciuta al genere umano.

"Spesso le persone, nei tempi prima della guerra, si divertivano e vivevano in ogni modo possibile e forse anche troppo.
L'uomo si era assuefatto, l'esuberanza l'aveva inebriato e reso pigro. Quando le prime battaglie scoppiarono, nessuno fece nulla, venne nascosto ed insabbiato tutto, solo per evitare che scoppiasse il panico...le conseguenze non tardarono a mostrarsi."

Il sole sembrava intimorito quella mattina, infatti l'intero cielo era coperto da una fitta coltre di nubi argentee, che facevano apparire il mare e l'orizzonte come due lastre di freddo metallo. La cosa che consolava i nostri due amici era la brezza tiepida che ancora con qualche filo di "gelo", accarezzava i loro visi, o meglio le parti non coperte, poiché oltre al cappuccio portavano occhiali e fazzoletto.

Arrivati alle porte di Monaco non si sorpresero al vedere che non c'era più nulla, macerie su macerie, gli edifici che restavano in piedi potevano contarsi sulle dita di una mano, mentre l'aria tetra e putrida, che proveniva da quelli che una volta erano stati ristoranti, s'impossessava delle narici quasi fosse l'unica cosa che si potesse respirare. Cominciarono col passare alcune delle strade principali, notando la presenza di cadaveri disseminati un po' ovunque, chi sotto le macerie, chi a metà e chi in mezzo alla strada come fosse un vecchio divano in disuso. Le immagini erano strazianti quanto l'odore della putrefazione stessa; si potevano vedere oggetti di ogni genere in mano ai corpi, da semplici fazzoletti, ad armi, a chi perfino possedeva ancora le chiavi di casa propria, luogo che non avrebbero mai più rivisto.

I ragazzi dovettero scendere dalle moto, un po' per rispetto e un po' perché sarebbe stato piuttosto faticoso proseguire con tutti quei corpi disseminati pressoché ovunque. Nessuno dei due volle dire niente, qualche sguardo ogni tanto, solo per far capire che in quel momento non esistevano parole, sufficienti o corrette, da pronunciare.

Mentre camminavano, potevano sentire la freddezza della morte che avvolgeva le pietre e le macerie, come fosse un'aquila che aspettando il momento giusto avrebbe attaccato e preso per sempre la sua preda. Sicuramente il cielo grigio e tetro non aiutava ed una volta superata la via di chi riposa in pace, dovettero fare una salita ad "S", forse il tratto di strada più famoso di Montecarlo. Man mano che salivano sentivano una strana inquietudine, o presentimento, che si annidava nelle loro menti come un ragno che tesse le sue ragnatele negli angoli più remoti delle pareti, qualcosa non andava…

«Tony, ma questi cadaveri non dovrebbero essere più decomposti di così?» chiese dubbioso Andrea.

«Cosa intendi?»

«Intendo che se sono qui da più di una settimana non dovrebbero essere così, come appena morti…capisci cosa intendo?»

«Quindi? non ti seguo…»

«Quindi credo che non siano morti da tanto tempo, credo che chi ha fatto questo sia ancora nei paraggi» concluse Andrea.

«Non credo, forse è soltanto una tua paranoia» tagliò corto Tony, come se sapesse cosa stava succedendo.

Arrivati in cima e proseguito per alcuni metri, notarono qualcosa di strano che fluttuava sulla superficie della strada, sembrava una specie di sfera rossastra con alcuni tratti sfumati sul viola. Andrea per curiosità scese dalla moto e tentò avvicinarsi allo strano oggetto, ma questo era inerme, fisso ed impassibile e quando il ragazzo volle sbirciare nello specifico, con sua sorpresa notò che malgrado il superficiale colore saturo posseduto della sfera, il suo interno si poteva scrutare come se essa fosse trasparente. Le immagini che tale "cosa" proiettava nella mente di Andrea erano annebbiate e fredde, si sentiva come se si stesse immergendo poco a poco in una vasca di ghiaccio. Vedeva le persone torturate, sentiva le grida mentre tutti scappavano, quelli che potevano, mentre la città crollava…poi più nulla, le persone non avevano più paura, non avevano più nulla, neanche le loro anime. Vedeva delle persone che vagavano per le strade, senza uno scopo, senza più nulla nella mente, stavano prendendo uno strano colore violaceo, simile a quello visto negli esseri della stazione di servizio; i loro occhi erano vuoti, nessuna pupilla, solo un bianco lattiginoso, impossibile e quasi fastidioso da guardare; le fronti e le mani, invece, cominciavano ad illuminarsi con un bagliore rossastro, mentre uno strano emblema appariva…Quelle persone non erano morte, stavano solo aspettando non si sa cosa e non si sa chi…solo aspettavano.

Tony, attento a quello che stava succedendo all'amico, era pietrificato mentre le vene di Andrea diventavano nere ed intorno a lui si stava formando uno strano cerchio dello stesso colore della sfera, che poco a poco andava illuminandosi. La situazione era drastica, "chi mi manda a cacciarmi in queste situazioni" pensò l'architetto stressato mentre la strana luminescenza, che iniziava ad avvolgere l'amico, diventava una melma rossastra fluttuante sull'asfalto.

L'unica idea che in quel momento passava per la testa di Tony era quella di far saltare in aria la sfera, ma ovviamente era impossibile senza ferire l'amico, optando quindi per la soluzione più ovvia, ovvero quella di legare la vita di Andrea per tirarlo via con la moto. Legata la corda alla moto, Tony cominciò a dare gas alle due ruote, facendo si che la forza sviluppata distruggesse il collegamento tra il ragazzo e la sfera che nonostante ciò continuò a brillare anche senza la presenza umana.

Andrea era stordito ma le sole parole che riuscì a dire furono: «STANNO ARRIVANDO».

La tensione aumentava e Tony non sapeva più che fare mentre una luminescenza color malva incombeva sulla zona.

«Falla esplodere» disse Andrea con un filo di voce.

«Cosa?»

«La moto, questo li rallenterà e noi potremmo scappare».
Avrebbero perso un veicolo, ma sarebbero sopravvissuti.
L'architetto prese un piccolo marchingegno grande quanto una moneta da due euro dallo zaino dell'amico e lo posizionò sulla bocca del serbatoio di una delle due moto.

«Esploderà tra tre minuti» e mentre diceva questo Andrea veniva caricato sull'altra moto da Tony, che già non vedeva l'ora di andarsene. Accesa la moto il suo sguardo si concentrò su una piccola fiche dal colore smeraldo con la scritta "MonteCarlo Casinò", quando la prese, vide i "marchiati" che si avvicinavano, persi e assetati di sangue. L'ultima cosa di cui ebbe memoria Andrea fu il rumore di un'esplosione mentre si allontanavano. Semplicemente si addormentò esausto.

IV
Una Nuova Comparsa

1 aprile 2020
Da qualche parte in mezzo alla Francia…

…Ormai sono tre giorni che cammino senza una meta ben precisa, è stata una fortuna aver trovato nella casa in cui sono stata un diario nuovo di zecca, almeno ho ricominciato a scrivere su qualcosa. Non so ancora bene a chi lasciarlo né perché lo stia scrivendo, ma spero che possa servire a qualcuno, come ricordo di ciò che è stata realmente la sofferenza della guerra. Chissà, forse lo darò a mia figlia o figlio se dovessi un giorno diventare madre, oppure resterà soltanto un lontano ricordo di qualcuno che soffre.

La sofferenza sembra realmente la protagonista di questo piccolo libriccino…la notte è quasi impossibile dormire, i ricordi sembrano ferri roventi che ti trapassano il corpo, mentre le immagini, come acido mi bruciano gli occhi; i suoni, visto che gli eventi non sibilano al vento come due innamorati, mi lacerano le orecchie. Ogni passo che faccio, ricordando ciò che ho visto negli ultimi quattro anni, è come un frammento di quel cammino di sangue che ci condurrà solo in un luogo…

Mi ricordo ancora la scorsa mattina, dopo essermi svegliata in quella casa fuori Londra, vorrei tanto non esserci mai entrata.

Uscita dalla stanza mi recai direttamente in bagno, avevo sentito che alcune case disponevano ancora di acqua corrente, proveniente da cisterne private. Tanto tentare era gratis, ed una volta entrata in bagno rimasi incantata, tutte le superfici erano ricoperte da piastrelle color acquamarina, con decorazioni a mosaico in parte delle pareti, il tema era qualcosa simile al floreale, sembrava uno spettacolo per gli occhi. Mancava solo che uscisse l'acqua... e infatti una volta aperto il rubinetto, la linfa di ogni essere vivente cominciò a scendere.

Lavato il viso e le mani, mi sentivo quasi rinata, eppure tutto sembrava troppo perfetto, come mai non c'era nessuno in quella casa? e come mai era ancora in piedi? Fu la prima cosa che mi passò per la testa, ma quando ci pensai, lo stomaco cominciò a reclamare la colazione, che per quella mattina fu interamente a base di pesche e ananas sciroppate. Sembrava assurdo che non ci fosse nessuno così cominciai ad insospettirmi. Prima però mi equipaggiai con quello che ritenevo necessario, ovvero un vecchio zaino, trovato nell'armadio della camera da letto, abbastanza capiente da contenere alcune latte ci cibo, una corda, la torcia trovata la sera prima e dell'acqua. Pronto il tutto mi recai nell'ultimo posto non esplorato: il seminterrato.

Quello che trovai al suo interno era indescrivibile, scese le scale mi trovai davanti ad una sfera rosso-violacea che fluttuava sul pavimento, intorno c'erano i corpi di tre persone e una scritta sul muro, dipinta probabilmente con il sangue:
"A QUALUNQUE DIVINITÀ...PIETÀ E PERDONO".
La curiosità persisteva, non solo per la misteriosa sfera, ma anche per l'assenza dell'odore di morto. Ricordo di essere andata a vedere più da vicino quello strano oggetto che con mia grande sorpresa era trasparente, se visto al suo interno. Ciò che vidi lo sogno, ormai, quasi ogni notte: me stessa nella biblioteca.
"Quel giorno non sbattei la testa, bensì avevo visto uno di loro e la sfera mi stava facendo rivivere quell'episodio della mia vita

ch'era stato rimosso e nell'osservarlo sentii nuovamente quella strana sensazione come se stessi morendo, l'oppressione delle catene, la mancanza di respiro, ma soprattutto l'emicrania, chiodi e spilli che martellavano la mia testa come fosse una strada in manutenzione.

Ad un certo punto, prima della fine, qualcosa apparve sul mio polso, sembrava un fiore con infiniti petali, infiniti perché in quell'istante l'angoscia non mi permetteva di contarli, possedeva un colorito sul rosa, quasi fosse la mia stessa pelle che brillava. Improvvisamente tutto tacque e le immagini, il dolore e i suoni smisero semplicemente di esistere, solo un piccolo sussurro sopravvisse, giusto il tempo necessario per dirmi un nome: "Harut".

Dopo questa strana "visione", la sfera mi respinse gettandomi a terra, mi sentivo stordita come uscita direttamente da un incubo. Un istante dopo qualcosa mutò, quell'oggetto sembrò reagire in qualche modo alla mia mancanza e cominciò ad illuminarsi e mentre ciò accadeva, degli strani simboli comparvero sulla fronte dei "defunti", forse mi sbagliavo...mi ricordarono delle aquile.

I marchiati, così mi sembrò più logico chiamarli, si alzarono e come se io non ci fossi, cominciarono a vagare per la stanza, ovviamente non potevo dire di non essere spaventata, però sembravano ignorare completamente la mia presenza... erano "ciechi" o almeno così pensavo. Le loro pupille erano completamente bianche e la pelle stava cambiando poco a poco il proprio colorito, passato dal carne al colore dell'ematoma, come se quel marchio provocasse ferite e tumefazioni in giro per il corpo.

Il tempo era rallentato, i secondi sembravano minuti interminabili, mentre queste creature camminavano senza una meta precisa. La cosa più logica che mi venne in mente, fu quella di prendere la via delle scale per scappare da questo luogo dimenticato da Dio, ma al mio primo movimento, uscendo dal sottoscala, qualcosa del genere "meccanismo a molla" scattò nelle creature possedute...potevano vedermi. Dovetti salire in

fretta la scala e uscendo chiudere a chiave la porta, solo per rallentare quegli strani mostri, mentre cercavo una via di fuga.
Preso lo zaino e uscita dalla finestra, cominciai a correre...

* * *

Andrea e Tony proseguivano il loro viaggio verso Londra, ma era stata dura riprendersi, quelle immagini continuavano a tormentare il giovane scienziato, ogni volta che solo azzardava chiudere gli occhi. La distruzione e la sofferenza, che essa provocava, erano dei pesi sull'anima, catene di martirio per lo spirito e a volte, in piena notte era perfino possibile sentirne il tintinnio: un suono tetra e agghiacciante che gli impediva di svegliarsi.

La strada sembrava sempre più lunga dopo che avevano perso una delle moto durante la fuga da Monaco, adesso quella rimasta doveva portare il doppio del peso per il doppio della strada, visto che per arrivare alla città del Big Bang dovevano passare per Tolosa. Questa infatti era l'unica strada ancora percorribile senza troppi intoppi.

Nei giorni scorsi avevano passato Nizza e Marsiglia ed in entrambe la situazione era stata abbastanza distinta. Nizza non esisteva più e i sopravvissuti, quei pochi rimasti, si erano attrezzati per vivere in una specie di tendopoli, nella zona più isolata della città. La tensione e la paura erano talmente intense che si potevano quasi toccare mentre si passava per ciò che l'umanità tentava mantenere, un briciolo di dignità e di speranza.

Le persone, in buona parte ferite, erano appena tornate in quella che chiamavano casa dopo la battaglia combattuta al Nord Europa. Si trovavano in una tenda che aveva tutte le sembianze di un ospedale da campo militare. Andrea passando era riuscito a scorgere qualche particolare da uno dei combattenti. L'uomo raccontava di una nuova classe di demoni chiamati Delta —DD abbreviati— questi possedevano una sembianza molto simile a quella Celeste, con pelle color tenebra che impediva la distinzione dei lineamenti; le ali erano ancora più scure, sembravano il negativo degli angeli, ombre scelte e addestrate solo per uccidere: guerrieri scelti. La loro presenza era talmente intensa che sembrava assorbire la luce nei dintorni. Con i racconti che poco a poco si spargevano tra le tende, la speranza per la civiltà scomparve, mentre la scintilla di vita moriva. Si diceva che un'intera legione di Angeli (300 unità) era stata annientata insieme al contingente umano, da soli dieci dei DD e "finalmente", dopo due settimane Stoccolma ebbe la "pace": era caduta.

A differenza di Nizza, Marsiglia sembrava leggermente più attrezzata, la maggior parte della popolazione rimasta si era fortificata all'interno di uno di quegli antichi palazzi sacri costruiti verso la fine dell'ottocento: la basilica di Notre Dame de la Garde.

Andrea non pensava che un edificio del genere fosse ancora in piedi dopo quattro anni di guerra, ma quando lui e Tony attraversarono le porte della città, lei era lì superba e splendente in tutta la sua magnificenza. La basilica si trovava a ben centocinquanta metri dal livello del mare e possedeva uno stile tanto unico in Europa che l'architetto quasi si commosse. Era fatta in uno stile Neo bizantino, introdotta da una scalinata, che ovviamente Tony volle percorrere gradino per gradino; l'unica cosa che con grande dispiacere non era sopravvissuta era il campanile…i suoi sessanta metri rimanevano solo uno sbiadito ricordo.

«Dobbiamo assolutamente entrare» disse Tony entusiasta ed emozionato come un bambino in un negozio di caramelle.

«Okay tanto cinque minuti in più o cinque minuti in meno non ci cambiano la vita» disse Andrea, ma venne completamente ignorato dall'architetto che stava già bussando alle porte dell'imponente fortificazione.

«Chi siete?» volle sapere una voce abbastanza forte da dietro la porta.

«Siamo viaggiatori, il mio amico qui era un architetto un tempo e vorrebbe dare un'occhiata all'interno della chiesa» disse Andrea.

Una volta aperto il portone, l'omone che stava dietro si fece avanti con diffidenza, era abbastanza basso e tozzo, sembrava quasi una palla. Il viso era paffuto, sotto dei capelli leggermente brizzolati e dietro dei baffi poco curati. Portava con se una fila di coltelli in una cintura abbastanza capiente, tanto da sopportare anche il peso di una fondina con all'interno una calibro 22.

«Avanti» concluse "l'omone".

L'illusione di Tony scomparve, la bellezza di quell'antico luogo era stata offuscata da coloro che adesso lo possedevano. Le piazzole fuori erano diventate centri d'armi e d'addestramento, se era possibile definirli tali, infatti alcuni ragazzi che non superavano i sedici anni, si stavano addestrando nell'uso della spada, in combattimenti di due contro due, mentre gli allenatori, vecchi signori barbuti, urlavano le tattiche da eseguire nell'immediato. Con il sottofondo di spade, affondi di lance e frecce scoccate, l'interno della basilica era irriconoscibile, faceva da mensa e dormitorio, infatti dove una volta si trovavano le panche da preghiera ora "soggiornavano" due tavolate, insieme a svariati letti. Si dormiva sotto le molteplici cappelle rosse e bianche. L'unico simbolo sacro rimasto era l'altare della madonna con il bambino, sotto l'immortale volta a vela della navata centrale, anch'essa con i colori del marmo rosso e bianco; così aveva voluto descrivere Tony ciò che rimaneva dell'interno di tale luogo prima di andarsene in maniera fredda e distaccata.

* * *

2 aprile 2020
Da qualche parte in mezzo alla Francia…

…Forse avevo dimenticato di raccontare come sono scappata da Londra per arrivare in Francia, è stato alquanto interessante.

Alcuni giorni dopo la mia fuga dalla sfera maledetta, mi trovavo in chissà quale strada dei dintorni di Londra, ma senza una cartina era stato ben difficile ubicarsi. Ricordo solamente case distrutte e gente impaurita, tende di soccorso, tende di svago dove le persone tentavano distrarre le proprie menti dall'orrore della vita quotidiana, e pochi edifici dove ancora era possibile trovare qualche servizio. Si sentivano spesso voci su quello che stava succedendo nel centro di Londra, alcune di esse erano agghiaccianti. Uno dei primi generali demoniaci, Semeyaza, era sceso insieme ai suoi più fidati combattenti e a un contingente di demoni eta, per le strade della città, al solo scopo di conquistare più terreno, dopotutto "più territori più schiavi" avevano sentito dire. Le file dei Celesti non erano più quelle di una volta e per il contrattacco erano dovuti scendere i Potestà "in persona". Questa categoria di celesti era di almeno tre ranghi di potere superiore ai normali angeli, da quello che si diceva essi erano in grado di combattere senza armi. Utilizzavano solamente le loro ali per controllare ciò che c'era nei dintorni, a volte, si vociferava, gli elementi stessi, però finché non vedo non intendo credere a "leggende metropolitane".

Tornando alla mia storia: mi capitò di passare davanti a qualcosa che sembrava un'enorme fossa dall'aspetto inquietante, nera e profonda. Era in mezzo alla strada pronta ad inghiottire qualunque forma di vita. Tentai ignorarla, ma nel momento in cui ci passai affianco sentii un urlo:

«AIUTOOO!!!». Proveniva dal fondo della fossa. Le cose si complicavano, che avrei dovuto fare? Ignorare la voce? Risponderle?

«Dove sei?» chiesi urlando al vuoto.

«Mi trovo in una piccola zolla di terra con un ramo! Hai una corda?» chiedeva la voce con una certa disperazione. Si poteva capire che era una donna che urlava, poiché la voce era molto acuta.

«Si ne ho una, ma in che parte della fossa sei? Hai qualche punto di riferimento?» continuai.

«*Vedo...vedo un cartello stradale, sembra triangolare, lo vedi?*» disse la sconosciuta.

In effetti il segnale stradale c'era, ma si trovava dall'altra parte della fossa, così mi precipitai di corsa in tale direzione.

«*Okay lo vedo, ti faccio scendere la corda*» e dicendo ciò, estraevo l'oggetto dallo zaino.

Cominciai subito a farla calare, utilizzando il segnale stradale come freno.

«*Sta scendendo! La vedi?*» urlai.

«*Si ci sono quasi*» e presa la corda cominciò a legarsela, come fosse un'imbracatura, per risalire.

Eravamo quasi a metà strada, io nel tirare e lei nel salire, quando vidi una coppia di corpi che cadeva dal cielo in picchiata, schiantandosi molto vicino alla mia posizione. Urlavano una lingua incomprensibile.

La scena era "deviante", i due corpi sembravano essere opposti, uno completamente nero, indistinguibile in lineamenti ed espressioni, l'altro pieno di luce e di color smeraldo, quasi scintillava alla luce del sole con quella sua armatura all'apparenza impenetrabile. Un dettaglio inquietante fu che l'entità dal colore di tenebra possedeva solo un'ala, l'altra sembrava essere stata strappata, o almeno così ipotizzai. Si poteva notare un viscoso fluido scuro fuoriuscire dalla sua schiena, mi parve corrosivo, l'asfalto dietro di lui si stava liquefacendo. La battaglia si fece cruenta quando il Celeste cominciò a sollevare le rocce solo con la forza della sua mente o delle sue ali, per scagliarle contro la sua nemesi che proteggendosi con l'unica ala rimasta sembrava inerme davanti al "bombardamento" di massi che stava subendo.

Dalle mani della creatura di tenebra cominciò ad apparire una strana melma leggermente più chiara di lui, che poco a poco divenne una spada con tanto di lama e manico, era inquietante poiché sembrava assorbisse tutta la luce intorno a se: un "buco nero" con forma di spada. Il Celeste non si muoveva, studiava la situazione mentre vedeva come la stessa melma che aveva creato *la spada, stava rigenerando fibra per fibra l'ala distrutta del suo avversario. "L'ombra" era tornata come nuova, mentre gocce, probabilmente di sudore, cadevano dal viso spigoloso del Celeste, voleva sollevare molte delle macerie intorno a lui, avvicinandole sempre di più a sé. Si cosparse di rocce come fossero un'armatura e una volta ricoperto l'ultimo centimetro del corpo, ad eccezione delle ali, caricò scagliandosi contro "l'ombra", ma questo trattenne il colpo assorbendolo e disintegrando le rocce. Il Celeste, preso per il collo, venne trapassato dalla spada del nemico esattamente dove l'essere umano ha posizionata la milza, emettendo un urlo sovrumano, mentre una sostanza simile al sangue, ma dal color argento usciva copiosa dalla ferita. Il Celeste ferito cominciò ad emanare luce color smeraldo, mentre veniva violentemente scagliato sui resti di un palazzo. La sua spalla venne ferita da un tondino sporgente che trovò uscita dall'altro lato della scapola. Il Celeste era alle strette, ma la sua nemesi non sembrò curarsi molto di lui e si diresse direttamente verso di me, senza sguardo e senza ferite, con un portamento massiccio e meccanico. Stavo per mettermi ad urlare quando la luce smeraldo smise di brillare, il Celeste era di nuovo in piedi anche se ferito e molto probabilmente sfinito. Con un salto si diresse verso l'ombra, impugnando il ferro che gli aveva trapassato la spalla e con tutta la forza che poteva ancora avere gli infilò il freddo metallo nelle spalle. Non sembrava curarsene, ma la violenza parve quasi esplodere negli occhi del Celeste quando con i denti strappò via le due ali dalla schiena del nemico che per la prima volta emise un suono, rauco e agghiacciante come se infinite unghie appena limate, stessero strisciando su una lastra di metallo ben levigato.*

Il Celeste, ancora sopra di lui, continuò a martoriarlo con numerosi colpi alla nuca, finché le sue ali non divennero come due coltelli affilati che trapassarono definitivamente il cuore dell'avversario, che con un ultimo sospiro si "spense" diventando melma.

Alcune gocce di melma acida andarono a finire sulla corda, spezzandola e facendo sì che cadessi all'interno della voragine.

Piano piano vedevo la strada che si allontanava mentre finivo nel vuoto e nell'oscurità più assoluta, non potei fare a meno di gridare quando cominciai a vedere la mia intera esistenza passarmi davanti. Dal primo giorno di scuola al viso dei miei genitori, sempre con quell'espressione amorevole stampata in un caldo sorriso comprensivo, i loro occhi profondi che vidi spegnersi dopo quel maledetto giorno in cui non volli uscire con loro per cercare provviste; il senso di colpa era opprimente e non potei fare altro che smettere di gridare e chiudere gli occhi mentre tutto si faceva via via più buio e freddo...Sembrava realmente finita quando una luce dai toni di smeraldo si buttò in picchiata nel tentativo di prendermi, arrivando in tempo.

Potei vedere il suo viso splendente, mentre con delicatezza mi portava di nuovo dove la luce del sole poteva risplendere, riuscì perfino a recuperare la ragazza sconosciuta, che nel frattempo ebbi modo di vedere per la prima volta. Arrivati sulla strada, oramai sicura, potemmo vedere per la prima volta un Celeste a distanza ravvicinata.

«Cosa sei esattamente? Non sembri un'Angelo» chiesi all'entità di fronte a me.

«No, infatti, sono un Podestà. Mi chiamo Ofaniel, gli Angeli sono di tre ranghi inferiori a me» concluse con un tocco di superbia, guardandoci attento con i suoi occhi color smeraldo.

«Perché non hai armi?» chiese l'altra ragazza, con molta diffidenza.

«Io non uso armi, i Podestà usano le proprie ali e la loro mente per controllare ciò che hanno intorno, non necessitiamo armi» e mentre diceva questo la sua armatura cominciò a perdere lustro e luminosità, le ferite avevano ricominciato a "sanguinare". Le ali stavano via via tornando all'interno del suo corpo.

Rimasto senza armatura ed ali, e con ferite che non riusciva a curare, semplicemente svenne.

Io e la sconosciuta riuscimmo a prenderlo al volo, mentre il Celeste non dava alcun segno di vita.

«Pensi che sia morto?» mi chiese.

«*Credo che sia solo svenuto, sento il cuore che ancora batte. Conosci un posto in cui possiamo medicarlo?*»

«*Si. Aiutami a portarlo a casa mia, non è molto distante da qui...a proposito mi chiamo Martina*»

«*Sharon, piacere di conoscerti*».

Assurdo ma ho conosciuto questa ragazza nella maniera meno ortodossa possibile, trascinando un Celeste ferito, che per altro non era per niente leggero.

Dovemmo camminare per quasi cento metri e la strada sembrava interminabile, il tutto aggravato anche da un peso abbastanza considerevole; le persone ci guardavano con un'aria di paura, notando il corpo di oltre due metri del Podestà. Il contatto —anche solo visivo— con quello che non conoscevano era stato scioccante, di loro si erano sentite solo voci e nessuno poteva dire di averne visto uno così da vicino, erano molto isolati durante le battaglie, eppure alcuni superstiti ne raccontavano le imprese o le loro capacità, ma mai si erano realmente soffermati su come fossero fatti. Da quello che io e Martina potemmo vedere, il Podestà possedeva caratteristiche alquanto diverse dai normali angeli, che avevano un viso quasi standardizzato, aveva lineamenti sottili quanto severi e uno sguardo di comprensione e di estrema umiltà, forse e dico forse con un pizzico di arroganza, quanto bastava per considerarlo un essere Celeste. Ad un certo punto Martina lasciò la presa, paralizzata da quello che stava vedendo, il suo viso era gelido e neanche i suoi occhi color nocciola poterono cambiare la vista; all'orizzonte si stavano avvicinando, in volo, una formazione di cinque esseri identici all'ombra affrontata da Ofaniel, forse attirati dallo scontro tenuto pochi istanti prima.

«*Quelli sono Delta!*» esclamò Martina.

«*Cosa?!*»

«*Il loro nome è Delta, sono esseri scelti, immaginali come dei Supersoldati*» concluse Martina, ancora impietrita.

Non volevo proprio immaginarli mentre andavano a vedere il luogo in cui un loro compagno era caduto. Non volevo pensare che potessero avere una forma di "pensiero unico" o di squadra, perché esso si sarebbe sicuramente evoluto in uno di vendetta verso di noi che stavamo proprio aiutando il "nemico" del momento. Pochi istanti e questi passarono sopra di noi ad altissima velocità, come due jet che volano troppo vicino alle zone abitate. Essi ci ignorarono completamente, e la folata di vento provocata fece svolazzare i capelli di Martina che per la prima volta vidi nello specifico, erano castani e leggermente mossi. Mi venne in mente che avessero quella particolare capacità di sembrare sempre in ordine, anche quando non venivano pettinati. Ebbi modo di notare anche il modo in cui era vestita, indossava un paio di scarpe da corsa, insieme a dei jeans chiari strappati leggermente sopra le ginocchia e una maglietta a maniche corte, di cui era difficile capirne il colore, poiché ben nascosta da un'imbracatura in pelle nera. Le stringhe di pelle non si fermavano solo al torace e al petto, ma proseguivano anche sulle braccia, quasi come fosse una ragnatela protettiva. Sui polsi portava delle piccole lame, un nulla se paragonate alle quattro pistole agganciate alla schiena, due Desert-Eagle calibro 50 sporgevano i calci dalle spalle, mentre le altre direttamente a metà tra fianco e sottobraccio erano due semplici Colt Double Eagle, tutto il contrario dei caricatori, disposti nelle apposite fondine ai lati del corpetto, posizionate in modo che sembrassero una freccia.

Le persone parevano impazzire al passaggio dei Delta, alcuni correvano il più lontano possibile, mentre altri tentavano inutilmente di nascondersi nel primo "buco" che trovavano. Nelle grida si udiva un qualcosa di profondo, paura, eccitazione, disperazione, una rete di tutte le emozioni umane. Mentre queste voci venivano inutilmente emanate al vento, io ero semplicemente ferma, mentre uomini, donne e bambini, come luci ad alta velocità passavano davanti ai miei occhi, piccole scintille che molto presto si sarebbero spente. Assomigliava tutto ad una vecchia poesia che lessi tempo addietro, era italiana e forse *aveva a che fare con qualche guerra, però mi sfugge il nome dell'autore. Era forse un soldato? o solo scriveva di guerra? Non mi viene proprio in mente, però le sue poesie, o meglio alcune di esse erano realmente corte, ma molto intense:*

"Si sta come
d'autunno
sugli alberi
le foglie".

Tutta questa gente morirà, se non una buona parte di quelle sopravvissute su questo pianeta, ma la lama che dilania l'anima, non è il pensiero dell'abbandonare il proprio corpo, ma quello di non sapere quando; succederà e dovrai pure attendere.

«Quanto siamo lontani dalla meta?» chiesi allarmata.

«Ancora pochi metri» rispose la ragazza, come appena uscita da un brutto sogno.

Il Celeste sembrava pesare il doppio, forse per lo shock o per la fatica, ma tale "lavoro" non si protrasse molto, infatti dopo pochi istanti raggiungemmo l'ambito luogo.

«Non c'è niente qui! c'è il Tamigi!» dissi allarmata.

«Tranquilla ho una barca, dovrebbe essere sotto quel ponte, sulla tua sinistra».

Infatti girandomi, vidi un massiccio ponte di pietra ancora in piedi, ignaro ed indifferente a quello che ci stava succedendo.

Dalla piccola scalinata del ponte sgorgava uno strano liquido color cremisi, che si stava ormai raggruppando in una piccola pozza ai piedi dei corpi di un piccolo branco di cani. Sembravano morti in agonia, gli occhi lucidi perennemente fissi verso il cielo, con ancora inciso il riflesso di coloro che erano arrivati a tanto, le fauci aperte e senza denti e un foro grande quanto una mano sul costato di ognuno di loro: la fonte del piccolo fiume di sangue. Prima dei gradini, il muretto in pietra, che separava la strada dal letto del fiume, era stato distrutto ed ora era possibile scendere direttamente in acqua, dove la piccola barca aspettava solo di essere riutilizzata.

Era color avorio, o meglio lo era stata, poiché adesso lo sporco era talmente incrostato sullo scafo da farla sembrare grigia. Una piccola cabina a vetro separava la zona del timone dal resto della struttura, mentre la sottocoperta era stata trasformata in alloggio.

Una volta entrati, scendemmo in quella che era stata sistemata come una stanza e posammo il Celeste sul letto. Martina si precipitò a prendere una cassetta rossa con una croce bianca al centro e con su scritto "primo soccorso", estrasse delle bende e cominciò a fasciare le ferite come fosse un'infermiera.

L'interno delle ferite stava reagendo in una maniera del tutto anomala all'acqua ossigenata, posta nelle bende, fuoriusciva un liquido nero che poco a poco stava corrodendo il tessuto.

Nel frattempo, da fuori provenivano le grida di morte delle persone, i Delta avevano evidentemente trovato la melma che fino a pochi istanti prima era stata un loro compagno. Stavano cercando noi e purtroppo nessuno era in grado di aiutarci, il Podestà stava combattendo contro uno strano veleno, che sembrava avere una qualche reazione quando a contato con della semplice acqua ossigenata. Sembrava quasi viva la melma sulle ferite del Celeste e lui, a metà tra il sonno e la veglia, non voleva dimostrare di stare soffrendo, nonostante stesse digrignando i denti e stringendo selvaggiamente le lenzuola. Finita la bottiglietta di disinfettante, la sostanza nerastra sembrò accumularsi sul petto e come se avesse una forma d'intelligenza cominciò ad allungarsi, come un ragno che vuole scappare da una situazione di pericolo. Tutto passò così in fretta, i riflessi di Martina sembrarono felini quando con un barattolo vuoto intrappolò la sostanza in questione, che continuava a sviluppare un aumento di aggressività verso colei che gli aveva negato la libertà. Per evitare che rompesse il vetro la giovane cominciò ad immettere disinfettante all'interno del barattolo, che non fece altro che "addormentare" la piccola bestiolina nera.

Nel frattempo il Celeste sembrava migliorare, stava soffrendo di meno, e Martina, approfittando di questo attimo di "tranquillità", si diresse alla cabina di pilotaggio dove "levò le ancore", come si diceva in gergo.

«Dove andiamo?» volli sapere con non curata curiosità.

«Io mi stavo dirigendo in Francia, dicono che in mezzo ai Pirenei esista un villaggio in cui gli abitanti vivono in pace» mi rispose tutta speranzosa.

«Pensi realmente che esista un posto del genere?»

«Lo spero, anche se ormai cos'è che può definirsi reale, siamo in mezzo ad una guerra tra entità che in teoria non dovevano neanche esistere. Una mattina semplicemente ti svegli e scopri che il mondo è finito senza preavviso, le persone che amavi e conoscevi sono morte o peggio disperse, i governi rovesciati e screditati per aver nascosto tutto, facendo cadere i paesi nell'anarchia totale. L'uomo necessita essere governato, non può realmente vivere libero perché sarebbe una preda perenne dei propri istinti, creerebbe una dimensione distorta in cui regna il caos e nulla avrebbe più senso...» mentre diceva questo, sembrava avesse gli occhi lucidi, ma non appena una lacrima sembrò caderle dal viso nascose subito il suo stato d'animo. La guerra non è mai facile da accettare eppure dovevamo conviverci, dovevamo accettare qualcosa che non avevamo scelto e se ci fossimo rifiutati di sopravvivere ovviamente la nostra fine sarebbe stata intuibile.

Martina tentava lottare contro la sua "lei emotiva" mentre "indossava" la sua maschera più vulnerabile: il sentimento dell'abbandono e della perdita.

Stavo per avvicinarmi a lei quando la barca venne colpita da qualcosa che sembrava fuoco, era qualcosa che andava contro le leggi della fisica, combustione sotto la superficie dell'acqua, qualcosa voleva consumare la parte più vulnerabile dello scafo. Alzando lo sguardo le vidi, erano le figure più buie che avessi mai visto, in formazione e a mezz'aria mi fissavano come se avessi avuto la colpa del funesto destino capitato al loro compagno, ma il mio peccato era stato più grave: aiutare il loro nemico. Il Celeste stava ancora recuperandosi, mentre i Delta si preparavano ad affondare l'umile imbarcazione, ero terrorizzata eppure sentivo che qualcosa sarebbe successo, non potevo semplicemente morire lì, almeno non dopo tutto quello che era successo.

In realtà per quanto potessi essere ottimista e speranzosa, al destino non si poteva scappare e se quella era la mia fine, dovevo semplicemente accettarla. Loro si stavano avvicinando sempre di più, la cosa che feci fu semplicemente sedermi con le ginocchia vicine al mento e chiudere gli occhi; era la fine. Il mio battito era sempre più veloce, stavo vivendo la poesia di quel vecchio poeta italiano, istante dopo istante sentivo che si avvicinava la morte, finché non si sentì più niente...

Martina disse che l'attimo prima che toccassero la barca, Ofaniel si era scagliato contro di loro attirandoli a sé. Una volta che tutti e cinque i Delta si appiccicarono al suo corpo egli non fece altro che brillare, la luce fu talmente intensa da sembrare la nascita di una stella nel mezzo delle tenebre dell'universo, fu come una piccola esplosione senza rumore. I delta erano scomparsi, una luce che poco a poco si affievoliva brillava nel pieno del crepuscolo, mentre il cielo si tingeva di arancio, rosa e blu.

Noi, con la tristezza nel cuore per l'accaduto, non potemmo fare altro che impostare la rotta verso Bordeaux: la nostra prossima meta...

V
Bordeaux

«Ah! Il motore è andato, fa fumo da tutte le parti e credo che il radiatore sia fuso» cominciò Tony con picchi di esasperazione.

«...calmati, significa che proseguiremo a piedi. Quanto vuoi che disti Tolosa da qui?» concluse Andrea, con una certa soddisfazione.

Da quando avevano lasciato Marsiglia non si erano più fermati, l'autostrada sembrava infinita e se volevano fermarsi dovevano proprio uscire da essa. Avevano passato città su città, chilometro dopo chilometro, fino ad arrivare al primo cartello in cui c'era scritto "Tolosa: 25 km". Non era stato male il viaggio, avevano sempre avuto il mare alla loro sinistra, che splendeva di giorno e scintillava di notte riflettendo i raggi lunari, come fossero soffici strisce di cotone sulla superficie schiumosa e delicata dell'acqua.

Era stata una fortuna non ritrovare più branchi di "marchiati" assetati di sangue e così per quei giorni il viaggio era andato liscio come l'olio, fino a quando la moto non gli abbandonò del tutto, lasciandoli in mezzo al nulla. I poveri sventurati ragazzi dovettero per forza accamparsi su un lato dell'autostrada diroccata, dove per precauzione non vollero accendere nessun fuoco ne aprire alcuna tenda. Quella notte dovettero usare delle vecchie coperte termiche, poiché la temperatura aveva avuto uno spaventoso ed imprevisto calo.

L'aria inondava i pori con una freschezza pungente, un leggero vento faceva oscillare delle foglie venute da chissà dove, mentre da oltre la carreggiata provenivano rumori sempre più sospetti, una natura sempre più modificata, da quella ch'era stata una guerra senza confini. I sacchi a pelo erano disposti in modo che si potesse ammirare la volta celeste, colma di quei punti luminosi che davano l'impressione di funghi in un bosco d'autunno.
Andrea quasi non chiuse occhio, rimase affascinato da ciò che vedeva, l'infinito gli si presentava sotto forma di un fazzoletto scuro e bucato. Non voleva altro che toccare l'eternità con le sue mani, sentire il brivido dell'esistenza infinita che fluiva attraverso gli astri. Non sapeva se fosse stato reale o meno, ma gli era sembrato di vedere la scia di una stella cadente e nella speranza che fosse così, espresse un desiderio nel momento stesso in cui si addormentò "voglio sapere"…

"Andrea si trovava di nuovo in quello strano luogo, il freddo e l'ansia lo invasero mentre osservava, come attraverso delle lenti, il liquido che lo circondava. Non poteva muoversi, gli arti erano come paralizzati e la bocca inutilizzabile. Sentiva attraverso il naso una specie di tubo, probabilmente quello che gli permetteva di respirare, lo penetrava fin dentro la faringe, fino ai polmoni.

Questa volta però riusciva a percepire i muscoli della schiena, anch'essa intubata, l'intera colonna era suddivisa in tre aree: nuca, schiena e zona lombare. Da ognuna di esse partiva un prolungamento metallico avente la stessa origine del tubo respiratorio. Ed ecco che l'emicrania tornava, la sua testa sembrava esplodere mentre un'ombra indistinta si avvicinava sempre di più, ad ogni suo passo gli occhi mettevano sempre meno a fuoco, finché non sperimentò la sensazione di cecità. Tutto l'ambiente divenne buio e le stesse ombre finirono per essere inglobate dalle tenebre. Alla lontana sentiva una voce che gli urlava di svegliarsi, ma lui era come inerme, incapace di rispondere, si trovava in un limbo a metà tra il mondo reale e chissà quale luogo, forse, della fantasia."

Mancava poco al sorgere del sole, ma la tranquillità desolata venne presto "squarciata" come un corpo durante un combattimento; il rumore era assordante. Un numero imprecisato di corpi stava marciando in mezzo ad un cimitero di rottami, auto abbandonate con ancora i cadaveri al loro interno, dipingevano la scena di un film horror. L'assenza del fetore di decomposizione incrementava l'inquietudine e l'ansia, eppure erano mesi, se non anni che quei corpi non mutavano posizione.

«Andrea! SVEGLIATI!» urlò Tony con grande preoccupazione.
Il giovane non ebbe tempo neanche di chiedere quello che stava succedendo, che vide una piccola formazione di demoni Eta in movimento. Erano goffi e un po' deformi, con quel loro colorito violaceo, molto simile all'uva rossa matura. I loro artigli sembravano tintinnare quando mossi, infatti si potevano vedere lunghi e taglienti come coltelli, con il colore azzurro-trasparente del ghiaccio che intonava con le labbra, poste in un viso privo di qualunque espressione; gli occhi allungati e neri come la fossa dell'inferno li facevano apparire come i personaggi di un film di fantascienza. Per quanto fossero piccoli —non raggiungevano il metro e settanta— si diceva che la loro aggressività fosse inversamente proporzionale alla loro altezza. Dalle voci dei superstiti, si diceva che potessero uccidere un uomo in sessanta secondi, solo con la nebbia acida prodotta dalla loro bocca e se all'evenienza si sopravviveva non si poteva durare che per altri trenta secondi, giusto il tempo per essere trapassati dalle unghie di "ghiaccio".
Non erano che una decina, ciò nonostante Andrea e Tony stavano già mettendo tutto via per scappare, anche se l'arco e Mastrit no volevano saperne di smetter di brillare.
Pronti i bagagli iniziarono a correre, ma gli Eta si accorsero di loro e cominciarono ad inseguirli. I ragazzi ansimavano già dopo

pochi metri, forse per la mancata colazione, oppure perché il viaggio era stato molto faticoso.

La volontà di vivere però non voleva cedere, tanto poi alla stanchezza, i ragazzi correvano come se la morte stesse per incombere su di loro, ma per quanto potessero andare veloci, il peso dei bagagli gravava su di loro e la distanza dai demoni diminuiva a vista d'occhio. Gli Eta stavano già cominciando ad aprire la bocca per lanciare la nebbia tossica, gli artigli preparati come spade e quegli occhi neri senza pupilla fissavano i ragazzi, come un leone con la sua preda, una gazzella consapevole del suo atroce destino.

«Non potevi trasformarti?» chiese con il fiato corto Andrea.

«L'ultima volta sono svenuto, non ne ho idea di come si faccia» rispose Tony, anch'egli senza fiato.

«Concentrati, fa qualcosa o qui ci lasciamo le penne e non intendo per nulla morire per mano di quegli affari» e mentre lo diceva, Tony si voltò per usare uno dei suoi coltelli da tiro. Lanciandolo, l'architetto scoprì che questi trapassavano i corpi senza recare alcun danno, anzi ora parevano molto più arrabbiati. Nel frattempo l'arco non smetteva di brillare, ora con più intensità.

L'aria era secca, il cielo azzurro, mentre il sole "picchiava" sulle fronti, imperlate di sudore, dei due giovani che correvano ormai a tratti interrotti, per colpa di tutte le auto che ancora, anche da "morte", ingombravano l'autostrada, questo aveva fatto guadagnare loro qualche metro sui goffi esseri demoniaci.

Stavano superando una vecchia Mercedes, quando Andrea scivolò su un vecchio copertone e cadde su un pezzo di rete metallica arrugginita, questa come un ferro rovente gli trapassò la caviglia, creando molteplici tagli; da rosa quale era, in poco tempo divenne viola bluastra, provocando nel giovane un dolore lancinante. Notando l'accaduto Tony si fermò per soccorrere l'amico e la prima cosa che fece fu estrarre, malgrado le urla di Andrea, il ferro dalla gamba provocando una fuoriuscita di sangue a schizzo come fosse un'idrante, il metallo aveva reciso sicuramente qualcosa d'importante. Il fluido cremisi continuava a fuoriuscire senza volersi fermare, mentre i demoni erano ormai a pochi passi da loro, la situazione era senza via di fuga…

* * *

5 aprile 2020
Da qualche parte in mezzo alla Francia…
…È assurdo pensare che in soli tre giorni possano succedere così tanti eventi. Da quando Ofaniel è morto, si sono succeduti svariati episodi: il primo, il più importante, è che sono arrivata finalmente in Francia; il secondo è che dobbiamo arrivare a Tolosa; il terzo è che ho baciato Martina per sbaglio.

Andiamo con ordine, il viaggio per arrivare fino in Francia, non è stato lunghissimo, infatti e bastata una notte, la "Cacciatrice" —così chiamo Martina— alla guida mentre io facevo da guardia. Ero rimasta per tutta la notte con la pistola in mano, mentre le stelle ci illuminavano la via, come fossero una freccia fosforescente nel cielo. La notte profonda e oscura non sembrò dare il minimo disturbo a Martina che superba e orgogliosa maneggiava magistralmente il timone della sua barca, anche con il vento gelido proveniente dall'oceano atlantico, che in alcuni momenti, sembrava un vero e proprio coltello sulla pelle. Ad un certo punto mi sembrò di sentire uno strano rumore provenire dall'oceano e per lo spavento sparai due colpi al vuoto…

«Ma che fai?!» disse allarmata la Cacciatrice.

«Cos'hai visto?» continuò.

«Mi era sembrato…» ma non potei terminare la frase che i suoi occhi mi guardarono in maniera accusatoria, come se avessi fatto qualcosa di drammatico.

«Spera che nessuno ti abbia sentita, non è saggio rivelare la propria posizione soprattutto quando si è in mezzo al niente e per di più in acqua» disse terminando il discorso.

Credo che questa sia un'altra delle sue "maschere", quella dell'ira, dove tenta nascondere la paura con la collera. Ragazza misteriosa e forse con un passato tragico, eppure sento che nel profondo è una persona stupenda, non l'ho ancora vista sorridere, ma spero un giorno di riuscirci, e anche se la conosco da poco, mi piacerebbe vederla felice.

Con l'alba tutto sembrò cambiare, il sole e la luce mi diedero più sicurezza, mentre ormai stavamo navigando parallele alla costa della Francia, Bordeaux era sempre più vicina e per fortuna mancava poco perché potessi andare a riposare.

Da quello che mi aveva raccontato Martina, Bordeaux era una delle poche città ad essere rimaste dignitosamente "umane", ovvero questo significava che almeno un quaranta percento della popolazione era sopravvissuta alla guerra, di come fosse possibile nessuno lo sapeva, eppure la società in quel luogo proseguiva. La cosa strana era che nessuno poteva andarci a vivere, dovevi per forza essere nato lì oppure dovevi essere stato un suo residente prima dello scoppio della guerra.

Finalmente arrivammo al porto di Bordeaux, il quale sembrava funzionare al meglio, la guerra non lo aveva toccato minimamente. Si vedevano persone che lavoravano senza alcun pensiero per la testa, se non i classici assili della vita, come quello dell'affitto o di guadagnare più soldi da portare a casa. Vedevo uomini e donne che caricavano e scaricavano casse dai camion come se la vita proseguisse lontana dal percorso del mondo. Le gru costruivano, caricavano e scaricavano container, mentre qualcuno tentava trovare un divertimento in quell'attività; la cosa bizzarra era che le gigantesche imbarcazioni non partivano ne arrivavano, erano semplicemente ferme a galleggiare nel porto.

Noi invece dovevamo proseguire, ma dopo una nottata del genere, preferimmo fermarci per riposare.

«Qui porto di Bordeaux identificatevi!» cominciò a ripetere la piccola radio posta sopra il timone.

«*Qui porto di Bordeaux, identificatevi!*» *ripeté ancora, prima che Martina prendesse l'oggetto per rispondere.*

«*Qui LAI, Little Alpha Iare, "veniamo in pace" necessitiamo attraccare per alcune d'ore prima di proseguire, passo...*» *dopo pochi secondi risposero:*

«*Proseguire dove? Via città?*».

«*Intendiamo proseguire per tutta la Garonne*» *confermò Martina, ma questa volta il tempo di risposta sembrava interminabile.*

«*Siete autorizzati ad attraccare e a proseguire, vi è proibito entrare in città con le armi, dovrete lasciarle al confine prima di proseguire, passo e chiudo*» *dissero dopo circa una ventina di secondi. Martina confermò l'ordine per iniziare la procedura di attracco.*

Una volta che tutto si calmò e che i motori smisero di funzionare, semplicemente scendemmo nella sottocoperta per riposare. Il luogo era stato attrezzato per tre persone. Da sotto il primo letto ne uscì un altro, già pronto per essere usato. Mancava solo il cuscino, ma questo si trovò facilmente in uno degli armadietti in legno posizionati sopra di noi.

«*Ho dimenticato di spegnere la radio*» *disse Martina alquanto seccata.*

«*Spegnila dopo*» *le risposi mentre tentavo addormentarmi.*

«*Non posso, vorrei evitare di saltare in aria*» *e mentre lo diceva accennava un piccolo sorriso, come se l'idea di finire con quella vita disastrata la facesse in qualche modo fantasticare, quindi prese e salì per eseguire l'azione. Un paio di minuti più tardi tornò, ma mentre stava scendendo gli scalini scivolò su quella che sembrava una sciarpa, forse la mia, ma per sua fortuna non stavo ancora dormendo, quindi mi lanciai per attutirle la caduta. Mentre il suo corpo cadeva sul mio, accadde qualcosa di strano, le nostre bocche s'incontrarono per sbaglio, fu davvero bizzarro, poiché nella vita non mi era mai passato per la testa di baciare una ragazza anche se accidentalmente.*

Non so se le favole vanno anche al contrario, ma dopo il "bacio" si era semplicemente addormentata su di me. Dovetti metterla sul letto, essendole infinitamente grata per quello che aveva fatto: ero scappata dall'Inghilterra.

* * *

Non esistevano più scappatoie, mancava poco perché la loro vita terminasse, era assurdo pensare che in alcuni minuti il loro essere si sarebbe estinto, il loro viaggio sarebbe stato inutile e molti misteri sarebbero rimasti senza risposta.

«Vattene! Lasciami qui, salvati ti prego!» disse Andrea all'amico in un momento di disperazione.

«Stai scherzando?! Siamo amici, e se abbiamo iniziato questo viaggio insieme, lo finiremo insieme…» e a queste parole Tony si alzò deciso. L'architetto cominciò a camminare orgoglioso e superbo verso l'orda di demoni che imperversava su di loro, gli occhi fissi verso l'obbiettivo, il vento che gli accarezzava i capelli metro su metro, passando macchina su macchina, senza fermarsi, mentre l'arco non smetteva di brillare. Di punto in bianco i suoi piedi non si mossero più, era fermo davanti al gruppo di Eta in avvicinamento, mentre tra sé e sé sperava che quello che gli era successo l'ultima volta potesse riaccadere.

"Non so se puoi sentirmi, ma ti prego aiutami" pensava mentre confidava che la sua arma potesse ascoltarlo, sembrava la cosa più disperata, assurda o addirittura stupida che avesse mai fatto, eppure era lì che impugnava il suo arco mentre la "morte" stava per raggiungerlo.

La vita è qualcosa di strano, quando inizia tutto sembra nuovo e quando essa finisce ancora tutto ti sembra nuovo, rivedi ogni cosa, ogni istante, ogni momento, ogni persona, ogni lacrima e sorriso. Poi rivedi le persone che hai amato e che hai odiato, dai tuoi genitori ai tuoi amici, la tua prima ragazza, la persona che più ti stava antipatica, proiezioni dei sentimenti in immagini così nitide da poterle quasi toccare; l'ultimo tentativo che ha il cervello per indurti a sopravvivere. Infine rivedi i dispiaceri, le delusioni, i rimpianti e i rimorsi, quello che avresti voluto fare e che invece non sei mai stato in grado di realizzare, sogni mai vissuti e morti ancor prima di nascere, mai liberati da quel cassetto che segretamente tenevi a chiave per paure e paranoie, per giudizi e pregiudizi. Ed ecco che, la vita si spegne, i collegamenti crollano mentre i neuroni lottano fino all'ultimo per generare impulsi atti alla tua disperata sopravvivenza.

Ecco che, dall'oscurità dell'animo umano, qualcosa nacque, lo specchio dello spirito di un angelo che diveniva un essere umano, un legame, forse quello di carità, la virtù che ti fa aiutare gli altri, oppure da qualcosa del tutto sconosciuto. Quell'energia era tornata, con il sorriso di Tony, che via via diventava sempre più grande, si sentiva forte ed invincibile quando la luce tornò ad invadere il suo corpo. La scena era del tutto unica, poiché lo scintillio della speranza e dell'esistenza stava nascendo da dentro il cuore dell'architetto, il suo corpo mutò ricreando le ali dalla sua tunica e trasformando il cappuccio in un tessuto splendente, mentre un'armatura piena di energia si generava sulla muscolatura stanca: la creatura splendente era rinata.

La prima cosa che Tony fece fu sparare alcune delle sue frecce contro i demoni che erano ai suoi piedi, ma queste creavano soltanto ferite superficiali, niente di realmente efficace, la loro pelle era più spessa di quello che sembrava. Continuava a scoccare frecce, ma a differenza dell'ultima volta, non ricordava le parole che ne aumentassero la potenza. La fortuna nella sfortuna fu di notare che il bagliore delle sue ali dava molto fastidio a quelle creature. Sembrava quasi che la luce li bruciasse, eppure Tony anche non sapendo come volare, tentava filtrare e far riflettere la maggior quantità di energia direttamente dal sole. Tutto ciò però non sembrava ancora sufficiente, poiché gli Eta si stavano difendendo nascondendosi all'interno delle auto.

La situazione non sembrò per niente migliorare quando in lontananza, probabilmente dalla città, apparve un inquietante e sconosciuto bagliore rosso, che fu in grado di fermare la battaglia per qualche secondo, prima che qualcosa di ancora più macabro irrompesse nella scena. Le decine e decine di persone presumibilmente morte, cominciarono a rialzarsi come se controllate da una forza invisibile, una coscienza sconosciuta era tornata a vivere dentro loro, mostrandosi ovunque ad eccezione degli occhi, di un lattiginoso e nauseante bianco.

Sembrava una scena da film horror, quei corpi non erano morti, non avevano il fetore di cadaverina, non erano in decomposizione, ma erano marchiati. Un'immagine molto simile ad un'aquila stilizzata dominava le fronti di tutti i corpi, insieme a strane macchie in mani e nuca.

La situazione divenne abbastanza inquietante quando i Marchiati, "accecati" dall'ira, cominciarono ad abbattersi contro i demoni. Non avevano nessuna ragione per fare una cosa del genere, "ma i marchiati non erano posseduti dai demoni?" pensò Tony, mentre guardava la scena a mezz'aria. Gli Eta avevano cominciato ad usare i denti e le scene di corpi dilaniati mentre spruzzi di sangue allagavano la zona, erano agghiaccianti; mostriciattoli viola combattevano con unghie e denti per sovrastare l'orda sempre più grande di marchiati, generati da tutte le auto defunte.

La cosa da riconoscere agli Eta era la strategia di combattimento, tutti insieme formavano un cerchio armato, dove ognuno difendeva il compagno alla propria sinistra. Unghie ben schierate, nebbia acida rilasciata e gli occhi neri come il baratro mentre decine di Marchiati cadevano e morivano definitivamente, chi squarciato chi proprio fatto a pezzi.

Tony non aspettò un secondo di più, mentre tutto il caos esplodeva in feroci scontri, si diresse verso Andrea per controllare la sua condizione.

«Aggrappati» disse all'amico, intuendo più o meno come porgerli l'ala.

«Sai usarle quelle?» chiese Andrea allarmato.

«Boh, sto imparando, ma se vuoi sopravvivere aggrappati!»

Presa l'ala, Andrea fece uno sforzo sovrumano per arrampicarsi fino alla schiena dell'amico che dopo pochi secondi, cominciò il suo unico tentativo di volo.

Pezzi di corpi venivano lanciati oltre il perimetro di battaglia, mentre Tony con gran fatica si allontanava dalla scena. Il sole era già a mezzo cielo, mentre i suoi raggi illuminavano e facevano brillare tutte le carcasse delle auto, ormai trasformate in scudi dai marchiati sottostanti.

* * *

...

Quando ci svegliammo era già pomeriggio inoltrato, il sole era già alto nel cielo mentre noi come due zombie scendevamo dal letto. Martina si sentiva rinata, una dignitosa dormita poteva fare miracoli, io invece cominciavo già a non sopportare più la luce del sole e aprendo gli occhi mi sembrò che tutto avesse un alone azzurrognolo.

Dopo aver consumato il pranzo a base di frutta sciroppata in latta e carboidrati disidratati, continuammo con il viaggio che ci avrebbe portate a visitare Bordeaux, direttamente dal fiume che l'attraversava: la Garonne. Dopo aver messo in moto la piccola imbarcazione, ci dirigemmo verso "l'entrata" della città.

Era un posto pittoresco, tutto funzionava ed una volta passato il Ponte d'Aquitania, la città scintillava di un bagliore molto sinistro, le persone camminavano, correvano, facevano compre nei negozi, semplicemente stavano vivendo la loro vita quotidiana.

«Che ne dici se facciamo uno stop da qualche parte?» chiesi ironicamente a Martina.

«Dai, dai! Un piccolo giro per la città non ci ucciderà mica» continuai con aria persuasiva da bambina di cinque anni.

«Oook...» iniziò quasi sbuffando. «...ma solo un paio d'ore, la nostra tabella di marcia è parecchio rigida» concluse.

Ci fermammo in un piccolo attracco con gli scalini in roccia, una volta erano molto diffusi ed infatti si potevano notare lungo intervalli regolari su tutte e due le sponde del fiume. Una volta scese, camminammo per tutta la via caratterizzata da edifici color terracotta. Lungo tutta la strada i lampioni facevano da guardiani, incaricati fin dalla loro nascita di illuminare e decorare il cammino. Le tende parasole, rosso bordeaux ovviamente, erano ben spiegate mentre sotto di esse i negozietti ed i bar svolgevano il loro consueto lavoro, dare servizi e prodotti ai clienti di tutti i giorni. Rimasi scioccata da ciò che vidi, persone sedute tranquille a godersi semplicemente il panorama, nessuno che urlava, nessuno che piangeva e soprattutto nessuno che scappava disperato; delle gocce mi macchiavano il viso, non ricordavo l'ultima volta in cui il mondo era stato così. Si chiacchierava, si rideva, si litigava mentre le banconote venivano date e ridate; mentre le tazzine del caffè venivano appoggiate sui piattini; mentre i bambini giocavano felici sui marciapiedi, affacciandosi alla ringhiera metallica del fiume.

«Stai bene?» mi chiese Martina, quasi preoccupata.

«Si, non è niente, solo...guarda intorno a te, c'è così tanta vita» risposi mentre mi asciugavo gli occhi, le indicai tutto quello che avevamo davanti, la strada, le persone, i negozi e perfino quell'edificio con due torri appuntite che si ergeva a poche vie da noi. Se non sbaglio si chiamavano guglie, ma di arte non mi sono mai occupata, ho sempre preferito la letteratura e le armi, forse era qualcosa di famiglia. Quel pomeriggio riuscii a convincere Martina ad andare a fare un po' la turista per le vie della città. La cosa che più mi impressionò fu la cattedrale di Sant'Andrea.

La costruzione era imponente quanto antica, l'unica parola che mi veniva in mente al guardarla era "Gotico". Possedeva un colorito bianco grigiastro, quello del marmo ormai invecchiato a causa di fenomeni atmosferici, l'entrata ad arco ti poteva lasciare veramente senza fiato, ma la cosa che più mi fece rabbrividire fu il simbolo sul rosone della facciata...lo stesso che avevo io sul polso: quella strana specie di fiore. Una volta entrata rimasi estasiata dalla bellezza che emanava, era una cosa che nelle mie poesie non si trovava, pura geometria espressa nella realtà tramite esatte proporzioni; il soffitto era fatto a numerose volte, che partendo dall'altare creavano un *effetto a freccia; era di un bianco sporco, come fatto da milioni di mattoni.*

Sentivo che qualcosa in me non andava e mentre camminavo il polso cominciò a brillare e a bruciare, provocando un dolore spiacevole. Dovetti coprirlo con la sciarpa arrotolandogliela in torno, ma non servì a nulla, mi sentivo malissimo ed il dolore si stava ormai propagando in tutto il corpo. Mi dovetti piegare sulle ginocchia, che a stento rispondevano, ma credo che questa non fu la peggiore delle cose, le persone all'interno della cattedrale, infatti erano immobili con gli occhi fissi verso un solo punto: l'altare. Da quell'antico luogo di culto e preghiera, separato dal suolo dei comuni mortali solo da quattro gradini in marmo rosso, cominciò ad apparire di nuovo quello strano bagliore rosso-violaceo, lo stesso della sfera di Londra. Se era lei, potevo essere sicura di due cose: non eravamo al sicuro e quelle creature non morte potevano tornare da un momento all'altro.

Martina, la quale si era allontanata per pochi istanti, vedendomi a terra, cominciò a correre con accentuata preoccupazione.

«Sharon, stai bene?» mi chiese con tono materno.

«Direi di no».

La sfera, ormai al posto della santa croce, aumentava il suo bagliore mentre, cambiando colore, diventava totalmente viola. Appena accadde le persone cominciarono a fissarci, inizialmente senza alcuna espressione per poi passare ad un crescendo di sospetto, quasi con rabbia. Mi appoggiai ad una delle panche grazie a Martina, che nel frattempo aveva già cominciato a mettere la mano sulla sua Desert Eagle.

La situazione mutò abbastanza in fretta, le persone all'interno della sala cominciarono a muoversi verso di noi e finalmente la Cacciatrice ebbe l'opportunità di usare le sue pistole. Estratte e pronte, diedero inizio ad un valzer di colpi verso coloro che una volta erano stati umani. Oltre ad un buco nel cranio le pupille erano scomparse, il marchio non voleva ancora mostrarsi.

«Dobbiamo andarcene, puoi camminare?» chiese Martina con una certa fretta.

«Spero di sì» e detto questo provai a poggiare i piedi, ma il dolore ancora mi paralizzava. Non potevo camminare, e la Cacciatrice fece la cosa meno indicata in una chiesa, sparare all'altare, usando una calibro cinquanta. La Sfera assorbì i colpi generando ancora più luce, era come se avesse capito la scena e subito dopo "l'insulto" si fosse arrabbiata. Il dolore sembrò diminuire per un breve periodo, giusto il tempo necessario per andare via da quel luogo ormai non più sacro.

Le vie poco a poco si stavano riempiendo di gente, in apparenza avevano coscienza della situazione. Arrivati all'angolo delle strade si fermavano ad osservare, con quei loro occhi lattiginosi e senza pupille, noi due che a stento riuscivamo a camminare. La Cacciatrice mi stava dando una mano ad avanzare, ma questo inconveniente rallentava entrambe e la situazione non sembrava mostrare alcun segno di luce, visto che il nostro "pubblico" non faceva una piega. Si limitava a guardare come un plotone di esecuzione che non aspetta altro che l'ordine per caricare e fare fuoco... erano lì immobili al calar del sole.

«Stanno aspettando la notte» disse Martina seria.

«Cosa?!» chiesi allarmata in maniera retorica.

«Sono come animali notturni, aspettano il buio per cacciare».

Non risposi. Mi accorsi solo che tutto ciò che avevamo vissuto durante il giorno era stato un inganno, una stupenda messa in scena, dove povere persone, ormai senz'anima, erano gli attori di punta, le stelle candidate all'oscar della morte.

Procedevamo a rilento, mentre il sole, ovviamente contro di noi, si divertiva a scendere sempre con maggior velocità, arrivai a pensare che il crepuscolo fosse giunto prima del tempo, con quelle sue tonalità sinistre che confondevano l'uomo fin dalla notte dei tempi con colori che tendevano addirittura a provocare disagio.

Passate le vie, ci ritrovammo sul marciapiede costruito su una delle sponde del fiume, lo stesso dove mi ero commossa un paio di ore prima. La luce diminuiva sempre di più mentre noi con gran fatica ci allontanavamo da quel mostro misterioso che con grande ingegno ci aveva teso una trappola, illudendoci e facendoci pensare che la guerra forse non era mai esistita, che era stato semplicemente un brutto sogno o il frutto di un'immaginazione troppo fluida; ma l'immagine della Sfera che emergeva da dietro l'altare era stata come uno schiaffo che ci aveva ricordato dove realmente stavamo vivendo: un mondo, consumato dall'invidia e dall'avidità di denaro, caduto in una guerra infinita.

Questa era ed è la nostra realtà.

Il crepuscolo stava passando mentre il sole "scappava" dalla nostra vista, poco a poco il dolore stava scomparendo, passo dopo passo che mi allontanavo da quella cattedrale mi sentivo sempre meglio, finché non fui in grado di camminare. Arrivammo alla barca avendo passato tutti i negozi, empori e bar, i quali avevano già ritirato le tende. Ogni persona continuò a fissarci finché non fummo all'interno dell'abitacolo con i motori accesi. Esattamente sessanta secondi dopo essere partiti, qualcosa scattò e dalla fronte di ognuno dei cittadini di Bordeaux cominciò ad emergere il marchio dell'aquila, con quella sua inquietante luminescenza fucsia. Come fossero nuotatrici sincronizzate cominciarono a buttarsi nell'acqua e con disperata frenesia a nuotare verso la barca in movimento.

«Aumenta la velocità!» dissi allarmata...«Siamo al massimo, vai giù fino al quadro con il paesaggio dipinto aprilo e prendi tutto quello che trovi!» mi disse quasi urlando. «Non perdere tempo! Vai!» mi urlò mentre mi sentivo quasi paralizzata dalle creature in acqua.

Scesa di corsa in sottocoperta arrivai velocemente fino al quadro, c'era stato dipinto sopra un magnifico paesaggio invernale...mi prese quasi un colpo, era lo stesso quadro che aveva mio padre, un'opera impressionista di un pittore russo: Ivan K. Ajvazovskij. Purtroppo non avevo tempo per ammirarlo, era stato fissato a due ganci a perno, questo permetteva di girarlo come fosse un piccolo sportello. Dietro di esso si celava una piccola parete con diverse armi appese, le presi tutte, mitra belga, due fucili d'assalto M4 e un fucile da cecchino M24, con tanto di caricatori extra. Una volta prese, mi precipitai in coperta, i posseduti o Marchiati erano sempre più vicini, mentre dai marciapiedi continuavano a lanciarsi come se una forza più potente di loro li controllasse. La notte era calata e la luna sembrava essere dalla nostra parte, era piena e illuminava con quei raggi freddi e spogli l'intera scena, nel mentre avevo già messo a tracolla due FNP 90, dei mitra belga.

«Usali!» urlò La Cacciatrice e a quella parola, mi tornarono in mente le lezioni di mia madre sull'uso delle armi.

«SPARA!» e il fuoco cominciò a colpire i Marchiati, una pioggia di disgrazia che avrebbe sicuramente dipinto le acque della Garonne con il rosso del sangue dei suoi cittadini. Martina aveva lasciato il timone e preso un fucile d'assalto si era arrampicata fin sopra l'abitacolo, sparando, con una precisione da cecchino, a qualunque cosa si muovesse. Il suono dei proiettili sputati fuori dall'arma squarciava il silenzio di grugniti e le urla di dolore dipingevano la città con il colore del suo nome: Rosso Bordeaux.

VI
Che si fa?

«Ci siamo quasi non mollare proprio adesso» disse Andrea a Tony. La luce dell'architetto sembrava a intermittenza, la sua energia stava finendo, era soltanto una questione di secondi prima che tornasse "normale". La città sembrava sempre più vicina, mentre sorvolavano delle zone completamente devastate, edifici che una volta avevano ospitato una popolazione fiorente e viva, ora non erano altro che terra e pietra priva di vita. I campi, una volta destinati alla coltivazione, erano oramai sterili e mentre Andrea tentava ammirare, per così dire, il panorama, qualcosa di improvviso cambiò l'intera situazione, la luce era scomparsa dal corpo dell'amico facendoli ora precipitare nel vuoto più assoluto. Le ali, per fortuna, erano ancora dove dovevano essere, ma il terreno si avvicinava via via sempre di più. Alcuni scheletri di vecchi edifici erano sopravvissuti e nel precipitare poterono ammirarne il riflesso su uno dei pochissimi vetri rimasti. In quel frammento di secondo in cui i loro visi vennero riprodotti dallo specchio, Andrea poté vedere la stanchezza, che con due occhiaie, invadeva gli occhi fin quasi il naso. Quanto tempo avessero passato fuori nell'inferno più assoluto era impossibile da calcolare, il giovane scienziato non ricordava nemmeno quando quel viaggio era iniziato, la data sembrava così lontana, persa in quello che si definiva tempo.

Prima che il suolo potesse "distruggerli" le ali fecero un ultimo atto prima di scomparire, si avvolsero intorno ad Andrea facendo sì che fossero loro ad attutire l'impatto della caduta. Una volta che le ali toccarono il corpo morto del catrame avvenne una piccola esplosione di luce, poi il buio totale. Per chissà quale miracolo erano ancora "interi", tranne per la caviglia dello scienziato, ma nella loro più completa perdita di sensi i loro corpi venivano trascinati. Entità ancora sconosciute stavano portando i due giovani in chissà quale luogo.

Andrea si trovava a metà tra il sonno e la veglia, ma in qualche modo riusciva a sentire il rumore di un chissà quale veicolo che si muoveva, un rumore frastornante, attutito dalle porte del mezzo stesso. Da quelle poche immagini che riusciva ad elaborare, sempre se reali e non frutto della sua fantasia, tra il chiudere ed aprire gli occhi vide Tony legato e privo di conoscenza, degli uomini coperti in ogni dove e due persone che se la sbrigavano a pilotare. Si sentiva confuso eppure aveva la sensazione che lo stessero trascinando di nuovo…l'elicottero che li trasportava era atterrato.

Vedeva tutto sfocato mentre un paio di uomini vestiti di nero tenevano per le braccia Tony, lo stavano portando nell'edificio di fronte alla pista d'atterraggio, che sembrava fatto interamente in vetro.

Quando Andrea aprì gli occhi si trovava su una sorta di barella color verde muschio, in una sala probabilmente attrezzata e trasformata in ospedale. Dal suo fianco destro partiva una fila di almeno una decina di quelle barelle improvvisate, mentre dal sinistro solo due. Il totale non poteva superare che una quarantina, ma solo cinque barelle, compresa la sua, erano occupate. Voltandosi non poté fare a meno di notare l'immensa vetrata la cui vista dava sulle piste di atterraggio diroccate, tra tutti quei chilometri percorribili non ne rimanevano che una decina, ad essere "generosi". Le vecchie file di sedili imbottiti dei gate erano state fatte a pezzi, i cuscini impiegati sulle barelle, ed il metallo arrangiato per altri strumenti, come lastre per potenziare l'assetto delle porte.

«Buon giorno soldato» disse una voce profonda dal fondo della sala. Strofinandosi via il "sonno" Andrea vide che era una sorta di militare abbastanza muscoloso anche se non proprio giovane, gli occhi, notò il giovane, scintillavano con il riflesso del vetro, mettendo in risalto il colorito scuro della pelle.

«Soldato? Ma cosa…lei chi è? Perché sono qui?» disse alquanto allarmato il giovane.

«Sono il Generale Nacon Smith, ex membro della N.A.T.O. vi abbiamo visti cadere mentre stavamo sorvolando la zona in cerca di superstiti…» fece una pausa di qualche secondo. «…Sia te che il tuo amico avete dormito per quasi tre giorni».

Andrea ebbe un piccolo sgomento, si era completamente dimenticato di Tony, dopo che si erano schiantati il giovane era stato in uno strano "limbo" tra il sonno e la veglia, vedendo solo piccoli frammenti degli eventi che in realtà accadevano intorno a lui.

«Dové?» chiese il giovane.

«È sotto osservazione, piuttosto spiegami come facevate a volare senza l'uso di alcun marchingegno?» volle sapere il generale con un tocco di insistenza e fretta.

«Bella domanda, se lo scoprite fatemelo sapere» rispose Andrea con molta ironia, un po' perché stanco e un po' perché non ne aveva idea.

«Questa è una guerra ragazzino, nella quale non stiamo più combattendo, stiamo sopravvivendo e tutto ciò che può essere utile per far finire questa carneficina è ben accetto…comunque si trova nell'altra sala» disse in maniera brusca il generale.

«Avete per caso recuperato quel che c'era dentro il mio zaino?»

«Non abbiamo trovato nulla, solo della ferraglia bruciata» tagliò corto l'uomo.

Andrea provò ad alzarsi, la caviglia sembrava migliorata da come se la ricordava, era stata ben fasciata e medicata, adesso sembrava in grado di sostenere il suo peso. Per quanto potesse dargli disturbo quando camminava, il giovane volle lo stesso andare a controllare le condizioni dell'amico, che in pochi giorni gli aveva salvato più volte la vita.

«Dove sono le mie armi e l'equipaggiamento?» chiese.

«Al momento sono sotto custodia. Questo luogo dovrebbe essere ignorato da quelle creature ed è stato ben fortificato, qui dentro non sono necessarie» rispose il generale.

«Adesso seguimi»…e mentre con fatica Andrea trascinava i suoi piedi su quella sudicia moquette, veniva condotto attraverso uno dei tanti corridoi della struttura. Le luci per fortuna erano ancora presenti, eppure quei lunghi tratti spogli incutevano un senso di profonda ansia al giovane.

Arrivati in quella che una volta era stata una delle tante zone d'attesa, vide l'allestimento di un ospedale da campo improvvisato: le tendine bianche separavano letto per letto. Saranno stati una decina i letti che si affacciavano verso le piste di atterraggio, ma solo uno era vuoto, il primo dal corridoio.

"Passando tra i letti pieni di feriti Andrea ripensò a quando da bambino era dovuto stare in ospedale, a causa di una polmonite, per quasi una settimana, era stato orrendo tra flebo e punture eppure quel "flash" gli ricordò sua madre, con quel suo viso dolce, mentre gli accarezzava i capelli per farlo addormentare. A volte ricordava anche il suo profumo, una versione commerciale di Dior che sulla sua pelle prendeva un aroma del tutto sconosciuto."

L'immagine che vide, lo fece uscire dal ricordo come un uomo che non vedendo la strada "schizza" via dal parabrezza a seguito di uno schianto. La donna che giaceva, sicuramente in fin di vita, era tumefatta e riempita di bende, una buona parte del viso ormai non esisteva più e l'addome, anche se fasciato, continuava ad inumidirsi con il cremisi del suo sangue; la gamba destra, leggermente alzata, era letteralmente bucata, trapassata da uno spesso ago color gelo e morte.

«Miserere Mei DEUS…MISERERE».

"Demoni Eta, se sopravvivi impazzisci per il loro veleno", pensò Andrea mentre ascoltava le ultime suppliche di una donna che probabilmente non avrebbe mai conosciuto.

«Superstite da Londra» iniziò il generale…«ormai non so cosa rimane di quella splendida città» disse in tono amaro.

«Londra è caduta?»

«Sì…»

Nessuno dei due proferì più parola, ognuno si era ormai immerso nei propri pensieri. Il giovane continuò ad andare avanti mentre l'uomo, in tenuta mimetica ufficiale, pregava ponendo una mano sulla fronte della donna, come esaudendo la sua preghiera.

Tony per fortuna, oltre a qualche graffio qua e là non riscontrava ferite gravi, si poteva notare però che il suo viso esprimeva stanchezza oltre ad un pallore cadaverico. Semplicemente respirava, mentre gocce di uno strano preparato verdognolo continuavano a cadere e ad entrare nel suo corpo.

«Tony, mi senti? siamo a Tolosa finalmente» gli disse l'amico in tono scherzoso, ma questi rimase immobile e "perso" in chissà quale sogno dell'inconscio. Intanto il Generale Smith lo aveva raggiunto:

«Siete stati fortunati che il nostro elicottero vi ha trovati, il tuo amico non sarebbe sopravvissuto ancora molto senza aiuto, era completamente disidratato, sembrava come se la vita gli fosse stata presa goccia dopo goccia. Saresti in grado di raccontarmi chi siete e come siete arrivati fin qui?» il tono dell'uomo era cambiato, quasi più amichevole lo avrebbe definito Andrea, se non fosse stato perso tra i suoi pensieri.

«Adesso lascialo riposare, abbiamo parecchie cose di cui discutere, per favore seguimi» nel dire queste parole si stava avviando verso un altro corridoio, il giovane non poté fare altro che seguirlo.

Il generale aveva condotto il giovane fino a quelli che una volta erano stati gli uffici di controllo per il traffico aereo, ora trasformati in una sorta di base strategica piena di persone in mimetica verde, nera e azzurra.

Anche se da un'altezza leggermente più elevata, le piste di atterraggio erano sempre visibili, potendo addirittura scorgere anche qualche macchia di vegetazione in lontananza. Gli uffici erano illuminati da vecchie lampade da pavimento che in qualche modo conferivano al luogo un'aria alquanto sinistra; due tavoli, ricoperti da chissà quante scartoffie, erano disposti lungo la parte centrale della stanza, mentre una serie di uomini e donne in divisa da ufficiale ispezionavano il tutto; uno scaffale con appesi alcuni fucili d'assalto classe M16 e M4 era sistemato in fondo alla stanza, forse posto in caso di sicurezza. Tutti i dispositivi elettrici come computer, smartphone o cerca-persone erano ormai inutilizzabili, quindi tutta l'apparecchiatura, una volta utile per monitorare gli aerei in entrata e uscita, venne resa una lunghissima "parete" su cui appendere cartine e documenti di ogni tipo.

Vennero poste due sedie una di fronte all'altra, intorno ad un tavolo in alluminio leggermente isolato dalla stanza. Il generale indicò ad Andrea di prendere posto nella sedia davanti a lui, mentre sul tavolo erano stati messi alcuni supplementi disidratati che sarebbero stati utili per fare colazione.

«Ho pensato potessi avere fame, qui c'e anche del caffè» disse porgendogli un piccolo termos insieme ad una tazza in alluminio.

«Adesso, per favore, raccontami come siete arrivati fin qui… dall'inizio»

Andrea mentre tentava consumare un pasto decente, cominciò a racontare le avventure vissute con Tony fino a quel momento. Da quando si erano incontrati al mercato di Loano, al fatto che stessero cercando il pezzo necessario per terminare il suo piccolo marchingegno e soprattutto dei loro strani incontri prima con i marchiati e poi con i demoni Eta. Andrea non aveva neanche idea di che ore fossero e nel raccontare le sue peripezie non si accorse minimamente che la giornata stava passando, il sole cominciava a calare e ormai la concezione esatta del tempo era rimasta "precaria" così come l'umanità.

Dopo un paio di giorni passati davanti al letto di Tony, ancora incosciente, Andrea scelse di andare a fare una passeggiata nei dintorni dell'aeroporto. Non c'erano state molte cose da fare dopo che il giovane aveva ricevuto la notizia che Londra non esisteva più. Gli era stato raccontato che uno dei generali demoniaci si era finalmente mostrato. Il piccolo contingente di Podestà non era stato in grado di fermare le armate demoniache di Semeyaza. Alcuni dei pochi superstiti raccontavano che si fosse portato l'intera guardia personale di Delta, i cui membri dilaniavano e distruggevano tutto ciò che incontravano senza il minimo segno di pietà.

"Dopo quelle ore di inferno tutti erano scomparsi, le truppe, le fiamme, rimanevano solo le rovine deserte di una città, senza più un abitante ne una bandiera che potesse sventolare; tutto era silenzioso, calmo e senza vita, ed era assurdo pensare a quanto il suono della morte fosse simile a quello della pace."

Uscito dalla struttura, Andrea non riuscì a non sentire il vento gelido che gli pungeva il viso. "Dovremmo essere in primavera, da dove viene questo freddo?" pensò mentre camminava su quello che restava delle interminabili strade francesi. Il cielo era per sua fortuna sereno, anche se in lontananza delle lastre di nuvole tempestose, che sicuramente avrebbero regalato un acquazzone primaverile a tutta la zona, iniziavano a coprire l'orizzonte. Davanti al ragazzo, il panorama di una città distrutta, deserta e molto pericolosa, per chi tentava sopravvivere ogni giorno, incuteva nostalgia e angoscia. Alla sua sinistra, situata in una delle entrate diroccate dell'aeroporto Tolose-Blagnac vide un'oggetto che assomigliava moltissimo ad una bicicletta. Rimessa in piedi sembrava integra, così Andrea decise di salirci sopra e di portarla a fare un giro. "È assurdo che con tutti quei militari non ce ne sia uno che abbia una moto decente" pensò mentre attraversava la rotonda di fronte alla struttura. Proseguendo, intravide un vecchio parco e senza pensarci due volte si precipitò direttamente in quella direzione.

Era passata un'eternità da quando Andrea era riuscito a guardare una macchia di natura in pace. L'ultima volta era stata con suo padre quando aveva dodici anni, non si poteva scordare di aver smarrito, in mezzo ad un bosco, il sentiero di casa; ricordava gli alberi, tutti sempreverdi dalle chiome che filtravano la luce come fossero una gigantesca zanzariera annerita. Davanti a lui notò i resti di alcuni scalini in pietra che portavano ad una sorta di piccola collinetta, dalla quale era possibile ammirare tutto il parco. Ecco, gli alberi erano immobili a fissarlo, un ragazzo, un intruso all'interno di quell'ambiente isolato. Era un organismo nuovo che per la prima volta stava scrutando la parte sopravvissuta di quel luogo. Ruotando di qualche grado, Andrea poté vedere un piccolo laghetto che a stento rifletteva il cielo, al di sopra di esso alcune macerie "decorate" da un cappello rosso. Strofinandosi meglio gli occhi, il giovane vide ch'era soltanto il tetto, che per chissà quale ragione gli aveva giocato un brutto scherzo visivo. Da quella casa con "il cappello" ne seguivano altre…"probabilmente sarà stata una zona residenziale a basso costo" pensò Andrea, e infatti il ragionamento non era del tutto sbagliato, che persona sana di mente avrebbe affittato una casa, se pur bella, con il costante suono degli aerei che atterravano e decollavano? Per il resto gli alberi riempivano ciò che rimaneva della sua visuale. Per la prima volta volle semplicemente sedersi nel tentativo di rilassarsi qualche istante, quelle ultime giornate non erano state per niente leggère.

Il giovane notò qualcosa sotto i suoi piedi, in parte seppellito dalla terra, sembrava a tutti gli effetti un cartello, e strisciata via la terra con il piede, egli poté leggere a caratteri ancora abbastanza comprensibili: PARC DU RITOURET.

Le immagini, sotto il nome, erano sbiadite, ma almeno era sicuro del posto in cui si trovava…Il silenzio stava inondando le orecchie di Andrea e sembrava che sarebbe rimasto tale, finché il rimbombo di uno sparo non squarciò la quiete dentro la quale si era rifugiato il giovane.

Dopo alcuni secondi dal primo sparo se ne sentì un'altro e al terzo si accompagnò un grido femminile; non sapendo cosa fare, il giovane prese la bici e cominciò a pedalare verso gli alberi da dove credeva provenisse il lamento. Diretto verso il sentiero che costeggiava la sponda del lago, dovette lasciare la bicicletta poiché essa non ne voleva sapere di proseguire sull'erba. Davanti a lui solo cento metri di manto verde e alla sua destra, in mezzo ad alcuni alberi un piccolo gruppo di figure urlanti. Avvicinandosi constatò che una delle persone era accasciata a terra, mentre un'altra veniva strattonata dal resto del gruppo, con urla come conseguenza.

Una volta accertato della situazione capì che la figura a terra era una ragazza priva di sensi e sanguinante, mentre colei che urlava, probabilmente sua amica, veniva tirata da un gruppo di cinque persone con lo stesso sorriso stampato e stereotipato dell'ebete pervertito. Costoro erano uomini tarchiati dalle svariate cicatrici sul viso, segni indubbi della loro aggressività. Indossavano dei logori e sudici pantaloni variopinti e chi le magliette, chi le camicie, strappate sulle maniche o sul ventre, si accomunavano per il medesimo dettaglio: le macchie di sangue sparse sui tessuti. Non ci voleva di certo un indovino per capire la fine che quelle ragazze avrebbero fatto se Andrea non fosse intervenuto. Presa la pistola sparò un colpo all'aria e tutto sembrò fermarsi. I cinque si girarono verso di lui alquanto sorpresi, vedendo un giovane incappucciato con un mantello nero, una spada che sporgeva da dietro la spalla destra e una pistola nella mano sinistra pronta a fare fuoco se fosse stato necessario.

—Il generale aveva specificato che chiunque fosse uscito dal confine dell'edificio avrebbe avuto l'obbligo di equipaggiarsi con almeno un'arma da fuoco. Il ragazzo non ne fu contento—.

«Lasciate le ragazze…SUBITO!» disse Andrea con una certa rabbia.

«Altrimenti? Che fai? Ci tagli con la tua bella spada?» i cinque cominciarono a ridere.

Non passarono neanche cinque secondi che un colpo di pistola tuonò nell'aria, per la prima volta quell'arma aveva aggredito un essere umano. Andrea al culmine della rabbia aveva sparato direttamente in gola all'uomo che si era preso gioco di lui, questo non potendo più parlare cominciò a sputare sangue, mentre poco a poco si accasciava come se stesse soffocando, i suoi occhi sembrarono uscire dalle orbite, finche non smise di vivere in una pozza di liquido color rubino. La scena sembrava essere durata minuti, a dispetto dei secondi che realmente impiegò per svolgersi.

«Chi è il prossimo?» a queste parole piene di ironia e rabbia i quattro restanti cominciarono a dirigersi, con occhi di vendetta, verso il giovane che ancora non aveva svelato il suo volto.

Non volendo sprecare le munizioni della sua Beretta 98FS, decise di provare la spada sguainando per la prima volta Mastrit, la cui lama era trasparente e di un particolare materiale vitreo, il suo splendore superava quello della gemma più preziosa mai intagliata dalle mani dell'uomo. Essa non produceva alcun suono nel fendere l'aria, sembrava che le stesse molecole si mettessero da parte, "prostrandosi" alla sua magnificenza. Intanto il gruppo di uomini rimasti provò a colpire Andrea con qualsiasi oggetto a loro disposizione, chi con un sasso sollevato da terra e chi con un piede di porco preso da chissà dove, addirittura c'era chi si sentiva talmente sicuro da usare le proprie mani.

Al primo pugno Andrea schivò, come se sapesse dove il colpo lo avrebbe preso e con la velocità di un felino sotto effetto di stupefacenti, si abbassò squarciando il ventre dell'uomo, dal quale uscì uno spruzzo di sangue incredibilmente abbondante. Il secondo tentò prenderlo alle spalle con il piede di porco, ma venne parato dalla spada mentre il giovane era ancora in ginocchio, il suono del metallo venne assorbito, mentre Mastrit tagliava la carne dell'uomo da sotto l'ascella fino alla gola; l'urlo emesso di strazio terminò nel momento in cui cadde a terra senza vita in una pozza del suo stesso fluido vitale. Il terzo, prima di avventurarsi nello scontro lanciò più pietre possibili, come fosse regredito allo stato di un bambino, una di queste colpì il combattente incappucciato, facendo cadere il tessuto che gli copriva il capo e svelando finalmente il suo volto accompagnato da un piccolo taglio che andava dalla tempia al sopracciglio destro. Dopo ciò la spada cominciò ad emanare luce come se capisse quello che il suo cavaliere stava provando, l'uomo allora impugnò un coltello preso dalla sua tasca e voltandosi prese la ragazza bionda come ostaggio, indietreggiando. Il quarto uomo stava in disparte a vedere tutta la scena, come se fosse uno di quei vecchi tifosi delle partite di baseball, sembrava quello vestito meglio, con i suoi pantaloni color acciaio e la sua camicia strappata di un colore indefinibile ma leggermente più chiaro del capo sottostante.

La situazione si faceva alquanto tesa mentre Andrea tentava guadagnare qualche centimetro, muovendosi con cautela davanti a un uomo, ormai senza senno, che sicuramente avrebbe ucciso quella povera ragazza. Indietreggiò fino a sfiorare il corpo inerme della seconda ragazza, all'apparenza priva di vita, ma mentre le gambe dell'uomo si muovevano, si intrecciarono con quelle della ragazza bionda, perdendo l'equilibrio e cedendo al peso dei due corpi. L'uomo, in ginocchio, sembrò scioccato nel trovarsi un coltello piantato nello sterno; il corpo della ragazza mora con uno sforzo titanico, viste le sue condizioni, era riuscito nell'intento e adesso il farabutto aveva mollato la presa, permettendo alla bionda di allontanarsi. Con la situazione che sembrava essersi paralizzata, Andrea ne approfittò per correre quei pochi metri che lo separavano dal suo ultimo avversario. La vita di quell'uomo si spense non appena Mastrit trafisse la sua gola, gli occhi lucidi fissarono il ragazzo impassibile per qualche secondo, poi vuoto, la morte aveva con sé un'altra vittima.
Il sangue non imbrattava la lama, rimasta candida e pura.

L'ultimo del gruppo, con un piccolo sbuffo abbandonò la scena con molto disprezzo, nel totale silenzio dei suoi pensieri.

«Aiutami! Ti prego!» gridava una voce femminile ed immediatamente Andrea si precipitò verso di lei.

«Cos'è successo?» chiese mentre analizzava la situazione.

Una ragazza dai capelli mori ed ondulati, vestita di pelle, era accasciata sull'erba e la sua testa era sulle ginocchia dell'amica. Perdeva molto sangue dalla spalla e dal fianco sinistro, eppure la sua espressione non voleva saperne di mostrare dolore. Tentava in ogni modo di combattere quel male che si era impossessato del suo corpo, talvolta stringendo i denti o le mani. Respirava a fatica e sembrava che il sangue non volesse smetterla di fuoriuscire. Andrea insieme all'aiuto della ragazza bionda tentò sollevare la ragazza ferita, che a stento rimaneva in piedi. L'amica aveva tentato fasciare la ferita con una sua maglietta, ma era stato inutile.

Il giovane la prese per le spalle…«Ci sei?» chiese e con un filo fievole di voce ella annuì.

«Dove andiamo?» chiese la bionda.

«C'è una base militare della N.A.T.O. non lontana da qui» e con la ragazza sanguinante ed in fin di vita in braccio, Andrea cominciò a correre…

"Tutto si era fatto buio e le immagini, come fotogrammi, scorrevano in ricordi vividi e tangibili, e come una spada che mi trafiggeva erano pronti per essere rivissuti. Mi sentivo un fantasma mentre camminavo per quelle strade che avevano formato la mia infanzia. Lagnasco era vuota e deserta d'inverno, la neve ricopriva ogni centimetro di terra, erba o cemento, creando lastre interminabili di soffici fiocchi infiniti. Mi trovavo sulla strada principale mentre sentivo che qualcosa non andava, era una sensazione già provata eppure continuava a martellarmi nel petto come se un metronomo stesse contando le pulsazioni del mio sangue. Continuai a camminare, le strade erano deserte e i fiocchi di neve erano talmente leggeri da rimanere quasi fermi nell'aria, creando uno spettacolo del tutto singolare. Il problema fu quando mi accorsi che quei fiocchi non erano di neve ma ben sì di cenere, si sapeva che la guerra stava imperversando per le strade di molte città d'Europa, ma non avrei mai immaginato che un paesino isolato come questo potesse fare una fine del genere. Cominciai a correre e nel guardar meglio le case, quelle sopravvissute, notai che stavano bruciando, mentre le altre era come se ormai emanassero solo cenere dalle macerie.

Quando tornai a casa vidi che non c'era più nulla, solo l'ombra di una grandissima creatura, alta, con due ali Nere come il pozzo della morte, la cenere sembrava accecarmi e non riuscendo a vedere chi fosse, ricordai solo che prese il volo ignorandomi completamente. Allora rimasi immobile davanti a ciò che si posava davanti ai miei occhi, una mia copia da bambina. Stava piangendo. Versava lacrime per colui che stava alle mie ginocchia, mio padre, un mucchio di ossa carbonizzate con filamenti di quello che una volta era il suo maglione preferito, solo alcuni fili scintillavano con la poca luce rimasta. Mia madre non ho mai saputo dove fosse, ma so per certo che anche lei come quel paesino, quel giorno, cadde in un abisso senza ritorno.

I periodi dopo quel giorno furono duri, ero una sopravvissuta di un luogo che non era mai esistito e dopo due anni, ricordo la prima fondina che comprai e solo allora indossai la mia prima ed insostituibile maschera, ero diventata la Cacciatrice".

L'alba di un nuovo giorno stava sorgendo sull'aeroporto di Tolosa, quando una ragazza, rimasta a vegliare tutta la notte per l'amica ferita, decise di andare a cercare un caffè e dell'acqua per rinfrescarsi. Con il sonno che un po' pesava sui suoi occhi cobalto e stanchi, si perse in uno dei corridoi delle sale d'attesa trasformate in ospedali da campo e mense. In uno di questi notò una sagoma che ammirava ciò che c'era al di là della grande vetrata e con il sole che le abbagliò la vista non notò minimamente il tavolo su cui andò a sbattere.

«Ouch!» esclamò la ragazza, tenendosi la gamba come se questo potesse ridurle il dolore.

«Chi sei?» disse Andrea senza voltarsi.

«Nessuno, adesso levo il disturbo, sai dove posso trovare del caffè?» chiese la ragazza, leggermente imbarazzata.

«Aspetta!» e per la prima volta la vide in volto, con i suoi occhi blu ed i capelli color oro, che anche se scompigliati, brillavano ai nuovi raggi del sole appena sorto.

«Ti andrebbe di fare colazione?» chiese il giovane amichevolmente.

«Si, grazie» rispose avvicinandosi.

«Seguimi, questa è la zona "malati" per così dire...a proposito io sono Andrea» disse tentando sistemarsi la tunica.

«Sharon» rispose porgendogli la mano.

Una volta arrivati nella "zona ristoro", gli occhi di Sharon s'illuminarono, era parecchio tempo che non vedeva un luogo dove si potesse ordinare del cibo, a Londra non era sopravvissuto nulla e quindi l'unico modo per trovare alimenti commestibili era al mercato tramite scambi, oppure rubandolo.

La zona business era situata proprio nel centro dell'edificio e comprendeva negozietti di vario tipo, da un bar, a un paio di ristoranti e alcuni bazar di souvenir insieme a dei negozi di moda in disuso. L'unico posto rinnovato era un vecchio Mc Donald's trasformato in armeria, ma per accederci bisognava avere il pass giusto.

«Prima di fare colazione, vorresti cambiarti o rinfrescarti un po'?» le chiese gentilmente il ragazzo.

«Sarebbe fantastico, grazie».

«Attenta, prosegui dritto per alcuni metri e alla tua destra dovresti trovare un negozio di abbigliamento...sai qui non ci sono molte ragazze, troverai sicuramente qualcosa di adatto e pulito, mentre se giri a sinistra poco più avanti troverai la toilette».

«D'accordo, farò veloce» disse mentre si allontanava sorridendo.

Alcuni minuti dopo era già di ritorno, sembrava una persona nuova, aveva trovato un paio di jeans blu scuri e una camicetta bianca abbastanza fine, era riuscita anche a legarsi i capelli in una coda di cavallo.

«Cosa ti piacerebbe mangiare?» chiese Andrea mentre passavano per il bar. Tutto sembrava ben pulito, era veramente da dire che i militari erano dei maniaci delle pulizie. Il bancone era nero e su di esso posavano diversi contenitori per lo zucchero e per i tovaglioli, mentre un giovane sui trent'anni serviva dal lato opposto di esso. Come tutti, indossava la solita tuta mimetica azzurra, ma con l'aggiunta di un grembiule bianco a metà busto, probabilmente per evitare di sporcarsi la tenuta. Intorno al bancone i tavoli erano ancora vuoti e in uno di questi i due ragazzi si sedettero, aspettando che il giovane venisse a prendere le loro ordinazioni. Era assurdo pensare che qualcosa del genere potesse ancora avvenire in un mondo come quello, eppure in posti come le zone militari si provava a vivere una vita pseudo normale, quasi dimenticando la dimensione di morte e dolore, che varcata la porta ti travolgeva come uno schiaffo sul viso.

«Buon giorno ragazzi, purtroppo il nostro menù è limitato, ma potete scegliere quello che volete da questa lista» disse quasi in maniera scherzosa porgendo i due cartoncini, ovviamente tagliati a mano, con su scritto i pochi piatti disponibili.

«Io prenderei volentieri uova e bacon, con una tazza di caffè» disse Sharon convinta.

«Per me invece un tè e dei pancakes» disse Andrea dando indietro i "menù".

Durante la colazione i due ragazzi parlarono del più e del meno, a volte scherzando e a volte ricordando, mentre gli occhi diventavano lucidi. Sembravano proprio due vecchi amici.

«Quindi Londra è andata a farsi benedire?» chiese incuriosito e preoccupato.

«Non è rimasto nulla, quelle creature hanno raso al suolo tutto e ogni abitante credo che sia morto… la cosa che più mi dispiace è quello che è successo a Ofaniel, ha dato la vita per salvare me e Martina» lo diceva con un viso cupo, quasi come se stesse rivivendo infinite volte la stessa tragica scena.

Dopo quasi un'ora qualcosa era cambiato, si poteva sentire la tensione e l'ansia nell'aria…poi tutto cominciò a tremare.

Un'esplosione dopo l'altra cominciava ad illuminare il cielo come fossero fuochi artificiali, i mitragliatori pesanti posti in cima alle torri di controllo, stavano sparando senza interruzione, i fucili producevano i primi scoppi mentre i soldati iniziavano a correre da una parte all'altra dell'edificio. Affacciati alla finestra, Andrea e Sharon provarono a capire cosa stesse realmente succedendo per i cieli di Tolosa, ma quando misero a fuoco, l'inferno sembrava essere sceso in terra, il cielo rosso dell'alba si era riempito di creature di ogni genere, dai demoni Delta a quelli Epsilon. Quest'ultima classe di demoni intermedi era in grado di volare e ciò avveniva grazie a delle alette poste sui polsi e sulle caviglie. Il loro corpo era di un verde scuro quasi a ricordare la putrefazione o il vomito. Il viso era rarefatto con occhi grossi e neri senza pupilla. Non possedevano né bocca, né naso, né orecchie. Non utilizzavano armi ad eccezione delle loro ali, usate come coltelli, in grado di tranciare un uomo come fosse un coniglio davanti ad una lama incandescente.

Un piccolo contingente di demoni Eta si muoveva agitando le mani come fossero spade in sincronia, l'intera pista ne era piena e i due giovani non sapevano che fare, il loro pensiero era per gli amici ancora feriti e altro non poterono fare che correre verso di loro.

VII
Una nuova speranza

I visi di Tony e Martina sembravano quasi sereni, mentre i suoni dell'inferno "bruciavano" i cieli nella zona circostante, si poteva vedere tutto dalle vetrate, per fortuna oscurate all'esterno.

I mitragliatori continuavano la loro triste sinfonia di distruzione, accompagnati da fucili e urla dei soldati.

«Puoi dargli un'occhiata te?» chiese Andrea a Sharon, mentre si allontanava.

«Dove vai?»

«Voglio dare una mano a queste persone»

«Morirai! Abbiamo già abbastanza martiri, non senti le urla di tutti coloro che muoiono?» gli urlò, ma il giovane si era già allontanato.

Salita la torre, Andrea arrivò alla stanza zero, detta "delle strategie", dove il generale stava "abbaiando" gli ordini a tutti i sottoposti rimasti. Dai pochi vetri, ancora integri, si vedeva un cielo pieno di creature demoniache, ed i Celesti sembravano del tutto scomparsi.

«Dove sono gli angeli?» urlò l'uomo mentre ordinava di barricare ogni entrata. Un boato sembrò invadere la scena, uno degli Epsilon stava colpendo le strutture portanti della torre.

«TUTTI FUORI!» questa volta il generale sembrò buttare i polmoni in ciò che diceva.

Le scale erano intasate, tutti tentavano salvarsi, scendendo fino ai piani inferiori; l'unico modo che avevano in quel giorno per sopravvivere era combattere. Le armerie, o i luoghi dediti a ciò, si svuotarono più velocemente di quanto un Epsilon poteva sventrare un essere umano.

Le postazioni di difesa vennero raggiunte, le trincee rinforzate e le sale armate con tutto quello che restava, intanto l'entrata principale continuava a subire colpi, rimbombi pesanti facevano eco nelle sale, mentre la tensione negli uomini aumentava. La scena sembrava bloccata in un loop temporale, il tempo non passava, i secondi erano minuti e i minuti ore; c'era chi pregava, chi si faceva segni della croce, chi tentava raggiungere le proprie divinità in qualunque modo fosse possibile.

Tra le file dietro le prime linee di difesa, costruite in fretta e furia, si intravedeva un ragazzo indiano il quale cominciò a parlare una lingua a tutti abbastanza sconosciuta. "Starà pregando" pensò Andrea mentre la porta ancora una volta resisteva agli urti violenti delle orde demoniache. Nessuno sapeva quanti Dei potesse avere quella persona…le preghiere non finivano. Andrea si era messo dietro la seconda trincea improvvisata, sacchi di sabbia su sacchi di sabbia dovevano proteggere, o almeno così dicevano, le file dei pochi soldati superstiti. Mastrit brillava, forse più di tutte le altre volte in cui il ragazzo si era trovato in pericolo, una luce intensa che si attenuò quando venne sguainata dal fodero dietro le spalle. Le perle di sudore riempivano le fronti, mentre la tensione aumentava, tutto era pronto e la "fine" era alle porte…Dopo l'ennesimo colpo finalmente la prima difesa cadde e coloro che lo videro ebbero l'assaggio dell'inferno.

La prima fila di demoni cominciò ad entrare, erano Eta, e in quella maniera goffa che avevano di camminare, cominciarono a caricare per saltare addosso ai soldati. In contemporanea i mitragliatori pesanti sistemati precedentemente, iniziarono a "ruggire". Nessuno distoglieva lo sguardo dalla scena dei proiettili, che a tratti tentavano penetrare i demoni. L'entrata si stava riempiendo di un viscoso liquido porpora, mentre i mostri continuavano ad entrare senza fermarsi. Gli Eta sembravano essere più deboli di quando invadevano le città, ma ormai era ovvio che fossero solo i pedoni dello schieramento, nulla che una buona scarica di proiettili non potesse sistemare. Il problema fu quando cominciarono ad entrare gli Epsilon, questi invasero i soffitti dell'edifico andando direttamene verso coloro che manovravano le armi pesanti, i cecchini non riuscivano a colpirli e Andrea tentò la via verso la postazione più vicina.

Arrivato al piano superiore lo scontro ormai era terminato, il soldato era morto, e tutti i suoi pezzi erano sparsi nella sala. Ad un tratto la creatura fu alle sue spalle e con Mastrit in mano, Andrea reagì scontrandosi con il demone. La sua spada contro le membra alate, le quali non volevano saperne di cedere al potere della lama sacra. Colpo dopo colpo le armi scintillavano come se fossero fatte di metallo, e quando sembrò che il giovane sarebbe morto per la forza della creatura, Mastrit reagì brillando, liberando un'energia incalcolabile. Sembrava che la stessa spada gli concedesse energia e vita. Andrea riuscì così a travolgere l'avversario superandolo in forza; la Spada spinse via prima l'arto affilato del demone, per poi, con una velocità sovrumana, tagliarne il ventre. La prima orda di Eta era passata, e la seconda si era dimezzata per lasciar passare la squadra di Delta, i quali non si sarebbero fermati davanti a nulla. La prima linea era caduta e la seconda si stava ritirando verso l'interno.

Uno dei Delta cominciò ad allontanarsi dal plotone, come se sapesse dove andare, o meglio chi cercare. "Sharon!" pensò di colpo Andrea e con la spada ancora in mano cominciò a correre verso la sala in cui si trovavano i tre ragazzi, tagliando e squarciando tutto ciò che incontrava. Per le scale grondava il sangue di entrambe le specie. Era realmente assurdo pensare che fino a quella mattina tutto era stato in ordine e perfettamente pulito, ci si poteva quasi riflettere sui vetri, mentre adesso le macchie di chissà quali fluidi incrostavano ogni superficie.

Solo cento metri lo separavano dalle stanze arrangiante come ospedali da campo. Il ragazzo sentì un grido, "è sicuramente Sharon", pensò mentre correva. La scena davanti a lui fu alquanto raccapricciante, il Delta aveva preso la ragazza per il collo soffocandole la voce, ma il giovane non esitò, semplicemente corse, finché non trapassò la schiena del demone, il quale sembrò del tutto indifferente. Il soldato di tenebra cadde a terra lasciando il collo di Sharon che ormai respirava a fatica.

«Come sapeva che eri qui?» chiese Andrea con il fiatone.

«Non lo so...» Intanto Tony e Martina erano ancora distesi sui lettini, messi vicini per sicurezza.

«Che ti è successo al polso?» chiese Andrea, notando la fasciatura.

«Nulla, mi sono ferita» rispose, mentendo.

La situazione degenerò quando il Delta si rimise in piedi e con l'arto trasformato in una punta affilata, trapassò il ragazzo. Il viso non esprimeva nulla, poiché i lineamenti non esistevano, si poteva dire che fosse un soldato perfetto, nessun rimorso, nessuna colpa. Con l'arto che poco a poco si riempiva di sangue, il demone sollevò Andrea scagliandolo con forza contro la vetrata, che all'impatto si frantumò in migliaia di cristalli. Il giovane non poté fare altro che cadere, con la sorpresa ancora in viso.

La pista d'atterraggio era gelida mentre il lago di sangue cominciava ad allargarsi, il suo respiro si faceva sempre più affannoso e irregolare; gli occhi continuavano a fissare le figure demoniache passanti in un dannato cielo azzurro, che come tutto era indifferente alla vita umana. Solo la luna, non ancora occultata dal sole, sembrava osservarlo "incuriosita".

Forse accadde qualcosa, un miracolo, mentre giaceva lì in fin di vita; cominciò a vedere una luce , o meglio una serie di luci che stavano varcando la volta del cielo, erano Celesti. La cosa più scontata era che avessero percepito una concentrazione di entità demoniache nei paraggi. Non avevano mai avuto a cuore, realmente, la condizione umana, forse eravamo noi ad essere nel posto e nell'epoca sbagliata. Coloro che dovevano essere il bene e rappresentare una struttura salda, si erano dimostrati interessati solamente ai loro tornaconti. C'erano stati momenti in cui si era arrivati ad una collaborazione, ma nella maggior parte dei casi i caduti erano stati in cifre esorbitanti, per colpa prima di uno e poi dell'altro.

Un grido sembrò frantumare l'ultimo briciolo di speranza del ragazzo, era Sharon che pendeva da quella stessa finestra da cui era stato lanciato. La medesima creatura stava tenendola di nuovo per la gola, ma per qualche strana ragione non l'aveva ancora uccisa. Tutto sembrava espresso in un tempo infinitesimale, il suono della battaglia, le grida, e anche i raggi del sole sembravano rallentare quando toccavano il corpo del Delta. Definirlo corpo nero sarebbe stato troppo misero, quel colore talmente intenso assorbiva la luce intorno a sé, come se fosse un buco nero demonizzato. La cosa più ovvia si dimostrò la più sbagliata, la creatura infatti non fece altro che lasciare la presa. Ecco che il tempo rallentava ulteriormente, in tutti quei frammenti di esistenza decelerata lo strazio e la frustrazione di Andrea, senza contare il dolore, stavano raggiungendo livelli critici. Mastrit sembrò scintillare nel momento stesso in cui le emozioni del giovane raggiunsero l'apice; qualcosa era scattato in quell'antico meccanismo Celeste e finalmente la luce tornò a brillare, anche se per poco, in quel mondo ormai corrotto dall'oscurità più assoluta. La spada scintillava mentre una sostanza molto simile alla nebbia, ma leggermente più densa stava ricoprendo Andrea, ormai sempre più impaurito da tutta la situazione. Il dolore sembrò diminuire fino quasi a scomparire, mentre il suo corpo cambiava, la sua tunica diventava sempre più brillante nel ritirarsi. Era una sensazione quasi di pace dove cominciò a sentire dei muscoli che in teoria non dovevano esistere nel corpo umano, quattro ali color argento-cenere stavano crescendo sulla schiena mentre un'armatura argentea scintillante si formava su ogni parte del suo corpo.

«Sei pronto?» gli chiese una voce mentre si lanciava per prendere al volo Sharon.

«Chi sei?» chiese Andrea.

«Non ha importanza, presta attenzione a dove vai» concluse, mentre il ragazzo stava volando a pochi metri da terra.

La ragazza era terrorizzata, gli occhi della morte le paralizzavano il viso, mentre le braccia della nuova creatura di luce la tenevano stretta. La portò "al sicuro" all'interno della struttura, mentre il Delta, già sceso sulla pista, era come se aspettasse il suo nuovo nemico.

Dall'alto Andrea vedeva soltanto questa "macchia nera" che poco a poco trasformava i suoi arti in affilate punte. Non sembrava avesse un vero e proprio corpo e forse la forma umanoide l'aveva copiata da un Celeste, per comodità o per essere più semplicemente un suo antipodo. L'atterraggio risultò alquanto difficile, essendo la prima volta, eppure il suo corpo sembrava guidato e l'azione avvenne nella maniera più semplice possibile.

Lo scontro ebbe inizio, luce contro buio spada contro spade, mentre lo scintillio risultava esterno a qualunque episodio che quel giorno stava distruggendo quel luogo. Stoccata e parata, stoccata e parata mentre la situazione era in equilibrio, quasi in stasi, con nessuna delle parti intenzionata a cedere. I minuti passavano e il Delta non mostrava nessun segno di stanchezza anzi sembrava più "fresco" di quando avevano iniziato e come se affrontare un demone, che non si stanca, non fosse abbastanza, Andrea vide arrivare altre due creature di tenebra, identiche a quella che stava affrontando, anch'esse armate di spada corporea. "Eddai, così non vale" pensò ad alta voce, mentre i corpi lo circondavano. Si era creata una vera e propria triangolazione e il giovane non poté fare altro che continuare a combattere.

Adesso la sua vista era perennemente a trecentosessanta gradi, parando ogni colpo che i demoni gli infliggevano; colpo dopo colpo finché non vide una piccola imperfezione nella gamba sinistra di uno dei Delta. Forse era stata una ferita o un colpo inflitto in precedenza da qualche Celeste, poiché il taglio non sembrava rimarginarsi. L'opportunità era davanti ai suoi occhi e con la spada, che ancora difendeva il suo padrone, egli colpì con tutta la forza che possedeva la gamba dell'avversario, rompendo il cerchio di battaglia. Una volta a terra, Andrea trafisse il petto del demone, riportandolo al suo stato primordiale: un cumulo di melma nera. Nel contempo gli altri due erano tornati all'attacco, ma con due colpi fulminei il giovane riuscì, in un certo modo, a ferirli, avendo giusto il tempo di trapassarli prima che potessero rigenerarsi.

Sharon, proprio non voleva staccarsi dal letto dell'amica, le aveva salvato la vita più di una volta e lei non sapeva proprio come comportarsi, l'unica ricompensa che aveva avuto era stata quella di trovarsi in fin di vita in un lettino d'ospedale. Fuori dalla vetrata frantumata i fantasmi di quelli che una volta erano stati uomini, stavano combattendo insieme a un gruppo di Celesti che per miracolo erano venuti in loro soccorso. Le battaglie, perduravano per i corridoi, dietro le poche barricate rimaste e persino in cielo, dove un Celeste con quattro ali color platino-oro scintillava al passar del sole, mentre una coppia di Epsilon lo stava attaccando. Lo presero per le ali, bloccandogliele in una morsa d'acciaio, mentre un ulteriore nemico, aggiunto agli aggressori come supporto, tentava disarmarlo. Cominciarono così a precipitare finendo su una delle vetrate distrutte dell'aeroporto. Schiantatisi vicino ai lettini, a Sharon venne il panico e nel tentativo di fare qualcosa, prese una delle pistole di Martina da una delle fondine e cominciò a sparare alla cieca. La fortuna volle che almeno un paio dei proiettili colpisse i demoni. Il primo finì direttamente sul viso, trapassandogli la testa in una piccola esplosione di sostanze verdognole e dall'aroma fetido, che investirono appieno l'arcangelo. Il secondo prese solo di striscio il collo, ma questo fu utile al celeste per poter rompere la colonna all'Epsilon.

«Direi che è durata fin troppo» disse con una voce profonda, prima di frantumare qualunque cosa possedessero quelle creature al posto del midollo.

L'arcangelo guardò per un secondo la ragazza prima di tornare a cacciare demoni, le aveva detto grazie, oppure quello sguardo intenso poteva significare altro? L'unica cosa che non mutava era il polso di Sharon, perennemente illuminato da quell'inquietante luce viola soffusa.

Esattamente dove l'arcangelo aveva combattuto pochi istanti prima, giacevano due oggetti che avevano tutta l'aria di essere piume, forse alla fine quella leggenda era vera: i Celesti possedevano le ali piumate. La ragazza le notò poiché luccicavano e mentre era impegnata nel trasportare via i lettini di Martina e Tony, si fermò per raccoglierle, erano molto gradevoli al tocco. Sembrava quasi di avere in mano un batuffolo di cotone immerso nella seta, eppure la loro consistenza faceva ricordare la schiuma prodotta dal sapone. Semplicemente le mise in tasca con delicatezza, mentre provava a spingere il lettino dell'amica ferita, tutt'altro che una piuma.

I corridoi e le stanze sembravano tutti uguali, vetri distrutti e cadaveri ovunque, le macchie di fluidi corporei sia umani che demoniaci imbrattavano ogni cosa e pensare ad un luogo sicuro era ormai quasi un sogno. Spinta fino ai confini del piano le rimanevano solo due opzioni: l'ascensore con la scritta fuori uso oppure le scale, ma trasportare due feriti per i gradini era pressoché impossibile. Per quanto non volesse darsi per vinta Sharon non poté fare altro che mettersi in un angolo tutta rannicchiata e lasciare che la sua frustrazione venisse fuori sotto forma di lacrime, mentre aspettava o la sua morte, o un miracolo.

Andrea non se la stava cavando di certo meglio, le orde demoniache stavano diminuendo, ma quelle rimaste sembravano indistruttibili, chiunque andasse contro di loro incontrava solamente una morte atroce e indegna. La situazione non migliorava, soprattutto quando notò che la luce intorno alle sue ali stava diminuendo e di conseguenza anche il dolore stava ritornando. La sua battaglia proseguiva per i cieli, una caduta in picchiata e un altro demone veniva trapassato dalla sacra lama di Mastrit; una virata e le sue ali appuntite, come rasoi, tagliavano le membra di qualche Epsilon in volo, facendolo precipitare da un'altezza più che letale. Verso la fine della pista d'atterraggio vide un gruppo di demoni fronteggiare un trio di Celesti; un arcangelo dalle ali dorate insieme a due semplici angeli si stavano difendendo da una creatura mai vista prima. Più alto di qualunque demone e più possente di qualunque Delta, incuteva orrore e terrore al solo sguardo. Il grigio della sua pelle era più tetro che le nuvole della tempesta più potente; il suo corpo era di una muscolatura pressoché perfetta, ma ciò che più intimoriva era il suo volto, avente sei corna simmetriche, due sul cranio, due leggermente sotto alle ultime e due dietro come prolungamento della stessa testa; gli occhi erano rossi come il fuoco dell'Ade, innestati in quel viso allungato capace di una sola espressione, quella dell'odio più profondo verso ogni essere vivente.

Andrea era ancora in volo quando vide la fine dei due piccoli angeli che avevano ferocemente combattuto dando tutto fino all'ultima goccia del loro sangue argenteo. La possente spada del Demone non ebbe pietà, tagliando loro prima le ali per poi passare alle membra del corpo. L'arcangelo rimase solo a fronteggiare il Mostro e dopo pochi istanti in cui i due si studiarono, le lame si scontrarono creando un boato da spezzare i timpani. L'energia emessa durante lo scontro sarebbe stata in grado di alimentare un'intera cittadina.

Tutto sembrò velocizzarsi ulteriormente, quando Andrea si spinse contro la creatura con tutta la forza che possedeva. Quest'ultima assorbì il colpo indietreggiando leggermente, solo l'imbracatura che portava sembrò vibrare per qualche istante. Tale difesa avvolgeva la maggior parte del corpo e terminava in una sorta di pantaloncini metallici. Tornato in piedi Andrea prese in pieno la luce riflessa dal medaglione che il demone portava al collo, un'emblema traslucido.

«Chi sei indegna creatura?» disse con disgusto il demone dalla voce roca e possente.

«Non credo ti riguardi» rispose aspro Andrea.

«...tu piuttosto cosa sei?» continuò.

«Io sono Semeyaza terzo generale di Ghimerion, come osi riferirti a me in tale maniera, creatura inferiore!» replicò sdegnato.

«Vuoi sapere chi sono? Solo qualcuno di molto arrabbiato» e dicendo ciò attaccò con la spada.

L'arcangelo osservava incuriosito il semi-Celeste che stava combattendo, ma più in particolare notò il suo bagliore che poco a poco diminuiva.

Le sacre lame erano tornate a combattere, lo spirito di coloro che un tempo le impugnavano, ora vegliava sui giovani Celesti che, sacrificando ogni cosa, tentavano respingere un nemico fuori dalla loro portata.

Sharon teneva in mano le piume sperando che qualcosa potesse accadere, continuava ad avere quella scintilla di speranza negli occhi, anche dopo tutto quello che aveva visto. Destino volle che una folata di vento strappasse di mano una delle piume alla ragazza, facendola finire sul corpo dell'amica, che improvvisamente cominciò a tossire e a muoversi con disperazione.

«Dove sono?...cosa...cos'è successo?» continuava a chiedere come in preda a spasmi.

«Hey hey, tranquilla» le disse Sharon.

«Ti hanno sparato, ti sei presa una pallottola per me, adesso sei, o meglio eri in una sorta di ospedale militare» concluse.

«E perché siamo qui? Chi è quello?» chiese indicando il lettino di Tony.

«Una legione di vari demoni ci ha attaccato, non so quanti siano sopravvissuti. Lui è...non conosco il suo nome, il ragazzo che ho incontrato questa mattina mi ha chiesto di tenerlo al sicuro» spiegò.

«Mi sento a pezzi, ma come ho fatto a svegliarmi? mi sembrava di essere lontanissima da qui» chiese.

«Boh, forse è dovuto a quella» disse Sharon indicando la piuma sul petto interamente fasciato e leggermente sporco di sangue.

«Dove l'hai presa?!» volle sapere Martina quasi euforica.

«É caduta dalle ali di un Celeste» disse.

«Questa è la piuma di un Arcangelo, sono le uniche ad avere proprietà curative, dopo quelle dei Troni e dei Cherubini» disse con una debole voce Martina.

«Ook, non so esattamente se hai parlato tu o li anti dolorifici, ma va bene, "ti seguo", come procediamo?» chiese.

«Essendo di un Celeste minore ci vorrà più tempo perché faccia effetto, hai una qualche corda o elastico? Dovrò portarla per un po' se voglio tornare in forma» detto ciò, la ragazza le passo l'elastico che teneva ai capelli.

Sharon volle provare ad usare l'altra piuma sul ragazzo sconosciuto per vedere se quello che aveva detto l'amica poteva ripetersi, anche se a primo sguardo il giovane non presentava ferite gravi, se non qualche graffio qui e là. Ponendo la piuma sul petto, vide che dopo pochi istanti il ragazzo cominciò a respirare profondamente, come se non avesse mai assaporato l'ossigeno in vita sua.

«Wow, dove sono? e voi chi...dov'è Andrea?» chiese alquanto allarmato.

«Chi sei tu?» richiese Sharon alquanto spaventata dalla reazione appena sperimentata.

«Sono Tony, potete spiegarmi perché non c'è nessuno? dove siamo?» ripropose la domanda alle due sconosciute.

«Io sono Sharon e lei è Martina, siamo all'aeroporto di Tolosa, ci hanno attaccato alcune ore fa e ora stiamo resistendo...e mi duole dirti che Andrea è probabilmente caduto in battaglia, si è sacrificato per salvarmi» disse la ragazza, mentre ricordava e i suoi occhi diventavano lucidi. Il viso di Tony si fece molto cupo, non sapeva come affrontare una cosa del genere.

«Da dove venite?» chiese.

«Londra» disse Sharon.

«Non ti riguarda» rispose indispettita Martina, le erano bastati pochi istanti per tornare ad essere quella che era.

«Immagino che Londra e "non ti riguarda" siano distrutte, perché altrimenti non sareste qui». Le ragazze non poterono fare altro che annuire.

Lo scontro tra i giovani Celesti e Semeyaza stava raggiungendo il culmine e nessun colpo si poteva escludere, la luce di Andrea continuava a diminuire mentre l'Arcangelo cominciava a dare i primi segni di cedimento. Era da ricordare che dopo tutto gli Arcangeli non erano il massimo livello dei Celesti, eppure questo possedeva una forza mai vista prima. Semeyaza volle portare il combattimento ad un altro livello quando spiegò le sue quattro gigantesche ali da gargoyle, ciascuna dall'apertura di due metri, e la differenza con quelle dei celesti parve abbastanza evidente, quando anche i due presero il volo.

L'azzurro dell'infinito risplendeva mentre le tre entità si scontravano con tutta la forza dei loro corpi. Sembrava che niente potesse fermare il generale demoniaco nel suo intento di distruggere ogni ostacolo sul suo cammino. I Celesti stavano cedendo, le spade pesavano nelle loro mani, mentre quel poco vento, proveniente da est, in vano tentava rinfrescare le fronti imperlate di sudore. Lo scontro doveva finire in un modo o nell'altro e quindi Andrea, vedendo che l'Arcangelo era stato intrappolato nella morsa delle braccia seghettate del Generale, non poté fare atro che brillare. La sua luce —da fioca che era— cominciò a risplendere più di ogni stella del firmamento, ma mentre questo avveniva il dolore al fianco tornava, si sentiva un ago rovente infilato nel fianco, mentre emanava tutto ciò che gli restava. La luce stessa sembrò bruciare sulla pelle del demone, mentre richiami in una lingua sconosciuta, a qualcosa che non poteva essere spiegato, venivano quasi urlati dalle labbra tremanti del giovane.

«Ag Dosig Baeovib Gapimaon Ucim» dopo questo, semplicemente il dolore lancinante, come un martello che colpisce una pietra, lo travolse mentre tutto scompariva ed egli svenendo semplicemente cadde a terra. L'Arcangelo si lanciò per recuperare, con sua grande sorpresa, l'umano precipitante, poggiandolo sul freddo asfalto. Intanto il demone era scomparso e al suo posto rimaneva soltanto una sorta di linea nera fluttuante che aveva tutta l'aria di uno squarcio in mezzo al nulla.

Il freddo cemento cominciava a riempirsi di sangue mentre il corpo di Andrea recuperava il suo stato umano. Tutto sembrava essersi placato, i demoni sembravano scomparsi e il silenzio incombeva come una coperta in una giornata che poco a poco si stava riempendo di nuvole; sembrava dominare su tutti i cadaveri, su tutti i superstiti e su tutti i visi che uscivano da chissà quale incubo.

Nel freddo dell'imminente fine, Andrea singhiozzava, mentre ormai il suo respiro si faceva sempre più corto, l'Arcangelo guardandolo non poté fare altro che commuoversi per quello che un giovane umano aveva fatto per lui.

«Grazie...ma perché l'hai fatto?» chiese il Celeste, mentre il giovane ormai stava per chiudere gli occhi in quel suo ultimo respiro nella terra degli dei mortali.

«Perché andava fatto».

«Potevi avere una vita "splendida", se tu fossi scappato nelle zone remote di questo pianeta avresti vissuto, ma invece hai scelto di sacrificare la tua unica esistenza per una battaglia che non doveva essere vostra».

Prima che la vita lasciasse definitivamente il corpo di Andrea, l'Arcangelo pianse e facendo cadere una delle sue lacrime sulla ferita del ragazzo vide come questa stava poco a poco richiudendosi. Quel giorno un Celeste, con solenne umiltà, aveva pianto per un essere mortale. La vita, come l'oggetto più sconosciuto e misterioso di tutti, cominciò a rinascere all'interno del corpo guarente, gli occhi riacquistavano il loro colore verdognolo, mentre nel viso tornava a scorrere il sangue. Piano piano cominciò ad alzarsi e sentì che il dolore si era ridotto ad un piccolo bruciore. Rimettendosi in piedi non poté fare altro che osservare stupito il Celeste che lo stava fissando, per la prima volta con gli occhi della compassione.

«Come hai fatto?» chiese Andrea.

«La tua ferita non era stata inflitta da un'arma umana, c'era il rischio comunque che non funzionasse...» rispose.

«Non dovrai mai farne parola, un Arcangelo non dovrebbe mai fare una cosa del genere, anche se nella vostra storia è successo almeno una decina di volte...l'ultima volta che un Celeste ha pianto per un essere umano è stato quando un olandese è morto» continuò.

«Chi era?»

«Chi?»

«L'olandese»

«Un certo Vincent Van Gogh, all'epoca ovviamente non poteva vederci nessuno, eppure lui per qualche assurdo motivo ci riusciva, il modo in cui rappresentava le cose, era quasi vicino al modo in cui noi possiamo manipolare la materia e ciò che ci circonda»

«Wow, ma da quello che so era impazzito alla fine»

«Sì, purtroppo non poteva sopportare di vivere in un mondo come questo, se tu vedi cose che nessun altro può e le rappresenti come reali, non sempre andranno molto a genio a chi considera la realtà in maniera divergente. Nell'ultimo periodo della sua vita non riuscì più a vederci, la sua stessa disperazione lo portò al togliersi la vita» concluse definitivamente l'Arcangelo.

«Come ti chiami?» volle sapere Andrea.

«Il mio nome è Gabriel, Arcangelo superiore, ultimo principe eletto» rispose con solenne superiorità.

«Io sono semplicemente Andrea, piacere di conoscerti»

«Puoi camminare giusto?» chiese Gabriel.

«Credo di si» rispose.

«Lascia stare, aggrappati» e facendolo aggrappare alle sue spalle volarono verso ciò che rimaneva dell'aeroporto di Tolosa, l'unica struttura miracolosamente ancora in piedi.

VIII
La nascita del destino

Arrivati all'entrata dell'edificio, se ancora si poteva definire tale, l'atmosfera si fece raccapricciante, ogni cosa era distrutta e i corpi, solo umani, erano disseminati ovunque. L'unica cosa rimasta dei demoni erano pozze di liquido cremisi violaceo che istante dopo istante sembravano corrodere ogni cosa. Entrando in ciò che rimaneva dell'aeroporto, Andrea e Gabriel erano in cerca di superstiti, ma nessuno sembrava essere sopravvissuto a quella che era sembrata, di nuovo, la fine del mondo. Gli occhi dei soldati erano bloccati, fissi verso un'orizzonte che non avrebbero più rivisto, mentre i pezzi dei loro corpi erano sparsi per tutte le stanze. Alcuni erano trapassati, infilzati, impilati, mentre i visi esprimevano, ormai per l'eternità, la stessa espressione: un mix di rassegnazione e paura.

«Qui non c'è più nessuno da salvare» disse Andrea, come se fosse necessario ribadirlo.

«Sento la presenza di ancora quattro vite...e una mezza?» disse Gabriel serio guardando nel vuoto. Indicando le scale si diressero verso il piano superiore, dove l'Arcangelo fece strada.

Saliti fino al secondo piano continuarono a vedere corpi nelle posizioni più assurde e innaturali possibili, il silenzio era sempre più inquietante, opprimente tranne per il tintinnio provocato dal gocciolamento di chissà quale liquido. Le stanze, una dopo l'altra, davano l'immagine di essere sempre più sconquassate, irriconoscibili da quella stessa mattina. Si poteva sentire l'aria sempre più carica di pioggia che entrava dalle mancate finestre, mentre il cielo veniva coperto gradualmente da quelle tristi nuvole che forse, e dico forse, piangevano i caduti di quel giorno.

Le stanze apparivano come lo specchio l'una dell'altra. I due sentirono una specie di rumore metallico provenire dalle scale di emergenza, e senza pensarci due volte Andrea si diresse verso la fonte del suono. Mastrit era sguainata, mentre il suono andava via via attenuandosi. Voltato l'angolo, la sorpresa "s'impossessò" di Andrea, il Generale era seduto con la schiena verso la parete, aveva una lancia che gli trapassava l'addome e la ferita non smetteva di sanguinare.

«Che ci fa lei qui?» chiese Andrea.

«Sono riuscito a pro...teggere i tuoi amici, so...no nel sotterraneo, quei bastardi non usano le scale» rispose il Generale con un filo di voce, ormai la vita lo stava abbandonando e i suoi occhi si stavano spegnendo.

«Grazie» disse il ragazzo prima che fosse troppo tardi, ma mentre lo pronunciava la mano dell'uomo nel suo ultimo sforzo tentò eseguire il saluto militare prima di estinguere il suo ultimo respiro. Delicatamente Andrea gli chiuse gli occhi e proseguì insieme a Gabriel verso le scale.

Aperta la porta, il labirinto di scale si diramava in tre diverse direzioni, due verso l'alto e una verso il basso, quest'ultima doveva condurre per forza ai sotterranei della struttura. Una volta scesi si trovarono davanti a due porte, entrambe collegate ad un magazzino, la cosa strana che fece notare Gabriel fu che una delle due era sprangata, sembrava come se tutto ciò che si trovava all'interno fosse stato messo come rinforzo.

Dall'altro lato della porta i tre giovani erano nascosti tra gli scaffali, ognuno con la propria paura. Tony era tornato in piedi e

Martina stava guarendo grazie alle piume di Gabriel. L'unica ad essere in pieno panico era Sharon, che non sapeva se "la guerriglia" esterna fosse terminata o se i buoni, onde ce ne fossero, avessero vinto. In mezzo a tutte queste nuvole di pensiero sentirono bussare alla porta, una volta, poi due, poi tre finché non pensarono di essere in trappola, ma prima che il panico si prendesse per completo le loro anime, sentirono una voce amica, almeno per Tony che la conosceva.

«Ragazzi ci siete?… se non siete morti fateci qualche segnale» chiese Andrea per rompere la tensione, con il cuore che ancora batteva come un martello pneumatico.

«Ma Andrea sei scemo?! Qui stavamo morendo!» urlò Tony alquanto seccato.

Dopo dieci minuti passati a togliere gli oggetti accumulati dietro la porta, i ragazzi finalmente poterono incontrarsi e chi non si conosceva poté presentarsi.

«Io sono Andrea, piacere di conoscerti» disse a Martina, leggermente stupita di vederlo per la rima volta.

«Martina» rispose con una certa diffidenza.

«È stato lui a portarci qui quand'eri ferita» ribadì Sharon interrompendo la tensione, ma tutti gli sguardi si fermarono sulla figura dell'Arcangelo, leggermente incomodo per la scena alla quale aveva appena assistito.

«Aspetta un secondo, ma io ti ho visto morire, stavi precipitando con un buco nel fianco» disse Sharon quasi in lacrime, per l'ennesima volta in quella giornata; ancora non sapeva spiegarsi il motivo di tale gioia verso la persona che l'aveva salvata.

«Mi ha salvato lui» indicò Gabriel, leggermente indispettito.

«Tony! Sono riuscito a fare quella sorta di trasformazione che fai anche tu!» disse alquanto eccitato.

«Si chiama Sincronizzazione, e l'ultima volta che se n'è sentito parlare è stata molto tempo prima che io nascessi» disse Gabriel con lo sguardo nel vuoto come se stesse ricordando chissà cosa.

«Come ti chiami?» chiese Martina all'improvviso.

«Sono Gabriel, Arcangelo e quarto dei principi supremi» rispose con accenni di orgoglio.

«Figo» disse Tony senza pensare troppo.

Lo sguardo del Celeste si spostò rapidamente sul polso di Martina dove vedeva appese due delle sue piume.

«Dove le hai prese?» disse indicandole.

«Ti sono cadute durante uno scontro e le sto usando per rigenerare una ferita» rispose Martina.

«Che si fa ora?» si chiese Andrea pensando a voce alta.

«Londra è distrutta, la Francia in macerie e l'Italia starà probabilmente bruciando, senza parlare di Germania e Svizzera che non esistono praticamente più. Dove potremmo andare?» continuò, ma nessuno sembrava in grado di rispondere.

Come si poteva immaginare, o addirittura osare pensare, una vita tranquilla; nessuno aveva più una casa; nessuno aveva più una vera vita, e mentre tutti si ritrovarono smarriti nei propri pensieri, una piccola luce cominciò a farsi strada nella stanza. Sembrava provenire da Mastrit, ma prima di rendersi conto di quello che stava accadendo, una figura di luce apparve nel mezzo della scena, differente da qualunque Celeste mai visto prima e dalla luminosità sconosciuta, sembrava emanarla in corrispondenza dell'ambiente. La sua pelle, se esisteva, possedeva un colorito grigio brillante, che si distingueva poco dai capelli, quasi del medesimo colore, ma leggermente più scuri. I suoi lineamenti erano sconosciuti, ma nel contempo definiti dalla brillantezza della sua luminescenza, non aveva né armi né vestiti, la luce stessa sembrava avvolgerlo. Alla vista di questa creatura, Gabriel non poté fare altro che inchinarsi. Nessuno dei ragazzi aveva mai visto una scena del genere né tanto meno un Celeste che si "piegava" a qualcuno.

«Chi è?» chiese Andrea alquanto insospettito.

La creatura non sembrò muovere quelle che parevano labbra, la sua voce si espresse nella mente di ciascuno dei presenti.

«Il mio nome ormai è perso negli eoni del tempo. Andrea…tu già mi conosci come Mastrit, potrai rivolgerti a me ancora in tale maniera. Per quanto riguarda il restante dei presenti siete autorizzati a chiamarmi nello stesso modo. Posso immaginare la vostra confusione esseri mortali, ebbene vi chiarirò alcuni dei vostri dubbi…Io sono ciò che resta di uno dei sette Arcani…»

I visi dei ragazzi erano persi, ovviamente non sapevano cosa fosse un Arcano né potevano immaginarsi cosa fosse mai stato.

Un susseguirsi di confusi fotogrammi vennero proiettati nella mente dei ragazzi e di Gabriel, finché una voce non fece "luce" sulla realtà delle cose:

"In principio esisteva il caos, il vuoto più assoluto, riempito di oggetti che si ripiegavano su se stessi all'infinito, non esistevano dimensioni, non esisteva il tempo né lo spazio. Non vi erano padroni, non vi erano oppressi: non vi era vita. Le maree della materia nel suo stato più primordiale non facevano che muoversi in un verso o nell'altro, mentre la luce e l'oscurità si rincorrevano nell'infinita ruota delle ombre. Il loro correre produceva un unico suono, definito Brusio. Quel suono ancora oggi sopravvive, ma nessuno —o quasi— è più in grado di udirlo.

Dalle rotazioni della luce e delle tenebre, si generarono sette esseri, che voi potreste considerare vivi, in un certo senso, non possedevano realmente un corpo, ma la loro essenza semplicemente non era caos, era qualcosa che ancora non esisteva.

Dotati di una loro volontà, sviluppata in un periodo quasi infinito in cui il tempo non esisteva, vollero oltrepassare i loro stessi limiti, volevano conoscere ciò che sarebbe successo se tutti loro avessero emanato la propria essenza infinita per pochi istanti; fu solo allora che il Brusio smise di esistere per gli Arcani. Il loro essere cominciò a propagarsi nel nulla caotico, finché non divenne materia, lampi e scintille di energia creavano le prime particelle, mentre parte del caos veniva intrappolato ed incanalato all'interno di un flusso infinito che prese il nome di Tempo. Neanche l'universo era nato che il primo secondo dell'eternità era stato scandito dal frenetico suono dello scorrere di un qualcosa di nuovo che non sarebbe mai finito. Dopo che i secondi presero a scorrere, gli Arcani continuarono ad emanare la loro essenza, la loro energia, ora, la loro vita. Non volevano saperne di fermarsi, era una sfida contro loro stessi che assolutamente dovevano vincere, ma lo sforzo divenne troppo anche per quelle creature che dopo pochi eoni si concretizzarono in corpi, seppur eterni ed indistruttibili, ma pur sempre soggetti alla logica dello spazio.

I nostri corpi erano splendenti alle prime luci dell'universo neonato, eravamo l'unica forma di vita esistente ed ogni cosa era semplicemente nuova, innocente, "bella". Non sentivamo nulla se non i primi battiti delle stelle, le galassie scivolavano come su lastre di ghiaccio, mentre le nubi di gas prendevano le forme più disparate che si potessero immaginare. Erano nati colori che voi non potreste neanche lontanamente immaginare, tonalità ormai perse nell'oscurità degli occhi, sublimi sfumature di quelle nostre "pitture" con cui "Noi" abbiamo dipinto ogni cosa.

Mancava qualcosa, quel qualcosa che voi chiamate casa, così creammo il Regno Eterno, un luogo che potesse essere immune al tempo, che anche dopo di noi potesse continuare ad esistere finché la fine non fosse calata anche sull'eterno. Un'impresa del genere non fu per niente facile, usammo tutto il potere rimasto, che per quanto infinito, non durò che per qualche secondo, il risultato che ne scaturì fu il regno dal quale tu provieni Gabriel. Con lo stesso mondo si crearono delle creature autoctone, primordiali potremo dire. Diverse dai Celesti e dalle loro gerarchie, oppure dalle altre creature dotate di ranghi; essi erano semplicemente corpi molto simili a noi, immortali, potenti e purtroppo anche superbi. Noi eravamo "reduci" di una creazione durata eoni, mentre loro erano nuovi e con grandi progetti di conquista. Pochi anni dopo la loro nascita, cominciarono ad esporre i piani per la colonizzazione di altri mondi, sostenendo che questi si sarebbero creati dall'unione di semplice polvere ed energia. Non ci importava molto dei nuovi mondi, ma dell'uso che volevano farne, noi non volevamo creare nient'altro, nessun'altra forma di vita, eravamo "felici così". Loro non la pensavano nello stesso modo e dopo ben solo ottocento anni replicarono il nostro stesso lavoro, riuscendo a sviluppare una forma di conoscenza impareggiabile. Avevano sviluppato la vita. Ogni dettaglio, era stato riprodotto alla perfezione, ma dove c'è il progetto c'è spesso la modifica e loro non poterono non cambiare la struttura stessa della vita. Dopo aver creato abomini di ogni genere, tolsero il fattore dell'immortalità, dell'invulnerabilità e anche della rigenerazione, la loro razza di servi era pronta.

Gli anni passavano e noi trovavamo sempre meno punti in comune con loro, finché dopo qualche secolo, non scelsero di abbandonarci, volevano trovare la fonte del caos. Pensavano che esso potesse trovarsi nel centro stesso della creazione, così partirono e noi li perdemmo di vista.

Dopo molto tempo di solitudine l'universo ci sembrò troppo grande e vuoto per sole sette forme di vita; dovevamo creare qualcosa che potesse vivere con noi, che potesse capirci. Da quella strana idea nacquero i primi Celesti, esseri senzienti in grado di comprendere ogni cosa, perfino noi. Erano i nostri figli. Poco tempo dopo molti mondi furono colonizzati dai Celesti che portavano avanti i valori del mondo da cui erano partiti; di loro esistevano solo tre tipi: i guerrieri aventi due ali, i maghi che ne avevano quattro e i sapienti coloro che possedevano ben sei ali e che portavano avanti la nostra storia.

Vite generate dall'abiogenesi, andavano crescendo in mondi sperduti, mentre i Celesti portavano avanti la loro missione, ma dovette arrestarsi bruscamente quando per la prima volta incontrarono i Primordiali. Cambiati in ogni loro parte non potevano essere ricondotti a quella loro origine dal Regno Eterno, non erano stati creati, essi si erano creati, e avevano continuato ad evolversi senza che nessuno potesse fermarli. I loro corpi erano semplicemente forme senza alcun tratto o lineamento, erano pura e fluida materia del caos, unita in una figura molto simile a quella dei Celesti, ma priva di ali. Tali creature, cominciarono ad attaccare e distruggere ogni cosa che incontravano, uccidevano senza pietà, colonizzando ogni mondo che incontravano, abitato o non. I guerrieri non poterono fronteggiarli in nessun modo, erano un nemico troppo potente, forse anche per noi Arcani. Fu così che scoppiò il primo vero conflitto dell'universo, una guerra che durò più di ogni altra *battaglia mai combattuta, uno scontro di quasi un milione di anni che terminò con la distruzione di entrambe le parti. Non vi spiegherò quanto cruento fu lo scontro, credo che le immagini che vi stanno passando nella mente possano spiegare più di qualunque altra mia parola.*

I Primordiali erano arrivati ad essere molto più forti di noi. Non potemmo fare altro che finire con noi stessi, sacrificammo i nostri corpi e le nostre essenze, distruggendo ogni cosa. Ogni creatura mai esistita era stata sterminata, e i nostri stessi figli erano morti uno a uno, chi per mano violenta, chi per causa nostra. Finimmo con il vedere tutto che cadeva in rovina, i poteri erano finiti e il dolore ci stava consumando così come il rimorso per non aver fermato quelle creature quando ancora potevamo farlo. Semplicemente chiudemmo gli occhi e ogni cosa divenne sempre più buia...le nostre essenze si chiusero in una dimensione isolata e divergente alla vostra...i nostri corpi diventarono gemme, che vagarono per lo spazio per millenni se non addirittura eoni.

Le stesse forze della natura ci hanno condotto qui, dove un antico cavaliere convogliò il potere di una pietra luminosa caduta dal cielo nella sua miglior spada mai fabbricata, quella che tu Andrea impugni oggi: Mastrit".

I ragazzi dopo la storia sembrarono alquanto storditi, e come se fossero appena usciti da un incubo i loro volti apparivano sconvolti. Gli unici che sembrarono mascherare bene le proprie emozioni erano Gabriel, indifferente, e Martina che stava indossando la maschera dell'apatia, o che semplicemente non era rimasta sconvolta quanto i suoi compagni.

«Noi cosa si suppone dovremmo fare ora?» chiese Tony quasi spaventato dalle sue stesse parole.

«Se volete che questa guerra finisca dovrete trovare le gemme rimaste, prima che l'ultima battaglia avvenga. Non è rimasto molto tempo e voi umani non riuscirete a sopravvivere ancora a lungo» disse la voce prima di scomparire di nuovo nella spada.

«Quindi che si fa?» disse Tony alquanto confuso.

«Dove le troviamo queste gemme o qualunque cosa siano?» continuò. «Se questo servirà per finire la guerra, vi aiuterò io a trovarle» disse Gabriel.

La giornata non poté che finire nella maniera più strana possibile, andarono in quello che rimaneva della dispensa e presero del cibo in latta, accesero un fuoco fuori dall'edifico e dormirono sotto le stelle, aspettando una mattina che potesse essere migliore di quella trascorsa in precedenza. Un nuovo obbiettivo era stato svelato, mancava solo iniziare il viaggio, di nuovo.

La mattina tutto sembrava essere uscito da una cartolina, il parco di Ritouret era calmo, silenzioso e soltanto un filo di vento accompagnava i ragazzi durante il sorgere del sole, in un cielo limpido ormai senza nuvole.

«Ok ma…dove andiamo e dove sono queste "gemme" o qualunque cosa siano?» chiese Martina con gli occhi ancora un po' assonnati, mentre tutti ad eccezione di Andrea, rimettevano negli zaini le cose usate.

«Posso aiutarvi a trovarle, sono l'unico che conosce le leggende di tali oggetti» disse Gabriel mentre tornava dalla sua passeggiata notturna.

«Per qualche ragione alcuni di questi oggetti caddero sulla Terra quando ancora era in formazione, altri quando era già formata e alcuni sono semplicemente persi nell'universo» continuò il Celeste. Il suo viso aveva sempre la stessa espressione, fredda come un blocco di marmo che ancora necessitava essere lavorato. Nel mentre prendendo la sua spada osservò, tramite il riflesso del sole, l'inscrizione sulla lama: IMAMO.

«Che vuol dire?» chiese Andrea indicando la scritta.

«È un acronimo, sta per "Iaiadix Micaloz Aoiveae Matorb Ors"» rispose, ma vedendo che il viso di Andrea era alquanto confuso:

«Tradotto vuol dire "Con onore la luce delle stelle riecheggia nell'oscurità"»

«Come significato?» chiese ancora il giovane.

«Non l'ho ancora scoperto, ma spero un giorno di averne la rivelazione» rispose quasi sorridendo, infatti era la prima volta che Andrea vedeva un accenno di sorriso sul volto di un Celeste.

«Le leggende narrano che un Arcano, detto Cremisi Superiore, divenne un'antica divinità collegata ai conflitti. Nella vostra storia egli venne sempre adorato prima come Ares, poi come Marte, il dio della Guerra. Alcuni riferimenti a vecchie inscrizioni rivelarono una frase su dove si credeva potesse "vivere", o meglio riposare:

Nel tentativo di brillare egli crollò,

morte e distruzione egli portò,

ma ora in finta forma egli risplende

nel paese in cui le anime sono fredde"» recitò ad alta voce l'Arcangelo, mentre tutti si giravano verso Tony.

«Che c'è?» chiese sorridendo incuriosito.

«Sei l'unico qui che ha studiato storia, qual è il tempio più famoso legato alla divinità della Guerra?» chiese Andrea.

«Ce ne sono stati tanti durante le epoche non saprei da dove partire, seriamente» disse dispiaciuto.

«Non c'è qualche altra specifica, oppure qualcosa che può essere successo?» chiese Andrea all'Arcangelo.

«Posso solo dirvi che sono stati in molti a cercarla in Italia e in Grecia senza aver mai ottenuto risultati concreti. Dagli appunti di coloro che hanno partecipato alle varie esplorazioni, non si ricava molto se non qualche intuizione o descrizione del luogo sotto vari punti di vista» concluse.

«Scusate un secondo, di che colore è la gemma?» chiese Martina, distogliendo un po' tutti dai loro pensieri.

«Rossastra, secondo la leggenda, anche se credo che tutte abbiano lo stesso colore» rispose Gabriel.

«Può darsi che io sappia dove si trovi, tempo fa un amico mi raccontò una vecchia storia su come siano state costruite le stelle del Cremlino. Se non ricordo male diceva che i rubini che le formano erano stati portati dall'Europa, dati in cambio di protezione, da una povera famiglia che sfuggiva dalla guerra» spiegò…

«Questi rubini, un vecchio tesoro di famiglia, andarono a formare parte di quella costruzione, si crede che in una di queste la luce filtrasse in modo diverso e che in alcuni periodi dell'anno potesse addirittura cambiare colore».
I presenti sembrarono incuriositi dalla storia appena citata.

«Non per essere pessimista, ma come ci arriviamo in Russia senza mezzi? Non so se vi siete accorti che è finito il mondo» disse Tony, con un cenno di preoccupazione.

«Io conosco un modo, ma prima dovremo dirigerci verso Nord-Est, c'è un campo di Celesti che potrà darci una mano» disse Gabriel.

«Possiamo risparmiare del tempo…Andrea riusciresti a mantenere la Sincronizzazione per quaranta minuti di volo?» domandò guardando il giovane.

«Posso provarci, ma considera che ieri era la prima volta…e loro?» disse riferendosi agli altri.

«Posso provarci pure io!» esclamò Tony interrompendo la conversazione.

«Anche tu puoi sincronizzarti? e voi due?» chiese Gabriel sorpreso.

«Sì ci riesco» rispose Tony.

Guardando le ragazze…«Noi no, non credo di aver capito neanche di cosa si parli» esclamò Sharon e Martina annuì dietro di lei.

Andrea e Tony si allontanarono dal gruppo, uno di fianco all'altro con una distanza di un paio di metri, tentarono concentrarsi, per richiamare quella forza che solo l'unione con un Celeste poteva dargli.

"Non so se puoi sentirmi, ti prego di prestarmi la tua forza ancora una volta" pensò Tony, mentre il suo arco e la sua faretra cominciavano ad illuminarsi, ed ecco che una nuova vita e una nuova energia fluiva nelle sue vene, si sentiva libero da qualunque legame potesse mai aver avuto con il mondo. Allora cominciò a vedere la luce che lo circondava, essa ricopriva ogni cosa finché non arrivò ai suoi occhi; la tunica nera scomparve mentre il candido colore della neve lo ricopriva con quell'antica armatura, che ora semplicemente era tornata a vivere. Il cappuccio gli coprì il viso e le due ali si dispiegarono agli occhi della natura.

Allontanatosi durante la trasformazione dell'amico, Andrea non poté fare altro che pensare: "Mastrit! Fammi dono della Sincronizzazione ancora una volta!". Da quell'antica spada, forgiata secoli addietro, cominciò a fuoriuscire un bagliore oro-argenteo che, come un essere senziente, iniziò a propagarsi come un fluido sul corpo di Andrea, ricoprendolo in ogni suo centimetro. Arrivato ad essere un'entità confusa, la sua forma cominciò a modificarsi, poco a poco la sagoma delle ali si generò sulla sua schiena, il cappuccio cominciò a farsi più nitido, e infine, come in una posa studiata, Mastrit venne esposta al cielo, come per mostrare il suo potere, quando l'intera fusione era ormai conclusa. Le sue ali platino risplendevano al sole appena sorto, mentre l'armatura sembrava essere stata saldata sul corpo nuovo creato: un semi-Arcano era nato.

Il tempo era un fattore su cui, purtroppo, non si poteva contare, non sapevano quanto sarebbe durata, ma avrebbero resistito fino al punto più vicino possibile al campo. Sharon salì sulle spalle di Andrea, mentre Martina, alquanto indispettita, su quelle di Tony. L'aria mattutina era frizzante, le nuvole sembravano fatte di schiuma, mentre il sole appariva languido, visto dalle spalle di un Celeste. Martina per la prima volta sembrò sorridere mentre ammirava il paesaggio sottostante, forse neanche lei ricordava l'ultima volta che il suo viso era stato così "innocente". Dall'altro canto Sharon stringeva più che poteva le spalle di Andrea, sembrava spaventata dall'elevata altezza e infatti non proferiva parola. Per divertirsi, Tony si metteva a fare delle giravolte, facendo ridere colei aggrappata; Andrea invece sentiva gridare Sharon, mentre —apposta— scendeva in picchiata nel vuoto.

Gabriel, a differenza loro, era serio ed indifferente, faceva soltanto da guida mentre i ragazzi tentavano distrarsi da tutto ciò che avevano visto e passato.

"Umani" pensò in maniera del tutto apatica.

I minuti passavano, e improvvisamente notarono che la loro luce stava lampeggiando.

«Siamo a metà strada» disse il Celeste con una voce profonda.

Sotto di loro cominciarono ad osservare dei piccoli luccichii violacei, sembrava quasi una processione, ma messa a fuoco l'immagine Andrea notò che si trattava di alcuni gruppi di persone che stavano "migrando".

«Sono Marchiati!» esclamò con un tono preoccupato.

«Esattamente che sono quegli affari?» volle sapere Sharon.

«Neppure i nostri hanno capito cosa siano o da dove essi possano provenire, sappiamo che in parte sono umani, ma non si tratta né di Celesti né di demoni, neppure i loro mutanti hanno a che fare con loro» spiegò Gabriel.

«Bene a sapersi, almeno non mi sentirò in colpa uccidendoli» esclamò quasi con sarcasmo Tony, mentre Andrea era immerso nei suoi pensieri.

La "processione" continuava senza uno scopo, semplicemente camminando. All'improvviso uno di loro guardò il cielo e vide queste creature che volavano sopra le loro teste. Da lui cominciarono una serie di suoni senza senso, erano parole disarticolate, se si potevano definire tali, sembrava fossero una forma di comunicazione, perché non appena il primo "parlò", anche gli altri cominciarono con lo stesso suono quasi ipnotico.

"Sembra quasi un mantra" pensò Andrea, aumentando la velocità di volo. Ormai l'accampamento dei Celesti era ben visibile, in mezzo a quella che una volta era stata una superstrada, ora del tutto riadattata. A dire il vero si vedeva poco del suo interno, in quanto il tutto era ricoperto da una sorta di cupola semitrasparente, che evidentemente serviva come protezione. Il lampeggiare della luce si faceva sempre più ritmico, era questione di secondi prima che la sincronizzazione finisse e infatti riuscirono appena in tempo a toccare il freddo asfalto prima che ogni cosa sparisse e, in ginocchio per la fatica, tornassero semplici esseri umani.

Una volta in piedi, non si può dire senza sforzo, Andrea vide che la cupola era scomparsa, non c'era più nulla, neppure Tony riusciva più a percepirla.

«Cosa dovremmo vedere?» chiese Sharon incuriosita.

«Non fatevi notare, le domande e le risposte dopo, adesso semplicemente seguitemi» disse Gabriel, sempre più freddo e distaccato.

Camminarono per cento metri, giungendo dove l'aria stessa sembrava vibrare, distorcendo leggermente ogni cosa. Passata la cupola, i ragazzi si trovarono davanti a qualcosa di mai visto fino ad allora, non ricordava per niente un normale campo militare, infatti il modo in cui tutto era stato allestito ricordava più un piccolo paese in miniatura, e "le tende da campo" erano vere e proprie costruzioni da un piano. Le armerie erano state allestite ogni cinque "abitazioni" e presentavano armi del tutto sconosciute ai giovani, erano sì lance, spade e scudi, ma la loro forma e forse anche la loro fattura era del tutto sconosciuta. Tale vista non lasciò indifferenti Andrea e Martina, che a stento riuscivano a trattenere la loro curiosità.

«Le vostre sono armi consacrate, ma le nostre sono di origine celeste, i materiali che le formano provengono da antichi nuclei di stelle morenti. Materiali che voi non potreste neanche concepire, l'esempio più eclatante è il Ditrigio, questa sorta di metallo ha la caratteristica di distorcere lo spazio, nel nostro caso non servirebbero molto, ma se un umano combattesse con una di queste saprebbe in anticipo ogni mossa dell'avversario» spiegò Gabriel.

«Come può fare una cosa del genere? Su che concetto fisico si basa?» chiese Andrea sempre più affascinato. Martina sembrava ben attenta ad ogni parola.

«La "metterò" semplice, immagina che tutto lo spazio-tempo sia fatto di un determinato tipo di particelle, quando un nucleo collassato di una stella morente ripiega infinite volte su se stesso, dovrebbe generare un qualcosa che voi chiamate singolarità, ecco immagina come se queste "singolarità", che non dovrebbero esistere, componessero la struttura stessa del metallo; è talmente raro che se ne contano solo pochi chilogrammi in tutto l'universo» Andrea e Martina erano rimasti incantati dalla spiegazione.

Tony e Sharon, invece, si erano allontanati, dirigendosi verso quello che sembrava il "negozio" dei potenziamenti. Tale posto, stranissimo alla vista, non presentava scaffali o cose simili, bensì una stanza bianca e vuota dove ogni cinquanta centimetri sostavano sfere luminose verdi e gialle che fluttuavano nell'aria, con al loro interno alcuni oggetti che andavano contro le leggi di gravità.

Bracciali dalla forma arcaica si contrapponevano a pezzi di armature specifiche, sembrava come se ogni pezzo fosse stato concepito come unico. Sharon non poté non fermarsi davanti ad uno di essi, forse il più semplice, di puro "metallo" con una singola gemma violacea al centro.

«Se te lo stessi chiedendo, ogni cosa che puoi vedere qui dentro è unica in tutto l'universo conosciuto» disse una voce uscita dal nulla.

La ragazza girandosi di scatto vide che la figura dietro di sé era un Celeste particolare, infatti egli era più massiccio di quelli visti in precedenza, non girava né con armi né con l'armatura, aveva solamente una particolare tunica che si completava con un lungo mantello, il quale però non nascondeva alla vista le sue quattro ali luminose.

«Di che gerarchia sei?» chiese la ragazza incuriosita.

«Io sono Arael, un Cherubino» disse mentre guardava la ragazza con uno strano sorriso.

IX
L'anima Spezzata

«Come posso esserti utile giovane donna?» domandò Arael con uno strano ghigno.

«Che si suppone che siano tutti questi oggetti?» chiese quasi intimorita la ragazza.

«Questi sono potenziamenti dello spirito, devi sapere che noi Celesti non basiamo la nostra forza sulla prestanza fisica, bensì sulla fortezza delle nostre essenze o anime»

Sharon non faceva altro che guardarsi intorno meravigliata.

Tony, nel frattempo che la ragazza poneva i suoi quesiti al Cherubino, continuò a girovagare per la stanza fino a quando non notò uno strano oggetto posto in una sfera bruna e piena di catene, sembrava tanto uno di quei bracciali allungati che coprono quasi la maggior parte del braccio.

«Scusa…e questo perché è incatenato?» chiese in un tono sempre più curioso.

«Mi dispiace, ma ci sono cose che è meglio che tu non sappia, com'è giusto che l'umanità non conosca mai cose che potrebbero metterla ancora più in conflitto con ciò che crede».

Tony non rispose, non aveva molte parole per controbattere all'ultima affermazione.

In mezzo all'accampamento, intanto, Gabriel, Martina ed Andrea, si stavano dirigendo verso una delle tante costruzioni ad un piano. Dopo alcuni istanti entrarono in un luogo completamente oscuro, non c'erano luci, ma in un certo senso era possibile guardare dove si andava. Come per istinto i ragazzi stavano seguendo un percorso già delimitato, forse addirittura già pensato da colei che, dopo un paio di minuti di camminata, apparve dinnanzi a loro in un'esplosione di luce. L'oscurità ormai scomparsa aveva lasciato spazio ad una stanza, decorata in una maniera mai vista prima: le pareti sembravano fatte di topazio, mentre l'arredamento era di una strana pietra nera, "ossidiana" pensò in un primo momento Andrea dando un'occhiata in giro, ma poi si rese conto che si trattava di tutt'altra cosa. La stanza apparteneva sicuramente ad un'altra dimensione, eppure la percezione che il giovane ebbe in quel luogo sembrò del tutto diversa da quella che in genere si ha, un mix tra eccitazione e agitazione, ma non paura, egli sapeva che qualunque pericolo avessero trovato Mastrit sarebbe stato lì per proteggerlo. Poco a poco inquietanti oggetti comparvero sulle pareti. Si trattava di antichi quadri, immagini appese, di un paio di tappeti sui pavimenti, finché il risultato finale non fu una sorta di studio per cartomanti. Versioni antecedenti una volta sorgevano nei luoghi più nascosti delle grandi città. Sospetti barattoli contenenti bizzarri e colorati fluidi comparivano sugli scaffali appena sorti ai lati della stanza.

Lei era lì che semplicemente osservava, senza dire nulla, i giovani ancora confusi dall'intero luogo. La sorpresa però non aveva contaminato Gabriel, che, col suo viso impassibile e apatico, non dava segni di vulnerabilità.

La donna, se si poteva definire tale, era splendida e il suo viso, non molto allungato per quanto potesse avere dei lineamenti non molto delicati, era dolce. I suoi capelli castano dorati scintillavano ed i suoi occhi erano come due piccole stelle grigie, mentre le sue labbra erano rosee e morbide. Indossava un lungo vestito bianco, il quale poteva vagamente ricordare un peplo greco, ridisegnato in chiave moderna. Arrivava fino alle caviglie, ed era stato fatto in modo che la tela formasse una "X" sul busto, a sostegno dei seni. Lasciava trapelare il colore latteo della sua pelle, nelle spalle e nel triangolo che aveva come centro l'ombelico. Teneva in mano una lunga lancia che terminava con una mezza luna in oro, avvolgente la lama, che come punta aveva un piccolo cristallo argenteo, lo stesso colore che avevano le gemme sul ricamo del suo vestito e dei bracciali che le ricoprivano i polsi fino all'avambraccio.

La sua meticolosa attenzione continuava ad essere rivolta verso i giovani, ma quel silenzio quasi sepolcrale venne rotto da Gabriel:

«Lei è Bitael, detta l'oracolo di Venere, pensate che secoli addietro veniva adorata erroneamente come la dea della bellezza…lei non è solo magnifica nell'aspetto, non lasciatevi ingannare…ha tutt'altro, lei può…» ma sul finire della frase l'Arcangelo venne interrotto da una voce melodica, delicata e semplice come se centinaia di campanelli da orchestra suonassero all'unisono.

«So perché siete qui, volete inseguire una leggenda che si perde nell'alba dei tempi, più vecchia della nostra stessa stirpe, eppure da quello che vedo il coraggio non vi manca, credete fermamente che facendo questo finirete una guerra che è iniziata prima ancora della vostra stessa esistenza…potrei aiutarvi, ma vorrei che prima rispondeste ad una semplice domanda: cosa sareste disposti a fare per vincere la guerra? Arrivereste a sacrificare la vostra stessa vita ed esistenza?».

Il silenzio sepolcrale tornò, Andrea e Martina si guardavano nel vano tentativo di cercare una risposta nei loro occhi, ma entrambi sapevano quale sarebbe stata.

«Sì» dissero all'unisono e non servì altro per far sì che quell'antica e nobile creatura potesse unirsi a loro nella ricerca di quel concetto che non era e non sarebbe mai esistito: la pace.

I giovani non dovettero uscire da quello strano luogo, perché esso scomparve semplicemente davanti ai loro occhi, era stato tutto una proiezione nella loro mente, lei gli aveva fatto immaginare tutto per vedere fin dove realmente si sarebbero spinti; voleva vedere se sarebbero andati oltre l'oscurità interiore che ogni essere dell'universo possiede.

«In che genere di luogo eravamo?» chiese Martina a Bitael, che come Gabriel aveva sempre un'aria seria, per quanto il suo viso potesse dare l'impressione opposta.

«Quello era un punto senza tempo, ovvero un luogo in cui il tempo si ferma, dove tu sei come in "stop", qui fuori infatti sono già passate quasi due ore» rispose, mentre la ragazza la guardava con aria leggermente incuriosita.

Da lontano, in mezzo alla moltitudine di Celesti che camminavano o volavano, nei limiti della cupola, i ragazzi videro Sharon e Tony al fianco di un personaggio già visto, almeno per Andrea: Bastion. Il Monaco dell'Ombra con quella sua tuta color avorio scintillava mentre camminava a ridosso della poca luce rimasta. Il cielo si stava riempendo di nubi.

«Bastion, cosa ci fai qui?» chiese Andrea contento di vedere un viso amico.

«Abbiamo sentito la storia del ragazzo che si fonde con gli angeli, degli esterni hanno raccontato alcuni eventi della "Battaglia di Tolosa" e quindi mi sono precipitato qui, i Monaci dell'Ombra venerano e aiutano i Celesti da tempo ormai immemorabile e poi Tony mi ha raccontato del vostro viaggio, mi ha chiesto di venire con voi, spero non sia un problema» disse in tono quasi ironico.

«Macché, sarà un piacere, si parte domattina all'alba…vedo che Sharon l'hai conosciuta, lei è Martina, lui Gabriel e la nostra nuova collaboratrice, per così dire, Bitael» disse indicando i compagni.

«È un'onore conoscerla Oracolo di Venere, non avrei mai pensato di incontrarla dal vivo» disse mettendosi con un ginocchio a terra davanti alla creatura.

«Alzati monaco! Prometti di proteggere al costo della tua vita questi giovani, per il fine ultimo?!» domandò Bitael con molta enfasi.

«Fino al mio ultimo respiro» e dicendo ciò si avviarono verso quelli che Gabriel aveva definito "dormitori", dove i giovani ed il monaco avrebbero riposato fino all'alba.

«Hey Gabriel spero sia impermeabile questa vostra cupola» disse ridendo, mentre sul volto del Celeste si accennava un abbozzo di sorriso.

Arrivati nei "dormitori" la sensazione che i giovani provarono fu di irrequietezza, entrati nella struttura c'era soltanto un gigantesco corridoio. "Più grande all'interno…come riescono a manipolare lo spazio in questa maniera?" pensò Andrea, mentre camminava all'interno di esso e vedeva solo porte con tanti numeri.

«L'architettura sembra quasi bizantina, con qualche cenno di arte classica» disse Tony mentre vedeva che tutti erano leggermente in ansia.

«Guardate il soffitto a volta come si fonde con i dettagli greci…»

«Puoi stare un po' zitto, per carità divina» lo interruppe Martina quasi irritata…«Grazie» concluse zittendo il gruppo.

Seguendo Gabriel arrivarono fino alla stanza numero 128.

«Fate attenzione, qui le stanze sono ben diverse da come siete abituati» gli avvertì Gabriel.

«In che senso?» volle sapere Sharon che fino a quel momento era stata del tutto zitta e immersa nei suoi pensieri. Gabriel non rispose. Aprendo invece la porta poté mostrargli un'immensa stanza bianca, che non sembrava avere confini se non la porta dove sostavano i giovani.

«Immaginate la vostra stanza ideale, ma ricordate che nulla di immaginato può uscire da questa stanza, ad eccezione del cibo… a domani ragazzi» disse l'Arcangelo prima di andarsene da dove era venuto.

I ragazzi si sbizzarrirono con tutta la loro fantasia, il primo fu Tony che avendo "la mente d'architetto", come spesso gli dicevano, formò un'appartamento su due piani con soppalco.

Davanti a loro le pareti del piano superiore, che partiva da destra, stavano definendosi; sul fondo immaginò una scala elicoidale autoportante completamente in legno e acciaio. Al piano di sopra, le ringhiere sembravano fatte tutte in vetro e ferro, con una piccolissima colonna bianca del diametro di pochi centimetri, che vicino alle scale, trapassava tutto dal soffitto fino al pavimento interamente in parquet.

All'arredamento pensarono Andrea e Sharon, ponendo un tavolo in vetro con sei sedie vicino alle scale, un tappeto con un tavolino al centro della stanza e un puff con un divano per "circondarlo". Le stanze vennero pensate molto simili a quelle di un albergo e dopo che il soffitto venne rivestito di legno, la loro casa era pronta.

Ognuno andò nella propria camera, decorata ovviamente nel modo che ritenevano più appropriato, soprattutto per rinfrescarsi e per cambiarsi. L'unica ad avere una reazione emotiva fu Martina, che entrando in camera sua, immaginata come quella che aveva un tempo, si commosse. In seguito notò che alcune lacrime avevano bagnato il piccolo tappeto grigiastro sotto di lei. Per lei era strano vedere qualcosa in pace, anche se sapeva che tutto quello era uscito dalla sua immaginazione. Non volle fare altro che andare a sdraiarsi sul suo letto, arrivando inaspettatamente ad addormentandosi quasi subito. Ebbe un sonno profondo, così come il significato dei suoi sogni.

Sognò della sua infanzia e di quei momenti che una volta la rendevano felice e mentre tutto passava nella mente, le lacrime continuavano a scendere, il mondo quel giorno fu meno buio per lei.

Per quanto riguardava gli altri ragazzi, immaginarono le stanze secondo quei vecchi ricordi o immagini prese dagli hotel. Tony e Andrea ne approfittarono per lavare i propri vestiti, mentre Sharon rimase sotto la doccia per molto tempo.

Dopo tre ore passate a rilassarsi, i ragazzi scesero per cena, erano le sette di sera e dalle finestre si vedeva come fuori piovesse con una certa intensità, il cielo stava diventando sempre più scuro, mentre le strade sempre più deserte. I pochi Celesti che camminavano non sembravano bagnarsi, l'acqua scivolava via a pochi centimetri da loro come se venisse respinta, notò Andrea da una delle finestre.

«Scusate, qualcuno ha immaginato un frigorifero?» chiese Tony ridendo.

«Ehm, io ho immaginato una pizza ed ha funzionato, cioè è apparsa» disse Andrea, mentre, seduto sul tavolo, reggeva una fetta di pizza in mano. Le ragazze sentendo l'odore di pizza rimasero quasi ipnotizzate, finché non si misero anch'esse a tavola dove cominciarono ad "ordinare" tutto quello che non avevano potuto mangiare negli ultimi anni.

Partirono con diversi tipi di pizze, per poi passare a diverse porzioni di patatine fritte, fino a svariate tazze di gelato alla crema.

Vederli intorno ad un tavolo a scherzare, ridere e divertirsi, sembravano vecchi amici ritrovatisi per una rimpatriata. Le ore erano passate rapidamente e tra una chiacchierata e l'altra si erano fatte le dieci. I ragazzi stavano morendo di sonno, gli occhi si erano fatti pesanti dopo l'abbuffata, semplicemente ognuno si alzò recandosi nella propria camera sperando che quella notte potesse essere serena.

"...Mi ritrovai di nuovo in quello strano luogo, c'era tutto, la sensazione opprimente di essere in trappola, il senso di soffocamento, gli aghi nel cervello che sembravano volermi far esplodere la testa, ma questa volta c'era qualcosa di diverso, ero sveglio. Vedevo attraverso una specie di lente —o vetro— che copriva l'intera capsula o qualunque cosa fosse, dove ero stato immerso. Sentivo una sorta di tubo che mi arrivava fino ai polmoni, mentre il mio corpo galleggiava in uno strano liquido azzurrognolo. I suoni giungevano attutiti a causa del liquido in cui mi trovavo. Riuscivo a vedere solo altre "celle" piene di...e mentre una sagoma si avvicinava il mal di testa diventava sempre più forte, la vista stava fallendo ed il sogno, almeno sperando che fosse un sogno, stava terminando..."

Andrea si risvegliò con la fronte imperlata di sudore, l'incubo aveva raggiunto fin troppi apici della realtà, l'ultima immagine che riusciva a ricordare era una sagoma che gli iniettava qualcosa attraverso i tubi della capsula. Quel dolore lo sentiva ancora, c'era qualcosa nelle sue vene. Non poteva essere reale, era stato un'incubo. Decise di andare a bere qualcosa, e scendendo le scale, ancora in pigiama, notò che qualcun' altro l'aveva preceduto. Martina era seduta sul divano mentre guardava la luce della luna che filtrava dalla finestra, l'astro del cielo stava illuminando praticamente l'intera stanza.

«Hey» disse Andrea mentre si versava un bicchiere d'acqua.

«Eilà, non riesci a dormire?» chiese la ragazza.

«Sì e no, diciamo che da un po' soffro di incubi…hai mai avuto quella sensazione come se tutto quello che stai vivendo non fosse altro che uno scherzo, la bizzarra fantasia di qualcuno, o soltanto un sogno da cui non puoi svegliarti?»

«Non me ne parlare, siamo in guerra, non dormiremo mai tranquilli, ognuno ha fatto le proprie scelte e bisogna conviverci, anche a costo di perdere il sonno per completo…la vita non è fatta per i deboli, ma per coloro che riescono a sopravvivere a tutto» disse Martina, con una voce che sembrava nascondere un nodo in gola.

«Si ma a che scopo? Non morire al costo di perdere la propria umanità, continuare a vivere per essere una forma vuota che respira solo per i propri ricordi; penso che un uomo non dovrebbe ritrovarsi a fare i conti con una vita come quella che abbiamo noi…posso farti una domanda? Ovviamente puoi anche non rispondere se non vuoi…» proseguì Andrea.

«Vai, risponderò lo stesso» adesso sembrò che le lacrime fossero a un niente per uscire.

«Perché indossi maschere emotive? Sai a cosa mi riferisco, tendi a nascondere ogni emozione dietro un falso viso che all'apparenza sembra apatico» chiese il giovane.

«Il mondo come ben sai è un luogo oscuro, si perde ogni cosa, anche quelle più care e a volte non vuoi che qualcuno sappia quello che provi; "se non hai emozioni sei più forte", mi diceva spesso una persona che conoscevo tempo fa, in un mondo come questo si deve essere forti oltre ogni sacrificio» rispose piangendo, e nell'unica ombra dell'intera stanza si perdeva il suo viso, come se la natura stessa volesse evitare che qualcuno la vedesse in un momento di debolezza.

«Mi dispiace...» Andrea non sapeva che altro dire, e poco a poco decise di avviarsi verso le scale.

«Aspetta...ti va di farmi compagnia?» chiese la ragazza.

«Certo, meglio la tua compagnia che i miei incubi» rispose dopo un momento di esitazione. Lei era ancora con gli occhi lucidi e lui semplicemente la guardava, le lacrime scintillavano ai raggi lunari, piccole gemme cristalline stavano cadendo nel buio della sala. Nessuno dei due volle proferire parola, la loro stessa compagnia —all'apparenza— riempiva i vuoti che entrambe le loro anime possedevano. Rimasero in un silenzio riflessivo, ognuno ricordando e pensando, finché non si addormentarono, cullati da una notte tornata, almeno per quell'istante, serena.

Le prime luci dell'alba stavano sorgendo, filtrate da una coltre di nubi, quando Andrea e Martina si risvegliarono sul sofà uno abbracciato all'altra. Di colpo, vedendosi, si allontanarono di scatto come se fossero due perfetti sconosciuti, non dissero una parola e poiché gli altri non si erano ancora svegliati, i ragazzi presero e salirono le scale di corsa, come se nulla fosse accaduto.

Un'abbondante mezz'ora dopo i quattro giovani erano pronti per uscire, ognuno armato dei propri strumenti.

Quando uscirono dalla stanza ogni cosa sembrò diversa, forse perché chiudersi la porta alle spalle significa aver cancellato la loro fantasia, ma senza pensarci troppo si avviarono verso l'uscita insieme ad un paio di Celesti che li precedevano.

L'aria era fresca e l'odore di pioggia e terra bagnata, lascito di un temporale, inondava la zona. Le strade erano deserte, ad eccezione della piazza in cui Bitael, Gabriel e Bastion aspettavano i ragazzi. Il gruppo era insieme ad uno strano "animale" quadrupede, dal pelo cobalto e con quattro orecchie a punta.

«Questo è Nova» disse Bastion presentando la bestiola ai giovani. La creatura era abbastanza amichevole, infatti agitava continuamente le sue tre code che terminavano con una sorta di artigli. Bitael sembrava immersa nei suoi pensieri, mentre Gabriel e Bastion stavano conversando in una lingua sconosciuta ai giovani.

«Buongiorno» disse Andrea con una certa euforia.

«Buongiorno» risposero Gabriel e Bitael in maniera fredda, come se fossero delle macchine.

«Allora, come ci arriviamo in Russia?» chiese Tony un po' incuriosito.

«Ne abbiamo parlato…e non è la stella del Cremlino la gemma cremisi. Si trova nell'Himalaya, in un vecchio tempio custodito da alcuni fratelli dei Monaci dell'Ombra, le loro storie sono incentrate su una pietra caduta dal cielo…dev'essere necessariamente quella» disse Bastion con l'approvazione, alle sue spalle, dei Celesti che non proferirono parola alcuna sulla spiegazione del monaco.

«Okay, iniziamo, disponetevi in cerchio attorno a me» ordinò Bitael.

«Parmgi micaloz odlonshin ooanoan» pronunciò.

A quelle parole la mezza luna sul suo bastone si illuminò e gli occhi dei giovani fecero fatica a distinguere i colori, tutto diventava unicamente di una sola ed intensa luminosità bianca, e davanti a loro si ergeva qualcosa che non potevano capire: l'infinito.

Da un'istante all'altro, come se il tempo e lo spazio non esistessero, si trovarono con i piedi in un immenso manto di neve, circondati da imponenti montagne. I colori non erano molti, oltre al grigio della roccia e al bianco della neve, c'erano solo i giovani che si distinguevano per i loro abiti.

«Cavolo qui si gela, quanti gradi ci sono?» chiese Sharon tremando e tenendosi le braccia nel tentativo di "scaldarsi".

«Ci sono la bellezza di quindici gradi sotto lo zero ed è sereno… aspettate un secondo» disse Bitael che intanto stava sbattendo il suo bastone sul terreno coperto. A quel punto la neve intorno alle ragazze cambiò, diventando più luminosa, passò ad uno stato fluido, ricoprendole per intero. Ad eccezione delle dita e della testa, il resto del corpo divenne fluorescente, finché il liquido non "indurì", divenendo un leggero tessuto bianco con alcune linee color arancio, che si disseminavano per tutta la tuta in modo caoticamente ordinato. Quella di Martina invece si adattò facilmente al vestiario già in uso, ovvero riadattandosi con il corpetto in pelle per le fondine.

«Questo tessuto lo troverete molto interessante, si adatta a qualunque temperatura ed ha anche la funzione di auto pulirsi ed auto regolarsi, li ho disegnati alcuni giorni fa appositamente per voi» disse Bitael orgogliosa della sua creazione.

«Grazie» dissero quasi all'unisono le ragazze che notarono i cappucci dietro alle nuove "tute".

«Un secondo, ma come facevi a sapere che saremmo venuti da te?» chiese insospettita Martina.

«È una lunga storia, che vi verrà narrata a tempo dedito» rispose Bitael in maniera distaccata, ma cordiale.

Il giorno sembrava essere iniziato in modo del tutto positivo, il gruppo camminava compatto sulla spessa grumosa neve che circondava tutto il paesaggio, non si poteva vedere nulla di diverso dalle montagne e dall'acqua congelata. Non vi era né fauna né flora, solo il puro freddo della natura morta. Dopo alcune ore di camminata si fermarono in una piccola caverna naturale scavata in una delle montagne; avevano acceso un fuoco e mentre tentavano scaldare alcune provviste in latta, Andrea e Martina provavano a non guardarsi e Sharon notò un piccolo scintillio in fondo alla caverna. La maggior parte dei presenti erano impegnati in un'accesa conversazione su dove potesse essere la prossima gemma, mentre Sharon cominciò ad allontanarsi, in maniera del tutto silenziosa, verso l'interno della caverna, stava cercando di seguire un piccolo bagliore argenteo riflesso sulle pareti della struttura. Camminando sempre più veloce raggiunse un piccolo essere argentato che aveva tutta l'apparenza di essere una volpe, questa fissava la ragazza come se volesse dirle qualcosa. Per qualche istante, un silenzio inquietante terrorizzò Sharon che cominciò a vedere dietro alla creatura una strana sfera. Avvicinandosi notò che era identica a quella vista prima a Londra e poi a Bordeaux.

La volpe cominciò a correre finché non si tuffò all'interno della sfera, scomparendo con tutta la sua luce, lasciando un'opprimente oscurità sanguigna dove si riusciva a vedere solamente la sfera levitante sul terreno. Come ipnotizzata i suoi occhi si spensero divenendo bianchi; cominciò a camminare con le mani tese verso la sfera che, in un certo senso, la stava chiamando sempre più intensamente. Arrivata sulla sua superficie, ci poggiò le mani e da quelle fino a propagarsi per tutto il corpo, le vene diventarono nere e lei cominciò a soffrire in maniere indescrivibili.

"Cominciò a vedere cose inquietanti quanto terrorizzanti. Vide una grandissima sala come se fosse dall'alto, la quale sembrava a tutti gli effetti trovarsi sotto terra, vide Andrea e Tony in forma Celeste mentre tentavano difendersi da un qualcosa di invisibile, Gabriel stava urlando parole incomprensibili. Si ritrovò a "terra", circondata da pareti scure ed enormi finché non vide qualcuno che smetteva di respirare..."

«Sharon!» urlò una voce da molto lontano, mentre Nova ringhiava. La ragazza riusciva a sentire, ma era come addormentata in un incubo doloroso dal quale non ci si poteva svegliare. Andrea immediatamente prese Mastrit e tentò colpire con un potente fendente la sfera, ma questa sembrò essere come inconsistente.

«Fate qualcosa, non restate lì» disse Tony a Gabriel e Bitael, rimasti in disparte a vedere l'evolversi della situazione. Bitael mise le mani sulle spalle della ragazza mentre pronunciava una singola parola: "Micaloz". Continuò a ripeterla preoccupata, finché non vide il leggero bagliore sul polso sinistro della ragazza, la tuta si stava poco a poco disintegrando in quella zona.

Per quanto ripetesse la stessa insistente parola fu costretta ad aggiungere qualcos'altro per potenziarne l'effetto: "ol".

«Ol micaloz, ol micaloz, ol micaloz» e così, questa volta la sfera sembrò reagire alle parole. Il suo colore mutò da cremisi a viola, fino a degenerare sul nero e quando ciò avvenne, liberò la ragazza che svenne sulle braccia della Celeste.

Quando si risvegliò era vicino al fuoco, si sentiva confusa ed impaurita. Come biasimarla, aveva appena vissuto un'esperienza traumatica, sperava che tutto quello visto rimanesse nella sua mente, non voleva coinvolgere o far preoccupare gli altri.

«Cos'è successo?» chiese la ragazza agli amici contenti di vederla di nuovo sveglia.

«Hai incontrato una delle Sfere, sei rimasta incosciente per quasi un giorno…come ti senti ora?» chiese Tony, mentre Andrea e Martina confermavano annuendo quel che diceva.

«Un po' confusa, pensavo di morire e sinceramente non mi aspettavo di tornare» disse la ragazza.

«Hai mai avuto a che fare con rituali che coinvolgessero l'anima o il suo trasferimento?» chiese Bitael con aria alquanto preoccupata.

«Cosa?!» esclamò la ragazza quasi sconvolta.

«Il segno che hai sul polso… ti manca un frammento di anima, non capisco come tu faccia ad essere viva?» ribadì la Celeste.

«Nessun essere vivente può frammentare la propria anima, chi è stato farti questo?» chiese.

«Non…non riesco a ricordarlo» disse Sharon, mentre si teneva la testa che cominciava a farle male. Nella sua mente passavano solo immagini sfocate di qualcuno che urlava, rivedeva qualche frammento di quella vecchia biblioteca, ma più di quello non ricordava.

«Prima di trovare la sfera stavo seguendo una volpe che poi è scomparsa all'interno di essa, era reale?» chiese la ragazza tentando alzarsi dalla fredda roccia.

«Era un frammento della tua anima che abbandonava il tuo corpo, la sua incompletezza ha creato uno squilibrio che ti sta distruggendo, non so quanto tempo resta prima che tu disperda il tuo essere. Se non avrai più un'anima il tuo corpo morirà e non potrai più essere recuperata, mi dispiace» disse Bitael mentre il silenzio calava. Nessuno voleva dire una parola e tutti avevano avuto le proprie perdite, ma per quanto tutti sapessero i rischi, arrivati a questo punto nessuno avrebbe accettato l'ennesima scomparsa.

La mattina dopo ripresero il cammino verso il tempio dei monaci, mancava veramente poco, in un paio d'ore sarebbero arrivati e avrebbero preso la tanto ambita gemma cremisi.

Le imponenti porte dell'antico luogo si ergevano davanti ai giovani con tutto il loro passato ed il loro futuro, che presto avrebbero conosciuto. Bitael, di nuovo sbattendo il suo bastone, aprì le porte, mostrando l'interno, che ricordava molto un vecchio dojo dell'antico Giappone feudale. L'intera zona al di fuori dei portici sembrava delimitare un laghetto artificiale, il quale occupava l'intera entrata.

Per muoversi da portico a portico, o da lato a lato, si usavano dei ponti costruiti a croce sul lago, essi davano un'aria di sacralità e tradizione, infatti alcuni allenamenti venivano ancora svolti proprio su tali strutture.

Una volta entrati, una certa solennità innondava l'aria, si potevano sentire tutti i secoli di quel posto, come fossero concentrati in una particolare forma di energia elementare, ci si poteva sentire veramente carichi. Il patio e i ponti, così come i portici, erano deserti ed il silenzio opprimente; tutto era in pace come se nulla fosse in grado di alterare la quiete esistente.

Arrivarono ad un lungo corridoio di pietra accompagnato, ad ogni lato, da una fila di leoni scolpiti sullo stesso materiale, tradizionali di quella cultura; in fondo ad essa finalmente la scalinata che portava al tempio principale, i suoi colori si fondevano con l'ambiente, generando un'atmosfera molto suggestiva. Le mura erano di un marrone verdognolo, mentre il tetto nero con alcune travi color crema.

"Ancora manipolazione di spazio", pensò Andrea mentre guardava il panorama dall'alto. In effetti l'intera struttura poteva essere vista solamente dall'interno; dall'esterno il cielo copriva l'ambiente impedendone la vista.

La sorpresa per il gruppo fu quando una delle porte sotto il colonnato si aprì. La figura che ne uscì fu un vecchio monaco con la tunica grigia. Si poteva notare come la stanchezza dei suoi anni trasparisse dal suo viso spento; si appoggiava ad un vecchio bastone di arti marziali con quel corpo magro, ma ancora con una volontà ferrea. Aveva dei capelli bianchi come la neve ed una pelle della medesima tonalità.

«Vi stavo aspettando giovani e semi Celesti, io sono il maestro Takam, Monaco dell'Ombra» disse il vecchio, per presentarsi.

«Maestro» disse Bastion rendendo onore a colui che un tempo era stata la sua guida.

«Bastion sei... vivo, pensavo fossi caduto con i tuoi fratelli quando il monastero di Oslo venne distrutto un paio di anni fa... alzati e abbraccia il tuo maestro» e così fece, il vecchio non sapeva come contenere la felicità sapendo che almeno uno dei suoi discepoli era sopravvissuto all'apocalisse.

Takam invitò all'interno del tempio il gruppo arrivato fin lì, facendogli da guida tra le immense stanze di culto ed allenamento contenute nella struttura.

«Lei sa che siamo qui per la gemma cremisi vero?» disse Gabriel mettendo fine alla felicità dell'uomo.

Il suo viso divenne sempre più cupo, mentre i suoi ricordi, evidentemente dolorosi, gli inondavano la mente.

«Non posso darvela...» disse.

«Per quale motivo?» interruppe Gabriel serio.

«Non posso darvela, dovrete prima meritarvela» concluse l'uomo.

«Come?» chiese Andrea in tono più gentile rispetto all'Arcangelo.

«Dovrete sostenere una difficile prova creata dalla gemma stessa, come saprete la leggenda racconta che l'essenza di un Arcano ci vive dentro, quindi per difendersi, prima ancora che nascesse questo tempio, essa creò il Labirinto» raccontò Takam in aria molto seria.

«Dove si trova il labirinto?»

«Dentro al tempio».

Una sola porta era diversa da tutte le altre all'interno del tempio, forse più antica dello stesso, era fatta in uno strano vetro nero e non presentava nessuna serratura, essa si trovava al centro esatto di una stanza posta nell'ala est della struttura. Quella sala sembrava essere immune a qualunque suono, infatti una volta entrati non si poteva udire alcunché e tra le diverse colonne della stanza si notava solo l'imponente porta che non sembrava potersi aprire in quanto non conduceva da nessuna parte.

«Come possiamo aprirla?» chiese Tony a Gabriel, che a sua volta in silenzio si mise a guardare Bitael che per la prima volta non sapeva cosa fare.

«Odo plosi christeos congamphlgh» disse imponendo la mano sinistra ed il bastone ormai illuminato, con la destra. Non successe nulla.

Quei due minuti sembrarono quasi interminabili, "odo micaloz odo" furono come un brivido, capace di arrivare fino all'orecchio di Andrea, qualcuno o qualcosa glielo stava sussurrando, come un piccolo ago che rovente gli si stava conficcando nel cervello, finché con il battito del cuore a mille ed il sudore che poco a poco bagnava la sua fronte, non urlò quelle esatte parole con tutta la forza che aveva. Per alcuni istanti non successe nulla, finché un pesante suono di catene non scosse la sala.

La porta si era spalancata.

X
Il Labirinto

Attraverso la porta si poteva ammirare un'enorme spazio, tutto circondato da stalagmiti che sembravano del tutto di formazione naturale. In prossimità di quello squarcio dimensionale si estendeva una piccola porzione di terra che non superava i dieci metri, seguito da un dirupo. Una volta varcata la porta, Andrea — insieme a Tony e Gabriel— notò che sotto le rocce erano circondati da un'immenso labirinto, di cui non si poteva definire la maestosità. Nessuno, neppure il Celeste, riusciva a vederne la fine. Le ragazze stavano varcando la soglia, quando all'improvviso Sharon non riuscì più a proseguire, si sentiva la testa girare, le gambe che le cedevano, con la sensazione di non controllare più il suo corpo. I sintomi continuarono finché non perse i sensi, cadendo tra le braccia di Martina.

«Qualcuno mi dia una mano, Sharon sta male!» urlò la ragazza, mentre Bitael e Tony si precipitavano a soccorrerla.

«È la sua anima! Siamo ormai oltre il cinquanta percento, non so quanto resisterà ancora» disse la Celeste alquanto preoccupata.

«Tony resta con loro, io e Gabriel faremo il prima possibile per prendere la gemma, Bastion accompagnaci…» disse Andrea, ma prima che potesse terminare la frase…«Vengo anch'io» disse Martina, sempre più seria.

«Okay ma sta attenta» le ribadì Takam.

«So badare a me stessa, grazie» rispose in modo brusco.

«Quello che vedrete qui non potrà essere confrontato a nulla che abbiate già visto…per entrambi» disse il monaco riferendosi sia ai giovani che al Celeste.

Tony prese in braccio Sharon, e insieme a Bitael e Takam uscirono dall'inquietante porta del labirinto. Come reagendo all'uscita del trio, l'entrata si chiuse generando una leggera, ma indistruttibile lastra vitrea trasparente. Prima di andarsene verso le stanze di cura, Takam si fermò ancora un istante e ponendo la sua mano sulla fredda lastra diede il suo augurio ai giovani che avrebbero affrontato le prove del labirinto.

Dal precipizio videro blocchi su blocchi di una strana roccia nerastra.

«Sarebbe meglio se ci volassimo sopra» disse Andrea guardando Gabriel.

«Non possiamo volare, forse voi non li potete sentire, ma luoghi come questo producono un determinato tipo di magnetismo che blocca il meccanismo biologico delle ali» spiegò.

«Significa che dovremmo procedere a piedi» disse Bastion mentre si avviava per delle sospette scalinate in roccia, poste alla destra della piccola zona.

Una volta scese le scale videro solamente un gigantesco corridoio scuro: l'entrata ufficiale del labirinto. Stranamente Mastrit cominciò ad illuminarsi come se ci fosse una presenza demoniaca, ma come poteva esserci in un luogo così fuori dal mondo? La spada non smetteva di brillare, ma dei demoni neanche la minima traccia. Il gruppo, guidato da Bastion, imboccò il percorso dando così inizio alla prova del labirinto.

I lunghi corridoi erano interamente fatti di una strana sostanza cristallina nera, indistruttibile e lucida, come se fosse stata levigata per migliaia di anni; lungo le pareti degli strani simboli sembravano occupare l'intera scena, ad eccezione di alcuni solchi che davano l'impressione di veri e propri graffi.

"Che cosa può aver provocato dei graffi del genere?" si chiese Andrea mentre ci passava la mano per capirne la profondità. Martina aveva già messo le mani sulle pistole, le teneva pronte per qualsiasi evenienza. L'unico a sembrare, per la prima volta, leggermente preoccupato era Gabriel, ma come dirgli di non esserlo se neppure un Celeste si era mai cimentato in una prova del genere. Camminando gli tornò alla mente l'allenamento a cui dopo la convalescenza, aveva dovuto sottoporsi per conto dei principi:

"Mi ero recato nel cuore di una stella morente con l'obbiettivo di aumentare la resistenza spirituale, noi Celesti non subiamo un vero e proprio danno a livello fisico, siamo pressoché indistruttibili. Ricordo ancora la pressione che, come tonnellate d'acqua in un fondale oceanico, mi schiacciava le membra in ogni sua misera cellula. Dovevo concentrare tutto lo spirito all'interno del mio corpo per contrastare la pressione, ma a dirsi era stato molto più facile rispetto a ciò che fu realmente. Arrivai a vedere colori di uno spettacolo inaudito, solo il tramonto del Regno Eterno sembrava superare quello spettacolo di rossi e aranci che brillavano sotto l'azione dei continui moti convettivi.

Erano passati quasi duecento giorni da quando ero entrato lì dentro, lo stress prese il controllo di me stesso e quel giorno, una stella brillò più di qualunque altro astro della galassia, quando per eliminare completamente la pressione emanai la mia intera aura, facendo esplodere il nucleo stellare."

La strada del labirinto risultò essere sempre più complicata, infatti in un primo istante Andrea ipotizzò che ci potessero essere più labirinti dentro lo stesso, era l'unica cosa che poteva spiegare come da due si passasse a quattro, poi a otto e più di biforcazioni o possibili direzioni. Ad ogni punto di incrocio Andrea consigliò di seguire i graffi che divenivano sempre più profondi, come se li avesse fatti un'arma diversa. Indifferentemente dalla direzione presa Mastrit brillava sempre di più.

«Non puoi spegnerla?» chiese ironicamente Bastion.

«Se sapessi come spegnerla l'avrei già fatto, ma ogni volta diventa sempre più luminosa, lo spirito al suo interno giace nella gemma sulla coccia, può essere che senta la presenza di un suo simile. Io dico di provare, altrimenti…qualcuno ha qualche buona idea?» disse il ragazzo mentre il silenzio si faceva sempre più inquietante e l'unica cosa che sembrava muoversi erano le loro ombre generate dal bagliore della spada.

* * *

Sharon, rimasta incosciente per un paio di ore, non smetteva di gridare, i suoi nervi erano come immersi nella fiamma viva. Il dolore era lancinante e non proveniva da nessuna parte del corpo, bensì da ciò che restava della sua anima, ormai sabbia di una spiaggia sempre più vuota e sterile. La sua mente però, anche in preda all'agonia non smetteva di produrre immagini, ricordi, incubi e sensazioni che si mischiavano, mentre tutto sembrava precipitare in un sempre più profondo abisso cognitivo.

Bitael —per una ragione ignota— non riusciva proprio a vederla in quello stato e per evitare che potesse soffrire ulteriormente, fece una strana richiesta:

«Tenetela ferma!» ordinò a Tony e Takam mentre disegnava nell'aria uno strano simbolo.

«Che stai facendo?» chiese Takam preoccupato.

«Non so quanto possa durare, questo è il sigillo reale del Regno Eterno, leggermente modificato per l'occorrenza, non è una cura, ma dovrebbe farla sopravvivere ancora per un po'» e mentre parlava disegnava lo stemma, un insieme di triangoli che nell'aria si mossero fino a porsi intorno ad una serie di anelli, dove la lingua Celeste stava formando la frase sacra del regno eterno:

"Tabaord Micaloz Iaiadix Vorsg Ors".

Il risultato fu una sorta di sole, dove tra gli anelli la lingua angelica scintillava solenne nei suoi simboli arcaici. Dall'aria andò rimpicciolendosi finché non si sovrappose alla già presente macchia viola sul polso della ragazza. Non appena ebbe il sigillo sovrapposto cominciò a stare meglio, il suo respiro tornò regolare ed i suoi sogni normali.

«Posso chiederti che lingua è quella che io ed Andrea pronunciamo durante la Sincronizzazione e quella che tu pronunci prima di fare qualunque cosa?» chiese Tony curioso.

«Tale lingua prende il nome di Enochiano, la stessa che un tempo impresse il potere degli Arcani, prima attraverso simboli e poi tramite suoni fonetici» disse. «Tali parole possono avere un enorme potere, arrivano a creare e distruggere, ecco perché per gli esseri umani l'intera lingua è soltanto una vecchia leggenda o mitologia, loro credono che sia stata inventata con il fine unico di eseguire rituali, ma essa è più antica di ogni altra cosa e ciò che ci fanno le persone è alquanto inutile» concluse la Celeste.

Dopo alcuni istanti Bitael non fu più "tranquilla", c'era qualcosa che sentiva, e che stava turbando la sua quiete e senza pensarci due volte…

«Tony! Vieni con me!» disse prima di imboccare il cammino verso l'uscita.

«Che succede?» chiese il ragazzo.

«Ci ha trovato! Sta arrivando per la gemma» esclamò.

«Chi ci ha trovato?» chiese preoccupato Tony.

«Ghimerion»

«Chi?»

«Era uno dei principi serafini molto tempo fa, non c'è nessuno che conosca le leggende degli Arcani meglio di lui, vorrà radunare le restanti gemme per sferrare l'offensiva finale!» disse Bitael ora più preoccupata che mai.

«Tra quanto sarà qui e quanti lo stanno accompagnando?»

«Molti, troppi, saranno qui tra meno di un'ora» e sbattendo il bastone porse al ragazzo una nuova corda per l'arco.

«Prendi questa, potrà servirti per potenziare la tua Sincronizzazione e dovrebbe anche darti più tempo, finché non escono dal labirinto saremo solo noi a difesa di questo luogo… Adesso fatti da parte».

Allontanando il giovane cominciò a pronunciare uno dei suoi rituali, indescrivibile a parole umane e troppo lungo e complesso per essere riportato in lingua enochiana. Con un veloce scatto piantò al centro del corridoio dei leoni il suo bastone e dopo aver terminato, dalla lancia cominciò a fuoriuscire un'intensa luce che ricoprì, come una cupola, il tempio principale.

Tornando vide che Tony aveva già sostituito la corda ed il suo arco stava cambiando, dei lunghi cristalli trasparenti simili a delle ali crescevano lungo i bracci dell'arma, mentre il porta freccia diventava più lungo e stretto.

«Preparati» ammonì Bitael mentre impugnava una possente e lunga spada di cristallo.

* * *

Il labirinto si era mostrato più duro del previsto, i ragazzi stavano correndo in uno dei tanti corridoi, scappando da uno strano essere che li stava attaccando. La figura era un possente cavaliere creato e fuoriuscito dalle pareti oscure, ma la cosa che più sorprese il gruppo fu il fatto che potesse volare liberamente per l'intero labirinto. Possedeva una lunga lancia dello stesso materiale delle pareti e questo permise ad Andrea di spiegare i graffi, ma non la loro sproporzionata profondità.

Arrivarono ad un ennesimo incrocio dove la fortuna volle dividere il gruppo in due coppie, Andrea e Bastion da un lato, Martina e Gabriel dall'altro, ma il cavaliere non si fece problemi ed essendo fatto dello stesso sconosciuto materiale nero, questo si divise in due coppie identiche, come una cellula in mitosi.

"Maddai!" imprecò ad alta voce Andrea mentre correva; erano ormai smarriti nelle profondità del labirinto e ognuna delle coppie aveva preso una direzione diversa se non opposta.

La parte di Andrea e del monaco sembrò farsi sempre più chiara finché il materiale della parete non divenne quasi bianco trasparente. Continuarono a correre prendendo direzioni a caso, finché non arrivarono davanti ad un altare. Una volta lì i due cavalieri presero la stessa direzione, ovvero verso le persone che erano arrivate al "traguardo".

«Come prendiamo la gemma?» chiese Bastion mentre Andrea era fisso verso l'oggetto. Nessuno dei due vide arrivare i cavalieri, quali confluirono inesorabilmente sul monaco che venne perforato prima nel polmone destro e poi nella gamba sinistra dalle affilate lance delle creature.

«BASTION!» urlò Andrea che in preda alla furia estrasse Mastrit, non notando che si fosse istintivamente trasformato in semi-Celeste.

Non riusciva a controllare le sue azioni, la rabbia sembrava essersi impossessata di lui e la spada andò a conficcarsi in quello che doveva essere il cuore del Cavaliere, ma non essendo del tutto soddisfatto estrasse l'arma dalla ferita ed in un solo colpo lo tagliò in due. I pezzi precipitavano a terra mentre Andrea si dirigeva all'attacco del secondo cavaliere, che respingendo l'attacco del ragazzo aveva iniziato a duplicarsi, da uno divennero due, poi quattro, otto e così via, in pochi istanti un'intero esercito si era formato davanti al semi-Celeste che ancora non placava la sua ira.

Gabriel e Martina, che avevano imboccato la direzione opposta, stavano ripercorrendo le proprie tracce, alla ricerca dei compagni di "squadra". Era strano per loro essere rimasti soli, in quanto non era mai capitato prima.

«Sei sempre stato così serio o lo fai per nasconderti?» chiese Martina sorridendo.

«Come, scusa?» chiese in risposta l'Arcangelo.

«Intendo dire, sei sempre così serio, non sorridi mai né parli normalmente. Quando è stata l'ultima volta che hai chiacchierato con qualcuno?» chiese di nuovo.

«Beh, non mi sembra che tu sia molto diversa, ultimamente parli poco o meglio molto meno di prima, cos'è successo?» volle sapere il Celeste.

«Sei riuscito a cambiare il discorso a tuo favore eh?» disse Martina, mentre Gabriel accennava un sorriso.

«Credo che sia dovuto a qualcosa che è successo con Andrea l'altra notte...adesso sembra tutto così imbarazzante» disse arrossendo.

«Voi umani siete così assurdi, basate la vostra vita sulle sostanze chimiche che vi circolano in corpo, noi non abbiamo nulla di simile, potremmo dire di essere liberi da ogni sorta di sentimento» disse fiero Gabriel.

«Quindi non provate nulla, amore, odio, rabbia...?» insistette Martina.

«Al contrario, le proviamo, ma nella loro forma più pura, priva di qualsiasi contaminazione chimica, le controlliamo meglio di voi, sappiamo dosarle ed usarle al momento giusto» concluse l'Arcangelo prima di sentire delle strane urla provenire da sopra di loro. Andrea sincronizzato stava volando e distruggendo più cavalieri possibili, ma questi sembravano non finire mai, infatti continuavano a moltiplicarsi ogni volta che uno veniva abbattuto. Gabriel non poteva volare, l'intera zona glielo impediva. Martina, prendendo la mira, cominciò a sparare, le Eagle calibro 50 non mancavano un colpo e ad ogni proiettile il danno sul cavaliere era talmente elevato che questo cadeva con un "cratere" nel corpo. Il Celeste non poté fare altro che avvicinarsi all'altare e cominciare il rituale che Bitael gli aveva detto di compiere.

La gemma non sarebbe mai venuta via così facilmente, sarebbe stato come portare via qualcuno da un luogo che era stato la propria "casa" per generazioni. Dicono che non esista nessun metallo in grado di forgiare una lama abbastanza forte da ferire un Celeste, eppure Bitael gliene aveva procurata una in puro Ditrigio, era l'unico modo per poter estrarre la gemma. Il rituale consisteva nel tracciare un cerchio intorno all'altare con il proprio sangue, per poi incidere lo stemma sacro, modificando alcuni dei simboli, nel secondo anello partendo dal centro, sul pulso tagliata.

Il suono degli spari e delle urla di Andrea riecheggiavano in tutto il labirinto, mentre Gabriel aveva già iniziato il rituale, recidendo il polso con un coltello dalle lame a vortice. Prima il cerchio, poi lo stemma, quindi le parole, ovviamente sconosciute ai ragazzi:

"...Elo Sibsi Piadph Bahal...".

Nel frattempo a Martina rimanevano soltanto tre colpi, le pistole erano a "secco" come i caricatori vuoti, eppure i nemici sembravano ancora numerosi. Molti erano coloro che combattevano contro Andrea, facendosi distruggere dal ragazzo, ma alcuni di loro improvvisamente cambiarono direzione confluendo contro la ragazza. Come un pazzo si precipitò sulla ragazza parando con il proprio corpo il colpo delle lance. Una... due...tre...quattro...sembrava che queste continuassero a cadere dal cielo. Il corpo del giovane era sopra quello di Martina, parando lancia dopo lancia. Esse continuavano a conficcarsi nella schiena e nelle ali senza la benché minima tregua.

«Stai bene?» volle sapere Andrea con il viso tetra.

«Perché...perché lo fai?» rispose la ragazza con gli occhi lucidi, commossa dall'accaduto.

«Siamo...una squadra...è mio compito proteggerti» e mentre lo diceva la rabbia sembrava aver raggiunto livelli insopportabili. I suoi occhi stavano mutando, da dolci e calmi com'erano, divennero rossi come il fuoco dell'inferno, l'iride sembrava fatto di rubino e le ali —prima platino— divennero del medesimo colore degli occhi. Ora, l'unica cosa che si sentiva sopra il suono dei cavalieri era l'urlo senza fine di Andrea, le cui ali, in un'esplosione di energia, emanarono talmente tanta forza e luce da distruggere qualunque cosa fosse rimasta in piedi.

A mezz'aria il corpo di Andrea tornò ad essere semplicemente umano, e precipitando finì per schiantarsi sulle braccia di Martina, pronta a prenderlo. Dall'altare provenivano strane luci sospette che ricordavano molto quelle della sfera di Bordeaux, ma dopo pochi istanti che Gabriel smise di pronunciare quelle antiche parole, una colonna di luce color rubino, emanata dalla gemma, cominciò ad illuminare tutto il labirinto. Come se non bastasse i pezzi dei cavalieri distrutti si stavano ricomponendo, a

Martina sembrava tutto un incubo infinito, Bastion era morto, Andrea era svenuto, Gabriel non aveva preso ancora la gemma e presto sarebbero stati massacrati dai cavalieri.

* * *

«Quanto manca al loro arrivo?» chiese Tony a Bitael in meditazione, intenta a localizzare il nemico.

«Loro sono qui! Preparatevi!» urlò prima che si udisse il primo colpo allo scudo creato intorno al tempio. Tony invocò immediatamente l'aiuto del suo angelo ed un nome cominciò a girargli per la testa: "Umabel".

«Sono il tuo angelo e adesso conosci quella parola, siamo legati per l'eternità, poiché hai appreso il mio nome Celeste» sentì il giovane nella testa prima che la luce cominciasse a circondarlo. Il suo bagliore si fece più intenso, così come lo splendore delle sue ali. L'armatura era diversa, fatta in uno strano metallo grigiastro, lo stesso che componeva la corda dell'arco. Si sentiva come se nulla potesse fermarlo, l'arco nella mano sinistra, la faretra carica ed il cappuccio posto a nascondere il viso di quell'antico essere che ora viveva dentro di lui.

«Ci sono anche io» disse il monaco appena uscito dal tempio. Indossava solamente la sua tunica bianca e reggeva in mano il suo vecchio bastone, nessuno disse niente notando che l'arma possedeva le incisioni sacre. I colpi sullo scudo continuavano, il cielo si stava colmando di Delta ed Epsilon, eppure nessuno si "muoveva", aspettavano la comparsa di nuovi esseri, che andarono inesorabilmente a sbattere contro la barriera.

La scena venne rubata da creature dalla carnagione blu cianotico con delle strisce bianche, che avevano tutta l'aria di essere le loro ramificazioni nervose e per la prima volta Tony riuscì a vedere i caratteri somatici di un "demone". Il viso era senza particolari segni, con occhi bianco nebbia senza pupilla; la testa sembrava avere anche dei capelli, o almeno così pensò di vedere il giovane. Un taglio a mezza luna fatto di filamenti bianchi, prima confusi con capelli, circondavano metà della sua testa. Quegli esseri sembrava stessero urlando, poiché la loro bocca —aperta— sembrava ondulare l'aria. Il fatto che poteva spiazzare era nella tecnica utilizzata per rimanere in aria, non usavano delle vere e proprie ali, bensì dei cerchi luminosi e trasparenti nei quali scorreva la loro energia.

«C'è qualcosa che non va, dovrebbero essere di più» disse Bitael, di colpo preoccupata. «Ne vuoi di più?!» chiese Tony guardandola storta.

«Mancano tre presenze all'appello, una più forte dell'altra…no non può essere vero…».

* * *

Martina tentava ogni metodo possibile per far rinvenire Andrea. Gabriel aveva finito il rituale ed era riuscito ad estrarre la gemma dall'altare prima che i cavalieri potessero ricomporsi.

Non appena la gemma lasciò la propria dimora, tutto cominciò a tremare, le rocce si sgretolavano e le pareti sembravano frantumarsi. La gemma era stata la fonte d'energia di quel luogo per millenni, ora ch'era stata estratta l'intera struttura stava collassando.

«Gabriel! Dobbiamo andarcene, riesci a volare?!» urlò Martina.

«Non sento più nulla che possa bloccarmi le ali, dovrei riuscirci…dov'è la porta?» chiese mentre con lo sguardo cercava l'apertura da dove scappare. Cominciò a correre verso i due ragazzi tentando muovere le ali; diede la gemma alla ragazza e mentre la prendeva per la vita con un braccio, con l'altro sosteneva un Andrea privo di sensi.

Anche se con fatica il Celeste riusciva a volare, la porta sembrava lontanissima ed il labirinto si stava ormai sgretolando alle sue spalle.

"Non avevo mai visto qualcosa di così complesso" pensò mentre tentava evitare i massi cadenti. Non solo tutto stava crollando, i cavalieri si erano già ricomposti iniziando di nuovo la loro caccia. Sembrava fossero anche di più, e una qualche idea che si stessero ulteriormente replicando tormentò la mente di Gabriel. I guardiani scagliarono le loro lance nel tentativo di abbattere l'Arcangelo, ma ogni tentativo fu inutile, il Celeste non cedeva. La porta era sempre più vicina, non vi era più terra sotto di essa, dando così l'impressione che stesse levitando nel vuoto; il pavimento stava scomparendo al passare dei cavalieri ed ora il nulla più totale si estendeva a vista d'occhio. Per loro fortuna, il portale aveva eliminato la "pellicola di vetro" che separava il labirinto dalla realtà e la porta stava scomparendo come se fosse uno spettro.

«Corri! Cioè vola! Non riesci ad andare più veloce? Qui ci lasciamo le penne…beh almeno tu» e con un accenno di sorriso Martina sembrava aver diminuito la tensione, nonostante ciò il Celeste non rispose. Andrea, aperti gli occhi, la prima cosa che vide fu il nero assoluto.

«ODDIO!…SONO CIECO!» urlò terrorizzato.

«Ehm no idiota, stai guardando nella direzione sbagliata» gli disse Gabriel alquanto irritato da ciò che la ragazza aveva detto in precedenza.

Finalmente riuscirono ad oltrepassare la porta, che non appena "sentì" il passaggio della gemma si richiuse, scomparendo nel nulla.

Il gruppo era sdraiato sul pavimento in marmo con il cuore a mille, come se avessero corso chilometri, ma Gabriel a differenza dei ragazzi si rimise subito in piedi, c'era qualcosa che non andava.

"TUUM,TUUM,TUMM", il rumore sembrò propagarsi per tutta la stanza.

«Che diavolo è questo rumore?» domandò Andrea assonnato.

«Credo che siamo sotto attacco. Avanti in piedi! Credo sia ora di prepararsi per la vera sfida…sopravvivere» disse l'Arcangelo dannatamente serio come sempre.

«Ehm io sono a corto di munizioni…» ma la ragazza venne interrotta.

«Come te la cavi con una di quelle?» il Celeste stava indicando una delle pareti, rimasta semi nascosta da una delle colonne portanti, in cui erano appese diverse armi. Avvicinandosi Martina notò tre coppie di Sai incrociate, con due Tekagi Shuko, ovvero artigli, al lato destro, mentre a quello sinistro dieci Nekote, artigli da gatto posti in due file da cinque; al di sotto di queste, infine, un paio di Ninjato ed una katana. La ragazza rimase alcuni istanti dubbiosa su cosa fosse in grado di utilizzare e quindi, per non sbagliare, prese gli artigli da gatto e la katana, posta a riposare nel fodero color ebano adornato con i simboli di consacrazione. Per colpa delle fondine, dovette legarsi la lama alla schiena mentre gli artigli erano pronti sulle sue dita.

I pesanti colpi sulla barriera si sentivano ancora ed i ragazzi si sbrigarono ad uscire per vedere cosa stesse accadendo. Lo spettacolo —per modo di dire— che si ritrovarono davanti non fu dei migliori, demoni e demoni stavano circondando una sorta di campo di forza creato intorno al tempio. Andrea notò che Tony si era già trasformato con alcuni particolari nuovi, il maestro Takam si stava concentrando sempre con quel suo vecchio bastone mentre Bitael era tesa come la corda di un violino.

«Ragazzi che succede?» chiese il giovane alquanto preoccupato.

«Ghimerion ha capito quello che stiamo facendo e sta per onorarci con la sua presenza» rispose ironicamente la Celeste.

«Dimmi che stai scherzando» disse Gabriel per la prima volta realmente agitato.

«No…sarà qui tra un paio di minuti e non è solo, sento che si sta portando dietro "la cavalleria"» ora il gruppo era in reverenziale silenzio.

«Lo affrontiamo?» chiese Martina, sperando che qualcuno dicesse di no.

«Se vuoi morire fai pure, non puoi minimamente immaginare chi sia Ghimerion» ammonì Gabriel…«Egli era il più amato ed il più rispettato dei quattro principi che ci governano, ma questo non gli bastava egli voleva di più, gli altri principi sapendo quello che Ghimerion aveva in mente tentarono detronizzarlo ed eliminare parte dei suoi poteri, ma fallirono. Egli si sentì tradito e promise di vendicarsi su tutti coloro che avessero osato ostacolarlo, eliminando chiunque si mettesse sulla sua strada. Si dice che prima di andarsene portò con sé quattro Celesti che divennero a sua volta i suoi quattro più fidati consiglieri, nondimeno che i suoi generali, incaricati di trovare ed organizzare l'esercito più potente mai visto…I generali allora si recarono nei pianeti più sperduti ed in quelli neanche conosciuti per trovare quelle razze di creature che oggi chiamate demoni» concluse l'Arcangelo.

«…»

«…»

«Dov'è Nova?» chiese.

«Tranquillo sta gironzolando per le stanze del tempio» rispose Takam.

«NOVA!» urlò l'arcangelo e dopo pochi istanti la creatura uscì dalle porte del tempio, ma non appena lo fece le sue quattro orecchie si rizzarono ed egli cominciò a ringhiare esponendo le zanne.

Ad un tratto il silenzio calò, creando la stessa sensazione di essere in un cimitero, finché qualcuno non chiese perché nessuno stesse più sbattendo contro la barriera. Tutti alzarono improvvisamente lo sguardo notando che i demoni erano in ginocchio, anche se in aria, Ghimerion stava passando. Non facendo neanche il minimo sforzo, non appena la sua mano toccò la barriera, questa divenne polvere, che poco a poco cadde come brillantina sul gruppo di persone stupite ed immobili.

Dietro di lui due entità singolari fin nel minimo dettaglio. Con le sembianze angeliche, ma dalle ali nere come il carbone così come la lancia che portava in mano, il primo cavaliere faceva la sua comparsa. L'armatura sembrava forgiata con la sostanza scura dei Delta, un pezzo unico con il corpo, come se essa fosse stata modellata su di esso; infine nascondeva il viso sotto un cappuccio che lo faceva assomigliare all'immagine che gli umani hanno della morte. Al suo fianco una Celeste, la copia al negativo di Bitael. La differenza era nei capelli bianchi come la cenere e nel modo di vestire, in quanto indossava solamente un corpetto color tenebra in uno strano tessuto rigido, da questo partiva uno strascico del medesimo colore, il quale sottostava alle ali, sempre dell'enigmatico color notte. Una sorta di armatura copriva il corpetto sottile. Dall'aspetto puramente decorativo e dalle zone che lasciva scoperte, si poteva dedurre che fosse pesante. Fatta in un metallo sconosciuto tinto di bronzo dorato, era modellata sulla forma dei seni e della parte frontale del busto, la quale terminava a rombo sulle ginocchia. Il collo e le spalle venivano protetti da un'estensione del metallo che arrivava fino alle mani, coperte da dei lunghi guanti dello stesso tessuto del corpetto. Infine aveva una lancia dalla lama dorata e modellata affinché assomigliasse ad un sole bucato al centro, dove giaceva una gemma identica a quella di Bitael.

Ghimerion ed i suoi due cavalieri scesero fino alle scale del tempio, dove il bastone di Bitael era stato piantato dentro la fredda ed antica roccia. Come se niente fosse il Celeste lo estrasse, ma non appena il bastone lasciò la pietra, l'oracolo si precipitò per recuperarlo.

«Bitael!» urlò Andrea senza alcuna risposta. Tony e Gabriel la scortarono fino al cospetto del traditore.

«Kayla, se nostro padre ti vedesse oggi ne sarebbe veramente deluso e addolorato»

«Bitael, adesso collabori con loro, non pensavo ti saresti mai schierata con i Celesti Mortali…dimmi la verità amavi essere adorata vero? Ovviamente saprai perché siamo qui, giusto?» chiese la figura femminile.

«Vuoi la gemma, beh non la avrai, se c'è un modo per terminare questa guerra insensata intendo andare fino in fondo, credo che dovrai strapparla dai nostri cadaveri»

«Oh, non aspettavo altro, sarebbe stato noioso senza combattere…» ma venne interrotta da Ghimerion che finalmente parlò con una voce profonda e regale.

«Con calma Kayla, se proprio vuoi combattere aspetta che siano concluse le "presentazioni"…» e mentre lo diceva, un sorriso si plasmò sulle sue labbra. «…giusto Ryan?» ed il "Celeste" di fianco a lui si tolse il cappuccio mostrando parte del suo viso.

«Non mi riconosci, fratello?».

Tony era pietrificato alla vista del fratello in quelle sembianze, gli tornò in mente il modo in cui era morto un paio di anni prima in Germania, cadendo in mare da una scogliera.

«...Sei... vivo, ma come hai fatto a sopravvivere?... io ti ho visto morire» disse quasi in lacrime Tony.

«Non mi sembra proprio il momento adatto per tale storia... vieni con me e potremo tornare a fare grandi cose, puoi ancora fare la scelta giusta, vieni con noi» rispose Ryan.

«Hey Gabriel, è passato un po' di tempo dal nostro ultimo incontro, come vanno le ali?...» l'Arcangelo sembrò irrigidirsi.

«...mi dispiace arrivare a tanto, o forse no...mi darete quella gemma entro pochi minuti o scatenerò su di voi la mia ira e la prenderò dai vostri freddi corpi dilaniati e senza vita. A voi la scelta».

«Lotteremo...fino al nostro ultimo respiro, non puoi immaginare cosa ti aspetta Ghimerion» disse Bitael con la rabbia che le usciva da tutti i pori.

«Così sia!» e dopo quelle parole i tre presero il volo, il tempo della battaglia era giunto.

Non si poteva puntare alla vittoria, ma bisognava evitare a tutti i costi di perdere.

XI
Riunione di Famiglia

Ghimerion si sarebbe goduto lo spettacolo da dietro le truppe, come si suol dire "prima i pedoni". Guardandolo meglio, Gabriel si rese conto che non sembrava cambiato dal loro ultimo scontro, sempre con quei suoi lunghi capelli color cenere, quello sguardo feroce in un viso ambizioso quanto determinato. Portava ancora la veste color smeraldo opaco con incisi tutti i simboli sacri, contornati da ricami dorati, essa gli copriva la maggior parte del corpo, nascondendo la lucente armatura color avorio sporco. Le uniche parti che rimanevano scoperte erano le braccia, tatuate fino all'inverosimile con altrettanti simboli dorati: splendenti e maestosi dragoni. Quello sul dorso della mano destra, risultava talmente tanto complesso da ricordare più un labirinto, piuttosto che un antico rettile. A chiudere la tunica una croce molto simile a quella templare, dello stesso colore dei tatuaggi. Quel magnifico Serafino restava in volo grazie alle sue sei magnifiche ali, da superbo Celeste quale era.

Non si sforzò neanche di parlare e con un suo gesto Kayla urlò:

«Distruggete tutto e non lasciate superstiti!…uccidete tutti tranne mia sorella, lei è mia!».

Dopo gli ordini i pedoni, ovvero gli Eta, avanzarono via terra mentre Delta, Epsilon e Iota rimanevano a mezz'aria ad aspettare.

All'entrata del viale dei leoni una schiera di demoni Eta venne affiancata da una decina di esseri molto simili a loro, diversi solamente nel colore, freddo e tetro, come fossero fatti di chissà quale metallo.

«Cosa diavolo sono quelli?!» chiese Andrea a Takam uscito dalla sua meditazione.

«Costoro vengono chiamati Alpha-Eta, hanno abilità molto più sviluppate dei loro fratelli comuni».

Bitael si era allontanata dal gruppo lasciando il suo bastone piantato all'entrata del tempio, a spada tratta stava combattendo contro sua sorella sul tetto dell'edificio. Kayla si era attrezzata con un'arma divergente, una splendente lama a due mani. La lancia, levitava alle sue spalle come una seconda arma. Lo scopo di ciò era di attaccare la sorella su più fronti. Bitael dal suo canto, conosceva alla perfezione le parti più deboli nell'armatura dell'avversaria.

Gabriel voleva a tutti i costi combattere contro Ghimerion, ma il suo unico tentativo venne ostacolato da un "muro" di demoni, sistemati circolarmente intorno al loro dio, che immobile si godeva lo spettacolo dell'Arcangelo respinto dalle sue creature. Dal centro dei cerchi Ryan scese in cerca di suo fratello, ma Tony, prevenuto, fu pronto a parare il suo colpo quando questo arrivò alle sue spalle. Il semi-Celeste si allontanò con un balzo, mentre ininterrottamente mirava e scoccava le sue frecce potenziate, ma queste venivano distrutte dalla coppia di scimitarre che sembravano assorbire la luce intorno a loro. Esse avevano due serpenti che perennemente si muovevano sulle lame e che emanavano una strana foschia grigiastra. Ryan si stava avvicinando, freccia dopo freccia, fendendo con le sue lame, ma queste vennero parate dall'arco di Tony.

«Perché non mi hai detto che eri vivo?» chiese mentre scoccava un'altra freccia.

«Non ho potuto farlo, quello che mi è successo mi ha cambiato e poi a te cosa importa, credo di essere abbastanza grande per badare a me stesso» e un'altro fendente veniva parato.

Andrea non riusciva ancora a sincronizzarsi con Mastrit, poteva solamente stare di guardia alla porta insieme a Nova, il quale aveva ricevuto l'ordine di stare solo come difesa mentre Sharon era ancora all'interno dell'edificio. Martina e Takam, ai piedi delle scale, lottavano contro Eta e Alpha-Eta, era incredibile vedere il vecchio maestro come ancora, per quanto avesse un'età sconosciuta, lottasse senza nessun contegno. Evidentemente lottava per ciò che restava del tempio, unica cosa rimasta dopo che i ragazzi gli avevano comunicato la morte di Bastion, uno degli ultimi Monaci dell'Ombra rimasti. Martina non se la stava cavando niente male con la katana, tagliava tutto ciò che si muoveva, lottando in contemporanea con gli artigli posti in tutte e due le mani. Questo fece sì che in pochi minuti lei ed il maestro Takam distruggessero tutto il battaglione di Eta, mentre quello di Alpha-Eta tentava usare attacchi a distanza come una sorta di saliva acida che stava corrodendo le rocce sottostanti. Alcune di quelle dannate gocce finirono sul braccio e sulla gamba sinistra della ragazza, facendole stringere i denti per il dolore, ma dopo pochi istanti notò che sia la tuta che la pelle si stavano rigenerando velocemente. "Bitael aveva ragione su quanto è strabiliante questa tuta" pensò mentre un A-Eta la stava per attaccare alle spalle, ma quest'ultimo trovò solo la morte quando con uno scatto venne tagliato in due dalla katana consacrata, il suo sangue sembrò propagarsi ovunque, mentre quella sorta di organi che possedeva fuoriuscivano imbrattando la zona di fluidi acidi.

L'orda di demoni Eta ed A-Eta era stata distrutta, ma questo non sembrò minimamente turbare Ghimerion, che semplicemente ordinò al primo cerchio della sua cosiddetta "guardia" di attaccare i due umani. I demoni Epsilon sembravano avere qualcosa di diverso nel loro aspetto, le alette erano più spesse e affilate di quelle viste all'aeroporto di Tolosa.

«Questi come diavolo gli abbattiamo? Mica atterrano» disse la ragazza.

«Se i miei calcoli sono giusti il tuo amico dovrebbe riuscire a sincronizzarsi adesso…poi abbiamo Gabriel che ci fa da "spalla" là sopra, sarà meglio che tiri fuori le pistole mia cara» detto fatto la lama fu riposta per prendere le Eagle, miracolosamente ricaricate dagli ultimi sette proiettili trovati sul fondo dello zaino.

"Sette colpi bastano per un rapido fuoco di copertura, ma Andrea sbrigati a trasformarti" pensò speranzosa Martina.

Nel frattempo Gabriel aveva già cominciato ad abbattere qualche Epsilon in volo, ma questi sembravano avere una velocità di volo superiore all'Arcangelo che in poco tempo venne circondato ed attaccato dalle alette taglienti come coltelli affilati. La carne del Celeste veniva, per la prima volta, lacerata. Il sangue non smetteva di fuoriuscire.

«Cosa c'è Gabriel, hai già finito la tua energia, mi deludi, credevo fossi più forte rispetto all'ultima volta, ma odio ammettere che mi sbagliavo» disse Ghimerion dal centro delle sue difese.

«Maledetto! Verrò a prenderti, questa è una promessa!» urlò Gabriel sopportando il dolore delle ferite infette.

«Guarda guarda, sai bene cosa comporta una promessa per noi Celesti…perderai la vita prima di arrivare a vedere il suo compimento» disse ridendo il Celeste al centro del cerchio di difesa.

Andrea non riusciva a sopportare di stare fermo con le mani in mano, così depose la gemma vicino allo scettro/lancia di Bitael che l'assorbì al suo interno.

"Mastrit! Che tua sia un Arcano o un Celeste non mi fa alcuna differenza, quelle persone hanno bisogno il mio aiuto quindi concedimi la Sincronizzazione…Micaloz zien pambt" urlò nella sua mente il giovane. La luce della sua spada inondò ancora la realtà, e come un fluido circondò il suo corpo, finché non tornò ad essere un Semi-Celeste.

"Andrea...vedi di moderare i termini" sentì nella sua testa, mentre si preparava al volo.

"...".

Come un missile le sue ali sembravano fendere l'aria, era più veloce di quanto non lo fosse mai stato. Con la spada tratta trapassò in un solo colpo tre Epsilon, distraendo gli altri che circondavano Gabriel, dando così il tempo al Celeste di contrattaccare.

In aria ne restavano soltanto tre, e dopo l'intervento di Andrea in battaglia, il viso di Ghimerion mutò tremendamente.

«Credo di essermi annoiato fin troppo, ora di sgranchirsi le mani...tutti voi schieramento d'attacco! Non abbiate pietà!» Ghimerion aveva scatenato tutte le pedine a sua disposizione contro i ragazzi. Lui, invece, voleva solo il semi-Celeste.

Tutte le truppe stavano confluendo verso Martina e Takam, l'Arcangelo, malgrado le sue ferite, non poté fare altro che dare supporto.

Uno di fronte all'altro, Andrea e Ghimerion si osservavano a vicenda.

«Ne è passato di tempo...come ti fai chiamare ora?» chiese ironicamente il Serafino.

«Io sono Andrea e non ho la minima idea di che cosa tu sia realmente. Se ti riferisci alla mia arma, si chiama Mastrit, martirio dello spirito. Trasformerò il il tuo spirito in un lontano ricordo»

«Senti senti, abbiamo un eroe, non dovresti immischiarti in cose che non ti riguardano, lo spirito di quell'arma ha un potere che tu neanche immagini, esistiamo da prima che il tuo misero mondo venisse alla luce, sono eoni che do la caccia a quelle gemme e non lascerò che voi creature inferiori interferiate con i miei piani»

«Beh, non siete tanto superiori, se dopo quattro anni siamo ancora qui a fronteggiarvi».

Il Celeste non rispose, allontanandosi per caricare uno dei suoi fendenti che Andrea tentò parare chiudendo le quattro ali intorno a sé, ma il suo potere era troppo per poter essere fermato così e una delle ali si ruppe, facendo urlare e sanguinare il giovane.

Sul tetto, intanto, le due Celesti eterne stavano ancora combattendo, finché Bitael con un pugno che sarebbe stato in grado di distruggere una montagna, non la stese facendola precipitare fino a terra. Dopo questo si diresse verso i suoi compagni e una volta recuperata la sua lancia decimò una buona parte dei Delta che stavano circondando i ragazzi, ma rimanevano ancora degli Epsilon e tutti gli Iota che sembravano non avere neanche un graffio.

«Martina, alle tue spalle!» la ragazza voltandosi premette immediatamente i grilletti sfondando il cranio di un Epsilon che precipitò ai suoi piedi.

«Dov'è Andrea?» chiese preoccupata.

«Sta lottando con Ghimerion, cara» disse Takam mentre era impegnato con un Delta. Ai ragazzi però venne un sospetto: come faceva il bastone del monaco a non graffiarsi e/o consumarsi?

"Non credere di poterlo fermare, a questo livello morirai al prossimo colpo...vedi la croce che ha all'attaccatura del collo? È una delle gemme, non potremo averla, ma puoi liberare la parte di spirito al suo interno, finirai le forze comunque, non provare a contrattaccare, colpisci solo lì". Andrea dopo questo messaggio concentrò tutto ciò che rimaneva delle sue forze nella spada, in un ultimo singolo attacco. Ghimerion stava fermo, non degnava il semi-Celeste neanche di un suo ulteriore attacco, semplicemente parava, senza il minimo sforzo, ogni colpo che Andrea infliggeva. Forse l'essere troppo sicuro lo distrasse e per qualche ragione non riuscì a fermare la spada che gli trapassò la gola. Successo l'impensabile, tutto sembrò fermarsi, la battaglia si mise come in stand-by mentre tutti guardavano Mastrit che aveva ferito il Celeste invincibile.

Dalla gemma posta sull'attaccatura della tunica fuoriuscì un potente fascio di luce verdognolo diretto verso il cielo, ma questo non riuscì a distrarre tutti, i Delta stavano ancora combattendo e nel caos che si stava formando circondarono il povero Takam che venne martoriato e più volte trapassato da lame che una volta erano semplici arti. Martina, che nel frattempo era passata alla katana, insieme a Gabriel ed i suoi riflessi fulminei infilzarono all'unisono il corpo del Delta, chi al cuore chi alla testa, lasciando solamente quella insulsa poltiglia nera fangosa. Lo stesso trattamento fu riservato anche agli altri, sembravano una perfetta macchina da assassinio. Il problema fu quando gli Iota cominciarono a circondare i ragazzi, si stavano dando le mani concatenandosi e lentamente aprivano la bocca, tutte le linee sul loro corpo s'illuminarono, sembrava realmente il loro sistema nervoso. Esseri fatti di energia con qualcosa che sembrava stesse per uscire dalle loro bocche.

«Intorno a me. Immediatamente!» gridò Bitael piazzandosi in mezzo al gruppo. «ACHILDAO» recitò ad alta voce mentre una sorta di scudo si formava intorno a loro, molto simile a quello generato per il tempio in precedenza, ma questo sembrava possedere un colore azzurrognolo. Gli Iota avevano cominciato a colpire lo scudo con una sorta di suono luminoso che per fortuna veniva attenuato dallo spessore della cupola protettiva.

«Takam resta con noi, resisti, non andartene» diceva Martina mentre stringeva la sua mano, il sangue non riusciva più a scaldare quel corpo, sempre più freddo e debole. Con gli ultimi sospiri e singhiozzando avvicinò il viso della ragazza.

«Tranquilla, ho vissuto molto più di quello che immagini, era inevitabile la mia caduta in battaglia e…sinceramente l'accetto come il più grande onore…dopotutto sono sempre stato un guerriero…da quando ho visto le stelle e la vita stessa nascere… sono stato un Arcano, un dio…un Celeste…un padre, ma soprattutto un guerriero…sono io lo spirito della gemma cremisi, il mio vero nome si è perso nella notte dei tempi, ma ormai il mio spirito risponderà al nome di Takam…» la sua voce si interruppe per la tosse e il sangue che risalivano dalla gola. «…Potete vincere questa guerra anche senza le gemme, alcune di esse sono già di Ghimerion, dovrete solo liberare la parte di spirito arcano che contengono, essi vi daranno la forza necessaria per la vostra ultima battaglia…adesso ti prego di lasciarmi andare, ci rivedremo presto mia cara…molto presto…grazie per non aver fatto morire questo corpo in solitudine…grazie…» e nel suo fatale colpo di tosse i suoi occhi si chiusero, mentre dal suo ultimo respiro ciò che sembrava un fuoco fatuo si inserì nello scettro di Bitael, il quale a stento resisteva agli urti sonori. La lancia divenne progressivamente rossa, lo scudo cedette e tutta l'energia della gemma cremisi si riversò in un'esplosione di luce che polverizzò gli Iota e tutti gli esseri sopravvissuti in volo.

Le truppe sopravvissute di Ghimerion si riposizionarono nella formazione circolare di guardia, intorno al loro leader. Andrea, prosciugato di ogni forma di energia, precipitava tornato in forma umana. Bitael intercettò il punto di caduta e con un'accelerazione considerevole estese le braccia per afferrarlo.

All'entrata del tempio Kayla, che nel frattempo aveva ripreso conoscenza, vide la sorella prendere al volo colui che aveva ferito il suo comandante. Dal suo scettro estrasse un arco di cristallo dorato e tendendo la corda, con tutto l'odio che nutriva per la sorella, generò una freccia di luce che venne immediatamente scoccata. Essa andò a conficcarsi vicino alla spalla sinistra di Bitael, trapassandole il cuore; l'oracolo fece tempo a lasciare Andrea a terra prima di trovarsi la sorella alle spalle. Non riuscì a girarsi del tutto prima che la pugnalasse nell'unico punto scoperto: l'ombelico.

«Addio Bitael, è stato un piacere combattere contro di te» disse Kayla sarcastica, mentre con un gusto sadico estraeva la lama dal corpo della sorella lasciando la ferita grondante di sangue argenteo.

«No, grazie a te» rispose Bitael che con tutta la forza rimasta generò un piccolo pugnale di luce che andò a colpire lo scettro di Kayla, liberando il frammento di spirito dell'Arcano.

«No! Come hai osato!» urlò, mentre le infilava di nuovo la lama nel corpo, questa volta nella spalla destra.

«Bitael!» gridarono Gabriel e Martina, ma lei fece segno di non avvicinarsi e con gli occhi lasciò intendere che quello che stava facendo era necessario. A "stento" il Celeste riuscì a trattenere la ragazza che, con le lacrime agli occhi, non voleva più perdere nessuno, ma quel dolore sembrò peggiorare sempre di più, sentendosi impotente davanti all'inevitabile.

Il vento sembrava sempre più freddo al contatto con le pelli sudate dei combattenti; Ghimerion stava gridando la ritirata, ma ogni suono di grida, lamenti e artigli fermati, sembrava attutito in quell'inferno in cui un essere leggendario stava per andarsene. L'agonia della Celeste non era ancora terminata, Kayla incise il triangolo rovesciato sulla pelle della sorella con lo scettro, il bagliore del sangue argenteo opacizzava al confronto del rosso della figura. Vennero tracciate tre esse intrecciate, talmente intense da far gridare la vittima.

«Tibibp cocasb zong teloc» recitò, e a quelle parole non ci fu più nulla da fare, una colonna di luce sembrò uscire dal centro del triangolo facendo accasciare la Celeste.

«Kayla...VIA» urlò Ghimerion irritato, ma qualcosa la stava trattenendo, era Nova che le mordeva il braccio, premendo con una pressione inaudita. La ferita ora stava cominciando a sanguinare, ma con un pesante colpo alla testa scacciò la creatura lanciandola a diversi metri di distanza, fino all'inizio del viale dei leoni. Prendendo il volo, lasciò il corpo della sorella ai suoi ultimi respiri.

Tony e Ryan avevano smesso di combattere dopo alcuni minuti, erano rimasti a parlare, ma dopo l'ordine di Ghimerion il giovane chiese al fratello:

«Vuoi sapere cosa mi è successo? Vieni con me e ti racconteremo la verità su ogni cosa» Per quanto non volesse tradire i suoi amici, Tony dovette fare una scelta dolorosa: sapere la verità a qualunque costo. Nella sua mente una sola parola "scusatemi", ma ovviamente non ebbe il tempo di pronunciarla, i suoi amici lo videro solamente allontanarsi con un Celeste dalle ali color tenebra.

Non appena Kayla ebbe abbandonato il luogo, Martina corse verso Bitael. Il vestito era distrutto così come l'anima e il corpo.

«Perché Bitael, perché?» chiese con insistenza la ragazza disperata.

«Abbiamo un altro spirito dalla nostra parte, era l'unico modo…alla fine di ogni cosa capirai perché, non puoi immaginarti quanto io abbia vissuto, ho visto la vostra terra nascere, granello dopo granello; ho visto venir al mondo ogni umano che ha mai camminato su questo meraviglioso pianeta, ricordo perfino te con quel tuo nastrino rosa che ti legava i capelli in tenera età. Ricordo le tue estati quando andavi in spiaggia con un gruppo pazzo di persone e anche se non mi vedevi ero sempre lì con te a proteggerti e a vegliare…va bene bambina mia…così ho scelto, permettimi quest'ultima decisione». Era la prima volta che un Celeste piangeva prima di morire, sembrava tranquilla, semplicemente chiuse gli occhi mentre il suo corpo divenne luce per poi scomparire nel nulla.

Isolato dal gruppo, Gabriel faceva i conti con dei conflitti interiori, le ferite emotive non si rigeneravano così velocemente come lo facevano quelle corporee. Guardava l'orizzonte innevato, mentre una singola e disprezzata lacrima gli bagnava il viso. Lui e Bitael avevano condiviso molto, forse più di qualunque altra coppia di Celesti nell'universo, per un tempo che a ripensarci era stato lunghissimo, lui l'aveva amata, l'aveva persa eppure la sorte li aveva fatti rincontrare un'ultima volta.

«Quanto eravate uniti?» chiese Martina al Celeste, voltato in modo non lo si vedesse in viso.

«Oh, è una lunga storia…ma devi partire dal fatto che nel nostro mondo è tutto molto più semplice»

«Cosa intendi?»

«Da dove provengo, i giovani Celesti vengono generati in un numero esatto ogni secolo, non esistono coppie, ne tanto meno genitori, poi vengono addestrati e passano ai loro incarichi…non si hanno problemi relazionali, o sentimentali. Non bisogna nemmeno cercare un altro essere geneticamente compatibile»

«In che senso generati?»

«Nel Regno Eterno esiste una sorgente sacra lasciata in dono dagli antichi Arcani quando fondarono il regno, in base alle necessità crea un numero esatto di Celesti…è un qualcosa di molto complesso il suo funzionamento, infatti esiste una gerarchia precisa di Celesti che si occupa di ciò. Noi nasciamo puri e perfetti…»

«C'è qualcuno?» chiese Andrea ai piedi della scalinata mentre tentava rialzarsi per l'ennesima volta in quella giornata.

«Andrea!» Martina corse ad abbracciarlo come se non lo vedesse da secoli.

«Come mai tutto questo affetto… è il mio compleanno per caso?»

«Non credo, ma sono felice di vedere che stai bene»

«Ti ringrazio, ma gli altri dove sono?»

«Ehm…ecco…c'è qualcosa che dovresti sapere»

«Cosa vuoi dire?»

«Bitael e Takam sono morti e Tony ci ha tradito, è volato via con uno dei Celesti corrotti da Ghimerion» l'espressione sul viso di Andrea non era delle migliori.

«Ma com'è potuto accadere?».

Nessuno sembrava avere le risposte e l'unica cosa che restava ai giovani da fare in quel disastroso giorno era andare a controllare Sharon. Tutti speravano che almeno lei potesse esserci ancora.

«Voi andate, vi raggiungo subito» e i due ragazzi videro Gabriel che si dirigeva verso il povero Nova, ancora privo di sensi. Videro che lo teneva in braccio e che dolcemente gli stava sussurrando qualcosa ad una delle orecchie. Respirava ancora, la paura iniziale che fosse morto anche lui era passata.

I ragazzi si diressero verso le gigantesche porte del tempio.

Nelle stanze regnava un'assordante silenzio, si poteva quasi percepire quanto lo stesso luogo avesse la nostalgia di tutti coloro che erano passati in quei corridoi, in tempi dove la luce sembrava non tramontare mai. Poco a poco i due ragazzi videro che tutto si faceva sempre più scuro intorno a loro, la notte stava calando e presto il fuoco, per accendere le varie torce sparse per il tempio, sarebbe stata l'unica fonte di luce. La stanza di Sharon si trovava nell'ala est dell'edificio, Martina fu costretta ad estrarre una piccola torcia per capire il percorso da prendere. La sala di destinazione era illuminata internamente da quattro grandi torce ad olio, dalla forma di grandi piatti in ferro. Il letto della ragazza era il quinto dalla parete di fondo, esattamente a metà della sala usata anticamente come infermeria.

«Sharon…come ti senti?» chiese Martina avvicinandosi in una maniera stranamente delicata.

«Hey» disse con una vocina appena uscita dal mondo dei sogni.

«Mi sento bene, cos'è successo mentre ero knockout? Dimmi che state tutti bene» come fare a spiegarle che metà del gruppo aveva subito una sorte fatale? Con le lacrime agli occhi la ragazza raccontò all'amica cos'era successo mentre lei era priva di sensi. In un primo momento Sharon non volle crederci, ma poi dovette per forza accettare ciò che le avevano detto, il suo viso si faceva sempre più cupo, lei sapeva che qualcuno se ne sarebbe andato, ma mai avrebbe immaginato una sorte simile per quelle persone che avevano viaggiato con lei.

Quella sera nessuno parlò molto, né riuscì a chiudere occhio.

Ognuno era impegnato in una diversa attività, Gabriel era sul tetto a meditare con la lancia di Bitael in mano, Sharon vagava per il tempio con una torcia, cercando qualcosa che le potesse essere utile. Martina raggiunse Andrea seduto sulle scale.

«Buonasera» iniziò la ragazza.

«Eilà, come ti senti?»

«Considerando che ho visto morire due persone oggi, possiamo dire che sopravviverò…te?» ovviamente l'ironia si sentiva.

«Oggi mentre affrontavo Ghimerion, ho sentito qualcosa di strano, per un breve istante, mi sono chiesto se questo fosse lo schieramento corretto…voglio dire, noi non sappiamo la vera storia su tutti questi esseri ed i loro conflitti…e se avesse ragione?»

«Chi?»

«Ghimerion…durante la battaglia mi ha detto alcune cose, che i principi, suoi fratelli, erano corrotti…e se stessimo sbagliando?»

«Nessuno è perfetto, neppure i Celesti, tutti commettiamo errori, ma tu non puoi immaginare cosa realmente siano in grado di fare quei demoni o alieni o qualunque cavolo di cosa siano…ho visto quanto possano essere crudeli e credo che pure tu l'abbia notato, non sembrano ragionare, o se lo fanno è nella maniera peggiore»

Andrea era immobile a fissare il vuoto.

«Già, alcune cose non si possono scordare…sembra strano pensare a come siamo ora»

«Cosa intendi?»

«Parlando per me, non mi sarei mai immaginato tutto questo, io e Tony che ci sincronizziamo con lo spirito di creature che fino a qualche anno fa erano solo mitologia, la storia su come è nato l'universo, noi che viaggiamo con una leggenda delle religioni…»

«Vero, mi sembra assurdo, adesso dobbiamo solo sopravvivere fino all'ultimo scontro…sicuro non avrei mai pensato di usare una di queste» e indicò la katana alle sue spalle.

«Prima che ci fosse tutto questo casino, te dove vivevi?»

«Come mai lo chiedi?»

«Curiosità…»

«Vengo da un piccolo paesino sperduto del Piemonte, non credo tu l'abbia mai sentito»

«Mettimi alla prova» disse il giovane sorridendo.

«Lagnasco»

«Se ti dicessi che ci sono stato una volta, non mi crederesti»

«Mettimi alla prova» rispose la ragazza, facendo sorridere Andrea.

«Ai miei genitori piaceva viaggiare e mi è capitato di visitare diversi paesini sperduti in mezzo al nulla».

L'architettura del tempio era stata progettata in modo che la dispersione di calore fosse minima, e infatti quella serata sembrava addirittura meno fredda di quello che doveva essere. Per quanto la primavera non si sentisse in altissime quote, il freddo sembrava essersi contenuto. Il cielo stellato, privo di qualunque forma di contaminazione luminosa, ricordava un vecchio poster della National Geographic.

«Adesso che si suppone dobbiamo fare? Sappiamo che le gemme sono sette, loro ne hanno già due, o forse di più e noi solo una»

«A dire il vero esse non saranno necessarie…» Gabriel era sceso dal tetto con in mano la lancia di Bitael.

«Takam, prima di morire o meglio tornare nella sua vera forma, ti ha parlato dei frammenti di spirito vero?» domandò guardando Martina.

«Ehm sì, disse che se li avremmo liberati ci avrebbero aiutati e così non sarebbero servite le gemme, che voleva dire?»

«Ogni gemma ha un lato buono ed uno cattivo, possiamo definirli così, anche se in realtà ciò che chiamate bene e male non c'entra molto…ve lo espongo in questa maniera, considerate che la parte cosiddetta buona sia uno dei frammenti dello spirito di un Arcano, mentre quella negativa sia tutto il potere legato a chi l'ha posseduta, Ghimerion non è a conoscenza di questo sistema di difesa pensato dagli Arcani stessi molto tempo fa» disse per la prima volta sorridendo, scioccando i ragazzi davanti a lui.

«Noi possediamo due gemme e quattro frammenti di spirito, contando Mastrit, a contrario loro che hanno solo due Gemme» concluse Gabriel.

«Wow pensavo peggio, quindi siamo in vantaggio…giusto?» disse una vocina dalla porta del tempio. Sharon questa volta era pronta al combattimento; in chissà quale stanza del tempio aveva trovato delle armi consacrate, si era legata alla cintura una splendida coppia di Sai.

«In un certo senso» le rispose sorridendo Andrea.

«Quindi qual è la prossima tappa?» chiese.

«Roma, ragazzi si torna a casa, beh almeno per voi due» concluse Gabriel indicando Andrea e Martina.

* * *

Tony stava ancora accompagnando Ryan, quando ad un tratto Kayla, invocando delle parole in una lingua estranea, aprì una porta fatta interamente di energia, sembrava uno squarcio nell'aria ed una volta che il ragazzo lo attraversò, si ritrovò in una sorta di enorme "lastra". In un primo momento sembrò fatta di metallo, rivelatasi poi terra dal color beige. La cosa che sorprese il ragazzo fu che questa enorme distesa di terra fosse in mezzo al nulla, c'erano solo nuvole ed uno strano, quanto inquietante, azzurro che circondava ogni cosa. Edifici e campi di diverso genere colmavano il paesaggio, truppe di ogni razza si allenavano nelle diverse specialità del combattimento. Angeli ed altri Celesti si addestravano con Delta e Iota, e in lontananza "negozi" dove si potevano ottenere diversi potenziamenti. Non era molto diverso dal campo dei Celesti dov'era stato poco tempo prima.

«Non era notte fino a poco tempo fa?» chiese Tony al fratello.

«Ma allora non sai proprio nulla…vero?»

«…»

«Kayla è l'artista che ha dato vista a tutto questo. Lei è stata la sorella gemella, nata per errore, di Bitael»

«Non sapevo avesse una sorella»

«Erano come il giorno e la notte anche se apparentemente uguali, avevano il compito di sorvegliare i mondi e chi ci viveva… Come ben sai Bitael veniva venerata come la dea della bellezza e oracolo, mentre Kayla, non solo era dotata di una bellezza sopraffina, ma anche del potere di generare disordine, infatti per gli antichi era la dea del Caos, gemella della pace»

«Capisco»

«Pensando che alcune cose potessero andare in maniera diversa, Kayla spesso causava conflitti lungo la storia, come sicuramente ricorderai dalle noiose lezioni di storia di nostra madre…Bitael la esiliò, ma in qualche modo, tornata al Regno Eterno, riuscì ad unirsi alla ribellione di Ghimerion, diventando il suo più fidato e spietato generale»

«Allora questo posto da dove salta fuori?»

«Questo luogo in sé non esiste, è una specie di ripiego del tempo. Lo spazio creato da Kayla, dove non si ha limite, è ottimo per addestramenti e simulazioni d'invasione»

«D'accordo, fino a qui ci sono, più o meno, ma tu cosa c'entri con tutto questo, e soprattutto come sei sopravvissuto a quella caduta?».

Atterrarono in quello che sembrava una zona "relax" per così dire. Il luogo era stato riempito di alberi il che lo faceva assomigliare a un parco.

Una volta toccato il suolo le sincronizzazioni scomparvero facendo tornare i ragazzi come realmente erano. A differenza di Tony, Ryan aveva sempre avuto i capelli più chiari, ora divenuti color cenere. Sempre stato leggermente più alto, si era anche irrobustito, come se avesse fatto trecento sedute in palestra, per il resto la somiglianza era molto marcata, eppure c'era qualcosa che non lo faceva riconoscere come suo fratello: gli occhi. Sembravano spenti, ma al contempo pieni di una irrefrenabile rabbia che presto o tardi sarebbe scoppiata per chiunque gli fosse stato vicino, alleato o non.

«Che ti è successo?»

«Dopo la caduta, mi è sembrato di vedere la vita che mi scorreva davanti agli occhi, lo dicono praticamente tutti prima di morire, ma è così, alla fine vedevo me stesso sprofondare, l'acqua ormai era all'interno di buona parte del mio corpo, ero morto...ma sul fondo di quel mare c'era qualcosa. Era come se continuassi a cadere anche dopo aver toccato il fondale, allora mi sentii qualcosa alle spalle che sembrava stesse legandomi il corpo, tutto sembrò scomparire e di colpo stavo camminando in una stanza che non sembrava avesse fine e tutto era senza luce... la disperazione fu tale che iniziai ad urlare come un matto» il suo viso non sembrava esprimere più nulla.

«Poi che successe?»

«Una voce mi disse di smettere, sembrava piuttosto incavolata, continuò questo disagio finché non aprii gli occhi...ero ancora sul fondo e in mano stringevo una specie di bastone, che poi scoprì essere una vecchia lancia. Sembrava essere lì da parecchio tempo, una sostanza nera mi stava pervadendo il corpo, non necessitavo respirare...poi sentii le ali, il mio corpo che guariva e tutto sembrava prendere una piega diversa...quando tornai in superficie scoprì che era passato più tempo di quello che avevo sentito, te non c'eri più, la guerra era andata avanti. Venni trovato da Kayla che mi addestrò, spiegandomi tutta la storia della sincronizzazione e mi fece sentire per la prima volta apprezzato ed in una vera famiglia...ti chiedo scusa fratello»

«Scusa per cosa?» Tony ebbe un forte giramento di testa che lo fece cadere in ginocchio, da dietro vide una nuova figura che lo guardava con occhi di disprezzo ed un viso che sembrava di provenienza asiatica, con quella veste che non fece tempo ad inquadrare poiché i sensi lo abbandonarono prima di mettere a fuoco.

XII
I Fratelli delle Tenebre

Tutto era sembrato come un lungo sogno, ogni dettaglio rubato da chissà quale favola, Tony aveva forse sognato tutto? L'incontro con Andrea, l'essere diventato un "Angelo", l'aver incontrato Sharon e Martina, le battaglie, come spiegare con la propria mente tutto ciò che aveva visto in quattro anni di guerra? Non c'erano spiegazioni su come i Celesti potessero mai esistere, su come creassero e distruggessero ogni cosa senza badare realmente a chi fosse coinvolto. Solo la maledetta disgrazia di una specie che si era trovata nel periodo sbagliato, oppure soltanto sul pianeta sbagliato, o addirittura forse non doveva neanche nascere, finiti per essere martiri della loro stessa creazione, prigionieri del loro stesso tempo.

«Dove diavolo sono?» chiese Tony con una forte emicrania, forse provocata dagli occhi di quella strana figura che l'aveva fissato, mentre perdeva i sensi.

«Tranquillo fratello…comunque se fossi in te non mi muoverei troppo» rispose Ryan.

Tony notava delle strane catene ai polsi e sulle caviglie.

«…e come mai? Paura che possa graffiare le manette?

Brutto idiota»

«Ti faresti molto più male tentando liberarti» disse una voce entrata in quella piccola stanza bianca e spoglia. In un luogo come quello era indispensabile conoscere l'ubicazione dell'entrata, altrimenti si poteva incorrere nel serio rischio di impazzire irreparabilmente.

«Quelle sono catene in Ditrigio, possono ferire anche il più forte dei Celesti, quindi puoi certamente immaginare gli effetti su un semplice umano».

Quella inquietante presenza sembrava contaminare in qualche modo il colore della stanza, aveva un qualcosa di sinistro nel suo modo di comportarsi, spesso osservava per innumerevoli minuti senza proferire parola, per poi semplicemente andarsene.

«Ci conosciamo?» chiese il ragazzo mentre quell'essere lo fissava.

«Non credo, non hai la minima idea di chi io sia…sono Harut, il piacere è assolutamente tutto tuo…qui sulla terra mi hanno sempre dato un altro nome, chiamandomi "Il Mago" a dirla tutta, non mi dispiace…sai, mentre eri incosciente ho sbirciato nelle tue povere memorie, devo ammettere che non c'era molto che mi interessasse…tranne una certa amica che abbiamo in comune e che incredibilmente è ancora viva, giusto?»

«Sharon…sei stato tu? È colpa tua se sta morendo…farabutto»

«Colpevole credo…è interessante come sia sopravvissuta, sembrava protetta da una specie di Celeste, ma ora che è morta, anche dopo quell'insulso sigillo che le ha dato, la sua fine è più che segnata» disse con una risata sadica.

«Come sai tutte queste cose?» chiese Tony quasi ringhiando.

«Mi nutro di anime da quando l'universo ha cominciato a vivere, credi che non tenga d'occhio la prima creatura che mi sopravvive dopo un rituale, ma fammi il piacere…» e di nuovo riprese con quella sua strana ed irritante risata.

«Credo di non aver più nulla da dirti» disse Harut prima di andarsene.

«Eh…fermo, aspetta, cosa volete farne di me, se volete uccidermi fatelo subito» allora intervenne Ryan, che fino a quel momento era rimasto zitto.

«Perché ucciderti fratello, quando puoi diventare uno di noi…? Tranquillo non ci vorrà molto e presto andremo a trovare i tuoi amici» e con quello i due uscirono dalla stanza lasciandolo da solo con la sua mente, intrappolato in quattro infinite pareti bianche.

* * *

La mattina stava iniziando piuttosto male, pioveva a dirotto e sembrava che le nuvole non volessero saperne di "chiudere il rubinetto", come spesso si dice. I ragazzi quella mattina non riuscivano ad alzarsi, sembrava tanto una di quelle giornate in cui devi svegliarti presto per andare a scuola, ma fuori piove e fa freddo e nessuno neanche Dio in persona potrebbe scrollarti dal letto. Non era da dire che la metà di loro era alquanto dolorante, Andrea e Martina sentivano il corpo a malapena, diversamente da Gabriel e Sharon, la quale stranamente sembrava splendere con quei suoi capelli biondi e quel sorriso che al solo sguardo faceva dimenticare ogni problema.

«Buongiorno Andrea!» disse una voce delicata e pura avvicinatosi al letto dell'amico per svegliarlo.

«Ciao Sharon, come fai ad essere così allegra, già di primo mattino?» domandò Andrea con una voce da "bella addormentata".

«Boh, sono solo felice e mi sento stupendamente»

«D'accordo, perché non vai a svegliare Martina, ne sarà estasiata» le propose Andrea in tono ironico, sapendo che la ragazza si sarebbe irritata parecchio, infatti se c'era una cosa che Martina adorava delle giornate, erano quei pochi minuti in cui sei sveglio, ma vuoi rimanere ancora sul letto perché in quei primi istanti non pensi a nulla, sei solo tu con l'universo in un eterno dialogo di pochi secondi.

«Buoooongiornoooo Martina…andiamo a fare colazione?!» disse la ragazza allegra.

«Buongiorno Shari» rispose Martina al saluto con una strana voce materna. Sembrava rilassata per la prima volta e quella mattina sorrise. Era come se fosse tornata in famiglia; una famiglia che l'avrebbe difesa e alla quale lei teneva molto, anche se raramente lo faceva notare.

Quella mattina piovosa sarebbe subito cambiata. Quando i ragazzi e Gabriel si trovarono nel portico all'entrata del tempio, l'Arcangelo aveva in mano lo scettro di Bitael e con voce ferma disse:

«Tutti intorno! Si cambia scenario!» ed intorno a loro la stessa luce, che giorni addietro li aveva portati fino a quel misterioso e "maledetto" luogo perduto nel tempo e dimenticato da qualunque dio potesse mai esistere, tornò a colmare gli occhi e le menti dei presenti. I colori sembravano scomparire, mentre tutta la realtà si smaterializzava intorno a loro. Qualcosa non andava però, perché ci stavano mettendo così tanto? Dopotutto doveva essere un qualcosa di immediato, erano arrivati ma in qualche modo erano bloccati. Tutto l'intorno sembrò di nuovo essere visibile, ma una sottile cupola circondava la scena, sembrava che nessuno potesse vederli.

«Ma sono persone quelle? voglio dire sembrano spensierate come se non avessero vissuto gli ultimi quattro anni» disse Martina leggermente sconvolta.

«Eh Martina, guarda come sono vestiti, sembra che stiano vivendo prima della guerra!».

Tutte le persone sembravano di fretta, anche se ammiravano, a volte con invidia, il panorama dei grandi fori imperiali. Il giorno sembrava procedere come sempre e nulla sembrava diverso, i turisti cinesi in un gruppo compatto stavano dirigendosi verso il Colosseo con le loro costosissime macchine fotografiche, mentre artisti di strada vendevano l'arte che tanto amavano, oppure quello che potevano per sopravvivere; i musicisti suonavano, le persone correvano o camminavano. Qualcosa non andava e i ragazzi se ne stavano accorgendo. Improvvisamente tutto cominciò ad essere molto più rapido, i passi divennero camminate e le camminate divennero corse; le nuvole in cielo si vedevano sempre più veloci mentre il sole e la luna si susseguivano, come se le giornate fossero solo dei miseri secondi di una clessidra che in pochi istanti sarebbe finita. I ragazzi videro la sorte che la città eterna aveva subito durante gli ultimi quattro anni, i cadaveri disseminati lungo le strade, i litri di sangue umano che, come fiumi neonati, s'intrecciavano con il proseguire dell'asfalto.

Le battaglie si susseguivano nei cieli e sulla terra, le schiere di ombre e di creature mai viste sembravano carbonizzare ogni cosa, compresi i Celesti che a stento resistevano.

Potestà, Angeli e Troni, venivano sventrati, come il corpo di un cervo appena cacciato, da Ghimerion che sembrava provare una certa soddisfazione. Strappare le ali, sembrava il suo divertimento più grande, adorava che i fiumi di sangue argenteo impastassero il terreno. Aveva scelto Roma per un solo motivo, voleva distruggere la città più cara ai Celesti, colei che tempo addietro era stata benedetta dai quattro Principi Serafini in persona.

Gabriel a stento riusciva a guardare, erano appena al secondo anno di guerra.

«Quelli erano Troni, come possono essere stati sconfitti, come se non avessero fatto neanche un giorno di addestramento?!» disse l'Arcangelo con la voce soffocata. Quelle creature si trovavano nell'ultima gerarchia Celeste insieme a Serafini e Cherubini.

«Loro erano guaritori, potevano risanare qualunque ferita ed erano gli unici in grado di "fondersi" con la fauna dei luoghi da loro visitati» continuò Gabriel in una voce sempre più fievole, mentre Nova ringhiava al vuoto.

In pochi minuti erano passati i primi tre anni della guerra ed ora, dopo aver visto sconfitte le più potenti entità del creato, Roma era caduta senza fare rumore, nel buio della notte le tenebre l'avevano accolta come un viandante cieco perso nella foresta.

La più grande e sacra città che il pianeta avesse mai conosciuto smise di esistere e quando gli ultimi giorni passarono, la cupola finalmente "evaporò". Non serviva descrivere come fossero ridotte le strade, o meglio quello che ne rimaneva. Alcuni frammenti di rovine, come pietre di monumenti o statue, erano sopravvissuti in piccola parte, forse non presi in considerazione e quindi lasciati dove stavano. In fondo alla strada il Colosseo, simbolo della potenza romana, era ridotto ad un rudere, mentre dall'altro lato, "dell'Altare alla patria" rimanevano solo alcuni frammenti delle teste di cavallo in bronzo, che simbolicamente avrebbero dovuto difendere la struttura. Proseguirono in quella direzione, finché a Sharon non venne quasi un colpo, cadde in ginocchio con la testa tra le mani, come in cerca di aiuto o di consolazione sperando che quello di fronte a lei fosse solo frutto della sua immaginazione.

La sfera con quel suo solito colore violaceo cadavere era dove un tempo sorgeva l'edificio, superba ed immobile, semplicemente levitava sul terreno.

«Stai tranquilla Sharon, non può farti nulla, resta dietro di me… intesi?» ma Andrea mentiva, sapeva benissimo cos'era in grado di fare quel maledetto oggetto.

I ragazzi proseguirono, seguendo Gabriel a sua volta guidato dallo scettro di Bitael.

«Esattamente dov'è che stiamo andando?» chiese Martina a Gabriel, ma immerso nei suoi pensieri si astenne dal risponderle.

I giovani continuavano a camminare, degli abitanti della città non rimaneva la minima traccia, niente corpi, niente superstiti, nulla; sembrava di essere in un set dell'orrore, i resti di una città fantasma mangiata dal tempo. Le strade parevano tutte uguali, ormai avevano perso il fascino che un tempo faceva accorrere gente da ogni angolo del mondo.

***

"Non stai impazzendo…Tony non stai impazzendo, le immagini che vedi sono solo nella tua testa…" continuava a ripetersi Tony, intrappolato dentro quella strana stanza bianca che in un modo o nell'altro avrebbe fatto perdere il senno a chiunque. Vedeva immagini orrende ed inquietanti che si mescolavano a ricordi felici e dolorosi; non sopportando più, si mise sdraiato e chiuse gli occhi, non voleva più vedere nulla. La cosa strana fu che non si accorse di niente, soprattutto di chi era entrato in quell'inferno e abbandonato al mondo dei sogni egli cedette all'oscurità. Harut recitava il suo antico canto mentre il corpo del ragazzo mutava, di colpo divenne semi-Celeste ed il povero Umabel, l'angelo la cui anima era racchiusa all'interno dell'arco ora in mano a quell'antico essere, urlava, come dilaniato da milioni di fulmini che gli trapassavano lo spirito. Nella testa di Tony si apriva la stessa stanza, questa volta violacea. Vedeva due figure, una per ogni lato, quella a destra era Umabel agonizzante, mentre l'altra si presentava come un grande guerriero, indistruttibile ed invincibile, identico al suo angelo d'aspetto, ma diverso nel corpo: le ali erano nere come li spazzi siderali.

Il cristallo dell'arco che impugnava sembrava essersi oscurato e quella luce splendente che filtrava in precedenza, divenne un'intensa luminescenza nera. Di colpo Umabel scomparve lasciando una sola direzione da percorrere, ed una volta imboccata, Tony accolse dentro di sé il nuovo essere. Chi saprebbe realmente resistere all'oscurità? Così tanto potere per compiere finalmente tutto ciò che si è sempre desiderato, non avere freni né regole, rendere il mondo una tela nera in cui dipingere con la luce estratta dal sangue dei tuoi nemici o di chiunque ti ostacoli.

La trasformazione era compiuta e quello che una volta poteva essere Tony, ora era soltanto un potente "burattino" nelle mani del più potente Serafino mai esistito. Nulla era stato in grado di fermarlo, Troni, Arcangeli ed Angeli erano caduti come fossero semplici umani, senza contare le Dominazioni, i più potenti guerrieri mai addestrati. Si diceva spesso che un trio di Dominazioni valesse quanto un Serafino e che potesse addirittura superarlo, ma le schiere erano state inutili di fronte al potere che Ghimerion e gli Iota condividevano. I colossi, con le loro quattro ali perfettamente simmetriche, possedevano il colore delle aquile più maestose che avessero mai solcato i cieli. Le loro possenti armature, accompagnate dalla coppia di spade più pesanti e potenti mai generate, erano state forgiate in puro Crono: isotopo ancor più raro del Ditrigio, estraibile solamente dal corpo di alcune creature parassite che vivono nel flusso del tempo. La maggior parte di loro, se non tutti, erano stati annientati, strappati dal tessuto della realtà finendo per non esistere.

«Benvenuto fratello, sei pronto per la battaglia...ci divertiremo molto, questo te lo posso garantire» disse Ryan, il quale aveva assistito a tutta la scena senza chiudere occhio.

«Non vedo l'ora di iniziare...vediamo quanto resisteranno i miei "amici"» e ridendo uscivano da quel bianco inferno infinito.

I due fratelli sbucarono nel pieno dell'accampamento, dove Ghimerion camminava tra le schiere del suo esercito, che con gli anni si stava via via riducendo. "Prima gli umani, poi i fratelli Celesti e adesso questa sorta di umani posseduti, vediamo fin dove intendono spingersi per fermarmi" pensò mentre vedeva i "Fratelli delle Tenebre" uno di fianco all'altro, come se i secoli e gli eoni, non fossero mai passati.

«Oggi io, Alpha Umabel, e mio fratello Temel giuriamo la nostra fedeltà verso di te, che i soldati ci siano testimoni... principe Ghimerion il Grande» e come un coro reverenziale, tutti cominciarono ad acclamare il loro capo, dai fratelli in prima fila, ai due generali dietro di loro fino alle schiere di Angeli caduti e "demoni". L'unica che non giurava fedeltà era Kayla, lei sapeva bene di superare in potere il Serafino e per questo lui non osava neppure richiamarla, era impassibile davanti alla sua più potente e fidata alleata. Nella testa della Celeste Eterna il coro fece riemergere alcuni ricordi, che diventavano sempre più nitidi:

"La luce sembrava all'ordine del giorno, quanto mi disgustava e quanto lo fa tutt'ora, sono sempre stata diversa da mia sorella.

Lei amava stare a contatto con tutte quelle creature bizzarre e a volte ripugnanti, ma non riesco a dimenticare il fuoco che consumava il Regno Eterno. Venne chiamata la Grande Ribellione, quando un solo Serafino mise sottosopra l'unica cosa che si supponeva fosse perfetta. Ghimerion portò con sé soltanto due Troni ed una Dominazione, quali mutarono trasformandosi nei mostri che sono oggi, vennero corrotti dall'oscurità del Serafino ed accecati dalla sete di potere che egli prometteva. Su questa scia si unirono sempre più Celesti, come Angeli ed Arcangeli, che insieme alle varie creature formarono il più potente esercito dell'universo. In quel giorno buio, metaforicamente parlando considerando che c'è sempre luce nel Regno Eterno, mi ero imposta di iniziare un lungo viaggio verso luoghi del cosmo sconosciuti, volevo scoprire cosa rendesse mia sorella tanto potente e dannatamente buona. Avevo in mente di osservare le popolazioni in via di sviluppo in quei pianeti che venivano definiti "nuovi", ma l'esistenza anche per un essere come me, non va come si suol desiderare. La sera prima di partire, Ghimerion mi fece visita, entrando nello spazio da me creato ai confini del regno, venne per offrirmi qualcosa che non mi sarei mai aspettata. Se fossi diventata il suo primo generale, mi avrebbe permesso di distruggere mia sorella e con lei le sue amatissime e maledettissime creature, oltre al poter controllare tutto quello che nostro padre le aveva dato, quel giorno mi bastarono solo due parole per concludere l'affare: "quando iniziamo?".

Le voci del coro si stavano calmando, mentre Kayla usciva dal suo "flash". Rimaneva da pianificare solamente l'ultimo l'attacco.

"Questa volta non ci sarà nessuno a piangere, perché nessuno potrà farlo" pensò prima di dirigersi verso i suoi alloggi, lasciandosi alle spalle tutte le creature ancora euforiche.

Il gruppo era arrivato al fiume romano, un tempo separato da possenti ponti decorati con statue raffiguranti Angeli, santi ed eroi. Tutto lo splendore e la sacralità sembravano scomparsi, un solo ponte era rimasto in piedi, più o meno, rendendo l'atmosfera ancora più cupa e laconica. L'aria era secca e non c'era vento. Passare il ponte fu quasi una passeggiata, ma ancora nessuno, ad eccezione di Gabriel, conosceva la meta di quel giorno. Qualcosa riuscì a far parlare il Celeste, fu qualcosa di realmente sconvolgente, come vedere i resti della statua di un Arcangelo, l'impatto psicologico, con quel vecchio frammento di roccia era stato abbastanza per farlo uscire dallo stato di trans in cui si trovava.

«Ragazzi, aspettate» disse il Celeste facendo fermare i giovani.

«Siamo sul luogo dove un tempo sorgeva Castel Sant'Angelo, voi non potete minimamente capire cosa significasse tale costruzione» Non avevano mai visto Gabriel in quelle condizioni, sembrava tormentato, come se un torto imperdonabile lo stesse assillando.

«Nessuno è mai riuscito a comprendere il vero significato di questo luogo: la tomba di un mio fratello caduto...come ben sapete la costruzione era dedicata all'Arcangelo Michele. Egli morì molto tempo fa, si sacrificò perché molti potessero vivere. Si narra che abbia portato con sé un'intera legione di Iota ed è per questo che Ghimerion li conserva come ultima risorsa...Quel giorno Michele brillò più di ogni altro astro nell'universo e quando gli esseri umani videro il bagliore dalla Terra, l'imperatore Adriano fece arrivare dei potenti stregoni dalle regioni barbariche, i quali riuscirono in qualche modo a capire la situazione del fenomeno e ad imbrigliare parte di quella luce all'interno di questo luogo, dove poi lo stesso imperatore volle seppellire la sua famiglia e successivamente egli stesso» conclude.

«Stai dicendo che persone provenienti da ogni parte del globo, hanno visitato la tomba di un Celeste, per quasi due millenni, inconsapevolmente?» chiese impressionata Martina.

«In un certo senso» rispose il Celeste guardando lo scettro.

«Questo è troppo comunque, non avevano alcun diritto di arrivare a tanto» adesso sembrava che le lacrime stessero per uscire, ma da bravo Arcangelo le rimandò indietro.

«Pagheranno un giorno, questa è una promessa Gabriel» disse Andrea, con una strana ira.

«Bene, ora dicci dove stiamo andando» ed il Celeste non poté fare altro che rispondere:

«Stiamo andando a San Pietro, da qualche parte nei suoi sotterranei dovrebbe esserci la gemma che stiamo cercando»

«Dovrebbe essere l'ultima, giusto?» chiese Sharon al gruppo.

«Esattamente» rispose Gabriel, mentre la vista di San Pietro, o meglio, quello che ne rimaneva, copriva il loro orizzonte.

La mancanza di vento e suono, rendeva la piazza e l'atmosfera ancora più inquietante. L'obelisco che una volta sorgeva nel centro esatto del luogo, era ridotto ad un rudere non alto più di un metro, la basilica invece sembrava essere sopravvissuta, o almeno un pezzo di essa.

«Qualcuno si ricorda l'entrata per i sotterranei?» chiese Andrea ironico per rompere la tensione, ma qualcosa stava cambiando nell'aria e Nova aveva cominciato a ringhiare verso la metà del colonnato "sopravvissuto".

«TUTTI DENTRO LA BASILICA!» urlò Gabriel, prima che un oggetto molto simile ad un missile colpisse la decadente piazza sconsacrata.

Il "bombardamento" continuava, anche dopo che tutti entrarono all'interno della basilica.

«FERMI!» urlò una voce da lontano.

«Andrea, Gabriel, che ne dite se parliamo?…uscite e non vi sarà fatto alcun male, avete la mia parola» propose sempre la stessa ruggente voce.

«Ragazze tenete questo, trovate la gemma mancante e se le cose dovessero mettersi male, scappate, trasportatevi in un luogo sicuro» disse Gabriel, mentre consegnava lo scettro/lancia di Bitael a Martina e Sharon.

«Ma...» provò a rispondere la ragazza, ma venne subito zittita dal Celeste che intanto estraeva le spade di cristallo. Le ragazze andarono e Andrea invocò ancora una volta Mastrit che gli conferì la sua forma da semi-Celeste. Una volta usciti videro che il cielo era pieno di Iota e Delta, comandati da due figure emblematiche molto simili, tranne che per il viso. Entrambi atterrarono con le loro possenti ali color tenebra, facendo tremare tutto intorno a loro.

«Credo che sappiate perché siamo qui» disse Ryan ironico.

«Tony?! Cosa ti hanno fatto? come hai fatto a diventare così?» chiese Andrea abbastanza sconvolto.

«Sono sempre stato così in fondo»

«No, non è vero! Quando ti ho conosciuto avresti fatto qualunque cosa per impedire che ti corrompessero»

«Tu NON sai chi io sia, non mi hai mai conosciuto e se pensavi il contrario sei soltanto un'illuso, come tutti coloro con cui combatti»

«...eri un eroe, hai quasi dato la tua vita innumerevoli volte per salvarci» disse il giovane leggermente dispiaciuto.

«Ogni cattivo nella sua mente si crede un eroe, una persona che combatte per un ideale giusto, che vale la pena della sofferenza di tutte quelle persone che provano affetto per esseri come noi» concluse.

«Bene dopo il teatrino dei sentimentalismi, che per altro mi ha dato il voltastomaco, datemi quella dannata gemma o ne pagherete le conseguenze»

Andrea e Gabriel si scambiarono un rapido sguardo prima di preparare il primo colpo con le spade, ma previdenti, i fratelli pararono i colpi con le braccia rivestite.

«Avete scelto la via più divertente, per noi ovviamente... ATTACCATE!» urlò alla fine della frase Ryan, mentre ordinava agli Iota di fare il possibile per ucciderli.

Il fragore della battaglia si sentiva appena nei sotterranei della basilica, le ragazze avevano facilmente trovato il percorso da seguire. Lo scettro/lancia di Bitael illuminava e faceva strada, finché non le fece sbattere contro un vicolo cieco. Tutto tremava, chiaro segno che la battaglia fosse più dura del previsto.

Lo scettro/lancia faceva segno che bisognava continuare oltre la parete.

«Cioè… vuoi dire che la gemma dovrebbe essere dentro la parete?» chiese Sharon, alquanto confusa.

«Non esattamente Shari» e con la punta della lancia toccò il muro, facendolo risplendere. Una volta che la luce si attenuò, davanti a loro si materializzò una stanza interamente bianca, con al centro una vecchia porta in stile medievale, divisa in quattro settori dove ognuno di essi possedeva delle strane decorazioni dorate, lo stesso valeva per i bordi finemente definiti e per il pomello forgiato in un antico metallo scuro.

«Shari, tira fuori le Sai, sento che ci sarà da combattere» disse Martina mentre estraeva la sua Katana. Con cautela si avvicinarono alla porta, ma appena entrambe furono all'interno della stanza, l'apertura dietro di loro si chiuse, rimanendo immerse in un assillante bianco. Una volta aperta la porta, rimasero alquanto sorprese di cosa ci fosse all'interno.

Davanti a loro un grande e lussureggiante giardino, dove ogni cosa sembrava "viva", tutto era immerso in un'atmosfera calma e tranquilla, se quello non era il paradiso, ci si avvicinava di molto. Camminando, ed osservando tutto molto attentamente, giunsero in una sorta di piazza immersa nel verde, ma lastricata in roccia, con al centro una grande fontana in marmo scolpito. Quest'ultima raffigurava un essere con sei ali, in posa di combattimento, leggermente piegato in avanti, brandendo con una mano una spada, e con l'altra una sfera. Vestito solo con una lunga tunica i cui ripieghi sembrava si muovessero al vento; solo un grande scultore avrebbe potuto fare una cosa del genere. Infine ai suoi piedi quattro piccoli piedistalli da cui fuoriusciva l'acqua.

«Non ti sembra una sfera di fuoco quella?» chiese Sharon all'amica.

«In effetti adoro parecchio le fiamme, mie care ragazze» rispose una voce proveniente dal fogliame oltre la statua, da lì ne uscì una figura molto simile a quella raffigurata sulla statua, ma senza un particolare: le ali.

Il suo modo di vestire assomigliava molto a quello che fino a prima della guerra, veniva usato dagli uomini inglesi, da ciò si spiegava anche l'eleganza del giardino. Il suo viso sembrava giovane, senza nemmeno una ruga; la sua espressione era seria, ma al tempo stesso esprimeva curiosità per le sue inaspettate ospiti; i suoi occhi color ambra, esprimevano una dolcezza quasi paterna. Ricordava un essere umano come tanti.

«Ci scusi per aver fatto irruzione nel suo giardino…» ma prima che potesse terminare la frase, Martina venne interrotta dal misterioso uomo:

«Non è tanto quello, ma come siete entrate? Gli esseri umani non dovrebbero essere in grado di entrare qui» ma non appena ebbe posto la domanda si accorse dello scettro/lancia che la ragazza teneva in mano, arrivando a proprie conclusioni.

«Stavamo cercando un oggetto e ci siamo trovate qui, come per magia» disse Sharon, mascherando la verità.

«Cara la mia ragazza, la magia non esiste, esistono rituali, ma per questo luogo non c'è ne sono. Esistono solo tre porte per entrare qui e come vedo avete un oggetto divino, quindi direi che avete varcato la porta numero uno, quella dei sotterranei di San Pietro» concluse.

Le ragazze non sapevano cosa dire, ed il silenzio che inondava il luogo sembrava essere diventato improvvisamente inquietante.

«Chi è lei?» chiese sospettosa Martina.

«Non è importante chi io sia, piuttosto voi…cosa state cercando?»

«Crede che gli dirò tutto, così?» disse la ragazza.

«Vi ricordo che questo è il mio giardino, il mio spazio ed il mio tempo, non siete arrivate per caso e solo pochi potevano sapere dove mi trovavo, quindi ora ditemi cosa ci fate qui…ma questa volta la verità» disse con uno sguardo a metà tra curiosità e severità.

«Lei sa qualcosa dell'esterno? Fuori da qui non esiste più nulla, l'umanità è scomparsa o pressapoco…siamo in guerra da quasi quattro anni e da quello che sappiamo i Celesti stanno subendo ingenti perdite»

«Quindi…?» disse in un tono come se volesse che la ragazza continuasse.

«Abbiamo iniziato un viaggio verso l'inverosimile per poter porre fine alla guerra, e soprattutto per sopravvivere. Per puro caso ho incontrato questa ragazza che mi ha salvata più volte da morte certa. Abbiamo poi fatto la conoscenza di un Arcangelo, eletto principe, e di due semi-Celesti, i quali viaggiavano con il nostro stesso obbiettivo. Conosciamo la storia sull'origine dell'esistenza, ci è stata raccontata direttamente da un Arcano, il quale ha specificato che per far finire tutto l'inferno là fuori, sono necessarie le gemme che contengono alcuni frammenti dei loro spiriti. L'ultima si trova in questo luogo».

L'uomo aveva ascoltato tutto ed il suo viso sembrava non fare una piega.

«Wow, quindi alla fine Ghimerion si è deciso a ribellarsi, questo si che è terribile…voglio dire, sapevo che prima o poi avrebbe fatto una cosa del genere, ma pensavo puntasse solo al Regno Eterno, vabbè succede se si è perennemente assetati di potere»

«Aspetta, ma come fai a conoscerlo?»

«È una lunga storia mia cara, diciamo che sono stato il suo maestro, prima che mi stufassi della mia vita e dei miei incarichi e me ne andassi in pensione su un pianeta sconosciuto in uno spazio-tempo perennemente bloccato. Gli lasciai il mio posto ma…comunque sia adesso seguitemi»

«Un momento, non ci hai ancora rivelato il tuo nome»

«Io sono Ithuriel, Serafino della Luce e delle fiamme» disse solenne, mentre l'ambra dei suoi occhi sembrava illuminarsi.

Dopo le presentazioni, le ragazze lo seguirono lungo tutto il giardino finché non arrivarono davanti ad un immenso palazzo, il quale formato da tre torri che gli conferivano una certa forma triangolare.

«Se voi faceste caso un'attimo, questa è l'esatta forma, ma in scala, del palazzo appartenente al Regno Eterno, il luogo da cui provengo»

«È impressionante, Tony darebbe di matto per l'emozione se fosse qui» disse Sharon guardando Martina.

Le porte erano sempre aperte, gigantesche e finemente decorate, tutto il resto sembrava fatto in una strana pietra nerastra, che creava un bizzarro effetto "brillantina" quando i raggi del Sole l'accarezzavano.

Un grande altare era posto nel baricentro esatto del triangolo equilatero, anch'esso della medesima forma, sembrava fatto di puro cristallo con al centro una gemma cremisi.

«Dobbiamo sbrigarci, cosa bisogna fare per prenderla?»

«Nulla credo, è lì da parecchio tempo, ma come mai tutta questa fretta, lo sapete che il tempo è compresso qui, giusto?»

«I nostri amici stanno combattendo fuori San Pietro, dobbiamo aiutarli…ma cosa intendi con tempo compresso?» volle sapere Martina, che si era appena accorta di quelle parole.

«Una sola ora in questo luogo equivale ad un secondo nel vostro mondo, non dovete preoccuparvi, avete tutto il tempo» e mentre lo diceva sorrideva. Era alquanto strano per le ragazze vedere un Celeste che sorrideva e viveva come una persona più o meno normale. Un Celeste che dal nulla, aveva scelto di vivere la sua lunga vita bloccato in un luogo alla mercé della sua immaginazione, al posto che stare con i suoi fratelli a combattere o a ribellarsi…Ithuriel dal cui respiro un tempo scaturiva la luce più pura di tutti i tempi era un eroe o un codardo?

XIII
L'allenamento

Molti dicono che quando si combatte, si diventi un tutt'uno con la propria arma, essa diventa il prolungamento delle tue braccia e l'estensione della tua anima. Tutto il resto del mondo potrebbe bruciare, ma tu continueresti a combattere con la stessa grinta e con la stessa tenacia, fino alla sconfitta ultima e come dicevano i vecchi spartani:
"Non esiste morte più onorevole, che quella in battaglia"

"Come può essere?" pensava Andrea precipitando dal cielo. Il frastuono del suo impatto contro le rocce sconsacrate fece tremare l'intera zona. Il cratere da lui creato raggiungeva i tre metri di profondità. "I fratelli delle Tenebre" non avevano alcuna intenzione reale di ucciderli, e anche a volerlo fare Gabriel sarebbe potuto morire solo se trafitto dal Ditrigio, presente in entrambe le loro armi. Loro volevano Mastrit, o meglio la creatura imprigionata al suo interno. Tentarono avvicinarsi al semi-Celeste "abbattuto", ma l'Arcangelo si lanciò in suo soccorso, venendo immediatamente fermato da una freccia, che trapassandogli la mano destra e conficcandosi in uno dei resti del famoso colonnato di Bernini, obbligò il suo corpo a restare immobile per il dolore. L'agonia non si fermò ad una singola freccia, Tony lo trapassò con metà della sua faretra. Le mani erano bloccate così come le gambe, le frecce avevano immobilizzato a forza l'Arcangelo, costretto a stare come in croce.

Ryan si dirigeva verso il corpo di Andrea. Il ragazzo venne preso per il collo mentre si divincolava per scappare, ma il semi-Celeste caduto non l'avrebbe lasciato, e continuando a premere l'energia abbandonò il corpo del giovane, facendolo tornare semplicemente umano. Mastrit cadde a terra ed immediatamente venne raccolta da Tony che intanto si era avvicinato. Il corpo del ragazzo venne lanciato via, e con un semplice comando gli Iota lo legarono: sarebbe venuto con loro.

«Mio caro Gabriel, te lo dissi molto tempo fa che avresti sofferto, ti senti impotente vero?» disse in tono ironico Ryan. Gabriel a fatica lo guardava disgustato.

«Immagino che neanche tu mi riconosca vero? eppure sono qui dentro la tua testa. È bastato aggrapparmi alla rabbia di questo umano per poter tornare ad avere un minimo del potere che dominavo un tempo e che per colpa tua non possiedo più»

«Hey tu! Lascialo stare!» interruppe Sharon mentre Martina le passava il bastone di Bitael. Tutto avrebbe preso una piega diversa.

* * *

«Quindi stai dicendo che possiamo prenderla così senza nessuna prova?» chiese Martina ad Ithuriel, mentre si avvicinava all'altare.

«Certo, ma prima dovrete battere me a duello»

«Ecco, era ovvio che ci fosse la fregatura» disse Martina non del tutto sorpresa.

«Scegliete voi il metodo, una alla volta o tutte e due insieme, non mi faccio problemi»

«Okay, ma che tipo di duello?»

«Non credo sappiate volare, quindi notando il vostro simpatico tentativo di essere armate, il tutto sarà un semplice duello di spade»

«Può andare, preparati Shari! Dove combatteremo?»

«Prego…seguitemi» Ithuriel cominciò a fare strada all'interno del palazzo.

«Come sicuramente avrete notato, qui si basa tutto sulla mia arte immaginativa, le stanze possono essere fatte al momento, anche se alcune mi piace lasciarle con un arredamento fisso, come direste voi umani» disse mostrando le porte dei corridoi.

Tutto aveva una strana atmosfera medievale, forse per i portici che conducevano all'altare, oppure per come era stato pensato ogni dettaglio. Alcune "stanze", se corretto definirle tali, erano aperte e mostravano il loro interno. Le ragazze passarono le diverse sale da pranzo, saranno state quasi una decina, una per ogni epoca storica partendo dall'antica Grecia. Le cucine avevano un'aspetto più moderno, ed altre, definite da "svago", ricordavano sale da ballo di chissà quale antico palazzo sfarzoso. Una in particolare aveva l'apparenza di una sala giochi piuttosto ben fornita, mentre un'altra sembrava essere stata presa da Las Vegas.

«Sapete ragazze, ho passato tanto tempo a studiare la vostra storia e la vostra cultura…Alcuni periodi mi hanno davvero impressionato, siete stati capaci di uccidervi in migliaia senza ragione e subito dopo costruire palazzi, statue, monumenti, o dipingere opere, che hanno commosso perfino me. La cosa che più mi fa ridere è che vi definite "civili"»

«In che senso scusa?»

«Nel senso che, nell'ultimo periodo prima della guerra, leggendo alcuni scritti siete arrivati a discutere sul valore profondo di "società civile", ma come potete definirvi tale, se non siete cambiati di una virgola in più di seimila anni? Non sto criticando, questo luogo è più vecchio di quello che sembra, ho visto e studiato in diretta ogni vostra epoca, cambiate abiti ma non mentalità…» né Martina né Sharon sapevano bene che rispondere.

«Ma hai vissuto qui da solo per tutto questo tempo?» chiese Sharon per cambiare discorso.

«Sì e no, diciamo che l'immaginazione di un Celeste si estende anche al donare vita per brevi periodi…ve lo mostro, guardate!» disse, e da una delle stanze chiuse improvvisamente uscirono due bizzarre figure non alte più di un metro e settanta. Una ragazza ed un ragazzo che non superavano i venti/ventuno anni, quest'ultimo sembrava avere uno sguardo perso e immancabilmente vuoto.

Entrambi avevano un abbigliamento molto simile, gli stessi pantaloni neri e leggermente attillati, abbinati ad una camicia dello stesso colore. Per lei, i capi d'abbigliamento non erano altro che un modo per mettere in risalto le forme. Alcuni ricami dorati, decoravano finemente collo e polsi. Per lui la camicia era molto aderente e presentava gli stessi ricami dorati, ma lungo la cucitura dei bottoni e nella parte terminale della stessa. Sia lei che lui avevano i capelli lisci, scuri e corti, la ragazza li teneva in parte raccolti, lasciando qualche ciocca per bellezza, mentre il ragazzo aveva un taglio classico. I loro occhi erano azzurri come il mare e la loro carnagione chiara ne metteva ancora più in risalto il colore; la ragazzi infine aveva uno sguardo dolce, materno, che metteva ancor più in evidenza la sua strana bellezza.

«Visto?» e li lasciò passare, diretti verso chissà dove, ma mentre si allontanavano, con un gesto della mano il ragazzo semplicemente, passo dopo passo, scomparve come un fantasma.

Le ragazze erano sconvolte, come poteva una vita essere data, anche se per un breve periodo, e poi essere tolta in maniera così innaturale? L'altra serva, spaventata da ciò che aveva appena visto, si mise a correre disperata, pensando che sarebbe scappata da qualunque cosa stesse succedendo.

«Me ne occuperò più tardi» disse non curante dell'accaduto.

«Come puoi fare questo? Sostieni di averci studiati, beh questo noi lo chiamiamo omicidio»

«Perché? Boh, posso farlo e poi, a meno che non fossi intervenuto, non sarebbe durata che per qualche giorno»

«…È comunque una vita, non hai alcun diritto di farlo!» disse infuriata Martina. Sharon, al contrario, sembrava avesse gli occhi lucidi per l'accaduto.

«No, affatto…è soltanto frutto della mia immaginazione. Comunque sia abbiamo un duello da affrontare, ricordate?» e con quella sorta di domanda retorica, le ragazze ripresero la camminata per i portici del palazzo.

Arrivarono fino ad una delle tante stanze aperte, dove all'interno era stata allestita una vera e propria sala d'allenamento, lo stile era alquanto inusuale, lo spazio sembrava essere stato copiato dal salone da ballo di Versailles. Le finestre ai lati davano sul gigantesco giardino, mentre quelle di fronte erano state sostituite ed alternate con degli specchi, i quali potevano confondere chi li guardava. Le pareti prive di specchio erano state riempite con ogni tipo di arma appartenente a diverse epoche storiche. Perfetti piccoli archi persiani erano appesi vicini a quelli lunghi e scolpiti del Nord Europa vichingo. Katane e scimitarre condividevano la stessa parete con spade e sciabole europee di diversa fattura, dal medioevo all'età moderna; infine una sezione dedicata solamente alle armi in bronzo greche, classificate secondo la loro città d'origine.

"Parlare di quella sala con tutte quelle armi imporrebbe molto più tempo di quanto in genere sarebbe concesso ad una vita per raccontare".

I lampadari erano stati del tutto eliminati, la luce artificiale non era richiesta: era perennemente giorno.

«Benvenute ragazze, questa è la mia sala preferita, la si può usare per diversi tipi d'allenamento e direi che per l'occasione di oggi è più che perfetta» disse il Celeste con uno strano sorriso stampato in volto.

Dalla parete scelse una semplice spada in bronzo, sicuramente appartenuta all'antica città di Sparta e allontanandosi abbastanza dalle ragazze, urlò che il duello poteva cominciare.

«Estrai le Sai! È ora di combattere!» disse seria Martina sguainando la katana.

Le ragazze erano ferme aspettando che Ithuriel facesse la prima mossa. Tre secondi bastarono e Martina respinse abbastanza bene l'attacco anche se presto si trovò in seria difficoltà, non poteva reggere la velocità del Celeste. Le lame risuonavano creando uno strano stridio nell'aria. Vedendo l'amica in difficolta Sharon si unì alla battaglia utilizzando per la prima volta le Sai. Purtroppo non aveva alcun istinto per il combattimento ed era la prima volta in assoluto che teneva in mano una qualunque arma bianca, così la sua blanda difesa venne "bucata" come un ago rovente la pelle.

In modo scoordinato le ragazze cominciarono a sentire il peso dell'esperienza del loro avversario. Sharon scivolò e venne lanciata dall'altro lato della sala. Martina, ormai con la lama letteralmente alla gola, dovette dichiarare resa, lasciando cadere la katana a terra.

«Beh, mie care ragazze, credo che non possiate più continuare, il che significa che ho vinto» disse il Serafino riponendo la spada.

«Cosa volete fare, riprovare?» chiese.

Sharon stava rialzandosi dal pavimento e Martina provava a massaggiarsi i polsi indolenziti.

«Avete mai realmente combattuto prima? In te, capelli mossi, ho visto qualcosa, ma tu biondina sei parecchio goffa, sembra la prima volta che prendi in mano una di quelle» disse a Sharon indicando le Sai.

«A dire il vero è la prima volta» rispose molto imbarazzata.

«Se volete battermi, lo dovrete fare insieme, non è un caso che con voi funzioni quella sorta di scettro/lancia divino» disse fissando l'oggetto, sembrava che alcuni ricordi riaffiorassero alla sua mente.

«Cosa intendi con "lavorare insieme"?» chiese Martina.

«Combattere all'unisono, come foste un corpo solo, se lo farete avrete qualche possibilità di battermi e di prendere quella tanto ambita gemma»

«Puoi insegnarcelo?» chiese Sharon abbastanza indiscreta.

«Fammi capire bene, vorresti che la persona che pochi secondi fa ti ha sbattuta al suolo ed umiliata ti insegni come battere se medesima?»

«Ehm…sì» disse abbastanza insicura.

«Si può fare, tanto qui è perennemente una noia mortale, non ci perdo niente a darvi qualche dritta»

«Sul serio?» disse Martina alquanto incredula.

«Ma lo faremo a modo mio» rispose mentre usciva dalla stanza.

Il tempo non passa per chi si suppone immortale, ma per coloro per cui l'orologio non può fermarsi, le ore passano e con la manipolazione della materia, o —come Ithuriel piaceva chiamarla— "immaginazione", egli creò un orologio per la prima volta in vita sua. Finalmente la notte poté calare su un luogo per cui il Sole non sorgeva e non tramontava mai.

Una delle stanze venne affidata alle ragazze, che furono libere di decorarla come ritenessero più opportuno, tenendo a mente che tutto ciò che avrebbero immaginato sarebbe svanito una volta tornate nella loro realtà. Non vollero impegnare troppo tempo, così semplicemente posero due letti, un paio di scrivanie, un paio di bagni con i "contro fiocchi" ed un piccolo armadietto.

La notte sembrò passare velocemente, forse perché nella realtà non trascorsero che pochi secondi, eppure non si erano mai sentite così riposate come in quella mattina. Il falso Sole, creato per quelle giornate, era appena sorto e si trovava in quel preciso istante che definiamo "alba crepuscolare". Ithuriel essendo stato promosso alla gerarchia dei Serafini, eoni prima, non necessitava più dormire, l'eternità era la sua perenne giornata.

«Buongiorno…è così che si dice, giusto? Se sbaglio ditemelo, adoro conoscere più di altri»

«Sì tranquillo…diciamo così per quando il sole sorge, buon pomeriggio quando passa lo zenit ed infine buona sera o notte, se è già tramontato» disse Sharon ancora un po' assonnata. Martina sbadigliava e si strofinava gli occhi.

«Allora ragazze, cominciamo con la prima seduta di allenamenti mattutini. Perché voi riusciate a lavorare insieme dovremo arrivare al punto che il corpo di una sia per l'altra il proprio prolungamento e viceversa…Come riuscirci? Beh primo dovrete trovare un legame spirituale e per farlo vi insegnerò lo stesso metodo che secoli addietro insegnai a dei pastori nomadi che si insediarono sulle montagne».

Egli si sedette, incrociò le gambe, estese le mani leggermente dietro di sé, come per sostenersi, per sentire la terra che circondava le sue dita. Le ragazze guardarono e copiarono gli stessi movimenti.

«Il prossimo passo non sarà facile e può essere che oggi non riusciate. Una volta chiusi gli occhi dovrete immergervi nello strato più profondo del vostro spirito, questa non è immaginazione, bensì un "sentire" oltre i sensi le cose che altrimenti non potreste. Provateci» lui stesso chiuse gli occhi scavalcando facilmente il confine tra corpo e spirito. Per le ragazze fu leggermente più complicato e anche chiudendo gli occhi e concentrandosi, non videro nulla, la loro mente era ancora "chiusa", se il termine era corretto. Riuscirono al massimo a rilassarsi.

Dopo una veloce colazione, a base di uno strano cibo compresso in forma di caramella e grande quanto una biglia, le ragazze vennero accompagnate nella stessa sala in cui il giorno prima avevano sostenuto il duello contro il Serafino.

«Quindi ci allenerai qui?»

«Sì e no»

«Cosa intendi?» domandò Martina guadando in maniera sinistra.

«Intendo che, sì, vi allenerò, ma non personalmente» e dalla porta entrarono due nuove figure che avevano tutta l'aria di essere veri e propri Angeli.

"Altezza sovrumana, vestiario in pelle per chi in genere indossa un'armatura, viso ben definito e luminoso…ma aspetta, lo sguardo è spento, non sono Angeli, sono servi" pensò Martina prima che Ithuriel chiarisse:

«Mentre voi stavate, com'è che dite? Ah sì "dormendo", ho creato queste creature con perfette capacità combattive, loro vi alleneranno come se lo stessi facendo io stesso...gli ho dato alcune particolarità che un tempo mi permisero di allenare i più grandi guerrieri dell'universo».

Le ragazze non risposero e mentalmente si prepararono a quella che si prospettava essere una giornata abbastanza dura. In un primo momento il Serafino si trattenne, ma poi con una scusa lasciò la sala, dirigendosi dove solo lui sapeva.

Gli allenatori non parlavano molto, erano freddi come macchine e l'unico momento il cui la loro voce —meccanica e gelida— fuoriusciva, era quando davano consigli per la postura o su come sferrare un attacco sempre più forte.

«Il primo insegnamento che dovrete tenere sempre a mente, come se fosse indispensabile alla vostra sopravvivenza, è...» si interruppero, poiché avevano la tendenza a parlare all'unisono, solo per vedere il punto "scoperto" nella difesa di entrambe, che venne subito usato per far finire al suolo le ragazze.

«...mai abbassare la guardia e mai stare del tutto fermi, dovete essere più veloci e se proprio volete fermarvi fatelo per brevi secondi, giusto il tempo di osservare le debolezze del vostro nemico» rimettendosi in piedi, essi colsero l'opportunità di ributtarle al suolo.

In quella prima parte della giornata fu più il tempo passato al tappeto, che quello speso in piedi. Doloranti in ogni dove, fecero una pausa per pranzare, ma ancora una volta trovarono quelle strane "caramelle" azzurre —valide come un pasto completo— posate su un lucente vassoio d'argento.

«Sarei curiosa di sapere come facciano questa roba» disse, in forma interrogativa, Martina all'amica, guardando l'oggetto leggermente sospettosa.

«Boh, solo so che ho fame, ed è buonissima» e una volta mandata giù «Questa sapeva a pizza!» esclamò Sharon tutta euforica.

Nella seconda sessione di allenamenti era previsto l'uso delle armi e per evitare che le loro subissero danni, dato che erano state consacrate e non sapevano usarle, ricevettero delle copie da pratica, riprodotte con cura fin nei minimi dettagli. Se i combattimenti fossero stati reali e l'opponente non si fosse fermato, le ragazze sarebbero morte più di una decina di volte.

Martina, nel poco che sapeva, o credeva di sapere, riuscì a parare qualche colpo, ma veniva comunque colta di sorpresa e gettata al suolo o all'angolo con la spada dell'allenatore alla gola, al fianco oppure sullo stomaco. Per Sharon fu un vero disastro, faceva fatica perfino a tenere in mano le armi e al contrario dell'amica venne lanciata varie volte avanti e indietro per la stanza, per sua fortuna senza rompersi nulla. Al calar della luce il loro primo allenamento terminò e "a pezzi" si diressero verso la loro stanza, dove trovarono di nuovo il solito vassoio con le loro due "caramelle" (nome insolito che Sharon le aveva dato).

«Oggi è stato un disastro, di questo passo Andrea e Gabriel moriranno. Se non riusciremo a battere a duello Ithuriel, l'intero mondo verrà raso al suolo da Ghimerion. Dobbiamo sforzarci di più!» disse Martina arrabbiata e frustrata.

«Prima di tutto calmati, riusciremo a cavarcela, la cosa migliore che devi fare ora è un bel bagno e una buona dormita, vedrai che domani affronteremo le cose in modo diverso» disse Sharon per rassicurarla. La notte scorreva lentamente, come fosse una flebo eterna, nella mente di Martina, le scene di quella giornata continuavano a passarle per la testa, lei che veniva buttata al suolo, che veniva disarmata e che non riusciva ad entrare nella sua stessa mente. Prima di addormentarsi si promise che mai più sarebbe stata così debole, se era sopravvissuta fino a quell'istante, poteva farlo ancora senza arrendersi.

La mattina seguente le ragazze affrontarono l'allenamento in maniera del tutto diversa rispetto al giorno precedente, nei loro occhi c'era una nuova scintilla di vita che presto sarebbe scoppiata in un dirompente impeto di energia.

Chiudendo gli occhi, vide se stessa denudata all'interno di un immenso spazio azzurrognolo che sembrava fatto di ghiaccio. In questo luogo apparve un gigantesco specchio, dove ammirò con orrore il suo riflesso. Una Martina identica in tutto e per tutto, uscì dal vetro, aveva un'espressione colma d'ira. A differenza sua, il riflesso era ben equipaggiato ed improvvisamente estrasse una coppia di scimitarre, al solo scopo di dimenarle per ferire la se stessa di fronte. Martina terrorizzata cominciò a correre, non aveva nessun tipo di arma con sé, ma ovunque andasse e per quanto corresse sembrava che la sua posizione non variasse. La sua alter-ego cominciava a duplicarsi e a circondarla. Immobilizzata e con il suo riflesso pronto ad ucciderla, anche se al solo pensiero le si gelava il sangue, non si era resa conto che tutto era all'interno della sua mente, finché non si chiese come fosse possibile essere circondata da molte figure uguali a lei. "Questa è la mia mente" urlò e immediatamente tutto il suo equipaggiamento le apparve dove doveva stare e la sua tuta bianca tornò a coprirle la pelle, insieme a quelle strisce divenute improvvisamente blu, che l'avevano accompagnata da quando Bitael gliel'aveva consegnata. Di scatto estrasse le pistole, sparando a tutte quelle che la circondavano ed una volta finite le munizioni le gettò per estrarre la sua katana da dietro la schiena. Arrivata vicino all'ultima copia di se stessa, non la uccise, le mise la mano sul petto ed una volta chiusi gli occhi ella scomparve, insieme a tutta la "visione". Martina era ancora nella stessa posizione da cui era partita, di fianco a lei Sharon sembrava sconvolta.

«Shari che hai, che ti è successo?»

«L'ho uccisa, era me…e l'ho uccisa»

«Cosa hai visto?»

«Tante copie di me stessa, mi circondavano e non riuscivo a muovermi, ho perso il controllo e le ho uccise tutte, sembrava che non avessi più facoltà di decidere, finché all'ultima non le ho strappato il cuore, letteralmente» concluse prima di alzarsi.

«Per oggi la meditazione è terminata potete andare a fare colazione» disse Ithuriel, ma mentre si avviavano Martina tornò indietro e fece la domanda solo quando Sharon si era già allontanata.

«Cosa le è successo?» volle sapere.

«Perché dovrei saperlo?»

«Vuoi farmi credere che tu non lo sappia? Perché in tal caso non ci stai riuscendo»

«D'accordo, ma abbassa la voce…ricordi quando vi ho detto che potevate diventare una cosa sola?» lei annui.

«Ecco, lei è la tua metà incontrollata ed aggressiva. Ciò dimostra che tu sei la parte emotiva e pacifica»

«Che stai dicendo?» chiese leggermente irritata.

«Credi che non me ne sia accorto?…fingi di essere come sei, ti nascondi dietro miriadi di maschere sentimentali che ti sei costruita negli anni, a causa dei tuoi innumerevoli traumi, tu hai bisogno di lei quanto lei di te, e quando lo capirete potrete essere una persona sola» e prima che lei potesse rispondere le ordinò di andare.

«Il tempo scorre!» disse andandosene.

Nell'allenamento al combattimento, entrambe le ragazze riuscirono a cavarsela meglio che il giorno prima, la loro mente sembrava completarsi mentre in alcune occasioni si muovevano all'unisono. Di egual modo fu per il combattimento con le armi, Sharon stava sviluppando una nuova aggressività animalesca, che giorno dopo giorno avrebbe sostituito insicurezza e paura.

Da quella giornata, continuarono a migliorare e non ci fu più giorno in cui finissero al tappeto, tranne verso uno degli ultimi quando alzandosi Sharon fece letteralmente a pezzi l'allenatore creato. Rimasto solo un "istruttore", le ragazze vennero fatte combattere insieme, sembrava che nulla potesse arrestarle, anche quando lo stesso insegnante mutò di forma per ordine del suo creatore, diventando a sei braccia con altrettante spade, una categoria diversa per mano. Erano più veloci di quanto non lo fossero mai state, più forti di quanto potessero mai diventare, ma soprattutto sincronizzate come non mai; il loro legame sarebbe stato saldo finché la morte non sarebbe sopraggiunta. Al tempo di un battito pararono i colpi, schivarono finché non recisero la prima coppia di braccia, poi la seconda, ed infine l'ultima in maniera più complessa. Sharon aveva dovuto tenerle ferme con le Sai mentre Martina le tagliava con precisione chirurgica. Il corpo cadde morto, ma non appena toccò il suolo esso scomparve ed un applauso risuonò dalla porta della sala. Ithuriel aveva assistito a tutto il combattimento.

«Brave ragazze, vedo che queste ultime giornate sono proprio volate…devo ammettere che non sono stato solo io ad insegnarvi qualcosa» adesso lo guardavano con aria confusa.

«Ho provato quella cosa che fate di notte, ehm dormire, assurdo ma è utile» disse sbadigliando.

«Fammi capire, non hai mai dormito in vita tua?» chiese Sharon confusa.

«I Celesti non necessitano dormire, non credo siano neanche fatti per tale cosa, eppure è davvero rilassante» le ragazze ancora con un po' di sorpresa sul volto, sorrisero, ed insieme al Serafino lasciarono la stanza.

«Questi ultimi giorni sono stati duri, quindi vorrei premiarvi per il vostro impegno, ho fatto cucinare del vero cibo, per oggi saltate le caramelle» disse ridendo.

«Cavolo era ora…adesso non mi dire che neanche mangi» disse Martina sorridendo.

«Ehm, non ne avrei bisogno, il nostro organismo produce ciò di cui abbiamo bisogno, ma non ho mai veramente rispettato questa regola, ho sempre amato gli stufati…ma che rimanga tra noi»

«Quello che è?» domandò Martina indicando qualcosa che si muoveva tra i cespugli nel giardino dell'altare.

«Non hai animali vero?» aggiunse.

«Ma ti sembra…e poi ve ne sareste accorte prima, siete qui da un po' ormai»

«Quindi?»

«Vai a controllare se tanto ci tieni» e senza farselo dire due volte, la ragazza andò in mezzo ai cespugli dove rimase meravigliata.

Una ragazza singhiozzava in agonia, sembrava proprio la stessa creatura che avevano visto il primo giorno, il suo viso era tutto sporco di terra, il suo corpo tremava ed i suoi vestiti erano in parte strappati.

«Ithuriel sbrigati, vieni!» disse Martina disperata mentre prendeva tra le braccia la testa di quella povera ragazza.

«So…sono Li…Lily» tentò dire con un filo di voce.

Ithuriel non poté fare a meno che disgustarsi della scena.

«Che le succede?» chiese preoccupata Martina.

«Te l'ho detto, se non intervengo, loro muoiono dopo pochi giorni, strano che sia sopravvissuta così a lungo»

«Salvala!»

«Questo è fuori discussione»

«Ti prego, che colpa ne ha di essere venuta al mondo?»

«…sarà un vostro problema»

«Me ne occuperò io» e tramite dei gesti circolari, come invocando l'energia dal suo interno, il Serafino si mise a recitare un'antica formula, terminando la frase con quell'enigmatica parola: "micaloz".

La vita sembrò poco a poco tornare nel corpo della serva, mentre il Sole stava già per tramontare.

«La porto in camera, intanto voi andate pure a cena» disse Martina allontanandosi con un braccio di lei sul collo, per sorreggerla. Arrivate in camera Martina la pose delicatamente sul suo letto e mentre stava per andarsene, un filo di voce raggiunse il suo udito.

«Grazie» disse Lily prima di cadere in un profondo sonno.

La serata sembrò cambiare quando Martina entrò nella sala da pranzo dallo stile medievale, tutto aveva una rifinitura pressoché perfetta, il legno sembrava nato con tali design…Ogni mobile, sedia e cornice era stata intagliata magistralmente, ed il metallo aveva raggiunto una simbiosi tale, da lasciare entrambe le ragazze a bocca aperta. Due stupendi lampadari in cristallo levitavano a mezz'aria, facendo risplendere l'immensa sala.

Raggiunta la sua amica, Ithuriel cominciò a guardarle in maniera curiosa.

«Ragazze, ho un'altra sorpresa per voi…uscendo da questa sala, aprite la porta di fronte a voi»

«Ci vuoi eliminare?» chiese ridendo Sharon.

«No! Se avessi voluto l'avrei già fatto, ma mi siete simpatiche in fondo».

Le ragazze uscirono dalla stanza e aprendo la misteriosa porta, si ritrovarono all'interno di un'immensa cabina armadio, riempita dai migliori capi d'abbigliamento mai creati da mente umana. File e file di abiti da sera e da festa erano appesi su diversi trafili metallici, mentre negli angoli di fondo due scaffali contenevano diverse categorie di scarpe.

«Quindi dovremmo indossarne uno?» chiese Martina incuriosita.

«Scegliete quello che volete, vi accompagnerà anche una volta che ve ne sarete andate da qui» disse Ithuriel apparso alle spalle delle ragazze.

«In fondo a destra troverete anche i camerini, o spero che si chiamino così, negli ultimi duecento anni avete inventato una miriade di cose»

«Grazie Ithuriel, non so che dire» disse Sharon, con la testa chissà dove, all'interno della cabina.

«Infatti non devi dire nulla, vai a sceglierti un vestito cara la mia ragazza» ed entrambe entrarono chi con titubanza e chi con felicità.

Dopo quasi un'ora, Sharon uscì dalla stanza con un abito senza spalle color lavanda. Era stato sicuramente progettato per risaltare in maniera troppo vistosa il corpo di chi lo indossava, infatti una scia di cristalli violacei, circondava in un vortice d'eleganza la cintura ed uno dei seni. Dotato di uno strascico in pura seta donava alla ragazza un'immagine di pura leggerezza.

Accompagnò il tutto con dei bracciali, degli orecchini e delle scarpe, dello stesso cristallo che decorava la tela.

Martina, vergognandosi un po', uscì dal camerino con indosso un lungo abito nero, senza spalle, dal tema floreale interamente ricamato in pizzo. Portava uno spacco sulla gamba sinistra, dettaglio capace di generare un'intensa aura di erotismo, ma al contempo d'eleganza, sulla ragazza imbarazzata. Due lunghi orecchini color ebano le facevano scintillare gli occhi, così come i sandali dai tacchi a spillo le facevano brillare i ricami.

«Martina, sei stupenda!» esclamò Sharon, quasi senza parole, cosa che invece era successa ad Ithuriel che non riusciva a dire nulla, era rimasto ironicamente incantato dalla sua allieva.

«Grazie Shari e grazie Ithuriel» e appena disse il suo nome, egli sembrò prendere uno strano colorito rossastro.

La serata proseguì meravigliosamente, ma il tempo passò e la notte si fece sempre più fitta, finché verso le prime luci dell'alba un dirompente suono non svegliò le ragazze e Ithuriel, il quale aveva trovato rilassante addormentarsi di volta in volta. Ogni cosa cominciò a tremare e il giardino più esterno poco a poco si stava polverizzando, come se non fosse mai esistito. Le ragazze immediatamente scesero dal letto, misero le loro tute bianche ed uscirono per vedere cosa stesse capitando. Una volta arrivate all'altare della gemma, videro Ithuriel nella sua vera forma che atterrava con le sue meravigliose sei ali color bordeaux, indossando un'armatura del medesimo colore.

«Ragazze, credo che sposteremo il duello ad un altro giorno, questa realtà sta collassando, dobbiamo andarcene subito»

«Ma cosa...»

«Vi spiegherò tutto dopo, adesso impacchettate tutto e andiamocene»

«E Lily?» chiese Martina preoccupata.

«Chi è Lily?..aspetta la serva, abbandonala da qualche parte»

«Scusa?» la ragazza lo guardò di traverso, mentre anche il castello cominciava a cedere.

«Okay, basta che non fai storie, potete mettere tutto quello che volete all'interno dello scettro di Bitael, immaginatelo come un grande contenitore...vi aspetto all'entrata del castello tra cinque minuti» disse prima di riprendere il volo.

Arrivate nella stanza, Lily stava ancora dormendo. Martina prese velocemente lo scettro di Bitael.

«Ma come dovremmo usarlo sto coso?» chiese a Sharon che la guardò allarmata e confusa.

«Ehm...boh, prova a passarlo su quello che devi infilarci dentro».

Lo strofinare non serviva, né tanto meno puntare, ed intanto la stanza continuava a tremare.

«Com'è la situazione fuori?»

«Se ti dicessi che tutto trema e che le stanze aperte stanno scomparendo, cosa mi rispondi?»

«Di stare zitta»

«Dammi qui forse riesco a farlo funzionare io» e appena la sua mano toccò il bastone questo s'illuminò. Servivano entrambe le mani affinché potesse funzionare.

«Proviamo con il punta e spara?»

«Sì» e così facendo misero all'interno dell'oggetto i due abiti e Lily che per fortuna non sembrava volesse uscire dal mondo dei sogni.

Arrivarono correndo all'entrata del palazzo, mentre corridoi e soffitti si sgretolavano, divenendo soltanto polvere di una vecchia immaginazione ormai persa nel nulla più astratto.

«Aspettate, la gemma devo andare a prenderla» disse Martina.

«Ma sei matta? Il giardino starà già sgretolandosi»

«Lo so, ma noi abbiamo bisogno di quella gemma» e con ciò si mise a correre nella direzione opposta, saltando sui blocchi di esistenza rimasti. Il giardino era proprio di fronte a lei, ma un crepaccio di vuoto e nulla la separava dalla sua destinazione. Prendendo una piccola rincorsa, saltò, riuscendo ad aggrapparsi ad un pezzo sporgente di metallo cristallino dell'altare. Sollevandosi con tutta la forza che aveva, riuscì ad estrarre anche la seconda gemma cremisi. L'altare stava precipitando nel vuoto e arrampicandosi su di esso, Martina riuscì a raggiungere la direzione da cui era venuta, tornando all'entrata, ma prima che potesse varcarla il suolo sotto di lei svanì, lasciandola cadere nel vuoto.

Con dei riflessi fulminei, Ithuriel la prese per il braccio, mentre con l'altro teneva la vita di Sharon.

«Adesso direi che è ora di andare» affermò il Serafino.

Le ragazze annuirono.

Il mondo creato da quella vecchia mente non esisteva più, si era ridotto ad una stanza che continuava a ripiegarsi su se stessa. La realtà di quello spaziò sarebbe durata finché la stessa materia non fosse mutata in pura energia priva di scopo.

Una volta usciti, la porta si sgretolò alle loro spalle e in un attimo erano tornati a San Pietro, dove li attendeva una feroce e cruenta battaglia.

XIV
L'erede di Bitael

«Ithuriel tu vai, raduna più Celesti ed umani possibili, racconta quello che ti ho detto, molto presto tutto questo finirà in un modo o nell'altro»

«Conto su di voi ragazze, fate vedere chi vi ha allenate» disse prendendo il volo verso nord.

«Credi che lo seguiranno?» chiese Sharon.

«Lo faranno…devono farlo altrimenti il mondo è spacciato» rispose l'amica.

Ryan e Tony, con l'odio che fuoriusciva da tutti i pori, spostarono la loro intera attenzione verso le nuove arrivate, ormai pronte al combattimento.

«Sei pronta?»

«E me lo chiedi anche?».

Le allieve di Ithuriel iniziarono a correre per schivare le frecce che Tony lanciava senza tregua. Ryan all'improvviso comparve davanti a loro bloccando le vie di fuga e con la sua lancia tentò sferrare il primo attacco, venendo fermato dalla katana di Martina che senza il minimo sforzo lo ricacciò da dove era venuto. Gli attacchi di Ryan continuarono, ma ognuno di essi sembrava mancare le ragazze che intanto avevano cominciato a muoversi in sincronia. Sharon non aveva ancora estratto le armi, si stava difendendo con lo scettro/lancia di Bitael.

Entrambe vennero spinte verso il centro della piazza, con Ryan che si avvicinava verso destra e Tony verso sinistra, le frecce continuavano a mancare il bersaglio, venivano preventivamente distrutte da Martina che, per fortuna sua e di Sharon, non ne mancava neanche una. La sua amica era a scontro aperto contro Ryan che non le dava tregua, sembrava tutto tranne che umano e ogni colpo aveva sempre la stessa costante forza; quel Celeste "caduto" sembrava quasi una macchina che ripeteva gli stessi movimenti.

«Fratello, perché non lasciamo che si divertano gli Iota al posto nostro? Non resisteranno un minuto» urlò Ryan a Tony, che facendogli un segno di assenso diede il segnale per prendere il volo.

«Iota!…nessuna pietà!». La schiera di "demoni" Iota aveva il compito di fare da sentinella, tenendo d'occhio Andrea e Gabriel, ma quando l'ordine di attacco venne comunicato, tutti ebbero come un sussulto, come se una scintilla li avesse fatti tornare in modalità combattiva. Ora i loro nauseanti occhi bianchi e quelle dannate strisce —che sembravano veri e propri nervi— si stavano illuminando. Erano pronti a combattere.

Gli Iota si stavano ricompattando per attaccare.
«Shari, sei con me?»
«Fino alla fine sorella» ed entrambe misero la mano sullo scettro di Bitael che non appena sentì il calore delle loro anime, le quali cominciavano a battere all'unisono, s'illuminò, emanando una luce talmente forte da bruciare qualunque essere non divino. Le ragazze finalmente si erano connesse, un solo cuore ed una sola anima e mentre camminavano in questa visione di luce, videro Bitael che veniva verso di loro.

«Ragazze, sono fiera di come siete diventate, lo so che mi avete visto morire, ma il mio spirito, o almeno una parte di esso vive ancora nell'arma che impugnate ed entrambe state per controllare un potere che non potete neanche lontanamente immaginare».

Di fronte a loro tese le sue mani.

«Datemi la mano e vedrete cosa sarete in grado di fare».

Diedero a loro volta la mano a Bitaèl che con un solo colpo le unì in un'unica cosa.

«Bitaèl, che hai fatto?!» disse allarmata Sharon.

Divenendo una cosa sola, non sentirono alcun tipo di dolore e quando finalmente aprirono gli occhi, la Celeste eterna era scomparsa. Il nuovo corpo sprizzava energia da tutti i pori. Con dei lunghi capelli color rubino il nuovo guerriero scintillava alla luce del Sole. Gli occhi come gemme di fuoco, lo sguardo come nuvole tonanti. Un'armatura, molto più simile ad un abito chi pao orientale, sembrava bruciare sulla pelle color latte; non aveva maniche ed ogni complesso dettaglio era stato inciso con le tonalità dell'avorio. Temi floreali riconducenti al leggendario Loto donavano un'eleganza senza precedenti. Un lunghissimo spacco sulla gamba destra permetteva la mobilità durante il combattimento. L'unico dettaglio per cui non si trovò una ragione ben precisa fu il paio di sottilissimi guanti, dello stesso colore dei fiori. Impugnava lo scettro, e sostenuta dalle sue possenti ali bianche, sembrava che nulla potesse fermarla.

"Shari, ci sei?"

"Sì ci sono, abbiamo una mente sola ora, che figata"

"Immagino che pensi quello che penso io, per il nome, giusto?"

"Ma ovviamente cara"

"Pronta?"

"Sempre", dialogarono per dei brevi secondi prima di gridare il loro nome.

«Io sono Litia, erede di Bitaèl...preparatevi a soffrire» e con un veloce scatto, trapassò una coppia di Iota che stava venendo verso di lei, non lasciando alcuna traccia, essi semplicemente scomparvero in un soffocato grido.

Il gruppo di Iota restanti la circondò, essi stavano già aprendo la bocca per mandare "l'ultimo messaggio", quando Litia sbatté lo scettro/lancia al suolo, paralizzando tutte quelle creature che la stavano minacciando. Sbattendolo di nuovo, generò una colonna di fuoco per ognuno dei demoni intorno a lei, che bruciarono con grida acute e stridii. Qualcosa ad una elevata velocità, in pochissimo tempo, fendette l'aria, toccando di striscio il viso del guerriero. Non appena si accorse della ferita, si girò lentamente, osservando da dove quell'oggetto potesse essere venuto e con sua non grande sorpresa Tony stava già preparando un'altra freccia. In meno di un secondo lo squarcio sulla guancia si era rigenerato e con una rabbia animalesca il guerriero si mosse verso l'angelo dalle ali di tenebra. Occhi contro occhi, prima che una mano prendesse la testa di Tony e la scaraventasse al suolo con tutta la forza esistente, una buca sembrò crearsi in quelle vecchie rocce, prima che il ragazzo spingesse via con i piedi il suo nemico. Ripreso il controllo in aria, i due contendenti si affrontarono selvaggiamente. Sfere di fuoco e frecce si susseguivano in una irrefrenabile danza nell'aria, finché una delle sfere infuocate non finì sul viso di Tony, facendogli cadere l'arco. Approfittando dell'errore Litia ingaggiò l'assalto, andando addosso al nemico con tutto il suo corpo, spingendolo fino alle macerie. Tony era caduto al suolo, ormai senza arco e senza più modo di combattere, Litia preparò il colpo di grazia, ma prima che questo potesse andare a segno, le ragazze videro una punta metallica spuntare dal centro dei seni. Una volta estratta, un liquido argenteo cominciò a fuoriuscire copiosamente dalla ferita, Litia non fece nemmeno tempo a girarsi che una possente mano le prese il collo. Ryan aveva una conoscenza sull'anatomia dei Celesti impressionante, sapeva perfettamente quale muscolo premere per paralizzare l'intero corpo del guerriero scarlatto.

Con tutta la sua forza scaraventò in aria il corpo e premendo con le ginocchia sulla schiena, la fece cadere a tutta velocità con la lancia puntata nello stomaco, una volta a terra rimase conficcata fin dentro la roccia. Il dolore passò dalla mente di Litia a quella delle ragazze, la sofferenza era incalcolabile, talmente intensa da sgretolare il loro legame. Ai lati opposti della lama, tornarono nei rispettivi corpi. Scendendo, Ryan afferrò lo scettro di Bitael e ordinò agli Iota rimasti di legare anche le ragazze: sarebbero venute con loro.

Tony si riprese abbastanza velocemente, l'essere diventato un "Celeste caduto" aveva i suoi vantaggi, nessun limite di tempo per la sincronizzazione e rigenerazione infinita.

Da dentro i resti della cattedrale Nova era rimasto a guardare tutta la scena, finché Tony e Ryan non se ne furono andati, portando con loro Andrea, Sharon e Martina. La bestia uscì dai resti dell'edificio e corse in soccorso del suo padrone, lasciato morente e dolente su una delle colonne.

«Nova! Menomale che ci sei, dammi una mano, devo liberarmi al più presto, non ho molto tempo, il Ditrigio dovrebbe cominciare ad avvelenarmi in pochi minuti» disse Gabriel con una voce fiocca e debole, mentre faticava a tenere gli occhi aperti. La creatura prima abbaiò e poi con le code spezzò le frecce, permettendo al corpo del Celeste di toccare terra. Con le fauci Nova prese un pezzo dell'armatura di Gabriel trascinandolo fin dentro l'edificio, lì il corpo rimase sdraiato ed esausto. Senza poter fare più niente per aiutare, la creatura si sdraiò vicino al suo padrone, sanguinante e morente.

"Nello stato di incoscienza in cui si trovava la sua mente, divagò in quello che noi chiameremmo normalmente sogno. Egli si rivide nei suoi allenamenti, esattamente il giorno in cui per caso conobbe Bitael. Si trovava fuori dalla Via Lattea, ammirando quelle infinite composizioni di stelle che a forma di spirale componevano un insieme quasi infinito di vite, in quel vuoto eterno e siderale che contrastava qualsiasi cosa tentasse sopravvivere. A fissare quel meraviglioso spettacolo c'era lei, senza età e costante come il tempo, con quel suo scintillante e candido vestito bianco, impugnando il suo inseparabile scettro.

«Cosa ci fai in questa parte di universo, ti sei perso?» mi chiese in tono gentile.

«A dire il vero ero qui per un allenamento, ma purtroppo non riesco a ricordarmi quale» risposi come un completo idiota e lei

con quella sua voce sottile e calma mi sorrise e con gli occhi sembrava dirmi di star sereno.

«Tranquillo, te lo ricorderai, sai non passano in molti da queste parti, ti andrebbe di vedere qualcosa di assolutamente meraviglioso?» mi chiese.

«Tipo?»

«Sì o no, rispondi Celeste, senza fare troppe domande»

«Okay, sì»

«Allora seguimi».

Quel giorno —giusto per usare termini umani— mi condusse fino ad un pianeta con uno strano colorito azzurrognolo, mi disse che per quanto fosse giovane, possedeva delle cose uniche che nessun altro luogo nell'universo avrebbe mai avuto.

«Aspetta dove credi di andare conciato così? Se queste creature primitive ti vedessero per come sei, beh, non la prenderebbero bene, fammi dare una sistemata al tuo aspetto» detto fatto, ogni riferimento ai Celesti era stato sostituito da delle strane stoffe variopinte.

«Non ti fare troppe domande, quella che hai indosso la chiamano camicia e quelli sotto pantaloni, in genere le persone che abitano questo pianeta si vestono così, adesso seguimi».

Io senza dire più una parola la seguii fino ad una strana cittadina, così disse che la chiamavano, fatta interamente di rovine, un'esatta coesione tra ricordo e presente, in cui queste creature vivevano spensierate, in una completa e beata ignoranza di tutto ciò che, appena fuori il loro piccolo mondo, potesse mai esistere.

Ci sedemmo in un tavolino metallico di fronte ad una piazza e lei ordinò due "espressi macchiati", convincendomi che fosse la miglior cosa che potesse mai essere assaporata; io intanto guardavo sbalordito le persone che passavano, le quali non mi prestavano la benché minima attenzione, ecco cosa intendeva con il dover mascherare l'essere un Arcangelo. Adesso mi ritrovavo con questa camicia bianca e attillata che metteva abbastanza in evidenza il mio fisico e questi "pantaloni" blu scuro che in un primo momento aveva chiamato Jeans. La strana bevanda che mi *fece provare aveva un gusto indescrivibile, provai la stessa sensazione di quando vidi nascere una stella per la prima volta. Quel giorno parlammo di molte cose e mi sentii sempre più strano, c'era qualcosa che mi stava succedendo, passo dopo passo una sorta di sensazione si faceva strada nella mia mente, mi sentivo sereno e beato come a casa, ogni volta che vedevo il suo sorriso e i suoi occhi.*

Il suo vestiario mi fece pensare, non avevo mai visto dei capi d'abbigliamento simili. Indossava delle scarpe alte con plateau dalle tonalità crema, lo stesso colore della camicetta, disegnata in modo che terminasse con un lungo fiocco sul collo. Sopra di essa portava una giacca in un materiale sintetico beige. Per concludere l'outfit un paio di jeans azzurro sbiadito. I capelli avevano subito un cambio, passando da un semplice liscio, nella forma Celeste, ad una coda di cavallo con qualche ciocca libera.

Girammo per tutta la città di Roma —così disse che si chiamava— vedendo negozi, luoghi storici e d'interesse. Mi spiegò l'intera storia, per filo e per segno, di quell'antico e sacro suolo, ma non capirò mai perché gli esseri umani passino così tanto tempo in negozi di vestiti. L'ultima cosa che ricordo di quella lontana giornata è il tramonto, sembrava di essere tornati a casa con tutte quelle sfumature di rossi, rosa ed aranci che dipingevano il cielo. Quel giorno capii molte cose, esisteva molto di più di quello che mi avevano insegnato fin da piccolo, non c'era solo la guerra e la conquista nell'universo, esisteva anche la pace e con un'istinto, di cui non mi pentirò mai, avvicinai il mio viso al suo e la guardai negli occhi finché lei non mi ordinò di chiuderli e le nostre labbra si unirono."

Gabriel si risvegliò in un letto con la testa leggermente dolorante, vide che la stanza era poco illuminata, infatti la poca luce che entrava proveniva da una piccola finestra sprangata. Il luogo era stato riempito fino all'orlo di provviste mediche ed alimentari; alzandosi l'Arcangelo vide per la prima volta dei segni sul suo corpo, in qualche modo erano riusciti a togliergli il veleno e l'armatura, la quale era stata adagiata ai piedi del letto.

"Cosa sono queste?" pensò mentre continuava a toccarsi le cicatrici sulle spalle, e distratto com'era non si accorse minimamente di chi stava entrando dalla porta, posta di fronte al letto. Una coppia di ragazzi lo fissavano con occhi di curiosità, mentre Gabriel tentava rimettere l'armatura e le armi al proprio posto.

«Te la sei proprio vista brutta» disse la ragazza.

«Ho avuto giornate peggiori» rispose il Celeste mettendosi in piedi e mettendo a fuoco le due figure di fronte a lui. Lei non era molto alta, aveva i capelli di un biondo scuro che non c'entravano nulla con i suoi occhi color cobalto, il viso sembrava sporchissimo anche se molto elegante. Vestiva con dei jeans blu notte ed una giacca in pelle nera, portava alle gambe due fondine con pistole sicuramente cariche. Il ragazzo —come la sua compagna— aveva il viso e le mani abbastanza sporche, ma al contrario di lei i suoi occhi e capelli erano di un castano abbastanza chiaro. Vestiva con un paio di anfibi ed un completo mimetico, a tracolla portava un paio di fucili Scar. Uno di questi era appena stato puntato dritto alla testa di Gabriel.

«Puoi anche abbassarla, non puoi ferirmi con quella, piuttosto come avete fatto a togliere il sangue contaminato?» chiese.

«Ero un medico militare, ho estratto anche cose peggiori da dentro i corpi» rispose la ragazza, mettendo la mano sulla fondina di destra.

«…grazie…» disse l'Arcangelo.

«Di niente…io sono Sam e lui è il mio ragazzo Albert» indicò sé e poi il suo compagno che mettendo giù l'arma fece un cenno disinteressato con la mano.

«Io sono Gabriel, scusate se sembro brusco, ma vorrei sapere dov'è Nova»

«Intendi la specie di Cane mutante blu? Si trova nel salone a dormire sul divano» disse il ragazzo con tono divertito.

«Non è un cane, è una creatura che può produrre più energia elettrica in un giorno di quanta ne abbiate mai prodotta in tutta la vostra esistenza ed è il mio fedele compagno di viaggio»

«Okay, ma non te la prendere» disse Albert.

«Voi cosa ci fate qui? Pensavo fosse disabitata questa città, o meglio quello che ne resta» chiese il Celeste che ormai era come nuovo, armato e con la sua scintillante armatura.

«Infatti lo è, siamo viandanti, cerchiamo superstiti, ma non ci è andata molto bene, siamo partiti dalla Spagna, ma ormai è completamente andata, non esiste più vita in quel paese. Abbiamo girato i Pirenei e l'Italia, però l'unico luogo in cui tutt'ora sussiste qualche comunità di superstiti sta a Nord verso la Liguria, ma per il resto della penisola non è rimasto più nessuno» disse Sam con la voce leggermente cupa e fredda, molto probabilmente ricordando la desolazione che avevano passato prima di arrivare fino a lì.

* * *

Quando Andrea aprì gli occhi si ritrovò legato mani e piedi ad un'asta piantata nel terreno, ma la cosa che lo meravigliò fu di trovarsi in una delle stanza bianche, nessun orizzonte e nessun colore, progettate per inibire qualunque senso. Di fianco a lui altre due aste, tenevano ben salde e legate Martina e Sharon, entrambe prive di sensi e sporche di terra.

"Sembra che abbiano avuto uno scontro abbastanza duro" pensò il giovane, mentre Harut entrava nella stanza seguito da Ghimerion in persona.

«Immagino che sappiate perché siete qui, giusto?» chiese Ghimerion al ragazzo, l'unico non privo di sensi.

«Boh, fammi indovinare, vuoi conquistare l'universo e questa terra…siamo seri? Ma hai mai visto un film qualunque? Prima di te ci sono state le più bizzarre razze mai create dall'intelletto umano e non hanno avuto una bella fine…»

«Ma…»

«Se vuoi provarci fa pure, ma immagino che se siamo ancora qui, un motivo ci sarà»

«Ora basta!…che è un film?!» chiese Harut alquanto confuso.

«TUTTI ZITTI!» urlò Ghimerion.

«Non siamo mica ad un dibattito, sono prigionieri, Harut resta concentrato, una volta che avrò estratto le gemme dalle vostre armi potrò trasformarvi in Celesti caduti e farete tutto quello che vi ordinerò...primo ordine: "darvi la morte"» e con quelle parole si mise a ridere, mentre usciva dalla stanza, seguito dal Mago.

Il tempo passava, in quella dannata stanza bianca, e dopo ben tre ore Andrea cominciò a vedere cose inesistenti. Nel frattempo Sharon e Martina si erano svegliate e avevano raccontato la loro piccola storia all'amico per evitare che potesse dare di matto.

«Andrea, come usciamo da qui?» chiese Sharon leggermente indispettita.

«Allora, siamo legati in un buco temporale del cavolo, non abbiamo armi e tra poco saremo dei Celesti Caduti e in più morti se è possibile, quindi boh, hai del fuoco o qualcosa per tagliare le corde?» rispose il ragazzo "leggermente" stressato.

«Mi spiace, te Martina, qualche idea?»

«Devo dare ragione al "cespuglio" di fianco a te, siamo fottuti»

«...e dopo sono io la piagnucolona» disse Sharon sottovoce, anche se i ragazzi di fianco la sentirono forte e chiaro.

* * *

«Cosa avete intenzione di fare ora?» chiese Gabriel osservando, dalle poche fessure delle finestre, l'ambiente circostante. Vide solo strade deserte piene di calcinacci.

«Avevamo in mente di proseguire verso l'est Europa, sappiamo che in Asia esiste ancora qualche comunità» disse Sam senza molto entusiasmo.

«Ehm, alcune comunità sono sopravvissute, ma sono molto isolate...nell'est Europa non sono sicuro che ci siano superstiti, ma ce ne sono in Siberia, nelle montagne ed in alcune foreste indonesiane, tutti gli altri paesi sono deserti. La Cina, l'India e l'Australia sono disabitate, mi dispiace» disse un po' dispiaciuto.

«Questa è tutta colpa vostra, mostri! Avete distrutto questo mondo, dimmi perché non dovrei premere il grilletto ora» disse Albert pieno d'ira tenendo il fucile puntato alla testa dell'Arcangelo, di nuovo.

«Uno: non mi faresti nulla. Due: non è colpa nostra, all'inizio eravamo venuti per proteggervi, ma è andata diversamente, questo mondo è diventato un campo di battaglia per una guerra che dura da millenni… è il primo mondo in cui siamo riusciti a mantenere una linea di difesa»

«Non vi sforzate abbastanza» continuò il ragazzo, fermo nella stessa posizione.

«Cosa credi? Che mi piaccia la guerra? Credi che realmente ami la distruzione? Ho visto molti miei fratelli cadere per un mondo che neanche è loro. Fratelli che se ne sono andati ad una distanza senza paragoni da casa…scarica le tue frustrazioni su qualcun altro, grazie» disse Gabriel smosso dalla sua costante calma.

«Non so voi, ma io devo andare a salvare i miei amici, fate quello che volete, vi ringrazio per l'aiuto» disse Gabriel mentre usciva dalla porta della stanza.

«Hey aspetta…» lo chiamò Sam dal piccolo corridoio che portava al salone principale.

«Ammetto che non sia una situazione facile per nessuno, tanto meno per voi, saremmo grati se ci portassi con te»

«Assolutamente no, non voglio avere altre creature sulla coscienza e se non mi sbrigo ne avrò altre tre prima della fine della giornata»

«Potremmo esserti di aiuto, siamo addestrati al combattimento e sappiamo sopravvivere piuttosto bene»

«Sapete volare?…Nova giù dal divano, e ora di andare bello» e la creatura come riattivata, scese meccanicamente dal divano sbadigliando e passandosi la zampa sulle orecchie di destra.

«Non sappiamo volare, ma Albert è un pilota, possiamo seguirti»

«Fate come volete, ma dove lo trovate un aereo dopo l'apocalisse?» e vedendo che lei non sapeva che rispondere, aprì la porta e se ne andò seguìto dal suo fedele compagno color cobalto.

* * *

In quella piattaforma persa nel tempo, in cui "i cattivi"— giusto per avere un etichetta— avevano il loro campo militare, c'erano diverse stanze dedicate alle armi e altre che semplicemente servivano a tenere "i tesori" che venivano presi con la conquista dei mondi. Tutto quel luogo era facilmente trasportabile all'interno dello sconfinato ed infinto spazio di Kayla.

In una delle tante stanze dei tesori erano state messe le armi sequestrate ai ragazzi, Mastrit e lo scettro/lancia di Bitael, ma nessuno si era realmente accorto cosa quest'ultimo celasse al suo interno, o meglio "chi".

Lily sembrava essersi svegliata dopo il lungo sonno che aveva fatto. Non appena si vide in quello strano spazio trasparente, in cui parecchie cose stavano fluttuando, prima si chiese dove potesse mai essere e poi ebbe come l'impressione di conoscere quel bizzarro luogo. Davanti ai suoi occhi stava "passando" una gemma color cremisi ed allungando la mano, la prese e stringendola in un modo stranamente aggressivo, quest'ultima cominciò ad illuminarsi e con un'immenso bagliore, fece uscire la ragazza dallo scettro. Una volta fuori si ritrovò in una stanza scura, illuminata solamente da un grande focolare centrale, anche con poca luce, notò che tutte le pareti erano stracolme di armi. In un primo momento pensò di essere "a casa", ma poi una strana sensazione le prese il petto, aumentando a dismisura il suo battito cardiaco; le voci che sentiva da fuori la porta non ricordavano per niente quella del suo creatore Ithuriel, erano più gravi e parlavano altre lingue divergenti all'Enochiano o a quella parlata dalle ragazze.

Per qualche ragione a lei del tutto estranea, lo scettro dal quale era uscita cominciò ad emettere una leggera fosforescenza verdognola, al pari della spada di fianco ad esso. Lily nascose sotto la camicia la gemma che teneva al collo e velocemente prese le due armi, fissando la porta dell'uscita. Non appena non sentì più voci, aprì un piccolo spiraglio per controllare se fosse rimasto qualcuno nei paraggi ed infatti tutti sembravano essere andati altrove. Uscita dalla stanza, accostò delicatamente la porta e guidata dalla fosforescenza verdastra dello scettro/lancia, cominciò a cercare le sue amiche, proprietarie di quell'arma. Passò diversi corridoi pieni di porte, una volta trovata l'uscita vide tutto il cielo che imbruniva improvvisamente, da azzurro diveniva di un buio color tenebra. Qualcosa di assolutamente innaturale stava accadendo, e senza pensarci due volte continuò la sua ricerca. Con il buio sarebbe stata avvantaggiata e andando verso sinistra prese la via del parco; nascondendosi dietro il primo albero che trovò, da lontano vide che tutti erano impegnati in una sorta di rituale di gruppo. Un grande fuoco era stato allestito al centro della piazza e sopra una sorta di altare Ghimerion pronunciava le sue lunghe frasi in Enochiano, facendo sì che il fuoco cambiasse di colore al ritmo delle sue profonde parole. Tutti i "Caduti" insieme alle creature chiamate "demoni" erano intorno ad acclamare come in un coro religioso ed ipnotico il loro leader:

«Ghimer, Ghimer, Ghimer».

Il vedere questo da lontano era bastato per spaventare la povera Lily, che un istante dopo continuava disperata la corsa verso la salvezza.

Le stanze bianche erano posizionate dall'altro lato del focolare e quindi della piattaforma. Senza che nessuno la vedesse continuò a passare da un albero all'atro finché non arrivò agli alloggi — immense costruzioni lineari— che, con ogni confort possibile, potevano ospitare migliaia di creature alla volta. La differenza tra gli alloggi e le stanze bianche, in cui i ragazzi erano tenuti prigionieri, era che nelle prime la materia programmata da Kayla, trasmutasse al pensiero degli ospiti, mentre le altre erano fisse e bloccate, create al solo scopo di deviare i sensi e far impazzire chiunque ci entrasse.

Passati gli alloggi si trovò davanti ad un altro imponente edificio con una singola porta, questa era di un colore rosso ruggine circondata ed in perfetta simbiosi con delle strane diramazioni: radici vive. Uno strano liquido simile al sangue umano sembrava fluire al loro interno, poiché emanavano uno strano e lieve bagliore bordeaux. Per la prima volta Lily vide un edificio con più piani. "Per quale motivo costruire in altezza, se possono ripiegare un singolo spazio all'infinito?" si chiese osservando la costruzione. Le bastò sfiorare la porta con lo scettro di Bitael perché questa si aprisse; l'interno manteneva lo stesso colore della porta, le pareti infatti erano del medesimo rosso ruggine oltre che stracolme di quelle inquietanti "radici". Il corridoio si estendeva fino a perdita d'occhio, alla sua destra le scale —per salire— rendevano l'atmosfera ancora più tetra, fatte in un inquietante marmo nero. Lo scettro puntava verso le scale, ma una volta salite, la fosforescenza sparì, la strada si biforcava…"Dove vado adesso?" pensò la ragazza. I corridoi non sembravano avere differenze. L'ansia e l'inquietudine aumentò a dismisura anche per la mancanza di qualunque forma di suono, il silenzio colmava ogni direzione. Verso destra però le sembrò di sentire qualcosa, più che altro una parola conosciuta e tra tutte le poche persone che conosceva, solo una avrebbe detto "piano". Lily imboccò la strada di destra andando completamente alla cieca, mentre posava l'orecchio su ogni porta per cercare l'origine di quel suono che con ogni certezza, si ripeteva di aver sentito.

Andrea, Sharon e Martina continuavano a muoversi, facendo inutilmente il maggior quantitativo di rumore possibile, finché non videro la porta aprirsi. In un primo momento pensarono al peggio, ma poi le ragazze videro che si trattava di Lily, colei che avevano salvato nel regno di Ithuriel.

«Questa chi è?» chiese Andrea incuriosito.

«Si chiama Lily, l'abbiamo conosciuta mentre le prendevi per bene da Tony e suo fratello» disse Sharon.

«Sempre spiritosa» rispose l'amico.

«Lily puoi tirarci fuori da qui?» chiese Martina.

«Certo» disse sorridendo.

Usando Mastrit tagliò le corde ai tre prigionieri. Una volta liberi, i ragazzi ripresero le loro armi e ringraziarono Lily.

«Bene, ora come diavolo usciamo da qui?» chiese Andrea.

«Bella domanda, la cosa di cui possiamo essere certi è di trovarci in uno degli spazi "ristretti", molto probabilmente creato da Kayla» disse Martina.

«Questo spiega perché in quattro anni nessuno sia stato in grado di sferrare una vera offensiva a Ghimerion» concluse.

«Scusate, ma sarebbe meglio andarcene, non ci metteranno molto a notare che le armi sono scomparse…» interruppe Lily.

«Giusto, andiamo!» dissero le ragazze, mentre si lasciavano alle spalle la perdizione della stanza bianca.

XV
L'ultimo scontro?

«Emna doalim fafeh angelard matorb nidali ors ohm» continuava a ripetere Ghimerion dall'alto del suo altare, mentre tutti lo adulavano. I ragazzi guardavano lo spettacolo da lontano, nascosti dietro gli arbusti del parco. Il cielo era ancora abbastanza scuro e nessuno avrebbe immaginato quando sarebbe tornato "normale".

«Ma che sta dicendo?» chiese Andrea sottovoce, leggermente confuso.

«…Nel presente peccato per l'Intento che il pensiero riecheggi nel rumore dell'oscurità, vive…è un rituale per la forza, in genere lo si usa quando alcune creature donano di loro spontanea volontà l'energia» disse Lily, sempre sottovoce.

«Come fai a saperlo?» le domandò il ragazzo.

«Sono stata creata con l'Enochiano nella mente…e poi adoro leggere».

Andrea, non sapendo più che rispondere, semplicemente rimase zitto. Continuarono a guardare incuriositi, finché un soldato di Ghimerion, per l'esattezza un Arcangelo, non gli comunicò qualcosa all'orecchio. Vedere l'espressione che si era formata sul viso del Serafino avrebbe fatto paura a chiunque; nessuno poteva dire di sapere cosa fosse la rabbia senza aver visto quell'espressione.

«Ragazzi dovremmo andare» disse Martina, vedendo che la situazione nella piazza si stava "scaldando".

«Dove si suppone dovremmo andare, te lo ricordi che siamo su una piattaforma fluttuante sul nulla?»

«Sì, ma non vorrei essere qui quando si accorgeranno che le armi e i prigionieri sono scomparsi».

I ragazzi si diressero sempre più in fondo al parco e dopo più di quaranta minuti, tra camminata e corsa, nascosti dall'oscurità del cielo, si trovarono quasi al confine della piattaforma. Fermati sotto un faggio ripresero fiato, finché non videro che dal confine con il vuoto infinito, non emergeva una figura già conosciuta: Ghimerion.

«Ragazze, dietro all'albero» disse Andrea estraendo Mastrit.

«Ho un'idea, ma non vi piacerà per niente»

«Quale sarebbe?» chiesero in risposta le ragazze.

«Ho visto che Lily ha una gemma al collo, così come abbiamo Mastrit, dobbiamo per forza liberare i frammenti degli spiriti Arcani dalle gemme, questo li distrarrà e ci sarà anche utile. Mi fermerò a farlo e voi avrete il tempo per scappare, usate lo scettro di Bitael per andarvene da qui»

«Non se ne parla nemmeno!» disse ferma Martina.

«È l'unico modo»

«Allora resto con te»

«Senza di te il bastone non funziona, me la caverò»

«Ma...» e prendendole la mano Sharon trascinò via Martina con la forza. I suoi occhi erano lucidi, qualcosa le impediva di lasciare Andrea, non voleva vederlo morire, aveva visto troppe persone andarsene.

Lily gli diede la gemma che teneva al collo e poi raggiunse le ragazze in mezzo agli alberi. Con un colpo, Mastrit riuscì a liberare il frammento di spirito dell'Arcano, lasciando la gemma intrinseca di quel potere oscuro e malvagio che durante i millenni si era accumulato al passaggio dei capi del Vaticano. Con la stessa gemma colpì la coccia della spada, liberando ciò che restava dello spirito di Mastrit, che fino ad allora lo aveva accompagnato, ma questo non sembrò volersene andare, anzi rimase all'interno del ragazzo, sentendolo più vicino che mai. Le luci che tutto questo aveva prodotto attirarono l'attenzione di Ghimerion e quando Andrea uscì allo scoperto, il Serafino rimase sorpreso di vederlo impugnare la sua spada spavaldo e privo di paura, con un'altra gemma cremisi al collo.

«Pronto Mastrit?» chiese ironicamente e lo spirito come rispondendo fece illuminare la lama. Una potente luce bianca cambiò tono fino ad un rosso tendente al sangue, la spada stava interagendo con la gemma. La strana sostanza, che di solito permetteva la trasformazione di Andrea, passò da un argento scintillante ad un rosso metallico.

Una volta conclusa la sincronizzazione ne uscì un guerriero nuovo, mai visto prima. Le sue quattro ali erano di un rosso scuro, ma sgargiante, in pieno contrasto con l'armatura dorata "saldata" sul suo corpo. Delle sporgenze dai toni cremisi, molto simili alle alette degli Epsilon, fuoriuscivano da polsi e caviglie, fornendo ulteriori armi al giovane semi-Celeste. Uno strano sorriso era l'unica cosa che si potesse vedere del volto, nascosto ancora una volta da uno scintillante cappuccio, questa volta dello stesso colore delle ali.

Ghimerion era seguito da parecchi soldati, primi tra tutti Tony e Ryan, con alle spalle Celesti caduti di ogni genere, da semplici Angeli fino ad un gruppo di Podestà accompagnati da una decina di Dominazioni. Come retroguardia orde e orde di Iota ed Epsilon, pronti al segnale del loro leader per attaccare il giovane semi-Celeste.

«Signori, me ne occuperò io, voi andate a prendere le ragazze, il nostro ospite ne sentirà la mancanza» e alcuni di quei gruppi si inoltrarono tra gli alberi per catturare le fuggitive.

Rimasti con un paio di Iota e i Celesti come spettatori, il secondo duello tra Ghimerion e Andrea poteva iniziare.

«L'ultima volta abbiamo interrotto bruscamente, ti concedo la prima mossa» disse Andrea.

«Come desideri» rispose l'avversario e sfoderando le sue spade —in cristallo nero— diede inizio allo scontro.

Andrea sembrava schivare tutti i colpi senza molta fatica. La nuova Mastrit sembrava reggere il confronto con l'abile Serafino, generando ad ogni parata onde d'urto molto intense.

«Ma stai facendo sul serio?» chiese divertito Ghimerion.

«Più o meno, ma so che te non ti stai impegnando per niente» rispose il giovane che intanto parava un altro colpo.

«Esatto, era per vedere fin dove puoi spingerti, ma non credo che arriverai molto lontano». Aumentando la sua velocità Ghimerion inflisse una serie di colpi che sembrarono confondersi nell'aria; Andrea a malapena riuscì a pararne e a schivarne alcuni, mentre altri finirono direttamente sullo sterno dell'armatura. L'ultimo colpo lo scaraventò a diversi metri di distanza, facendolo poi piegare in due per il dolore.

«Cavolo, questo l'ho sentito» e mentre tentava tornare in posizione eretta, scoppiò a ridere. Sia il pubblico che il suo avversario rimasero alquanto confusi dalla reazione improvvisa del giovane.

«Come mai ridi? Non credo di averti colpito in testa»

«Nulla, è che non speravo che sarebbe stato divertente duellare contro di te, ma adesso è meglio che mi impegni». Il giovane si diede una rincorsa per spiccare il volo e finire, veloce come un proiettile, davanti a Ghimerion che lo aspettava. Tentò colpirlo, ma il nemico —molto più rapido— disperse l'energia cinetica dell'attacco. Ora Andrea aveva la guardia scoperta e il Serafino ne approfittò per colpirlo, ma risultò essere tutta una finta, l'azione venne deviata dalle ali del ragazzo che si chiusero a guscio. Tale "finta" aveva lasciato scoperto il fianco destro dell'avversario e con una forte spinta della mano sinistra Andrea lo colpì. Per la prima volta era riuscito a farlo arretrare.

* * *

Le ragazze stavano correndo in mezzo agli alberi del parco, con il costante assillo di essere braccate.

«Abbiamo compagnia, care» disse Sharon ironica, mentre indicava dietro di sé, infatti una schiera di "demoni" le stava seguendo.

«Lily, dimmi che hai qualche formula per farci uscire da qui? Avrai letto qualcosa sull'argomento spero» chiese Martina con il fiatone, mentre la ragazza di fianco tentava ricordare qualcosa dalle serate passate a fare il topo da biblioteca.

«Se non mi sbaglio dovrebbe esserci una frase che apre qualunque porta, non ne ho idea di come funzioni, ma stare qui è come stare dentro una grandissima stanza, quindi una porta ci dovrà pur essere» rispose Lily.

La loro corsa si arrestò quando, appena uscite dagli alberi, videro una figura ritta di fronte a loro. Kayla era al confine del parco aspettando che arrivassero.

«Ciao ragazze» disse con una dannata voce malvagia, ma al contempo sensuale.

«Kayla, non è per niente un piacere rivederti» disse Martina mentre riprendeva fiato.

«Anche per me, mia cara, ho sentito lo spirito di mia sorella dal primo istante in cui quella (riferendosi a Lily) uscì fuori dallo scettro e poi è bastato solo aspettare che tentaste scappare, ma visto che non sapete come uscire da qui...» ma prima che finisse, Martina velocemente le diede un destro sul viso, facendole quasi perdere l'equilibrio.

«Questo è per Bitael. Come hai potuto? Era tua sorella» disse chiudendo lentamente le dita, la sua pelle era bella quanto dura e forse la ragazza si era slogata il polso, se non addirittura rotta la mano.

«Brutta creatura inferiore, ti ucciderò nella maniera più brutale che possa esistere, il dolore di Bitael ti sembrerà piacevole, al confronto».

Martina stava per sferrarle un'altro pungo, anche con le ossa rotte, ma venne trattenuta da Sharon e Lily.

I demoni dietro di loro le avevano raggiunte, schierandosi a forma di freccia, a mezz'aria.

«Lily sarebbe meglio se tornassi dentro il bastone, prometto che appena c'è ne andremo da qui ti libererò» disse Sharon e senza protestare la ragazza tornò all'interno del bastone.

«Shari, che ne dici se chiamiamo Litia? Penso che troverebbe questa situazione "divertente"» disse Martina accentuando l'ultima parola.

«Direi proprio di sì, dammi la mano» e mettendo entrambe la mano sul bastone, tornarono ad essere un solo guerriero, un semi-Celeste Eterno. Le loro menti convergevano nello spirito dell'antico Celeste, arrivando a respirare pura energia. Un solo corpo, una sola mente, tre anime. Litia, come risvegliata, tornò sul campo di battaglia lasciando abbastanza sorpresa Kayla, che la fissava sbalordita.

«Un attimo e sono da te cara» disse con furia e sensualità. Le ragazze ingaggiarono battaglia velocemente con i demoni dietro di loro; sembrava un combattimento a senso unico e per quanto quelle creature si sforzassero di colpirla, lei sembrava come un fantasma. In poco tempo Kayla si ritrovò tutti i seguaci ai suoi piedi.

«Avrai il suo stesso trattamento» disse Kayla, mentre con un forte calcio colpiva il ventre di Litia, facendola piegare dal dolore, non appena lo fece, un altro calcio la prese in testa facendola finire contro un albero.

"Vuole le maniere forti, Shari, diamogliele".

Rimessa subito in piedi cominciò ad usare lo scettro/lancia come una vera arma, attaccando con tutte le tecniche che Ithuriel le aveva insegnato. La battaglia era passata al livello del corpo a corpo, ad ogni scontro la terra nel loro raggio d'azione si sollevava, allontanandosi violentemente. Non era consigliato che qualcuno si avvicinasse.

In quegli istanti quel mondo era come bloccato, fisso in quei due combattimenti che facevano tremare tutta la dimensione. Il freddo cristallo scintillava allo scontro, mentre il metallo sconosciuto, usato per forgiare all'alba dei tempi la coppia gemella degli scettri Divini, creava scariche di energia talmente potenti che sarebbero state in grado di alimentare intere città del calibro di New York o Washington. Lo scontro tra Kayla e Litia si poteva dire equilibrato, ma niente del genere per il povero Andrea, che anche con tutta la sua buona volontà e il nuovo potere acquisito, non riusciva ad infliggere un vero colpo al suo avversario.

Per l'ennesima volta in quel giorno Andrea aveva mangiato la polvere, i graffi sanguinavano, perché a differenza delle altre volte non si stavano rigenerando, goccioline scartate macchiavano la terra sradicata, mentre ancora una volta il giovane si rialzava.

«Devo ammetterlo, negli ultimi duecento anni nessuno è ,ai riuscito a resistere così tanto ad un duello come questo…quasi mi dispiace ucciderti»

«Sarò io a vincere… è una promessa» disse Andrea con un filo di voce ormai sfinito.

«Non fare promesse che sai di non poter mantenere»

«Allora vedrò di mantenerlo».

Con un ultimo grido usò le ali per lanciarsi contro di lui, ma il colpo venne parato senza problemi da quelle del Serafino, che prima lo presero e poi, dopo una scarica di pugni sul torace, lo trapassarono. Come se non bastasse venne trafitto anche dalla spada in cristallo nero. Il sangue usciva a fiotti dalle ferite creando una pozza viscosa ai piedi di Andrea che, dopo pochi istanti, tornò alla sua forma umana. Ghimerion prima di sferrare il suo ultimo colpo prese Mastrit e la gemma dal collo di Andrea, e con questa infine distrusse la lama della spada, estraendo l'altro cristallo contenuto nell'impugnatura. Alla rottura della leggendaria Mastrit una potente luce si propagò fino ad un'altezza spropositata, per qualche momento sembrò addirittura squarciare il cielo. Da quella fenditura nella volta celeste di quello strano mondo, prima che Ghimerion potesse infliggere il colpo di grazia ad Andrea, ne uscirono alcune figure luminose che cominciarono a dirigersi verso di loro in picchiata. Come un proiettile l'essere colpì Ghimerion, facendolo volare verso gli alberi. La figura si dimostrò essere un possente Serafino dalle ali bordeaux, e nulla, in nessun mondo, avrebbe potuto minimamente scalfirlo. Non portava con sé alcuna arma e non appena Ghimerion si rimise in volo egli gli andò addosso nuovamente, venendo però fermato. Come si suol dire "il topo non ricade nella stessa trappola".

«Ithuriel…non pensavo fossi ancora vivo, non voglio lottare contro di te, sei stato il mio maestro e nutro ancora molto rispetto per te, anche dopo tutto questo tempo» disse Ghimerion.

«Ho solo una domanda…Perché? Non ti bastava il potere che avevi? Eri al pari dei tuoi fratelli, gli esseri più potenti dell'universo» volle dire il maestro.

«Nel periodo in cui regnavi non esistevano problemi, ma tu non c'eri quando le ribellioni iniziarono, non puoi minimamente immaginare che caos creò tra i mondi colonizzati. I miei fratelli stavano a guardare pigramente come se fossero superiori a tutti loro, mentre i figli da noi creati si uccidevano per un nonnulla… la realtà era che i miei fratelli si erano corrotti, tutti loro cominciarono a parlare di "Libero Arbitrio" e che ogni creatura potesse decidere per sé, anche se sappiamo entrambi che non è così. Ho fatto quello che ho dovuto…»

«Ti rendi conto che moltissimi nostri fratelli sono morti? Interi mondi sterminati ed intere civiltà non verranno mai alla luce perché tu non hai voluto accettare qualcosa che era naturale nel corso del tempo»

«Ma come puoi non capire?»«Tutto questo è già accaduto, quando governavo con i miei fratelli, prima ancora della tua nascita e di quella degli attuali principi, fu un periodo che concordammo di cancellare»

«Di cosa stai parlando?»

«Questa idea, se possiamo chiamarla così, il "Libero Arbitrio" è qualcosa di molto antico, abbiamo tentato di sradicarlo, ma alla fine dopo molte morti e inutili guerre ci convincemmo che era impossibile combatterlo. Accettammo l'inevitabile e con ciò cancellammo ogni nostro tentativo di combatterlo…ogni creatura per quanto sia nata schiava, sognerà e vorrà la libertà, e pensa che l'ho capito solo di recente grazie a dei semplici esseri umani».

Lo sguardo di Ghimerion era sconvolto, disgustato, aveva inteso quel che il suo maestro aveva detto, ma non poteva concepirne il vero valore.

«Vuoi dirmi che ti sei schierato con loro? Il maestro che mi ha insegnato a combattere non avrebbe mai collaborato con queste creature inferiori»

«Tutti possono cambiare e ciò che semplicemente ti sembra sconvolgente, o non possibile, è un movimento dell'inevitabile che chiamiamo progresso ed evoluzione...anche noi possiamo evolverci, per quanto la nostra perfezione possa essere tale, essa non è che la pura espressione superiore dell'imperfezione, non siamo affatto diversi dalle creature che abbiamo incontrato sui diversi mondi colonizzati».

Passarono alcuni istanti prima che Ghimerion potesse rispondere...«Tu non sei Ithuriel, il mio maestro è morto più di seimila anni fa, mi dispiace, ma non so chi tu sia»

«Allora se io non sono il tuo maestro uccidimi, qui e ora, così finiremo questa storia».

Per un breve istante Litia pensò di essere in vantaggio, ma quel superbo pensiero si dimostrò essere il suo "tallone d'Achille". Kayla, piantando lo scettro al suolo, invocò parole in una lingua totalmente diversa dall'Enochiano. Da quelle lettere composte, una forza devastante cominciò ad investire la guerriera scarlatta.

Anche le ragazze piantarono lo scettro al suolo per invocare la difesa, ma l'attacco di Kayla si dimostrò troppo potente e per quanto Litia potessero resistere, dopo pochi istanti cedette e approfittando di questo la loro avversaria andò all'attacco. La difesa improvvisata di Litia si dimostrò troppo debole e finalmente Kayla ottenne ciò che aveva sempre voluto, la rottura dello scettro/lancia divino della sorella. Una volta spezzato, il bastone di Bitael si sbriciolò lasciando solamente la gemma posta sulla lama, e una volta toccato il suolo divenne anch'essa cremisi. Le ragazze erano al tappeto, tornate alla loro forma umana, aspettavano solamente la morte dagli occhi infernali, presi da quell'antica ossessione che stava per piantarsi su di loro.

Kayla —la sorella arrogante— finalmente aveva avuto la sua vendetta e ora stava per portarla a termine eliminando le uniche eredi di sua sorella.

«Ragazze, la fine arriva per tutti prima o poi, ma per voi farà un'eccezione ed arriverà oggi! Sarà molto diverso da ciò che ho fatto a mia sorella, vi infliggerò un dolore più lento e molto più straziante».

Le ragazze erano sfinite e non riuscivano neanche a rimettersi in piedi, l'unica cosa che poterono fare fu prendersi per mano mentre la loro fine incombeva.

«Tanto stiamo per morire, Martina, so che ti sembra assurdo ma provo qualcosa per te…so che abbiamo un legame, condividiamo una sola anima ed una sola mente, vorrei anche se per poco condividere lo stesso cuore»

«Shari, io…» e mentre la lama stava per calare sul petto della ragazza, Sharon chiuse gli occhi.

Qualcosa non andò come previsto e riaprendo le palpebre vide che Kayla era arretrata, davanti a lei una figura abbastanza conosciuta: Gabriel. Il "loro" Arcangelo spavaldo e superbo era riuscito a proteggerle e adesso si prestava a soccorrerle.

«Ragazze, sulle mie spalle! Si torna nel mondo reale, più o meno» erano sbalordite, Gabriel aveva fatto dell'ironia nel peggio momento possibile.

Preso il volo, si diressero sopra gli alberi in cerca di Andrea.

«Dove avete lasciato Andrea ragazze?»

«Stava combattendo contro Ghimerion, dovrebbe essere vicino al confine»

«Ricevuto».

Gabriel planò fino a toccare terra, i tre videro Andrea al suolo, il ragazzo sembrava non avere la forza neanche per respirare.

«Andrea dobbiamo andarcene da qui» disse Gabriel.

«Guardate!» rispose tentando mettersi almeno seduto.

Lo sguardo dei ragazzi si spostò direttamente sul duello di Ithuriel e Ghimerion. Il Serafino delle fiamme era nettamente in vantaggio e per quanto Ghimerion si sforzasse di colpirlo, gli attacchi non andavano a segno, sembrava la situazione del duello precedente, ma invertita.

«Gabriel, portali via!» disse Ithuriel.

«Ma…» tentò controbattere Gabriel.

«È un ordine!»

«Sissignore!».

Prendendo le due ragazze e Andrea, l'Arcangelo volò via, verso lo squarcio, formatosi in precedenza, nel cielo. Prima di attraversarlo si fermarono a guardare ancora il duello, il Celeste Caduto stava subendo parecchi colpi, ma l'ultimo sembrò fallire e prendendo il braccio del suo maestro, il traditore lo usò come fosse una leva per colpirlo sulla spalla destra dell'armatura. Un colpo dopo l'altro finché il gelido cristallo nero non trapassò l'antica armatura del Serafino Scarlatto.

«ITHURIEL!» gridò disperata Sharon, ma alla fine egli non disse niente, semplicemente sorrise e quando il suo allievo vide ciò che stava per succedere cominciò a volar via il più in fretta possibile. La ferita non perdeva neanche una goccia di sangue, emanava luce, un bagliore talmente intenso che poteva addirittura bruciarc chiunque ne venisse a contatto. Gabriel attraversò lo squarcio insieme a tutti i Celesti mobilizzati per l'impresa di salvataggio. Come chiudere lo squarcio? Quest'ultimo era uguale anche nel cielo della Terra, ormai diventato color pastello per l'incombente alba. Con grande sorpresa di tutti, la fenditura implose in una intensissima luce richiudendosi su se stessa. Chiunque ci fosse al suo interno era stato distrutto e nulla neanche un Celeste avrebbe potuto sopravvivere al "bagliore" della morte emesso da un Serafino.

I ragazzi ormai erano senza armi, Mastrit era stata distrutta come il bastone di Bitael, addirittura sbriciolato; altre sincronizzazioni non sarebbero più state possibili, ora ognuno era tornato padrone del proprio destino. Rimaneva da fare ancora una cosa, purificare i due fratelli caduti. Entrambi erano stati catturati da due Dominazioni, i guerrieri meglio addestrati dell'intero universo, e tenuti incatenati all'interno "dei vuoti", piccole celle tascabili che quella specifica specie di Celesti portava sempre con sé.

«Vuoi dire che è finita?» chiese Andrea a Gabriel.

«Credo di sì», ma mentre parlava, Sharon perse i sensi.

«Shari!» esclamò Martina prendendola al volo.

«Guardate il suo polso» continuò la ragazza.

«Il sigillo che le aveva fatto Bitael è scomparso»

«Aspetta, lo scettro di Bitael, dov'è?» chiese Andrea.

«Ehm, adesso è polvere implosa…ogni cosa al suo interno è scomparsa per sempre, anche Lily a cui dobbiamo la nostra vita»

«Aspettate» interruppe Gabriel.

«Non aveva mica detto che era stato una sorta di stregone a farle questo?»

«Sì, ma cosa c'entra adesso?» chiese Martina, mentre tra le sue braccia Sharon ansimava come intrappolata in un brutto sogno.

«Se quello "stregone" di cui parlava è lo stesso che siamo riusciti a catturare, possiamo obbligarlo a fare qualcosa, almeno alleviare i sintomi»

«Come alleviare?!...DEVE togliere qualunque diavoleria le abbia fatto, altrimenti me ne occuperò personalmente»

«Calma Martina, non credo esista alcun modo in cui tu possa far male a quella creatura…e poi è sempre un prigioniero di guerra»

«Credi che mi importi qualcosa di cosa o chi sia? o la libera da questo o troverò il modo di ferirlo» Gabriel e Andrea si astennero dal rispondere.

«Il campo dovrebbe essere qui vicino ragazzi, Sharon la porto io» disse l'Arcangelo che intanto prendeva la ragazza.

Arrivati al nuovo campo Celeste, i ragazzi rimasero impressionati dal fatto che non differiva molto da un classico campo militare umano, senza più Bitael che creava le stanze bianche, le cose erano tornate com'erano sempre state: semplici.

Il campo si estendeva per un centinaio di metri, tutte le tende erano di un colore verdognolo e forse, per la prima volta, le cose sembravano "normali", anche con creature alate che camminavano tranquillamente tra un alloggio e l'altro. Gabriel lasciò Sharon in una delle tende mediche, che si potevano riconoscere facilmente poiché da fuori avevano il simbolo della bandiera svizzera.

«Perché avete il simbolo della Svizzera sulla tenda?» chiese Andrea a Gabriel.

«Anche se siamo in Svizzera, non vuol dire che abbia a che fare con la Svizzera, quel più o croce vuol dire "Aiuto" e vale così in quasi tutti i mondi abitati»

«Siamo in Svizzera?» chiese sorpresa Martina.

«Già, anche prima della guerra non c'era molto che mi piacesse di questo luogo, ovvio non meritava la fine che ha fatto, però sai con solo cioccolato, oro e orologi ti annoiavi subito...forse il C.E.R.N. poteva crearmi interesse, un vostro vano tentativo di capire qualcosa che non comprendete»

«Grazie per averci detto "ignoranti" amico» disse Andrea ironico.

Proseguendo per le file di tende, arrivarono fino a quelle delle Dominazioni, dove all'interno si potevano vedere solamente armi ed i due guerrieri a gambe incrociate che meditavano. Andrea per curiosità si avvicinò a quella che sembrava una pallina blu, deposta insieme ad altre quattro su un piccolo scaffale.

«Fermo!» ammonì uno dei guerrieri.

«Se vuoi far saltare in aria mezzo campo fa pure, ma aspetta almeno che me ne sia andato» continuò.

«Scusa...non l'ho toccata» disse Andrea leggermente colpevole.

I due guerrieri si misero in piedi per "accogliere" gli ospiti.

«Cosa possiamo fare per voi?» domandò il primo.

«Ci servono i tre prigionieri che avete appena catturato» disse Gabriel con il tono più regale e solenne che conoscesse.

«Sai bene Gabriel che questi prigionieri dovrebbero essere processati, tu più di tutti come Principe dovresti rispettare i valori ai quali hai prestato giuramento, dico bene?» Gabriel non riusciva nemmeno a guardarlo, sapeva che aveva ragione, ma cosa poteva fare?

«Grazie e scusate per il disturbo» disse mentre indicava ai ragazzi di uscire.

«Aspetta Gabriel, ma lasciamo tutto così? Sharon sta morendo, cosa credi che ti direbbe Bitael se fosse qui?!» disse Martina irritata. L'Arcangelo, senza parole, uscì dalla tenda lasciandosi tutto alle spalle.

«Perché l'hai fatto Martina?» chiese Andrea.

«Era l'unico modo»

«Non riusciremo a salvare Sharon se Gabriel ha il cuore spezzato»

«Ma ti senti? un Arcangelo come Gabriel che soffre come gli umani per una donna»

«Sì» Martina tacque e anche lei dopo Andrea uscì dalla tenda. Le due Dominazioni erano tornate alla loro meditazione di battaglia ignorando completamente, o quasi, l'intero discorso.

Quella sera nessuno riuscì a dormire, era da dire che le brandine non erano per niente comode, oltre che leggermente trasandate, ma cosa si poteva pretendere, o procurare, da un mondo distrutto?

Andrea aveva bisogno un po' d'aria e rimettendosi la sua tunica, usata in precedenza come cuscino, uscì dalla tenda. Fuori il vento era fresco e pungeva sul viso, la luce era stata ridotta anche se alcune torce erano state posizionate ogni tre alloggi per dare un punto di riferimento a chi si muoveva in piena notte.

"Devo recuperare quelle capsule" pensò mentre ripercorreva con la mente il percorso fatto alcune ore prima. Arrivato all'alloggio delle Dominazioni, il ragazzo vide che era vuoto, i due Celesti molto probabilmente stavano facendo altro. Un paio d'ore prima infatti alcuni esseri definiti superiori —per grado— avevano convocato una sorta di assemblea e quindi lui aveva tutto il tempo, o almeno quello usato dal consiglio. Sbirciando alla sua sinistra vide Martina che di soppiatto si stava avvicinando.

«Che ci fai tu qui?» chiese la ragazza a bassa voce.

«Ti potrei fare la stessa domanda» rispose il giovane sorridendole.

«Dobbiamo fare qualcosa per Sharon, non possiamo lasciarla morire così, non le resta più di qualche ora»

«Non credere che non lo sappia…io vado a prendere le capsule e tu fa da sentinella, trova un modo di avvisare se arrivano»

«D'accordo».

Entrato nella tenda bisognava evitare di toccare le granate, altrimenti addio mondo seriamente. Il problema era che tutte le capsule sembravano uguali e neanche si potevano portare via tutte, le Dominazioni non erano stupide se ne sarebbero sicuramente accorte. Guardando meglio notò che alcune irradiavano una piccola luce verde fosforescente, rimasta nascosta per via del focolare esterno.

«Andrea, ci sei cavolo?! Sei dentro da una vita» disse bisbigliando Martina.

«Ehm, sembrano tutte uguali!»

«Bene, non sono Pokémon, scegli quello che ti sembra più giusto, hai un minuto…stanno tornando»

«…merda…». Andrea velocemente ne prese cinque a caso, tra quelle che stavano luccicando con il verde fosforescente, ed uscì dalla tenda prima che qualcuno se ne accorgesse.

«Le hai prese?»

«Sì, spero siano giuste»

«Anch'io».

La stessa sera i ragazzi si allontanarono dal campo con le capsule in mano, erano intenzionati a salvare Sharon a tutti i costi.

«Come obblighiamo Harut a salvare Sharon e i due fratelli?» chiese Andrea.

«Con questi due» disse Martina e da dietro tirò fuori delle catene e un pugnale.

«Ma sono in…»

«Sì, assolutamente, nessun Celeste può scappare da queste, dovrebbero funzionare» e guardandosi fecero lo stesso sadico sorriso. Posate le catene, aprirono la capsula, che non appena fu a terra liberò una forte luce verdastra. Una volta che il bagliore si diradò, Harut si trovò legato e incatenato, come in precedenza era stato Tony.

«Sono in puro Ditrigio» disse Andrea sicuro di sé.

«No dai, dimmi qualcosa che non so, conosco queste cose da prima che venissi al mondo tu e la tua miserabile razza» commentò il Mago con disgusto.

«Calma, abbiamo un accordo da proporti...» ma Harut sembrava ignorare completamente, o quasi, le parole del giovane davanti a lui.

«Ho qualcosa che ti potrebbe interessare, la tua libertà. Non credo ti piacerebbe essere condannato dai Celesti» il viso del "Mago" sembrò mutare, ma senza scomporsi troppo.

«Ti ascolto» disse serio.

«Dovresti purificare Tony e Ryan, facendoli tornare come un tempo»

«E io che pensavo peggio...» ma fu interrotto.

«E...curare Sharon» non rispose.

«Cosa c'è? credo che qualunque cosa tu le abbia fatto, dovresti sapere anche come invertirla»

«Non credo»

«Cosa intendi?!» disse irritata Martina.

«Per i vostri amici non c'è nessun problema, i Celesti "mutano in continuazione" e la loro anima è completa, ma per lei è diverso, la sua anima adesso è come un mattone di sabbia che si è già disgregato ben oltre la metà, tutto quello che posso fare è rallentare i sintomi, ma non potrà vivere per più di una settimana...mi dispiace» disse, ma Martina esplose in una rabbia mai vista.

«È tutta colpa tua figlio di...» e non accorgendosi neanche di quello che faceva, piantò il pugnale che aveva in mano nel corpo di Harut.

XVI
L'inizio della Fine

Harut non disse nulla e forse manco aveva sentito niente, la lama in Ditrigio si era conficcata nella sua spalla.

«Martina ferma, se muore non ci servirà a nulla»

«Oh a me servirà parecchio» rispose la ragazza. Piano piano Andrea si avvicinò alla ragazza togliendole la lama dalla mano, lei sembrava stesse piangendo e l'unica cosa che venne in mente al ragazzo fu di abbracciarla. Lei rispose stringendo ancora più forte, sembrava come se abbracciarla non fosse mai abbastanza e forse —indirettamente— nella sua mente si era creata l'idea che se avesse stretto di più ciò a cui teneva, non se ne sarebbe andato.

«Che scena toccante…io avrei ancora la lama sulla spalla, non è che sareste così gentili da toglierla?» Andrea avvicinandosi la estrasse e con la poca luce che avevano riuscì a vedere che la ferita in pochi secondi si era rimarginata, senza lasciare la benché minima traccia.

«Allora procediamo con l'accordo? Sapete io sono pressoché immortale ma voi no» disse con molto sarcasmo.

«Ma sta un po' zitto» imprecò Andrea.

«Non abbiamo più catene, come procediamo per la purificazione?»

«Allora, tracciate questo simbolo sul prato» e nella loro mente sembrò materializzarsi una sorta di intreccio di linee che ricordavano più "S" incatenate tra loro. Con il pugnale incisero quello strano segno, per poi porre al suo centro le due capsule in cui erano imprigionati Tony e Ryan. Usciti da esse le loro forme da semi-Celeste caduto non erano variate, ma non appena tentarono fare un passo, delle catene color porpora li immobilizzarono.

«Che cosa sono queste diavolerie?» chiese Tony.

«Indovina indovinello» disse Harut ridendo.

«Ors Micaloz Vgear Napta, Napta Vgear Micaloz Ors Itres icoliem…» recitò il Mago come se fosse in una sorta di sermone. I suoi occhi, da luminosi com'erano, divennero interamente bianchi, mentre quella preghiera non smetteva di uscire dalla sua bocca. Il simbolo che teneva incatenati Tony e Ryan creò una sorta di cerchio intorno a ai caduti, illuminandosi anch'esso di una sospetta luce porpora, leggermente più scura delle catene.

«Andrea!» esclamò Martina, indicando la direzione dell'accampamento. Un'altra luce dello stesso viola intenso aveva creato una colonna intensa diretta verso l'infinito, rompendo la quiete e l'oscurità del luogo. Una volta che tutti i bagliori si diradarono, i ragazzi notarono che Harut se n'era andato lasciando solamente un messaggio nell'aria:

«Ho mantenuto la mia parola…a proposito potevo liberarmi quando volevo» e una sorta di strana risata riecheggiò nel vento, prima che ogni minima traccia di lui fosse del tutto eliminata dalla natura.

Alla loro sinistra due figure stavano tentando rimettersi in piedi.

«Ragazzi, che mi è successo?» chiese una voce confusa e nuova.

«Ryan, sei tu finalmente» e Tony abbracciò suo fratello come mai avrebbe pensato di fare.

«Oh attento…stranamente sono vivo, cavolo mi è sembrato di vivere in un incubo per così tanto tempo, quella creatura Temel, aveva il controllo su di me. Mi ha raccontato di essere stato un

Podestà una volta, ma poi qualcosa si impossessò di lui come fosse un virus…»

«Tranquilli, è finita» disse Andrea per rassicurarli.

«Tony, come ti senti?»

«Bene, ma molto stanco, devo chiederti scusa amico, Umabel sembrava impazzito, non mi ascoltava più e ha cominciato ad impossessarsi di me»

«Tranquillo, non eri tu a parlare…Martina, dobbiamo andare a vedere Sharon» disse calmo Andrea.

«Giusto!» rispose la ragazza.

Arrivati alla tenda medica videro che Sharon dormiva serena, senza più quel tormento infernale, che le stava rendendo la vita un incubo. Quel simbolo violaceo, ancora sul suo polso, non se ne sarebbe mai andato, ma almeno la ragazza avrebbe avuto ancora alcuni giorni da vivere. Martina al solo pensiero che l'amica potesse morire, non riusciva a trattenere le lacrime, trovava sempre qualche scusa per evitare che qualcuno, oltre ad Andrea, la potesse vedere in quello stato.

Nella stessa tenda lasciarono Tony e Ryan, quest'ultimo, presa una brandina, si addormentò profondamente, come se non dormisse da una vita.

Usciti dalla tenda Andrea e Martina si diressero insieme ai propri alloggi, la loro strana fortuna o sfortuna, era stata che le tende fossero una di fronte all'altra.

«Buonanotte Martina»

«Buonanotte Andrea»

Anche dopo queste parole, nessuno dei due smetteva di guardarsi negli occhi. Era strano, ma sembrava che guardandosi, il mondo non fosse poi così devastato o disastrato. Guardarla negli occhi faceva sentire ancora una speranza ad Andrea, speranza per quel mondo e per tutte quelle persone che con ogni parte del proprio animo desideravano tornare alle proprie vite che tanto potevano aver odiato o disprezzato prima della guerra. Tra i loro occhi la sinfonia del silenzio che danzava alla luce dei focolari e mentre i loro visi si avvicinavano sempre di più, i loro cuori battevano senza ritmo ad un'elevata velocità. I loro occhi si chiusero, mentre poco a poco le loro labbra si sfioravano.

«Ragazzi, potete spiegarmi la luce che io e l'intero consiglio abbiamo visto?» domandò Gabriel avvicinandosi. Non appena la sua voce arrivò agli uditi dei giovani, la magia si sgretolò in miliardi di frammenti di speranza evaporata. Imbarazzati si allontanarono l'uno dall'altra.

«Gabriel...ehm com'è andato il consiglio di guerra?» chiese Martina con un leggero colorito sul viso.

«Non cambiare discorso signorina, ho la sensazione e la certezza che sappiate qualcosa della colonna di luce, che stranamente proveniva dalla tenda medica, dove guarda caso riposa Sharon» disse con tono serio, i ragazzi guardandosi velocemente intesero la stessa cosa...«Scusaci Gabriel, ma abbiamo dovuto, stava morendo!» disse Andrea prima di venir interrotto dall'Arcangelo.

«Siete riusciti almeno a salvarla?»

«Purtroppo no, le resta una settimana, era il massimo che si poteva fare»

«Capisco, i due fratelli, invece, sono stati purificati?»

«Sì»

«Bene, lato positivo non prenderò la colpa io, sinceramente speravo che lo faceste, io non avrei potuto, avrei perso la lealtà di questi soldati e mi dispiace ragazzi, le cose per noi sono molto più complesse a volte»

«Immagino di sì» disse Martina.

«Allora credo che sia ora, per me e Andrea, di andare a dormire, giusto?» continuò facendo cenno ad Andrea che subito intese.

«Buonanotte» dissero entrambi prima che lei andasse nel suo alloggio.

«Non è che ho interrotto qualcosa?» chiese Gabriel com'era suo solito: senza emozioni.

«Noo, ma cosa...sì» ripose il ragazzo con sarcasmo.

«Scusatemi» disse l'Arcangelo con una leggera nota di colpa.

«Tranquillo, buonanotte Gabriel»

«Notte» rispose Gabriel rimasto solo in mezzo alle tende.

Una delle nuove missioni, che buona parte degli Angeli ricevette, fu di cercare comunità sopravvissute e aiutarle nella ricostruzione delle loro città. In soli tre giorni le cose cambiarono in meglio, o almeno si sperava, ma quella mattina qualcosa non sembrò andare bene ad uno di quei gruppi. Il team angelico numero ventuno era partito con dieci membri e solo due erano tornati. Camminavano appena, entrambi avevano una delle ali tagliata e le loro ferite sembravano molto profonde. La cosa che lasciò diversi Celesti sorpresi fu che non si rigenerassero, uno strano veleno sembrava consumarli dall'interno.

Quando Gabriel entrò nella tenda medica, per capire cosa stesse succedendo, rimase shoccato da quello che quei due poveri Angeli gli comunicarono, bisbigliando appena. Una volta terminata la comunicazione del messaggio che portavano, il veleno si riattivò e poco a poco sembrò farli invecchiare ad un ritmo sempre più incalzante. I secondi divennero ore e i minuti millenni, in quella coppia disperata di minuti i loro volti divennero scuri come la terra, fatti di un tessuto ormai morto che stava selvaggiamente disgregandosi. Gabriel non riuscì a guardare fino alla fine e per la prima volta provò qualcosa di strano allo stomaco, velocemente uscì dalla tenda accasciandosi in ginocchio sull'erba.

Andrea si avvicinò incuriosito.

«Amico, stai bene?»

«C'è qualcosa nel mio stomaco che non va, ho appena visto alcuni miei fratelli morire in una maniera che neanche puoi immaginare» disse Gabriel.

«Tralasciando il fatto che non usiate lo stomaco, credo sia nausea»

«Nausea?»

«Per te è una cosa nuova, ma per noi è molto comune, mangiato male, preoccupazione, paura, stress, qualcosa che ci ha sconvolto...io direi che è più quello nel tuo caso»

«Concordo Andrea».

«Che ti hanno detto di così tremendo, tanto da sconvolgere un Arcangelo come te?» chiese Andrea innocentemente.

«Mi ha detto solo tre parole» disse nella maniera più insicura possibile.

«Quali parole Gabriel?» insistette il ragazzo.

«Ghimerion - è - vivo».

Andrea sentì improvvisamente una forte nausea e lo stomaco rimescolarsi, finché non vomitò la colazione sul prato dietro ad una tenda.

Dopo un paio di ore finalmente il ragazzo aveva accettato la realtà di quelle tre parole, non sarebbe stato facile adesso che nessuno aveva più armi, nessuno poteva più sincronizzassi e l'esercito non era più così numeroso. Alcuni Celesti si erano recati a controllare, come una sorta di spie, se la notizia fosse vera, ma uno solo della coppia fece ritorno e ciò che comunicò non fu per niente incoraggiante. Il superstite raccontò che l'esercito adesso sembrava più numeroso di prima. Scappato miracolosamente dalla fenditura, Ghimerion aveva richiamato ogni singola truppa dispiegata nei quattro angoli della Terra, ricreando l'esercito andato distrutto nell'implosione.

«Ha detto che conosce dove si trova ogni singola colonia di superstiti su questo pianeta e che per quello che gli abbiamo fatto, lui le annienterà una dopo l'altra e che ovunque andremo troveremo solo cadaveri o pezzi di essi» spiegò infine il superstite.

«Dobbiamo attaccare adesso!» esclamò un vecchio Serafino dalle ali color platino-iridio.

«Siamo in svantaggio numerico» fece notare un altro dalle ali color zaffiro.

«Gabriel di' qualcosa, la decisione deve essere presa da tutti e quattro» parlò il terzo con le ali color argento.

«Dobbiamo, prima cosa, essere sinceri con noi stessi e fare il rapporto della situazione. Il nostro esercito è in netto svantaggio e capisco il fatto che abbiamo quasi una decina di Dominazioni che potrebbero equilibrare, ma non è abbastanza, non possiamo più contare neanche sulle sincronizzazioni dei ragazzi, tutte le armi sono andate distrutte… i Troni e Cherubini qualcuno è riuscito a sentirli? Sono qui da molto prima di noi» nessuno rispose.

«Possiamo contare su almeno quattromila Angeli, quasi un centinaio tra Arcangeli e Podestà, e le Dominazioni, potrebbero bastare, ma dobbiamo chiamare chiunque sia rimasto, se possiamo finire questa guerra una volta per tutte, vale la pena di rischiare» spiegò l'Arcangelo.

«Quindi cosa ci staresti proponendo Principe Gabriel?» chiese il Celeste dalle ali di platino.

«Di attaccare con tutto quello che ci è rimasto, ogni singolo Celeste agli angoli di questo fottuto pianeta deve capire che potrebbe essere l'ultima battaglia da combattere…e poi possiamo ancora contare su un'arma»

«Quale sarebbe?» chiesero increduli.

«Ho la certezza che tutti e sette i frammenti degli spiriti Arcani siano liberi» adesso i tre Serafini parlavano all'unisono, ognuno dichiarando la propria ragione sul perché fosse un'idiozia.

«Sai che è solo una leggenda, se siamo su questo pianeta è per concludere la guerra e non per raccontarci vecchie storielle» conclusero fermi i tre Principi.

«Con i miei stessi occhi ho visto luoghi che neanche lontanamente potreste immaginare, ho conosciuto persone e Celesti che mai avrei pensato in vita mia di incontrare, ho provato cose che la nostra stessa razza ha represso ormai da Eoni. Io vi giuro sul titolo di Arcangelo e su quello di Principe del Regno Eterno che le mie parole sono reali, gli Arcani non sono solo leggende loro continuano a vivere in tutto ciò che esiste e in tutto ciò che è vivo, quindi vi prego di credere alle mie parole, perché in nessun caso e tanto meno in un momento come questo, io vi mentirei».

Dopo un paio d'ore gli Angeli messaggeri erano stati inviati ai quattro angoli della Terra, con il messaggio che Gabriel aveva scritto:

"A tutti i Celesti rimasti.

Io Gabriel, quarto principe del Regno Eterno, richiedo la vostra presenza, per un'ultima volta, sul campo di battaglia. Vi sto chiedendo di avere fede per l'ultima volta e di fare l'ultimo grande sacrificio, tutti nell'universo ricorderanno questo giorno, il giorno in cui il male fu vinto definitivamente. Tra ventiquattro ore dall'invio di questo messaggio, le prime truppe voleranno verso il luogo dello scontro, gli esseri umani conoscevano tale luogo come la città di Ginevra. Ormai qui è tutto desolazione, facciamo sì che sia l'ultima volta che una specie innocente venga annientata. Abbiamo bisogno di voi.
Che il sole possa sorgere e che nella sua luce, l'oscurità possa essere schiava della giustizia.

I.M.A.M.O".

Negli alloggi maschili Gabriel stava cercando Tony e Ryan.

«Ragazzi, ho una cosa da chiedervi, siete ancora in grado di sincronizzarvi?»

Prima che il fratello potesse parlare, Tony rispose:

«Se li spiriti dei nostri Celesti sono ancora vivi, credo di sì, il mio arco è integro, così come la sua lancia»

«Bene, Andrea chiederei a te, Martina e Sharon di rimanere a terra questa volta, senza sincronizzazione, non vorrei avervi sulla coscienza, vi sembrerà strano ma ho sviluppato una sorta di affetto verso di voi» disse l'Arcangelo prima di incamminarsi verso l'uscita, ma una volta fuori…«Gabriel, cos'è questa storia che io e le ragazze rimaniamo a terra? Dateci un'arma e saremo utili come gli altri, noi non siamo come te, noi moriremo lo stesso, spero non domani, ma succederà e di sicuro non ti lascerò le spalle scoperte…se domani dovrò morire lo farò con onore sul campo di battaglia, e non invecchiando con il rimpianto di non aver fatto nulla quando potevo» concluse.

«Porta Martina e Sharon con te, tenda rossa, quella è l'armeria, dite che vi mando io, fatevi fare delle armature…ci vediamo domani mattina sul campo di battaglia»

«Grazie Gabriel» disse il ragazzo mentre l'Arcangelo scompariva nel labirinto di tende.

Prese le ragazze, i tre si diressero verso la tenda rossa e con grande sorpresa di Sharon trovarono una sua vecchia conoscenza.

«Arael!»

«Ci conosciamo giovane donna?»

«Ti abbiamo incontrato io e Tony tempo fa in Francia, nell'accampamento di Bitael»

«Aspetta, ricordo una ragazza curiosa, chiedesti informazioni su di un bracciale…»

«Che potenziava l'anima» disse la ragazza interrompendo il Cherubino.

«Sono sorpreso che siate vivi, comunque cosa posso fare per voi oggi?» e qui intervenne Andrea.

«Ci manda Gabriel, puoi farci delle armature?»

«Mio caro, creo armature da prima che nascesse il vostro Sole, accomodatevi». Dentro la sua tenda non si notava la benché minima traccia di fuoco o forni, come ci si aspettava da qualcuno che "forgiava" armi ed armature, l'intero spazio era pieno di pesanti bauli di uno strano colorito metallico.

«Esattamente come fai le armature?» chiese incuriosito Andrea.

«Aspetta e vedrai ragazzo impaziente, mettiti sul piedistallo» e notando meglio, al centro esatto dell'alloggio si ergeva un piedistallo con forma cilindrica di color crema. Al ragazzo, salito sul piedistallo, gli venne chiesto di togliersi la tunica nera e rimasto solamente con jeans e maglietta —ormai scolorita— aspettò che il Cherubino gli mettesse una sorta di spilla grande quanto un CD sul petto. Dal disco uscì una sorta di liquido molto simile a quello della sua sincronizzazione, che una volta posto in tutto il corpo solidificava creando come una seconda pelle, molto più spessa e di color platino.

«Cavolo è leggerissima» disse il giovane.

«Non esiste armatura più leggera e più resistente, nel nostro mondo è qualcosa che si da a guerrieri ormai esperti, qui potresti sopravvivere a tutto, o meglio a qualunque pericolo presente nel tuo mondo…chi è la prossima?» chiese indicando le ragazze.

«Io» rispose Sharon e in un secondo era già sul piedistallo.

«Allora mia cara, la tuta che portate è una versione più avanzata di quella del vostro amico, permettetemi» e toccando dei punti vicino all'ombelico, un disco, simile anch'esso ad un CD, rimase in rilievo sulla tuta bianca. Arael semplicemente toccò qualche tasto invisibile e il gioco era fatto.

«Adesso è calibrata sulla tua necessità, ogni volta che penserai di averne bisogno o che ti troverai in una situazione di pericolo o di stress estremo, l'armatura si attiverà automaticamente» pochi secondi e fece lo stesso con Martina.

«Parlando di armi, in cosa siete stati addestrati?» chiese il Cherubino.

«Spada» rispose Andrea.

«Sai» Sharon.

«Katana, anche se... non è che per caso hai armi da fuoco?» chiese speranzosa Martina.

«In effetti...» aprendo uno dei bauli, la ragazza vide armi da fuoco di ogni categoria, e senza esitare prese la sua solita coppia di Eagle.

«Non sono infinite le munizioni, prendila lo stesso» e le diede una katana dalla lama di cristallo accompagnata dal suo fodero bianco. La spada di Andrea, era molto simile a Mastrit, l'unica differenza era che, come la katana di Martina, anch'essa aveva una lama di cristallo grigio, e in egual modo le Sai di Sharon.

Una volta usciti dalla tenda, respirarono un'aria nuova, sembrava che nulla potesse fermarli. Avevano paura ovviamente, come non averne, stavano per finire su un campo da battaglia, ma sentirono di poterla controllare, anzi sarebbe stata il loro carburante.

"La vera essenza di ogni cosa è la paura, ti rende più forte e soprattutto ti fa dare il massimo quando credi di non essere in grado di compiere alcuna azione".

Quella notte il gruppo di giovani si era separato, Sharon, Tony e Ryan erano andati a chiacchierare con Arael, mentre Andrea e Martina, sdraiati sul prato, guardavano le stelle. Quella poteva essere la loro ultima notte insieme, così come amici e così come umani. Se la battaglia fosse finita con una sconfitta, l'umanità e tutto quello che sempre aveva rappresentato avrebbe cessato di esistere, così come i Principi dei Celesti che avrebbero combattuto ancora una volta, affianco all'ultimo esercito rimasto. Andrea e Martina guardarono le stelle parlando del più e del meno, ricordando chi avevano perso, chi avrebbero voluto vendicare, ma soprattutto tentavano visualizzare la loro vita dopo l'ultima battaglia.

«Se tutto va come dovrebbe, che farai dopo la fine di tutto questo?» chiese Andrea.

«Non lo so, ad essere sincera non speravo neanche di vederla la fine di questa guerra…te invece cosa prospetti per il tuo futuro?»

«Chi lo sa, credo che tornerò a casa, sperando che esista ancora, poi continuerò a fare le due cose in cui sono più bravo, imparare e combattere…hey perché non vieni con me?»

«Cosa intendi?»

«Anche se casa mia non ci dovesse più essere, potremmo continuare a viaggiare, il mondo dev'essere ricostruito, sarebbe bello non viaggiare più da solo, poi adesso che Tony ha ritrovato suo fratello, non so se continuerà a viaggiare, anche se sarebbe bello, tutti e cinque in giro per il mondo, come una famiglia»

«Sarebbe bello» disse leggermente cupa.

«Hello!» esclamò una voce alle loro spalle. «Piccioncini, possiamo unirci a voi?» chiese Sharon seguita da Tony e Ryan.

«Shari, ma certo» disse Martina.

«Di che avete chiacchierato con Arael?» continuò curiosa.

«Nulla di che, come funzionano le nostre armature, ma ci ho capito ben poco» rispose la ragazza ridendo.

I cinque ragazzi continuarono a guardare le stelle, accompagnati da un lieve soffio di vento fresco, finché non si addormentarono.

La mattina seguente la prima a svegliarsi fu Sharon e guardandosi intorno vide che i suoi vicini, Andrea e Martina, si erano addormentati abbracciati. "Tanto lo sapevo che si piacevano" pensò la ragazza divertita. La calma mattutina durò ben poco quando delle forti trombe cominciarono a suonare in maniera assillante.

«Ragazzi è ora» disse Sharon, muovendo i suoi compagni per fargli alzare.

«Di già?» disse Tony con una voce ancora assonnata.

«Sì dormiglione, si va in guerra!».

I ragazzi mangiarono pochissimo per colazione, non avevano appetito, e come dargli torto, stavano per combattere in una delle battaglie più importanti della storia. Quel giorno sarebbe rimasto nella mente di tutti e con molta fortuna bisognava fare il possibile per sopravvivere. Alzatisi dal tavolo, si diressero agli alloggi per l'equipaggiamento e dopo non appena tre minuti tutti furono pronti ed armati. L'armatura di Andrea, così come quella delle ragazze, scintillava al Sole, emanando riflessi bianchi e platino, mentre sia Tony che Ryan si alzavano semplicemente il loro cappuccio nero, aspettando di essere sul campo per sfoderare la loro arma più potente: la Sincronizzazione.

Gli Angeli marciavano in formazione lungo due file, dirette verso ovest, il resto dei Celesti preferiva volare, era da dire che Gabriel —per quanto "giovane"— ci sapeva davvero fare con tutti i complicati protocolli militari.

«Dov'è Gabriel? Dovrebbe essere qui» chiese Andrea, e iniziando a correre si diresse verso il suo alloggio, ma una volta entrato non vide nessuno, la sua spada giaceva a terra trattenendo un foglio:

" *Ad Andrea*

Il nostro ultimo duello non ha avuto una vera e propria fine e credo che l'esito lo conosci già, eppure nella mia magnanimità ti offro l'opportunità di un ultimo scontro, solo io e te.

Ti aspetto sulle ceneri della tua amata città di Ginevra, esattamente sulle rive del lago...

...vieni solo.

Ghimerion Serafino delle Tenebre".

«Andrea, cosa sta succedendo?» chiese Martina fuori dalla tenda.

«Nulla, devo assentarmi per qualche ora»

«Spero tu stia scherzando, tra qualche ora si andrà in guerra, non puoi lasciare tutto così e non puoi lasciarmi qui come se niente fosse»

«Tu non capisci» disse Andrea agitato e nervoso.

«Spiegati allora»

«Ha Gabriel»

«Cosa?»

«Ghimerion ha preso Gabriel, non so come abbia fatto, ma l'hanno catturato, mi ha sfidato a duello o meglio dobbiamo finire quello iniziato sulla piattaforma»

«Tu non ci andrai da solo»

«L'ha chiesto esplicitamente»

«L'ha chiesto a te, ma a me non ha detto di non seguirti... insieme fino alla fine» disse la ragazza porgendo la mano all'amico.

«Fino alla fine...sbrighiamoci!»

«Quanto dista il lago da qui?» chiese Martina.

«Un po', sarà meglio trovare un modo per raggiungerlo velocemente, non abbiamo molto tempo» rispose il ragazzo che aveva già cominciato a correre tra le tende.

«Aspetta ho un'idea» disse mentre si fermava davanti alla tenda di Arael.

«Arael, ci sei?»

«Certo, entrate pure» rispose da dentro il suo alloggio.

«Non chiedermi perché, ma abbiamo bisogno un modo per raggiungere la riva del lago il prima possibile, hai qualche idea?» chiese con il fiatone Andrea.

«A dire il vero ho qualcosa che potrebbe aiutarvi» e cercando tra i moltissimi oggetti in uno dei suoi bauli estrasse una sorta di bracciale dal colore bronzeo.

«Ma quello è greco?!» esclamò velocemente Martina.

«Sì e no, diciamo che venivano anche usati nell'antica Grecia come adorno, ma hanno tutt'altra funzione»

«Ci può portare fino alla riva del lago?»

«Sì, questo è una sorta di manipolatore di spazio, spiegato semplicemente è come se imbrogliassi con un conta passi, per ogni passo che farai la distanza sarà quella di cento, più o meno, però non ve ne accorgerete nemmeno, ma...»

«...ma, dov'è la fregatura?»

«Nessuna fregatura, ci sono solo due viaggi e visto che andrete in due saranno di sola andata, siete certi di questo?».

«Sì» dissero all'unisono.

«Va beme, allora dammi il braccio ragazzo» e il bracciale fu messo sul polso di Andrea.

«Visualizza il luogo in cui vuoi essere trasportato... e buona fortuna».

Andrea e Martina si presero per mano e insieme pensarono al luogo di destinazione, tutto durò non più di un battito di ciglia, e riaprendo gli occhi si ritrovarono in un deserto di cenere. Davanti a loro il lago di Ginevra, mentre tutto l'intorno era una landa desolata, non un palazzo o una casa era rimasta in piedi, neanche i ruderi per ricordare la tragedia, solo cenere. In lontananza su di una duna si ergevano tre figure ormai più che conosciute, Ghimerion, Kayla e Gabriel, anche se quest'ultimo era in catene e in ginocchio davanti "all'Oracolo" traditore.

«Sei sicuro di questo?» chiese Martina.

«No, ma senza di lui l'esercito è perduto, ogni soldato crede in lui più che negli altri principi»

«Morirai!»

«Probabile, ma tenterei evitare, ho promesso ad una persona che l'avrei portata in giro per il mondo» una primordiale paura s'impossessò di Martina, che non riuscì più a "combattere" ciò che provava dentro e mentre i due si guardavano, lei gli prese le spalle e lo avvicinò velocemente, baciandolo. Il ragazzo, in un primo istante rimase spiazzato, ma nel profondo era ciò che desiderava e per la prima volta sentì battere il suo cuore in una maniera nuova, sembrava come se ogni cosa fosse esplosa in milioni di particelle che si sarebbero unite solo per creare stelle.

Era come se una nuova vita circolasse in lui, la sua stessa anima sembrava rinata.

«Spero di rivederti, voglio mantenere la mia parola» disse il ragazzo allontanandosi. Andrea aveva mentito alla ragazza, sapeva benissimo l'esito che quello scontro avrebbe avuto. Dare il massimo non sarebbe bastato, il suo nome era già stato segnato, inciso a fuoco nella roccia del fato che solamente aspettava la sua anima.

L'agitazione sembrava voler prendere il suo cuore, sentiva un miscuglio tra emozioni contrastanti, sembravano prese a caso e mescolate all'interno della sua mente creando un sempre più complesso labirinto di sensazioni.

«Ghimerion!» gridò il nome che aveva condannato la sua vita in pochissime parole.

«Mi aspettavi?…Eccomi!»

«Eccoti Andrea, pronto per morire…sai pensavo che come tutti gli insulsi esseri umani che ho ucciso saresti scappato via»

«Tutti muoiono, che siano esseri umani o esseri immortali o pressapoco come voi, ma oggi non credo sia il mio giorno» disse il ragazzo mentre estraeva la sua spada.

Ghimerion scese dalla duna per mettersi di fronte al suo avversario.

«Sono qui, ora liberalo!»

«Quando sarai morto, insieme al tuo mondo» e con furia, estraendo le sue spade in cristallo nero, sferrò il primo attacco. Andrea anche se in posizione di guardia, non riuscì minimamente a fermare il colpo, che lo fece indietreggiare di almeno una decina di metri. Di nuovo Ghimerion partì alla carica contro Andrea, ma questa volta il ragazzo gli venne incontro, schivando i fendenti come fossero aste di limbo, sfruttando questo fece partire l'attacco dal basso, ma venne inesorabilmente parato dalle ali del Serafino. Fermata la spada, un forte calcio sul petto fece piegare Andrea, il colpo allo sterno, anche con l'armatura, si era sentito e adesso respirare sembrava una grande impresa. Anche sputando sangue, Andrea si rialzò, la sua volontà non conosceva limiti. Ancora una volta tentò attaccare, ma allo scontro delle armi la spada del giovane andò in mille pezzi, come fosse di semplice vetro. Ghimerion rimise le spade velocemente nel fodero, prima di passare al combattimento corpo a corpo. Il ragazzo sembrava sfinito dopo solo pochi minuti di duello, chi guardava non riusciva neanche a capire perché ogni volta si alzasse. Di nuovo, dopo una serie di colpi che non riuscì a parare, finì sul tappeto di cenere che ricopriva il suolo.

«Perché persisti in questo vano tentativo di salvarti? lo sapevi fin dal principio che venendo qui saresti morto» disse Ghimerion e sputando un misto tra saliva e sangue, Andrea si rimise ancora in piedi.

«Ho scelto l'onore e la speranza, cosa che nessun'altra specie oltre a noi possiede»

«È finita Andrea, che la tua anima possa riposare e salvarsi dalle fiamme della dannazione!» e con quelle parole estrasse di nuovo le spade e con un rapido movimento dei polsi, le fece ruotare conficcandole nel corpo del ragazzo, trapassando l'armatura come fosse una foglia secca sul fuoco.

«Andrea!» urlò Martina, a distanza, in una voce soffocata dalle lacrime, la scena era riuscita a fermare il suo cuore per un istante sembrato infinito.

«Parlando di onore, non hai rispettato l'unica regola da me posta, dovevi venire da solo» disse Ghimerion guardando il corpo di Andrea ansimante al suolo, con le spade conficcate fin dentro la terra.

«Ora che lo scontro è finito, vediamo cosa potrei farne della tua amica, Kayla pensaci te, vedi di divertirti» disse con un ghigno ironico e sarcastico.

«Non...non ti azzardare» disse con parecchio sforzo Andrea.

«Cosa hai detto?» si girò incredulo il Serafino.

«Non...toccarla» continuò.

«Altrimenti?» ma Andrea ignoro l'ultima parola e con le ferite aperte e sanguinanti si rimise in piedi.

«Non...non lascerò che ti avvicini a lei, né tu...né quel mostro là sopra» disse il ragazzo mentre trascinava i piedi sulla cenere.

«Dimmi Andrea, quante volte dovrò ucciderti?».

Riprese le spade dal suolo, le conficcò ripetutamente nel suo corpo ormai morente. Questa volta Andrea non voleva fermarsi, egli continuò a camminare anche con le lame che lo dilaniavano, finché non toccò l'acqua del lago, dove voltandosi verso il suo avversario, si lasciò svenire.

«Perdonami Martina» disse prima che i suoi occhi si chiudessero sotto quel leggero strato di vento liquido.

XVII
L'ultima Speranza

Andrea si ritrovò in un luogo pieno di luce, sembrava come camminare sulle nuvole, avvolti da un cielo perennemente azzurro. Iniziò a correre nervosamente prima da un lato e poi nell'altro, ma l'unica cosa che sembrava realmente muoversi erano le nuvole intorno a lui.

"Okay, bello scherzo, fatemi uscire da qui oppure ditemi dove diamine mi trovo" tentò urlare il ragazzo, ma la sua voce sembrava non esistere, la sua bocca si apriva e si chiudeva, ma il suono sembrava azzerato.

"Calmati Andrea" cominciò a sentire nella sua testa "chi sei? esci dalla mia testa, o meglio prima dimmi chi sei e poi esci dalla mia testa".

"Calmati, sono io Mastrit"

"Com'è possibile? Ho visto la spada andare in frantumi"

"Certo che la tua attenzione è pari a quella di un buco nero, il mio spirito ci viveva dentro, non ero la spada"

"Allora perché te ne sei andato?"

"Non l'ho fatto, sono sempre stato con te, sei te che pensando che io me ne fossi andato non hai più provato a chiamarmi"

"Bella scusa"

"È la verità, considerando che tutto ciò che esiste l'abbiamo fatto noi, sarebbe illogico e inutile se ti mentissi"

"Hai vinto, quindi dove siamo adesso, dentro la mia testa?"

"Non esattamente, ma non è importante, vedi di non farti ammazzare"

"Ma cosa…".

Tutto scomparve intorno a lui, e sentendosi risucchiato da una forza sovrumana, una volta aperti gli occhi, vide lo strato d'acqua sopra di lui. Velocemente si ricordò che Martina fosse in pericolo e di colpo si alzò.

«Figlio di puttana di un Serafino, non ti azzardare a toccarla» urlò Andrea.

Anche voltandosi di scatto Ghimerion non vide arrivare il colpo che lo prese in pieno viso, quando si accorse che di fronte a lui il ragazzo era ancora vivo e che le sue ferite stavano chiudendosi, cominciò a preoccuparsi.

«Cosa sei?»

«Sono l'umano che ti sconfiggerà» e una forte luce cominciò a circondarlo. Dal centro del suo petto cominciò a fuoriuscire di nuovo quella sostanza dorata che in poco tempo aveva ricoperto tutto il suo corpo. Quando la luce si attenuò Andrea era tornato nella sua forma semi-Celeste, Mastrit non lo aveva abbandonato e in un modo o nell'altro c'era sempre stato, la loro anima era legata per l'eternità, avrebbero continuato a combattere insieme fino alla fine dei tempi.

«Tu dovresti essere morto, ti ho ucciso!» disse Ghimerion pieno d'ira, ma Andrea non rispose e servendosi di una poderosa spinta delle ali riuscì a calciare il collo dell'avversario, spedendolo in mezzo alle acque. Velocemente volò fino a raggiungere Kayla, la quale non sembrava molto sorpresa.

«Ci vediamo sul campo di battaglia mio caro» disse la Celeste prima di lanciare Gabriel addosso al ragazzo, per poi dirigersi alla ricerca di Ghimerion, scomparendo nelle profondità delle acque.

Liberato Gabriel, il giovane semi-Celeste andò verso la ragazza che aveva assistito a tutta la scena. Atterrò di fronte a lei e senza dire nulla, la avvolse con le sue ali e prendendole il viso tra le mani la baciò.

«Abbiamo una battaglia da vincere, sei pronta?» chiese il ragazzo quasi sussurrando, lei annuendo salì sulle sue spalle e insieme a Gabriel si diressero verso il campo di battaglia.

* * *

Kayla, scesa fino alle profondità del lago per recuperare Ghimerion che intano si era seduto sul fondo a pensare, aprì una fenditura nello spazio, creando di nuovo uno squilibrio tra le sfere temporali esistenti. Il tempo era mutato ancora, arrivando a che un solo secondo, all'esterno, equivalesse a mezz'ora nello spazio bianco.

«Perché li hai lasciati scappare? Potevi affrontarlo benissimo era un semplice semi-Celeste l'avresti annientato in poco tempo» disse Kayla, ma lui furioso si alzò e le diede uno schiaffo direttamene sulla parte destra del viso.

«Non ti permetto di dirmi ciò che posso o non posso fare, quello non è un semi-Celeste normale. In genere se li uccidi muoiono, non tornano in vita ogni dannata volta» disse urlando, ma la Celeste si limitò a guardarlo ironica e superba.

«Sai bene che potrei buttarti in una sfera temporale dove ogni secondo equivale a milioni di anni, mi basterebbe un minuto e tu moriresti velocemente "Serafino"» disse infine Kayla accentuando con disprezzo l'ultima parola.

«Tranquilla, ovviamente non c'è bisogno di scaldarsi tanto… sappiamo entrambi quanto tu sia essenziale a questa operazione»

«Entrambi?»

«Harut esegui!» urlò Ghimerion e alle spalle di Kayla il mago apparve pugnalando la Celeste. Lei finì in ginocchio.

«Come hai osato?! Serafino senza onore» disse la Celeste leggermente sconvolta.

«Diciamo che per un certo rituale necessito le gemme nel tuo scettro e so anche che hai recuperato dalle ceneri, segretamente, quella di tua sorella, quindi mi hai anche risparmiato il lavoro.

Sapevo bene di non potervi uccidere, così ti ho convinta ad eliminare la tua stessa sorella, ma non ti eri minimamente resa conto che la sua immortalità era anche la tua. Non sei mai stata una Celeste Eterna "vera", non sei che l'ombra di Bitael, se lei moriva tu avresti perso l'immortalità. Ora sei mortale come chiunque altro» disse Ghimerion soddisfatto.

«Harut usciamo da qui!»

«Con immenso piacere signore»

Il mago prese l'arma di Kayla e con un semplice gesto distrusse la bolla, portando se stesso, il Serafino e l'oracolo ferito sulla riva.

«Prego» disse Harut porgendo l'arma a Ghimerion.

«Sei stato un ottimo assistente e generale, pensa che quasi mi dispiace»

«Cosa le dispiace signore?»

«Questo!» usando lo scettro il Serafino maledì il Mago trasformandolo poco a poco in pietra. Rialzandosi come se niente fosse pronunciò delle parole che annullarono immediatamente l'attacco.

«Credevi sul serio che non l'avessi capito? Aveva ragione Kayla sul fatto che voi Celesti vi crediate degli dei come noi, ma voi siete solo creature vuote che desiderano troppo ciò che non vi appartiene» disse pronunciando ancora altre frasi in lingue sconosciute e di difficile comprensione. Le sue mani si illuminarono di uno strano colore bluastro, prima di usarle come fossero guantoni da box per colpire il Serafino. I colpi continuavano a prendere in pieno il Celeste, che con pura indifferenza incassava senza controbattere. Harut continuò sicuro di sé, finché Ghimerion non fermò le sue mani e buttandolo, attraverso di esse, al suolo, lo calciò via come fosse un ciottolo di strada. Questo gli diede il tempo di estrarre la spada e pronunciando alcune parole del tutto sconosciute perfino a Kayla, che accasciata e sanguinante guardava lo scontro. Quando Harut si rimise in piedi, la stessa luce che gli circondava le mani si estese a tutto il corpo, permettendogli di attaccare ancora Ghimerion. Il Serafino non si mosse, aspettò che il suo avversario fosse abbastanza vicino per estendere la sua spada. Il Mago non si era mai preoccupato minimamente delle ferite e pur di colpire con tutta quella forza l'avversario si prese in pieno la spada. Il colpo riuscì ad andare a segno, ma con le ali il Serafino riuscì a scaricare tutta l'energia al suolo e velocemente estrasse la spada dal corpo di Harut.

«Realmente pensi di sconfiggermi così, sono un essere immortale» disse il Mago.

«Guarda! Essere immortale» disse Ghimerion ironico indicando la sua ferita.

Il Mago vide che lo squarcio nel suo corpo non si rigenerava.

«Cosa mi hai fatto?»

«Nulla di che, ho solo trovato un vecchio rituale che inibisce l'immortalità per qualche istante, giusto il tempo di annullare il tuo fattore rigenerante».

Harut adesso sembrava non poter fare più nulla, un liquido blu scuro fuoriusciva a fiotti dalla sua ferita e dopo pochi istanti non fu più neanche capace di fare un passo, egli cadde al suolo prima in ginocchio e poi completamente. Nei suoi ultimi istanti tentò strisciare per raggiungere Kayla, ma la sua vita terminò prima. Intorno a lui la cenere si tingeva di blu scuro. Ghimerion avvicinandosi mise la mano fin dentro la ferita, finché non estrasse il cuore, dove al suo centro la gemma cremisi pulsava energia. Rompendo lo scettro dell'Oracolo con la gemma che aveva in mano, ne estrasse altre due identiche, polverizzando l'arma.

L'armatura del Serafino era stata forgiata, per l'occasione, dalla coppia dei migliori Principati mai esistiti. In segreto avevano distillato un materiale che si generava, per brevissimi istanti, dalle fenditure spazio-temporali create artificialmente. L'oggetto creato fu una piastra, trasformata poi in cintura, contenente sette spazi, uno per ogni gemma e quando tutte furono tra le mani di Ghimerion, egli poté finalmente iniziare il rituale. Tracciò una sorta di stella a sette punte interna a tre cerchi sulla cenere, ponendo ad ogni vertice una delle gemme, ed al centro la cintura.

«Ol sonf vorsg. goho iad balt, lonsh calz vonpho, soba thil gnonp prge aldi, ds vrbs oboleh grsam. Casarm ohorela caba pir ds zonrensg cab erm iadnah. Pilah farzm znrza adna gono iadpil ds hom toh...» disse con tono solenne, e nel ripetere le stesse parole ancora e ancora, le gemme cominciarono ad emanare una forte luce color cremisi che condensò in delle intense colonne di energia. Tutto era pronto e Ghimerion non fece altro che camminare fin dentro il cerchio. Entrato nell'ettagono il sigillo si chiuse e quelle che erano semplici colonne, divennero una immensa e densa struttura infinita. Il potere eterno era a portata di minuti.

* * *

I ragazzi erano finalmente atterrati sul campo di battaglia, quando dietro di loro apparve una colonna di luce.

«È quello che penso?» chiese Andrea con la voce leggermente più grave.

«Non credo, ma qualunque cosa tu abbia pensato è sicuramente peggio» rispose Gabriel totalmente rigenerato.

«Qualunque cosa sia, sarà qui molto presto, il loro esercito non attaccherà senza qualcuno che li guidi» continuò l'Arcangelo.

«Ragazzi!» urlò una voce che veniva incontro al trio.

«Sharon!» esclamò Martina.

«Bello vederti, ascolta credo di sapere come richiamare Litia, per un'ultima volta» continuò, mentre l'amica, sorpresa, la guardava incredula.

«Come pensi di farlo? Bitael è morta e la sua arma l'ha raggiunta»

«Tu fidati, possiamo richiamarla ancora una volta, vieni... Gabriel, traccia il cerchio».

«Comunque vada ti voglio bene»

«Anch'io» si dissero porgendosi reciprocamente le mani. Gabriel incise con un pugnale lo stemma del Regno Eterno sulla fredda terra, facendo sì che le ragazze fossero al centro esatto. Una volta che lo stemma venne terminato, un forte bagliore scaturì da esso, Sharon e Martina semplicemente seguirono la luce.

Dentro la luce, la loro coscienza viaggiò nell'infinito del cosmo, ed entrambe si svegliarono in quel cielo infinito dove, poco tempo prima, Andrea aveva rincontrato Mastrit.

«Bene, come diamine la troviamo Bitael in questo posto?» tentò dire Sharon, ma come il ragazzo precedentemente aveva constatato, il suono sembrava non esistere.

"Non ne ho idea, Andrea mi ha detto che entrato nel panico si era messo a correre avanti indietro finché non sentì una voce" rispose Martina usando la mente.

"Andiamo bene" disse sottovoce ed ironica l'amica.

"Come scusa?"

"Nulla, nulla cara…è strepitosa questa forma di comunicare"

"Fin troppo" rispose secca Martina.

Il tempo dentro quel luogo ovviamente sembrava non passare. Come fare a percepirlo se ogni cosa sembrava uguale? Potevi basarti sul movimento delle nuvole, ma esso era del tutto casuale e discontinuo.

"Bitael, ci sei?" chiese calma Sharon, la quale dopo alcuni tentativi senza risposta cominciò a perdere il controllo.

"Porca vacca, Bitael dove diavolo sei?"

"Shari? Calma, mi farai venire l'emicrania così" disse Martina.

"Scusa, forse dovrei controllarmi di più"

"Giusto un pochino" fece segno con le dita Martina.

Le ragazze camminarono finché non videro sorgere una gigantesca sfera luminosa, la cui luce non danneggiava la vista. Continuarono a guardarla finché non fu proprio sopra di loro.

Dopo la prima, da ogni lato cominciarono a sorgere delle sfere simili, finché non si arrivò ad un numero di undici; e se prima il colore di quel luogo era azzurro come il cielo, ora era completamente bianco per l'intensa luce proveniente da quelle forme disseminate nello spazio.

"Cosa ci fate qui?" chiese una voce femminile.

"Bitael?" richiese a sua volta Martina.

"Quel che ne resta" rispose.

"Cosa vuoi dire?" intervenne Sharon.

"Di me non resta più nulla, Kayla ha frammentato il mio spirito in modo che non possa più avere né un corpo né un'anima. C'era una speranza finché avevate il mio scettro, ma di me resta soltanto questo…siete pur sempre umane e di conseguenza commettete spesso errori…vi aiuterò per l'ultima volta…" disse mentre con le mani ricreava una copia del suo scettro. L'unica differenza con l'originale era il colore, il quale leggermente più chiaro.

"…Credo in voi ragazze" disse la voce prima di scomparire tra le nuvole riapparse nel cielo cobalto.

Con lo scettro/lancia alla mano le ragazze si "legarono" ancora, la potenza della nuova luce disgregava quella realtà, Litia riprendeva vita scintillando con le vesti scarlatte e le ali d'avorio.

A distanza, anche Tony e Ryan si sincronizzarono. Per quanto fossero state purificate le loro anime continuavano ad emanare un bagliore sinistro, rimanevano sempre con i capelli cenere e con le ali color tenebra.

In lontananza la colonna di luce s'intensificava, creando in cielo delle nuvole violacee, l'aria si stava caricando di tensione, ma ancor peggio fu quando sentirono una voce comparire da un piccolo squarcio dietro di loro.

«Aiuto!» disse una donna prima di crollare a terra e come lo squarcio si richiuse, i ragazzi si avvicinarono. La sorpresa si stampò sulle loro facce non appena la riconobbero:

«Kayla!» esclamò Gabriel velocemente.

«Non toccatela, si capisce benissimo che è una trappola» disse Andrea sconvolto.

«Gabriel…non ho molto tempo» disse con il fiato che sembrava sparire ad ogni sillaba.

«Cosa vuoi e che ci fai qui?» domandò l'Arcangelo.

«Mi hanno avvelenata, non pensavo fosse possibile, ma era tutto una trappola, la mia alleanza era una bugia…» s'interruppe per alcuni secondi.

«…ha tutte le gemme, quella colonna è il suo rituale, una volta terminato niente sarà più in grado di fermarlo, non avete più tempo, mi dispiace essermi schierata dalla parte sbagliata…» disse l'oracolo prima di chiudere gli occhi e scomparire nel nulla.

«Addio vecchia amica» disse infine Gabriel.

I ragazzi guardarono Gabriel con aria confusa, perché salutare in quel modo e cambiare atteggiamento verso una persona che fino a trenta minuti prima l'aveva tenuto in ostaggio e aveva anche tentato di ucciderlo? o almeno così faceva credere.

«Cosa c'è?» disse guardando il gruppo che lo fissava.

«Lei ci ha quasi ucciso…più di una volta» disse Litia.

«Ma non l'ha fatto»

«Ha ucciso sua sorella, l'ultimo sforzo che ha fatto prima di scomparire e farci diventare Litia» dissero le ragazze.

«È stata ingannata, ma adesso non preoccupiamoci di questo, abbiamo una battaglia da combattere e quando Lui sarà qui, sarebbe meglio essere pronti» disse Gabriel prima di stendere le ali e prendere il volo insieme ai suoi compagni.

Stavano sorvolando tutte le truppe schierate, la formazione era a piramide, composta interamente da Angeli guerrieri. A mezz'aria gli Arcangeli, i Podestà e le Dominazioni, erano disposti a grandi linee, aspettando solo l'ordine di attacco. Ancora più in alto i Principi erano pronti ad intervenire, questa volta avrebbero dato la loro vita per porre fine alla guerra.

Di fronte a loro, a soli trecento metri o poco più, si trovava l'esercito avversario formato da tutti i demoni che almeno una volta avevano osato uccidere degli esseri umani. Eta ed Alpha-Eta erano disposti a legioni, sei perfetti ovali che aspettavano l'arrivo del magnifico leader. Davanti a loro altre due "macchie", questa volta nere come la notte, formate solamente da Delta. Sopra, come retroguardia, ruggendo ed emettendo altri suoni udibili e non, schiere e schiere di Iota ed Epsilon, sovrapposte tra loro fino a formare una sorta di scudo. Visti dal campo avversario il loro numero sembrava ancor più elevato.

I cuori dei Celesti battevano quasi all'unisono, un solo battito mentre un canto cominciava ad aumentare sempre più di intensità. Accompagnato dai solenni battiti biologici il coro sembrava stesse cantando un inno, ricordavano molto quegli antichi canti medievali per la forza o per spaventare l'esercito nemico, ma questo era diverso, non solo chi lo cantava ce la metteva tutta perché si sentisse quel tuono dirompente della magnificenza e della gloria Celeste, ma ogni cuore voleva che si potesse sentire la speranza. La speranza che dopo quell'ultimo massacro insensato finalmente tutto potesse finire. In quel giorno nessuno ebbe paura, anche i pochi umani rimasti, che svegliati da uno strano senso di inquietudine, erano immobili a pregare non si sapeva più a quale divinità e a guardare il cielo tinto di rosso e arancio. Nessuno di quei poveri esseri sopravvissuti sapeva che cosa stesse succedendo, eppure nel loro cuore sentivano ancora la speranza; forse un giorno avrebbero capito a cosa l'arroganza o la superbia portasse, ma per questo istante in cui ogni essere vivente era testimone della propria irrilevante importanza in quello che altri avrebbero fatto per loro, tutti semplicemente credevano e speravano, ammirando il "sangue" della volta celeste.

Gabriel urlava le postazioni, mentre anche i suoi compagni si mettevano in posizione, Tony e Ryan vennero mandati a guidare le truppe Angeliche di terra; Litia a guidare Arcangeli, Podestà e Dominazioni, mentre Andrea rimase al suo fianco e stendendo il braccio verso l'amico «Gabriel, fino alla fine» ed egli rispondendo al saluto «Fino alla fine».

Quegli istanti sembravano non terminare mai, la colonna cremisi ancora continuava a pulsare energia, mentre il cielo stesso sembrava emanare una luce sanguigna, che aumentava la tensione e l'inquietudine in ogni essere vivente. Di punto in bianco il rituale terminò, lasciando solamente un potente vento carico che arrivò fino al campo di battaglia. Dal cielo partì un lampo di luce rosso, simile ad un proiettile, che con il suono di un fulmine, impattò davanti alle truppe demoniache. Diradato il fumo, una figura mostruosa, completamente lontana da ciò che in partenza era il Serafino, si fece vedere.

Il viso era trasfigurato, emanava un'aura di sangue, i suoi occhi avevano perso la pupilla e si poteva vedere solo un'intensa luminescenza violacea che si bloccava alla vista. Il suo corpo non sembrava più coperto da un'armatura, era completamente nero simile a quello di un Delta, mentre le sue sei ali erano diventate di un intenso bordeaux; infine al collo portava un ornamento grigiastro in cui le sette gemme cremisi risplendevano. Adesso quella creatura aveva preso il volo e posta davanti a tutti:

«Creature nate nelle tenebre dell'universo, oggi potremmo compiere il nostro destino, sterminare l'ultima resistenza che ci separa dal distruggere ogni universo…OGGI ogni cosa avrà una finee!» urlò alle truppe mentre queste esaltavano in lingue sconosciute il loro leader in una confusione pari solo a quella di un'esplosione. Con un segno del braccio, egli diede il segnale e le truppe terrestri cominciarono a correre disperate, tranne per i Delta che volavano a fil di terra.

Dalla parte opposta, Gabriel si voltò e senza dir nulla fece segno agli arcieri di salire a mezz'aria, questi prepararono le frecce laccate in Ditrigio.

«Scoccare!» urlò l'Arcangelo. Il cielo sembrava piangere quando l'inferno delle frecce cominciò a cadere, sempre con più forza, sullo schieramento avversario. Dalle retroguardie gli Iota cominciarono ad urlare con una potenza inaudita. Le onde create incresparono il suolo, finché non fecero quasi da scudo contro le frecce, che vennero per la maggior parte fermate o sbriciolate.

Per altre due volte Gabriel fece scoccare le frecce, ma in entrambi i casi vennero parate e poi distrutte dalle onde sonore degli Iota. Una volta superato il confine di battaglia, ovvero la linea che separava i due campi, Gabriel fece segno agli Angeli di preparare le lance d'assalto.

«Celesti, che l'inferno si ricordi di voi e canti le vostre lodi!» urlò con tutta la sua voce prima di buttarsi in picchiata contro i Delta, seguito a schiera da tutte le truppe di terra. In quei pochi secondi che sembrarono eterni le due forze di terra si scontrarono in una ferocia mai vista prima. La piramide di battaglia corse fino a scontrasi con gli ovali demoniaci, lasciando dietro il suo passaggio una scia di corpi, ma dopo neanche tre secondi, le file di Delta avanzarono, distruggendo le lance in puro Ditrigio come fossero semplici stuzzicadenti.

«Passare ad armi secondarie!» si sentì urlare da ogni lato.

Ogni Angelo estrasse le proprie armi, chi spade, chi artigli.

Andrea, buttatosi nella mischia con Mastrit alla mano, lasciava una scia di corpi demoniaci dilaniati, colpo dopo colpo ne abbatteva il più possibile, ma per quanto si sforzasse, non era mai abbastanza, sembravano orde scatenate da un odio privo di senso.

In poco tempo si ritrovò spalla contro spalla con Gabriel, entrambi coperti di sangue sia demoniaco che angelico.

«Manda il segnale, questi ci stanno massacrando» disse Andrea.

«Pensa a combattere…ne arrivano da quella parte» e voltandosi velocemente Gabriel tagliò in due con le sue spade un Alpha-Eta che stava per attaccare il compagno.

«Hanno ancora altri tre ovali ai quali hanno appena detto di partire alla carica…Gabriel chiamali!»

«Non ancora!» altri tre Alpha-Eta furono presi e maciullati da dietro le spalle di Gabriel.

Il tempo sembrava non passare, i due compagni di sventure vedevano soltanto demoni su demoni, che continuavano a combattere come un'orda di zombie. Per quanto rallentato, ad ogni secondo sembrava che le bestie diventassero sempre più forti.

«Porca troia Gabriel, manda quello stramaledetto segnale!» imprecò Andrea alle prese con un trio di Delta, accompagnati da Eta "freschi", appena arrivati.

«Ora è il momento» Gabriel mandò tramite la sua spada un potente raggio di luce giallognola verso il cielo e inteso il messaggio, Tony e Ryan intervennero con la seconda e ultima schiera di mille Angeli. Subito dietro di loro apparve Nova che, correndo spietato, strappava via a morsi qualunque demone vedesse, sembrava come posseduto, mentre con le code infilzava tutto ciò che si muoveva. Litia schierava il loro asso nella manica, mentre i Principi fecero la loro comparsa solamente quando Ghimerion diede il segnale alle truppe aeree di intervenire: la vera battaglia iniziava ora.

Le forze terrestri si erano aggiunte, alleviando, anche se per poco, la potenza dell'esercito avversario e intanto che Ryan e Tony combattevano a fianco degli Angeli, in aria si combatteva tutt'altra battaglia. Litia, circondata da Arcangeli e una manciata di Dominazioni, stava tenendo a bada Iota ed Epsilon, ma nonostante i Principi stessero combattendo al loro fianco, le cose non sembrarono cambiare. Ogni Celeste poteva anche valere dieci demoni, ma l'immensa quantità che Ghimerion era riuscito a radunare, cambiava le carte in tavola. Tutti stavano combattendo al limite delle loro capacità, ma le file angeliche poco a poco stavano diminuendo e all'appello di battaglia mancavano ancora tre legioni di demoni. Tutto ciò su cui le speranze potevano contare era già più che schierato.

Andrea venne scaraventato a diversi metri di distanza con un colpo alla testa. Una volta rialzatosi riuscì a vedere la confusione di tutto il putiferio che stava imperversando, per quanto continuasse a muovere la spada uccidendo demoni, egli era come lontano anni luce dal suo corpo, che invece rispondeva istintivamente alla situazione. Tutto sembrava rallentare per lui, *"concentrati, questo esercito non può farcela se non sei concentrato"* sentì nella sua testa. Mastrit fece notare che Ghimerion era sopra di loro. Stava combattendo con i Principi Serafini, quell'essere stava combattendo con le tre entità più potenti dell'universo, ma non sembrava disturbarlo. Dall'altro lato, in tre non riuscivano a fargli neanche un graffio, anzi a fatica reggevano il confronto, due di loro avevano già ferite semi gravi che faticavano a rimarginarsi.

"Davanti a te idiota!" disse Mastrit, mentre istintivamente Andrea si abbassò evitando il braccio del Delta che voleva dargli battaglia.

In una delle parti a sud del campo i fratelli di "tenebra", così rinominati ironicamente, stavano facendo del loro meglio. Ryan teneva la visuale libera proteggendo il fratello, mentre Tony come una mitragliatrice sparava frecce con una precisione chirurgica, nessuno superava il fronte dei due metri, ad eccezione di un gruppo di Iota che con le loro onde sbriciolavano le frecce come fossero pezzi di pane secco.

«Estrai la spada e prepara le ali, è ora di fare sul serio» disse Ryan.

«Perché volevi fare l'intervallo?» chiese ironicamente il fratello, che già era in volo a spada tratta contro una coppia di Epsilon appena arrivata.

«Occupati dei blu, io prendo quelli color vomito»

«Ricevuto fratello!».

In Aria Litia non aveva avuto un solo secondo di pausa; come averlo quando hai orde di demoni che ti vengono addosso? La copia dello scettro/lancia di Bitael per il momento sembrava reggere allo scontro, uno dopo l'altro i demoni finivano folgorati o mortalmente ustionati. Non c'era proprio da dire nulla sulle Dominazioni, che scese a terra si erano chiuse a cerchio in tattica spartana e come un cuore che batteva, respingevano a ritmo le orde che si scagliavano contro.

I Podestà erano al fianco della guerriera scarlatta e poiché potevano controllare ogni elemento vicino, presero possesso dell'aria, creando potenti tornado della durata di pochi secondi. A differenza degli altri, non ebbero molta fortuna soprattutto quando gli Epsilon, incredibilmente più veloci di loro, gli bucarono le ali, annullando il controllo sull'aria. I Delta, in un perfetto gioco di squadra, trasformarono le loro braccia in lance chiodate, perforando completamente i corpi dei Celesti che precipitavano, lasciandoli agonizzanti fino alla loro completa morte. Gli Arcangeli tenevano testa al loro nome, schierati a mezza luna sparavano frecce a ripetizione —forse più veloci di quelle di Tony— la loro precisione era divina, e così si ritrovarono completamente isolati poiché nessuno riusciva ad essere talmente veloce da avvicinarsi. Essi cominciarono a muoversi in formazione durante gli attacchi, ricordavano tanto i caccia militari, ma con il movimento la precisione diminuì e alcuni Iota videro l'opportunità per eliminarli. Da terra presero due demoni Eta per uno e avvicinandosi ad una velocità spropositata, lanciarono i piccoli demoni che a loro volta crearono una folta nebbia velenosa, la quale offuscava per completo la visuale degli Arcangeli. Fortuna volle che gli stessi occhi degli Eta creassero uno strano effetto d'ombra sulla nebbia, cosa che fece ricominciare a scoccare i Celesti. Le frecce perforarono ogni possibile ombra, ma mentre si tenevano impegnati con questi demoni di categoria inferiore, rimasero scoperti. La strategia degli Iota poté fare effetto. Arrivando da dietro, prima li stordirono con le pesanti onde sonore e poi con il loro tocco perforarono —letteralmente— il cuore degli Arcangeli, che poco a poco divennero polvere in aria.

Le opportunità di vittoria stavano sfumando una dietro l'altra, nessuno era venuto in loro aiuto, malgrado la lettera che Gabriel aveva spedito. Le retroguardie erano state annientate, rimanevano solo le Dominazioni che continuavano a reggere, non si riusciva a capire con quale volontà. In campo si contavano ancora quasi mille Angeli che combattevano nella maniera più selvaggia che conoscevano. Gabriel, Andrea, Litia e i Fratelli di tenebra, non sapevano per quanto avrebbero retto ancora.

I tre principi continuavano a lottare tenacemente contro la bestia, che senza un graffio li aveva mandati al tappeto più di una volta. Essi usarono ogni formula esistente di potenziamento per potergli tenere testa, ma tutto era stato completamente inutile. Ogni attacco che infliggeva era di una potenza inimmaginabile, emanava ed espelleva così tanta energia che bruciava chiunque ne venisse a contatto. I Principi Serafini si difesero fino all'ultimo con le loro ali, ma neppure queste servirono a qualcosa, l'onda pulsante di energia che aveva emanato era riuscita a cancellare le più alte cariche Celesti. Polvere, particelle, luce, si poteva dire quello che si voleva, ma loro se n'erano andati per sempre, cancellati da quell'esistenza che un tempo avevano governato.

XVIII
L'ultima Prova

Per un decimo di secondo che sembrò eterno, Andrea e Gabriel rimasero paralizzati per ciò che avevano visto. Solo una domanda —"Come?"— girava per la testa di tutti i presenti.

Gabriel mandò il segnale alle truppe di indietreggiare, prima che urlasse la ritirata.

«Al campo ora!» gridò l'Arcangelo mentre ogni Celeste rimasto si faceva strada per tornare al proprio campo.

Indietreggiando Gabriel diede il segnale di emergenza ad Andrea e Litia che, disposti sulla linea di confine, crearono una sorta di barriera fatta interamente di energia, questa sarebbe servita a dividere i campi così che chiunque si fosse trovato dal lato sbagliato sarebbe andato incontro a morte certa.

«Qualcuno chiami Tony, qui ci serve aiuto!» gridò Andrea, mentre a stento reggeva la barriera.

Tutte le truppe demoniache erano separate da quelle Celesti da una barriera di pochi centimetri e alta decine di metri. I demoni erano inarrestabili, e se il muro di luce reggeva era per la volontà dei ragazzi, nettamente più forti sotto quell'aspetto. Litia e Andrea non avrebbero retto per molto.

Gabriel era tornato al campo con le poche truppe rimaste, ottocento Angeli e dieci Dominazioni, questo era tutto quello che restava, al contrario dei demoni che ancora contavano con più di quattromila truppe di terra tra Delta e Alpha-Eta, insieme a duecento soldati "aerei", tra Iota ed Epsilon, sopravvissuti.

«Soldati!» urlò Gabriel per prendere l'attenzione dei pochi soldati rimasti. «Oggi abbiamo dato tutto e purtroppo non è stato abbastanza, sarò sincero con voi, le probabilità di vittoria sono basse, ma non per questo ci arrenderemo! Non possiamo ritirarci e non possiamo neanche scappare, non esiste più alcun posto in cui creare una nuova resistenza e non esiste più alcun luogo che possa considerarsi sicuro…siamo gli ultimi della nostra stessa razza, noi che abbiamo visto le stelle nascere, noi che abbiamo combattuto le orde siderali della morte, noi che abbiamo distrutto lo stesso Regno Eterno…ma OGGI sarà diverso…OGGI non ci abbatteremo…OGGI combatteremo fino alla morte…OGGI abbracceremo l'apocalisse…finché lo stesso inferno non ci accoglierà con le fauci spalancate…Siete con me fratelli?!»

Il silenzio sembrò come un virus che contagiava le file dei pochi Celesti rimasti, ma dal nulla un Angelo cominciò a gridare con tutto il fiato che aveva in corpo e così un secondo e poi un terzo, finché tutti non si ritrovarono in un grido di disperazione, dove la speranza si rigenerava dal suono che si estendeva fino al cielo. Lo schieramento a piramide era stato riformato e alla sua punta Gabriel era seguito dai fratelli di tenebra. Di colpo si alzarono in volo e con tutta la forza rimasta cominciarono l'assalto finale. A qualche metro dalla barriera lo schieramento cambiò di colpo, ponendo le Dominazioni come cintura protettiva davanti alla schiera angelica e quando l'inferno venne scatenato di nuovo, i guerrieri in prima linea assorbirono il colpo, eliminando più demoni possibile. La barriera era crollata e la battaglia poteva dirsi ricominciata.

La nuova strategia funzionò per una decina di metri, finché le Dominazioni non furono al limite e la catena di protezione fu spezzata. La formazione era sciolta ed ogni soldato era tornato al corpo a corpo con i demoni. In lontananza Ghimerion gridò gli ordini, facendo sì che le truppe di terra si chiudessero intorno ai Celesti in una perfetta circonferenza. I demoni in volo fecero la stessa cosa, ostruendo ogni possibile via di fuga aerea. La situazione era degenerata, le truppe di Gabriel erano intrappolate all'interno di una cupola vivente.

Gabriel e i suoi compagni, insieme ad un paio di Dominazioni, osservavano dall'esterno, impotenti, quello che stava succedendo alle loro truppe. Avvicinarsi era impossibile e tentare un'attacco dall'alto un suicidio, tutto era sigillato e gli Angeli sembravano dentro un mattatoio, venendo sventrati di momento in momento. Gabriel si mise in ginocchio e con buone dosi di frustrazione picchiava violentemente terra e cenere.

«Non doveva finire così, nessuno è venuto in nostro soccorso, siamo spacciati!» disse Gabriel.

«Calmati, non è ancora finita, tu stesso hai detto che avevamo un asso nella manica, Bitael lo credeva, Takam lo credeva e Mastrit lo crede ancora. I frammenti degli spiriti Arcani sono reali e non ci rimane altro da fare che usarli» disse Andrea.

«Non so minimamente come evocarli, so che da qualche parte stanno aspettando, ma non so dove» urlava frustrato picchiandosi la testa contro il terreno. Voleva ricordare a tutti i costi, ma lo stress, la delusione e tutti quei sentimenti che non riusciva più a controllare, avevano preso il sopravvento su di lui e ogni cosa dentro la sua testa ormai era compromessa.

Nova, ferito e zoppicante, si avvicinò piano piano al suo padrone e con una forza straordinaria cominciò ad emettere un qualcosa di molto simile ad un ululato. In poco tempo ogni cosa sembrò rallentare. L'attenzione dei demoni si stava spostando verso qualcosa che arrivava da sud, dal campo Celeste. Adesso il vento sembrava pungente da quella direzione, come se il freddo in persona si stesse avvicinando. Come rispondendo alla chiamata, gli ululati cominciarono a sentirsi, accompagnati da un sottofondo di potenti ruggiti e con la luce bordeaux che si perdeva all'orizzonte, branchi e branchi di lupi facevano scintillare il proprio pelo argenteo. Davanti a loro, correndo come animati dalla promessa della vita eterna, schiere di possenti leoni neri e rossi cominciarono a ruggire, come se il loro grido comunicasse "Siamo arrivati! Siamo qui!".

«Questi da dove sbucano?» chiese meravigliato Andrea. Gabriel intanto aveva rialzato la testa e non riusciva a credere ai suoi occhi.

«Sono qui, non ci credo» ripeteva.

«Chi sono o meglio cosa sono?» chiese il ragazzo incuriosito.

«Sono i Troni!» Esclamò euforico.

«Non erano tipo scomparsi da molti molti anni?» chiese Litia, con la voce congiunta delle ragazze.

«Sì, la loro storia narrava che si fossero persi confondendosi con la vostra fauna, loro possono unirsi con qualunque essere vivente nelle vicinanze»

«Questo vuol dire…»

«Che c'è ancora speranza!» concluse Gabriel.

Lupi e leoni corsero selvaggiamente in direzione della cupola demoniaca e con tutta la loro forza cominciarono a dilaniare, graffiare e mordere tutto ciò che incontravano. In poco tempo la "prigione" angelica fu distrutta, facendo sì che i demoni indietreggiassero in attesa di ordini. Nel frattempo gli Angeli ebbero il tempo di riorganizzarsi per l'assalto finale, rinforzando le loro fila con i nuovi arrivati.

I Troni, dopo un tempo immemorabile, tornarono alle loro forme, alle loro splendide forme Celestiali. Erano identici ai Cherubini, con la sola differenza nelle ali inferiori, di un leggero colorito verdognolo. Essendo stati fusi con alcuni tipi di animali, per secoli, se non millenni, essi ne acquisirono le caratteristiche. Velocità e aggressività dai lupi, la tenacia e l'ira dai leoni.

«Per vincere dobbiamo abbattere Ghimerion e per farlo ci servono gli spiriti. A che punto sei con il rituale Gabriel?» chiese Andrea, prima di venir interrotto da uno dei Troni che si avvicinò per gli ordini di formazione. Più alto di Gabriel sfoggiava una pelle leggermente più scura, forse era stato uno dei leoni, poiché il suo stesso viso sembrava averne acquisito alcuni caratteri.

«Principe Gabriel, abbiamo ricevuto il suo messaggio…ha tutta la nostra lealtà. Trono Antarael, aspettiamo ordini, siamo onorati di combattere con lei… l'ultima volta che siamo stati sullo stesso campo di battaglia mezzo universo neanche esisteva»

«Scusa, ma neanche ero nato» disse Gabriel sorpreso.

«Immagino che non possa ricordare ciò che le è successo, lei si è sacrificato per tutti noi. Il suo spirito era diverso da qualunque altro Celeste con cui avessimo mai combattuto, era e rimane l'ultimo Arcano ancora in vita» L'Arcangelo era scioccato.

«Com'è possibile scusa?» chiese incredulo.

«La leggenda parla di un Arcano rinnegato, condannato a vegliare sulle creature viventi. La sua maledizione è stata la salvezza di molti, soprattutto la mia e dei miei fratelli, lei può continuare a rinascere e per noi è un'onore combattere qui al suo fianco»

«Bene, immagino che ci sarai anche te nel rituale Gabriel» disse Andrea sconvolto quasi quanto l'Arcangelo stesso.

«Schieramento a sfera! Svolgeremo il rituale a mezz'aria la cosa che necessitiamo è che proteggiate ogni lato» disse Gabriel serio.

«Sissignore!» confermò Antarael, prima di urlare i comandi ai propri soldati che intanto si posizionavano con gli Angeli e le Dominazioni rimaste.

A mezz'aria Gabriel e Andrea entravano in una sorta di meditazione, mentre la sfera protettiva era costantemente attaccata da ogni lato geometricamente esistente.

Andrea e Gabriel finirono con la mente in un luogo buio, in cui una lastra color cristallo era l'unica cosa che si potesse vedere. Questa volta sembrava un percorso ben delineato e il suono era in grado di propagarsi. Il tempo sembrava più crudele degli stessi demoni, non poteva più dilatarsi e il conto alla rovescia per l'estinzione era iniziato. Qualunque cosa stessero cercando in quella dimensione sperduta, avrebbero dovuto trovarla il prima possibile.

Dopo quelli che sembrarono dieci minuti abbondanti, videro una sorta di apertura o porta dello stesso colore del cristallo su cui camminavano, ed essendo l'unico elemento, esclusa la piattaforma, da cui proveniva luce, Andrea e Gabriel si fermarono giusto al confine.

«Pronto?» chiese il ragazzo, ma l'Arcangelo si limitò solamente ad annuire con un leggero movimento del capo. Passato il confine, la luce sembrò accecarli, ma una volta che gli occhi si abituarono all'intensa luminosità poterono finalmente vedere chi li circondava. Sei entità alte centinaia di metri li fissavano con sguardi curiosi, quasi divertiti. Ognuna di esse aveva un colore differente, dal bianco al giallo pallido, fino al Rosso intenso. I loro visi erano celati dall'altezza, che permetteva solamente di essere assoggettati da due macchie violacee. Le armature che portavano sembravano "fuse" alla loro pelle, ma poi Andrea, leggermente inorridito, vide che effettivamente quella era la loro pelle.

«Perché siete qui?» chiese una solenne e profonda voce. La grandezza del luogo creava una certa ambiguità sulla provenienza del suono, ma i due ospiti non se ne curavano più di tanto.

«Voi siete gli esseri più potenti mai esistiti e sappiamo che i frammenti dei vostri spiriti sono stati liberati da me e dai miei amici, rischiando addirittura le nostre vite mortali. Oggi siamo qui per chiedervi in prestito il vostro potere»

«Non siete degni» risposero dopo alcuni istanti.

"Bene" pensò Andrea…«Voi non avete idea di cosa stia per succedere. Sappiamo per certo che voi siete bloccati qui senza poter fare più nulla se non osservare, ma che diamine osserverete se l'universo verrà distrutto? Da qui credete di poter ricreare tutto da capo? O forse pensate ancora di avere il potere per farlo? Mastrit ci ha raccontato come avete fatto, siete quasi morti allora, cosa credete che succederebbe se ci riprovaste oggi, dopo tutti gli eventi accaduti?».

Andrea sembrava parecchio irritato e Gabriel non si azzardava a proferire parola, anzi dopo il discorso del compagno aveva già perso ogni speranza stando addirittura con la mano sulla fronte rassegnato.

«Andrea taci! Garantisco io per lui» disse una delle voci. Questa sembrava provenire dall'entità completamente bianca, che per qualche strana sensazione Andrea sentiva di conoscere.

«Nessun essere semplice come te ha mai provato un tale potere, sai bene che il rischio di autodistruzione e annientamento è elevato vero?» disse un'altra delle voci.

«Ah» rimase serio il giovane.

«Ma se vorrai il nostro potere sarà meglio che tu lo chieda a "tutti" noi…Gabriel?» chiese una delle voci che stranamente sembrava avere una cadenza femminile.

«Io mi fido ciecamente di quest'umano, è mio amico e mio compagno di guerra come di viaggio, ha rischiato la sua unica vita per salvarmi e ora è tempo che restituisca il favore» disse l'Arcangelo nella maniera più regale possibile.

«Così sia! Un'ultima cosa prima che possiate accedere alla forma finale: dovrete superare la vostra ultima prova, o meglio colui che impugnerà il potere dovrà affrontarla, avete già deciso chi sarà?» chiese sempre la voce femminile.

«Sarò Io» disse Andrea, ma sottovoce Gabriel cominciò a parlargli…«Sei fuori? Questo è un viaggio di sola andata verso la morte»

«Sono sicuro! La Terra è il mio mondo e se ci deve essere qualcuno adatto a proteggerla vorrei che quel qualcuno fossi io»

«Okay amico, buona fortuna, credo che avrai bisogno di questo» e unendo le mani come per prendere dell'acqua, una piccola luce viola, della stessa grandezza di una palla da biliardo, apparve su di esse.

«Prendilo, questo è il primo potere degli Arcani, buona fortuna vecchio mio» disse Gabriel prima di scomparire.

La luce, una volta presa in mano, accelerò fino ad entrargli nel corpo, lasciandolo per qualche secondo senza fiato. Davanti al giovane si aprì una porta, da dove si poté notare uno spazio bluastro gigantesco e sconfinato, all'interno di esso c'erano molte clessidre dorate e la pavimentazione sembrava frammentata, come in un'immenso puzzle a mosaico. Arrivato alla soglia, Andrea vide degli avvallamenti e delle scale poste in maniera casuale, alternate a distese completamente piatte, sempre dello stesso colore a metà tra il mare e gli zaffiri più lavorati. Il cielo era ancora più inquietante con quel suo colore violaceo, che sembrava sfumare in tonalità più scure e più chiare, come se ci passassero delle nuvole.

Una volta entrato la porta scomparve dietro di lui, nello stesso istante in cui alcune delle clessidre cominciarono a ruotare, partendo con il loro inesorabile flusso di tempo che sfumava in quei miseri granelli di secondi. Dal nulla, una voce profonda e diversa da quelle con cui aveva parlato cominciò a scandire parole in un italiano pressoché perfetto.

«Avrai un tempo limite per prendere possesso di ciò che stai cercando, buona fortuna» disse la voce, prima che sei piccole luci cominciassero ad apparire all'orizzonte, ognuna sembrava così vicina, eppure il ragazzo sapeva che si trattava di un dannato effetto ottico. Ancora sincronizzato, Andrea cominciò a volare il più velocemente possibile, ma dopo neanche cento metri le sue ali sembrarono "non funzionare" più e per quanto forte potesse sbatterle esse non sembravano minimamente svolgere il loro compito. "Oh giusto era troppo facile lasciarmi le ali, figli di buona donna...togliamo le ali al tizio che vuole salvare l'universo, molto onesti!" pensò con molto sarcasmo, correndo verso la prima luce.

Arrivato, vide che sulla cima della piccola collinetta sostava un guerriero dall'armatura completamente nera, di lui non si poteva vedere nulla poiché anche il suo viso era ricoperto da una pesante e mostruosa maschera; essa rappresentava un viso pieno di furia, con gli occhi scavati dall'ira e la bocca digrignante i denti. Ogni cosa sembrava essere dello stesso materiale e colore della maschera, ad eccezione del petto dove una piccola clessidra sembrava aver da subito iniziato il suo compito. Sopra di essa una luce bianca, identica per forma e dimensione a quella donatagli da Gabriel in precedenza. "Rubagli il cuore" disse una voce dentro la sua testa "rubagli il cuore" continuò, ma l'unica cosa di cui Andrea si preoccupava era del peso della kusarigama che aveva appena schivato. Rivedendo il punto in cui aveva colpito il terreno, Andrea notò che i pezzettini che formavano il suolo si erano frantumati rendendo visibile l'immenso vuoto sottostante. I frammenti, a guardarli meglio, erano come piccoli esagoni che, uniti uno di fianco all'altro, creavano il lugubre paesaggio bluastro. sIl cavaliere di fronte a lui continuava a muovere la catena con il peso, mentre nell'altra mano teneva la seconda parte dell'arma, una falce con la lama dello stesso colore dell'armatura, ad eccezione di alcuni trafili color acciaio che sembravano riflettere non si sa quale luce. Di nuovo il colpo andò a vuoto, distruggendo un'altra piccola area di pavimentazione. La cosa certa era che non poteva continuare a schivare all'infinito, doveva trovare un modo per avvicinarsi, ma senza Mastrit o qualunque altra arma, non sarebbe stato facile. Il terzo colpo fu più fortunato, prendendo in pieno il petto del ragazzo, frantumando un pezzo di armatura.

"Qui si mette male, seriamente" pensò il giovane con un viso truce.

* * *

Sul campo di battaglia la "sfera" difensiva posta intorno a Gabriel e Andrea stava resistendo a stento, i Troni insieme a Litia e ai Fratelli facevano del loro meglio per abbattere la maggior quantità di demoni possibile. La struttura sembrava un corpo solo e mentre le orde di demoni spingevano per penetrarla, trovavano solamente la morte. Sotto la struttura, il campo dei caduti, il passaggio stesso dell'inferno, gli occhi lucidi, per chi li aveva ancora nel corpo, guardavano dritti all'infinito e molto probabilmente, Celesti e demoni, se n'erano andati guardando la magnificenza di quel cielo color sangue. Le creature di Ghimerion continuavano a cadere, impilandosi in una colonna di morte che presto avrebbe avuto fine.

«Per quanto dovremo ancora resistere?» chiese Tony a Litia che intanto era alle prese con un gruppo di Iota.

«Finché Andrea non avrà concluso il rituale o qualunque cosa stia facendo, abbi fede!»

«...alle tue spalle!» e una freccia perforò il cranio di un Epsilon che stava per pugnalare la guerriera con la lama del suo polso.

«Meno distrazioni, ne arrivano altri» gridò Antarael, ma i ragazzi erano già abbastanza stressati dalla battaglia, per poter mandare a quel paese il Celeste alle loro spalle.

* * *

Andrea era ancora impegnato a schivare colpi, mentre il suo avversario non sembrava minimamente muoversi, era fisso e con il solo agitare dei polsi, riusciva a mandare dei colpi pressoché letali. Andrea doveva intuire dove sarebbero stati lanciati i prossimi attacchi. Ne schivò ancora uno, e in quel decimo di secondo vide la sua finestra d'azione, si aggrappò alla catena arrotolandosela al braccio, questo gli permise di avvicinarsi al collo dell'avversario. Con tutta la forza che il semi-Celeste possedeva, tirò i due lati della catena decapitando il suo avversario, quando vide che finalmente il suo corpo cadeva morto, Andrea poté prendere la piccola sfera di luce dal suo petto. Quando tutto sembrava essersi calmato la clessidra si azzerò, facendo sì che il pavimento crollasse nel vuoto. Andrea di immediato si mise a correre saltando dalla collina per mettersi in salvo. La sua fortuna fu che non appena toccò la pavimentazione piana di base, la "distruzione" sembrò fermarsi. Guardandosi le spalle vide un buco che conduceva nel vuoto più assoluto. Il tempo era quasi agli sgoccioli, mancavano altre cinque luci e l'unica cosa in cui il ragazzo sperava era che i suoi compagni resistessero; se Ghimerion avesse attaccato la "sfera", nessuno sarebbe durato più di qualche secondo.

La seconda luce sembrava molto più vicina, ma guardando il cielo vide che le clessidre si fermavano, ne restavano solo tre piene, mentre le altre erano al limite del loro tempo. Non appena vide il guerriero in lontananza, notò che era identico al precedente come aspetto, mentre per arma possedeva un possente arco metallico. Andrea continuò a correre come un dannato. Il cavaliere, notandolo, cominciò a sparare frecce senza tregua, ma il giovane continuò col suo passo, finché non si lanciò contro l'arciere. Una volta atterrato gli tolse l'arco e con le frecce cadute al suolo, le quali avevano la punta in un metallo sconosciuto, gli bucò gli occhi per poi perforare il cuore. Non appena il cavaliere non si mosse più, il semi-Celeste estrasse la luce giallo pallida dal suo cuore, ma di nuovo la clessidra si azzerò e tutto intorno a lui sembrò crollare nel vuoto. Velocemente la luce finì nel suo petto come la precedente e raccogliendo l'arco dal suolo, con qualche freccia, si mise di nuovo a correre, non notando minimamente che una buona parte della sua armatura era "andata", l'intera spalla destra era scoperta. Le clessidre erano scese a due e mezzo, Andrea poteva solo immaginare cosa sarebbe successo se quegli oggetti si fossero completamente azzerati. Le quattro luci rimaste sembrarono muoversi, ed una dietro l'altra si riunirono sulla cima di una delle poche colline rimaste. Alle spalle di Andrea tutto stava precipitando, ogni piccolo esagono che formava il pavimento stava scomparendo nel vuoto e ora davanti al giovane restava solamente un'unica direzione da seguire.

* * *

La "sfera" stava collassando, a fatica avrebbero retto altri colpi. Gli Angeli cadevano debilitati, mentre i Troni facevano il possibile per rianimarli, ma tutto sembrava essere inutile, i demoni non smettevano di arrivare. Il campo di battaglia era colmo dei loro cadaveri, il loro velenoso sangue scorreva a fiumi, rendendo l'inferno in cui tutto stava avvenendo, un incubo da cui non ci si poteva svegliare.

* * *

Davanti al giovane un'imponente figura, di almeno cinque metri, impugnava due grosse asce, era identico in tutto e per tutto —ad eccezione dell'altezza ovviamente— ai cavalieri affrontati in precedenza. "Cioè ma siamo seri? Più grosso no? Dai volevo realmente un avversario più grosso, cavolo!" disse Andrea con molto sarcasmo. In una mano aveva ancora l'arco e cinque frecce nell'altra, ma per quanto potesse essere preciso, quelle punte acuminate non sembravano neanche graffiare l'armatura dell'avversario. Andrea si rese subito conto che quell'avversario aveva qualità totalmente diverse dagli altri, era molto più veloce e i suoi colpi facevano muovere l'intero terreno, o meglio ciò che ne era rimasto. Le asce squarciavano la pavimentazione come fosse semplice legno in un trita rifiuti, avvicinarsi era impossibile, ma le clessidre di lì a poco sarebbero scadute così come il tempo di resistenza dei suoi compagni.

Mezza Clessidra in cielo, ogni cosa intorno a quella collina era ormai scomparsa, solo buio e vuoto come se si trovassero al confine del baratro universale, o nell'orizzonte degli eventi di un buco nero. Andrea ebbe un'idea e sperò con tutta l'anima che potesse funzionare. Continuava a correre intorno all'avversario, sperando che il tempo passasse il più velocemente possibile. Ancora pochi granelli e tutto sarebbe finito.

"Dieci" ed egli continuava a schivare.

"Nove", il suo avversario capendo quello che stava facendo tentò anticiparlo.

"Otto", la strada per Andrea venne bloccata da un'ascia.

"Sette", l'altra ascia bloccò il percorso di ritorno.

"Sei", non sembrava esistere nessuna scappatoia, ma tutto era stato previsto.

"Cinque", Andrea si arrampicò su una delle asce percorrendola a velocità da record.

"Quattro", Il giovane dispiegò le ali in modo che fossero il più rigide ed affilate possibili.

"Tre", ogni esagono del pavimento crollò, tutto stava precipitando nel vuoto.

"Due", Andrea usò la spinta rimasta per colpire, con le ali, il petto del cavaliere; l'onda d'urto generata dall'impatto fece sì che sia il ragazzo sia l'avversario continuassero a precipitare nel vuoto.

"Uno", Andrea prese l'unica luce presente nel petto del guerriero, essa era l'ultimo tassello del puzzle e qualunque cosa gli fosse successa, era riuscito nella sua impresa.

Non appena l'ultimo granello di sabbia cadde, tutto sembrò illuminarsi in un'esplosione di luce. Le clessidre si erano azzerate. Ogni cosa che fosse mai esistita in quello spazio venne cancellata dalla realtà.

* * *

La "sfera" era collassata e le file di Angeli e Troni erano dispiegate in aria in linee quasi rette, affrontando l'ultimo corpo a corpo con il nemico. Nel momento più buio della battaglia, dove ogni speranza si era spezzata, dove la stessa volontà si era sbriciolata uccisione dopo uccisione, il miracolo avvenne. Quella nuova creatura, apparsa dai raggi luminosi, incarnava gli ideali di chi non si era mai arreso; incarnava la vita stessa dell'universo, che in un grido disperato aveva compiuto la promessa di omeostasi. Tutti gli occhi si fermarono ad ammirarla. Ghimerion era rimasto immobile guardando il suo macabro spettacolo finché non notò ciò che stava succedendo: esisteva un avversario abbastanza forte per affrontarlo.

La sua luce accecava da quanto era intensa, sembrava emanare energia da ogni poro, ed egli, solenne, era a mezz'aria con la sua scintillante armatura color neve, talmente bianca da non arrivare a capirne neppure la composizione. Poteva essere un nuovo materiale, o la stessa luce condensata. In mano portava una spada di cristallo incolore, che rifletteva l'intera gloria e potenza del suo padrone. Il suo corpo, perfettamente scolpito, era sostenuto da dodici magnifiche ali che sembravano anch'esse fatte di energia, ma talmente densa da poter essere classificata come vera materia. Il solo sbattere di tali ali creava talmente tanta energia che faceva pulsare ogni cosa intorno a sé. Ogni creatura Celeste che ne venne a contato si sentì rinvigorita, nuova. Infine il suo viso sembrava quello di Andrea, ma il bagliore che emanava era talmente tanto che a stento si riconoscevano i lineamenti.

«Ghimerion, credo di meritarmi una rivincita» disse prima di apparire a pochi centimetri dal suo nemico e con una forza che superava qualunque Celeste, sferrò un colpo talmente potente da lanciarlo lontano alcune centinaia di metri: lo scontro finale aveva inizio.

In piena battaglia, contro le ultime forze demoniache, qualcosa andò storto per Litia, che in un primo istante stava lottando ferocemente contro dei Delta. All'improvviso la fusione si era sciolta, facendo tornare nei rispettivi corpi le ragazze. Sharon cadde svenuta, mentre Martina tentava difendere l'amica con lo scettro/lancia di Bitael, usato fino a pochi secondi prima.

«Shari che succede?…Resta con me, resta sveglia!» chiese sconvolta Martina mentre schiaffeggiava l'amica per tentare farla reagire.

«Tony!» urlò, mentre il semi-Celeste si avvicinava a tutta velocità scoccando frecce verso chi tentava avvicinarsi alle ragazze.

«Che diamine succede qui?» chiese Tony atterrato sulla fredda terra insanguinata.

«Sharon non reagisce! Credo che la nostra sincronizzazione abbia accelerato la morte della sua anima, l'accordo prevedeva di farla vivere una settimana, questa battaglia non era prevista» disse Martina.

«Accordo? Cazzo Martina, cosa facciamo adesso?» domandò Tony continuando a scoccare frecce.

«Chiama Ryan, abbiamo bisogno di copertura per uscire da questo inferno» disse la ragazza con Sharon in braccio. Tony fece segno a Ryan, che immediatamente volò in soccorso del fratello, ma prima che potesse atterrare, un Delta gli perforò lo sterno. Lo tenne infilzato con il suo arto per dei brevi secondi, prima di lanciarlo in mezzo alle pile di cadaveri Celesti e demoniaci.

«Ryan!» urlò Tony disperato che lasciando l'arco alle ragazze, estrasse la spada e con una furia omicida fece a pezzi il Delta che davanti ai suoi occhi aveva ucciso l'ultimo famigliare rimasto. Nel frattempo Martina tentava farsi strada per uscire da quell'inferno di cadaveri e morte; fuori dal campo c'erano ancora alcuni tronchi bruciacchiati, ma pur sempre utili per appoggiarsi.

La battaglia nei cieli continuava, le due entità lottavano ferocemente come se non esistesse un domani, anche se in effetti non era certo che una nuova alba sarebbe nata. Colpi su colpi continuavano ad andare a segno, ma nessuno dei due sembrava riportare alcun tipo di danno, la battaglia era del tutto pari.

La creatura demoniaca aveva estratto le sue spade di cristallo nero, che adesso avevano uno strano bagliore violaceo simile alla luce dei suoi occhi malva. Quando le due spade si scontrarono, l'impatto fu talmente violento che la forza generata sarebbe stata in grado di abbattere intere città, pari solo al "quadrato" della potenza dell'uragano più forte mai abbattuto sulla nostra civiltà. Stoccate su stoccate, fendenti con parate, difesa e attacco che continuavano ad invertirsi per i due contendenti. La doppia lama di Ghimerion creava una perfetta difesa, invalicabile anche al più abile degli spadaccini.

Dopo l'ennesimo scontro delle lame di cristallo, Ghimerion calciò via il suo avversario emanando in seguito pulsazioni di energia che a stento facevano reggere Andrea in aria. La sua contromossa fu quella di cominciare a volare intorno al suo avversario il più velocemente possibile, la velocità aveva superato qualunque limite, tale da lasciare immagini residue di sé. Le pulsazioni ora s'incettavano sull'eliminarne il più possibile, ma più Andrea compiva giri intorno a lui e più di queste immagini si formavano. Continuò così finché non fu abbastanza vicino da colpire il nemico alla testa con un poderoso calcio alla nuca, che fece barcollare l'avversario. Andrea prese Ghimerion, leggermente stordito, con una mossa di sottomissione e semplicemente si lasciò cadere verso il suolo. L'energia cinetica che si sarebbe generata dall'impatto avrebbe sicuramente fermato Ghimerion. Spedito come una meteora, Andrea lasciò la presa pochi metri prima di toccare il suolo, facendo sì che l'impatto creasse un'immenso cratere, profondo diversi metri. Come se non fosse abbastanza, il giovane si buttò con la spada tratta verso il centro del cratere, arrivando a trafiggere Ghimerion, il quale si limitò ad un leggero gemito. Con una spinta lanciò via Andrea, scaraventandolo ad almeno un centinaio di metri. Ghimerion si rimise in piedi e concentrando il suo potere sulla ferita, essa si rigenerò completamente, permettendo alla bestia di iniziare l'inseguimento del suo avversario.

Ryan era ansimante sul terreno, ma per fortuna ancora in vita quando Tony lo raggiunse.

«Hai lottato bene, sono fiero di te» disse Ryan.

«Grazie fratellone» ripose Tony.

«Credo che il mio viaggio finisca qui, devo dire che nonostante abbia passato gli ultimi tre anni intrappolato nella testa di un Celeste caduto, mi sono divertito, ho vissuto più in questi giorni che in tutta la mia vita e questo lo devo a te Tony...» disse tossendo sangue.

«Che stai dicendo, dobbiamo ancora vedere molti posti insieme, i ragazzi ci aspettano e abbiamo un mondo da ricostruire non puoi andartene così!» questionò Tony con la voce soffocata, mentre le lacrime cadevano su quello che restava di un prato, un tempo rigoglioso.

«Grazie Tony...grazie di tutto» concluse Ryan, quasi sussurrando, prima di chiudere gli occhi e tornare alla sua semplice forma umana. Tony gli baciò la fronte e lo abbracciò, chiedendogli scusa per non aver fatto abbastanza, ma adesso doveva preoccuparsi degli ultimi demoni rimasti.

Un bagliore argenteo cominciò a fuoriuscire dalla ferita di Ryan. "Fino alla fine un vero soldato, non potrò neanche dargli una degna sepoltura" pensò Tony, prima di continuare a ripetere la stessa parola: scusa.

L'arciere prese il corpo del fratello e volando con tutta la forza e la velocità che riusciva a raggiungere andò addosso all'ultimo gruppo di demoni. Non gli importava più nulla di quello che stava succedendo e mentre i Delta e gli Alpha-Eta continuavano a pungerlo, infilzarlo e morderlo con ogni arto, artiglio o dente, egli non sentiva più nulla. Semplicemente guardava il cielo, quel fottuto cielo color sangue, posto lì per ricordare il destino ormai segnato di coloro che stavano lottando per il mondo.

Il bagliore del corpo di Ryan continuò ad intensificarsi finché non esplose in pura energia. Nessun suono né alcun tipo di confusione, solo una potente e densissima luce che corrodeva e polverizzava tutto ciò che incontrava.

Ora il campo era vuoto, sterile, ripulito dal putiferio che aveva colpito quella terra in quel maledetto giorno. La luce del sacrificio di una fratello per la persona a cui teneva di più, aveva cancellato ogni cosa, ad eccezione di qualche corpo o qualche pezzo di esso che rimaneva ai confini dei territori di battaglia.

Sharon e Martina erano entrambe sedute con la schiena poggiata ad un pezzo di tronco, finalmente tutto sembrava in pace, non più un suono, un grugnito, un ululato, niente, solo la sagoma zoppicante di un quadrupede che poco a poco si avvicinava alle ragazze.

«Nova!» disse la ragazza vedendolo da più vicino, ma la creatura sfinita e terribilmente ferita si sdraiò vicino a Martina e con il muso sanguinante si appoggiò alle sue gambe.

«Tranquillo Nova, è tutto finito» disse accarezzandolo e lì in un ultimo soffocato pianto la creatura chiuse gli occhi.

Memento Mori
(Epilogo)

La luce intensa, scoppiata in precedenza, aveva distratto Andrea per qualche istante, giusto il tempo perché Ghimerion prendesse la testa del giovane e la sbattesse ad altissima velocità contro ogni tipo di rudere rimasto. Il dolore sembrò durare solo un secondo, le ferite non avevano il tempo di crearsi che si rimarginavano, avere il potere assoluto poteva avere i suoi vantaggi. Egli rialzandosi e scostandosi le rocce di dosso vide meglio dove si trovava, sembrava una vecchia città in rovina. Anche con il potere degli Arcani, non si sentiva tranquillo, un pensiero gli assillava la mente: la condizione di Martina. Con tutta l'anima sperava che fosse ancora viva.

Di nuovo tornò alla carica contro la bestia di fronte a lui, ma con i riflessi di un felino super sviluppato, Ghimerion lo prese per la gola fermando il colpo. A quel punto Andrea sentì tutta quella forza sul suo collo, senza poter fare nulla per liberarsi, nonostante l'immenso potere che possedeva. Gli tornò in mente come aveva distrutto il cavaliere nel regno degli Arcani ed irrigidendo le ali, le usò come fossero dodici coltelli per perforare il corpo dell'avversario, i colpi erano a ripetizione talmente veloce da impedire quasi la rigenerazione. Ghimerion lasciò la presa facendo sì che Andrea lo bloccasse, questa volta si sarebbe liberato di quella creatura per sempre. Con un potente calciò lo spinse verso il basso e subito dopo cominciò la sua caduta con la spada di cristallo dritta sull'oggetto che portava le sette gemme cremisi. A pochi metri dal suolo Andrea gridò le parole che continuavano a suonargli in testa come una moltitudine di sussurri:

«Ritakiam Micaloz Sfirutia» e quando la spada toccò il suo corpo una luce sembrò innondare ogni cosa finché, una volta trafitto, la spada non si conficco fin dentro la terra. Prima di uscire dal cratere, Andrea lo fece collassare su se stesso seppellendo la bestia con cui aveva appena combattuto.

La cosa che più desiderava al mondo era sapere se Martina stesse bene e se qualcuno dei suoi amici fosse sopravvissuto. Il giovane fece sbattere le ali il più velocemente possibile, raggiungendo una velocità inaudita.

Arrivato sul campo, vide che ormai non c'era più nulla, solo terra morta con qualche corpo disseminato qua e là. La disperazione sembrava renderlo cieco, finché non vide tre figure accasciate ad un albero.

«Martina» disse Andrea atterrando, ma la ragazza non rispose, sembrava stesse piangendo in silenzio, mentre teneva stretta sé la mano dell'amica.

«Se n'è andata, la trasformazione è stata troppo per lei» disse con le parole soffocate dal pianto.

«Dove sono Tony e Ryan?…Nova!» urlò, mentre si precipitava dalla creatura sdraiata e senza vita.

«Come diavolo siamo arrivati a questo?! Non è rimasto nulla, la battaglia contro Ghimerion mi ha portato ben oltre l'Europa, ogni cosa è cenere o maceria». La ragazza non sembrò ascoltarlo, era ancora sotto shock.

Dal fondo del campo cominciarono a sentire degli strani suoni rauchi, mentre a Martina partì un cortissimo, ma acutissimo grido. Nel centro esatto del campo era riapparsa, come nel peggiore degli incubi, la sfera bordeaux incontrata più volte lungo il loro viaggio. Il campo, da ogni direzione, sembrava stesse riempiendosi di quegli strani esseri marchiati. Quella sorta di aquila stilizzata brillava ancora sulle loro teste, così come macchie su mani e nuca di un forte rosso carminio. Gli occhi continuavano ad essere vuoti e completamente bianchi, ma la cosa che più terrorizzò i ragazzi fu che non possedessero alcuna ferita, la maggior parte dei corpi erano perfettamente integri, senza neanche un segno di putrefazione. Quelle creature cominciarono ad apparire anche dal lato in cui Martina e Andrea stavano osservando la scena, costringendoli ad arretrare in direzione della sfera, la quale sembrava continuasse a mutare di colore in quelle inquietanti sfumature di rosso e viola. In poco tempo quelle creature invasero ogni centimetro del campo, controllate da chissà quale mente malefica, ma come se non bastasse, una colonna di luce cremisi sembrò cambiare il colore del cielo, ora nero come le tenebre.

Ghimerion apparve, come un dio immortale, davanti ad Andrea, mentre i "Marchiati" continuavano ad avvicinarsi.

«Non posso lasciarla lì…» disse Martina mentre Andrea la trascinava sempre di più verso la sfera.

«Vedo che tu non muori mai, vero Ghimerion?» chiese il giovane, mentre guardava meglio il suo avversario privo di ferite.

Un paio delle gemme che portava, presentavano alcune leggere increspature che le facevano sembrare graffiate o compromesse.

«Senti chi parla, ho provato ad ucciderti così tante volte che ormai è quasi noioso»

«Allora facciamo che sia l'ultima!».

Come se dentro di lui esplodesse e ardesse tutta la luce dell'universo, la sua energia cominciò a circondarlo come in una bolla. Non possedendo più armi, poté contare solo sulla sua stessa luce.

"Sarà abbastanza, è il momento di usare tutto" pensò, mentre l'energia pulsava dal suo corpo.

Ghimerion dall'alto della sua superbia fece la stessa cosa, circondandosi di una bolla di energia rosso cremisi.

Entrambi si allontanarono fino a raggiungere i capi opposti del territorio di battaglia. L'unica luce che proveniva dal campo era simile a quella di una processione, solo luci rosse che si avvicinavano alla ragazza. Martina estrasse le due pistole, che per fortuna non aveva usato in battaglia, cominciando a sparare contro chiunque si avvicinasse.

L'energia pulsava in entrambe le bolle di luce, mentre lentamente cominciavano a muoversi l'una contro l'altra acquisendo sempre più velocità. In quei momenti, il tempo sembrava dilatarsi, eppure non esisteva più nulla che potesse farlo, ma come possiamo immaginare esso non è altro che una nostra percezione che può quindi rallentarsi nei momenti di massimo stress o di Pathos.

Le due sfere sfrecciavano a velocità incontenibili, ma mentre questo accadeva, Martina continuava a sparare verso quell'orda gigantesca di esseri che si avvicinava sempre di più, secondo dopo secondo. Le pallottole erano terminate e i marchiati erano ormai a meno di tre metri da lei. L'ultima cosa che poté fare fu estrarre la katana.

"A pensarci sembra quasi assurdo quanto l'essere umano, già sapendo il suo destino, tenta disperatamente fino all'ultimo di sopravvivere".

Le sfere di energia stavano già per collidere quando la ragazza si trovò totalmente circondata e per quanto potesse sforzarsi, ella accettò il suo destino, e lasciando cadere la spada, si mise in ginocchio aspettando l'inevitabile.

«Perdona i miei peccati e grazie di tutto» disse Andrea prima che le sfere collidessero. La forza che si sviluppò da quell'impatto non fu minimamente calcolabile. I due esseri all'interno di esse erano scomparsi, mentre la sfera di energia continuava a crescere, inghiottendo tutto quello che incontrava. Martina si sdraiò e chiuse gli occhi, prima di venire cancellata insieme ad ogni creatura esistente e mai esistita sul quel mondo. Finalmente tutto finì com'era iniziato, con il nulla.

Se mai gli incubi, che ogni tanto ci tormentano l'esistenza, fossero reali, allora capiremmo che un'altra versione di noi continua ad esistere dentro quello stesso tormento. Se continuerete a pensare di aver già visto qualcuno sarà perché forse gli "stampi" prima o poi si ripetono e la mente non sapendo come fare altrimenti, semplicemente ricicla i dati.

Quando Andrea si risvegliò era in tutt'altro luogo, completamente nudo e bagnato di una strana sostanza azzurrognola e viscosa. Notò che la capsula in cui riposava il suo corpo era andata in frantumi. Togliendosi i tubi che gli arrivavano fino ai polmoni uscì dall'involucro, non curandosi minimamente dei vetri sparsi sul pavimento. Guardandosi intorno vide corridoi immensi, pieni di quelle stesse capsule in cui si era svegliato e con una strana sensazione nella testa continuò a camminare, prima che un dolore lancinante gli "prendesse" la testa e a stento restasse in piedi.

Il pavimento era di uno strano grigio cianotico, così come le pareti; il soffitto era colmo di tubi che trasportavano la stessa enigmatica sostanza di cui ancora era cosparso. Tutto era così buio, le uniche luci sembravano provenire dalle stesse capsule, finché Andrea non cominciò a vedere una sorta di linea illuminata, quasi come se fosse stata creata apposta per guidarlo attraverso quello strano luogo. Tutte le stanze sembravano uguali, tranne per gli esseri all'interno delle capsule, lontani da quello che intendiamo con essere umano. C'erano creature di ogni tipo e di ogni colore, ma con il dolore alla testa che si ritrovava Andrea, scelse di non concentrasi molto su ciò che vedeva.

La striscia luminosa lo condusse a delle lunghe discese e poi a delle immense scale in un materiale sconosciuto, ma dello stesso colore delle pareti. Tutto era terribilmente silenzioso, sembrava di essere in una sorta di cimitero. Andrea sentiva freddo e la sua testa sembrava esplodere a causa del dolore. Camminò rasente alle pareti, finché non arrivò davanti ad un'immensa porta, anche se "apertura" sarebbe stato più corretto. All'interno di essa tutto era buio e si poteva vedere chiaramente il confine tra il pavimento grigio cianotico e l'assoluto nero. Andrea vide la striscia che terminava al confine, non c'era molta scelta sulla direzione da prendere e aggrappandosi alla parete, il ragazzo mise un piede nella stanza per vedere se quello era puro vuoto oppure materia su cui camminare. Con sua grande sorpresa l'oscurità era solida e una volta oltrepassato il confine, egli scomparve tra le tenebre di quella stanza. Camminò per un tempo che sembrò interminabile, finché non vide una piccola luce violacea in lontananza e per raggiungerla cominciò a correre con la poca forza che gli restava. Arrivato sul luogo rimase alquanto confuso, nel vedere una sorta di piccolo altare con sopra quella che sembrava una sfera di cristallo, piena di uno strano fumo color lavanda.

Intorno all'altare otto piccoli cerchi in leggero rilievo sembravano anch'essi fatti dello stesso materiale della sfera e con all'interno il misterioso fumo. Andrea, guardando all'interno della sfera, rivide se stesso con la trasformazione degli Arcani, mentre affrontava Ghimerion divenuto una bestia demoniaca.

Solo allora ricordò chi fosse e cosa avesse fatto, ma mentre arrivava a queste conclusioni, sette entità apparvero dall'oscurità. Ognuna si mise in ginocchio sul proprio cerchio ponendo quelle che noi chiameremmo "mani", sulla sfera tornata ad avere il suo fumo color lavanda. Il viso di questi esseri era magro e leggermente allungato, non avevano né bocca né naso, ma solo quelli che sembravano quattro triangoli con la punta deviata in tutt'altra posizione. Il loro colore era indefinibile, ma per qualche ragione Andrea li vide di una tonalità bluastra. Di colpo tutti e sette si voltarono verso il ragazzo, che per sua fortuna aveva il buio che copriva la sua nudità e senza muovere la bocca cominciarono a parlare dentro la testa di Andrea.

"Cosa siete?" chiese il ragazzo.

"Non sei tenuto a sapere chi o cosa siamo, sappi solo che siamo stati i primi esseri dell'universo, il nostro nome non saresti in grado di comprenderlo, ma puoi chiamarci Primordiali"

"Che ci faccio qui?"

"Nel tuo mondo sei morto, annientato da quella realtà"

"Wow e quindi sarei in paradiso?" chiese il ragazzo ironico.

"Direi proprio di no…in ogni realtà o dimensione esiste un tuo identico clone, ma non sono altro che quello, copie, il corpo da cui tutte quelle copie provengono è quello che hai ora"

"Ma che diavolo state dicendo?"

"Ovviamente non ci aspettiamo che tu capisca, ma se sei qui coscientemente è perché hai spezzato le regole, quel giochetto che hai fatto per fermare Ghimerion in qualche modo ti ha portato qui".

Il ragazzo era sconvolto da ciò che quegli esseri gli avevano comunicato e preso dal panico cominciò a correre ripercorrendo i suoi passi, cercando una via di fuga.

"Non puoi scappare da questo luogo, rimarrai qui per molto tempo" sentì prima di svenire.

Quando Andrea si svegliò indossava una sorta di tuta nera, sembrava un pezzo unico senza bottoni o cerniere. Si trovava in una camera molto simile a quella in cui gli sarebbe piaciuto stare. L'arredo era vitreo, il letto, la scrivania e anche gli scaffali sembravano fatti dello stesso cristallo trasparente che formava la sua spada quando si trovava in forma semi-Celeste.

La cosa che più sconvolse Andrea fu guardare dalla lunga finestra che aveva al fianco del letto, ciò che vide non era paragonabile a nulla che occhio umano avesse mai visto o immaginato. Fuori era completamente nero, senza neanche l'ombra di una stella, si aveva la sensazione come se lo stesso spazio stesse galleggiando sopra gocce di fluidi luminosi come quasar. Ogni goccia che cadeva sembrava creare un effetto a onda sullo spazio fluido, come se un sasso cadesse nell'acqua creando quelle strane increspature concentriche. Come se fosse il battito di un gigantesco cuore, le onde di un colore blu elettrico, creavano colonne di luce dello stesso colore, che come giganteschi ponti, continuavano ad intrecciarsi come animati da chissà quale vita. Quel ragazzo ammirando un simile spettacolo pianse, ricordando che ora era solo, in chissà quale parte dell'universo. Cominciò a ricordare tutte le persone conosciute in una vita lontana, ma quei ricordi sembravano così distanti, come se non fossero neanche suoi.

Se Andrea era sopravvissuto fino a quel punto sarebbe andato avanti, per tutti coloro che avevano creduto in lui e qualunque cosa avesse dovuto affrontare, gli sarebbe andato incontro sentendo di nuovo il brivido dell'eternità.

Note D'autore

In questa sezione extra, verranno aggiunte informazioni sulle gerarchie dei Celesti, i ranghi di Ghimerion ed i dettagli sulle creature affrontate nell'arco narrativo.

Originariamente Ghimerion era uno dei Principi Serafini, ma in seguito a svariati eventi decise di tradire tutto ciò in cui credeva, arrivando a fondare un'ordine che si opponeva al Regno Eterno. Tale ordine fu diviso egualmente tra i quattro esseri che decisero di seguire il Serafino nella sua grandiosa impresa. Tra di essi prende un sempre maggior rilievo Kayla, uno dei rarissimi Celesti Eterni.
In un frangente del tutto opposto a Kayla, prendono posto gli esperimenti di Harut, altro Celeste Eterno, di cui si conosce veramente poco.
Ghimerion nella suddivisione delle truppe mise in evidenza solamente l'indice di potenza e utilità, ponendo al primo posto la difficoltà nel rinvenire esseri sempre più particolari che lo seguissero.
La gerarchia definitiva di Ghimerion:

-Ghimerion — Leader
-Generali (Kayla—Dominazione Traditrice—Harut—Semeyaza)
-Accoliti dell'Ordine di Ghimerion:

-Eta: Sono la classe di combattenti con rango più basso dell'ordine. Presentano un'altezza di un metro e sessanta e una pelle di un colore violaceo. Le armi a loro disposizione sono gli artigli e l'alito velenoso. Notare il colore trasparente simile al ghiaccio tra le labbra e gli artigli. Sono letali solo se in gruppo. Singolarmente sono abbastanza vulnerabili, anche se la loro pelle è abbastanza difficile da trapassare, quasi fosse fatta da fibre metalliche.

-Delta: Combattenti senza un corpo ben preciso, sono fatti interamente di una melma scura, talmente nera che sembra assorbire la luce che gli sta intorno. Tendono ad assumere la forma dei Celesti. Non sono mai stati avvistati in diverse forme contemporaneamente. Sono addestrati al combattimento estremo, anche solo uno di essi vale come cento soldati Celesti (Angeli semplici). Letali al cento per cento, da evitare a tutti i costi, non concepiscono il concetto di pietà o misericordia.

-Epsilon: Combattenti ben addestrati, sono creature che hanno la tendenza a sollevarsi dal terreno, non possiedono ali sulla schiena, ma tendono ad usare le alette di caviglie e braccia. Usate anche come armi, possono diventare talmente affilate da tagliare il diamante come fosse carta. L'unico elemento che non riescono a scalfire è il Ditrigio, oppure lame consacrate da poteri elevati (Es. Mastrit).

-Iota: Esseri capaci di manipolare le strutture del suono fino alle basi della materia conosciuta. Non possono parlare. Tendono ad attaccare o comunicare usando una forma di grido ad alta frequenza. Essi rappresentano i guerrieri più rari appartenenti all'ordine di Ghimerion.

Nel Regno Eterno gli esseri non nascono, ma vengono generati. Fin dalla più tenera età vengono indirizzati verso una carriera militare e culturale. Tutti vengono generati come Angeli semplici ed in base al lavoro svolto in battaglia o per il Regno si accede a gerarchie superiori tramite complessi rituali.

Gerarchia III

Angeli: Esseri che possiedono due ali, hanno la stessa descrizione di quella fornita secondo la cristianità. Vengono definiti i soldati semplici del Regno Eterno. Essi sono la forma base di ogni neonato o adulto.

Arcangeli: Gerarchia più elevata di quella angelica, distinti per le quattro ali, hanno in genere la stessa corporatura di Gabriel. La differenza con i soldati semplici sta nell'armatura e nello stile di combattimento.

Principati: Non possiedono ali e sfruttano le loro abilità per forgiare armi sacre, tendono a viaggiare per l'universo in cerca di nuovi materiali per i loro esperimenti. Non possiedono armatura, ma vengono addestrati al combattimento corpo a corpo. Un Angelo solo in particolari occasioni può seguire un percorso che lo eleverà direttamente a questa gerarchia.

Gerarchia II

Potestà: Hanno solamente due ali. Essi rappresentano la cultura e l'intelligenza della stirpe Celeste. La loro capacità è basata sul controllo e la manipolazione delle strutture elementari, compresa l'alterazione atomica.

Virtù: Non hanno alcuna forma né concreta né materiale. Essi sono pura essenza e vengono confinati all'interno del Palazzo Eterno. Rappresentano i pilastri della Sorgente da cui si generano i nuovi Celesti, essi si occupano di mantenere il flusso di vita e morte che regola la stessa. Finché esisteranno, il Regno manterrà la sua immortalità e parte dei poteri. Se questi dovessero mancare, i Celesti diverrebbero in parte vulnerabili e non potrebbero impugnare alcuni tipi di armi.

Dominazioni: In genere dovrebbero avere quattro ali, tranne per casi eccezionali. Essi sono guerrieri scelti d'élite. Presentano una resistenza superiore alla norma. Abili nell'uso di qualsiasi tipo di arma, anche se spesso si vedono impugnare solamente una coppia di spade in Crono.

Gerarchia I

Troni e Cherubini: Essi hanno quattro ali, due grandi e maestose e due dalle dimensioni ridotte a sostegno delle prime. Si crede che alcuni dei loro poteri provengano dalle piccole ali. Sono specializzati nelle arti mediche, possono guarire qualsiasi cosa ad eccezione della frammentazione dell'anima (Sharon).
In particolare i Troni possono fondere le loro anime con quelle della fauna che li circonda, assorbendone le capacità ed i poteri.

Serafini: Dotati di sei ali in perfetto equilibrio. Non è ancora stato definito un possibile limite alle loro capacità. Di questa gerarchia ne esistono veramente pochi, i più conosciuti sono i tre Principi e Ghimerion. Si crede che alcuni di loro vivano da eremiti —in esilio— in alcuni templi, un esempio è Ithuriel, Serafino delle fiamme, trovato a vivere sotto San Pietro.

Ringraziamenti

Devo ammettere che scrivere per la prima volta una storia mia è stato stupendo, ti regala moltissime emozioni, nonostante ti privi del sonno.

Vorrei ringraziare Sharon e Andrea, che spero esistano in chissà quale dimensione dell'immaginabile e del surreale. Ringrazio la forza di volontà di Andrea per aver continuato il suo viaggio fino alla fine.

Ringrazio William Salice, che ha sempre creduto nei lavori "fuori di testa" di un giovane ragazzo.

Ringrazio i miei COLOR Coach che hanno sempre creduto in me, in particolare Federica, che mi disse di prendere in considerazione l'idea di diventare uno scrittore: non era così male. Ringrazio anche i Color che ho conosciuto in questi anni, soprattutto coloro dai quali ho preso spunto per alcune personalità, tra cui Lorenzo e Martina.

Ringrazio mia sorella che ha contribuito all'editing di questa storia, sopportando tutte le assurdità che scrivevo. Leggere canticchiando come un rapper comunque non era il massimo.

Infine vorrei ringraziare te che stai leggendo e che hai appena concluso questa storia, che hai creduto fino alla fine nei miei personaggi e nella loro avventura, spero di cuore di averti regalato almeno una lacrima ed un sorriso.

Grazie di cuore…

                                             …J.P. Oliver